U0939603

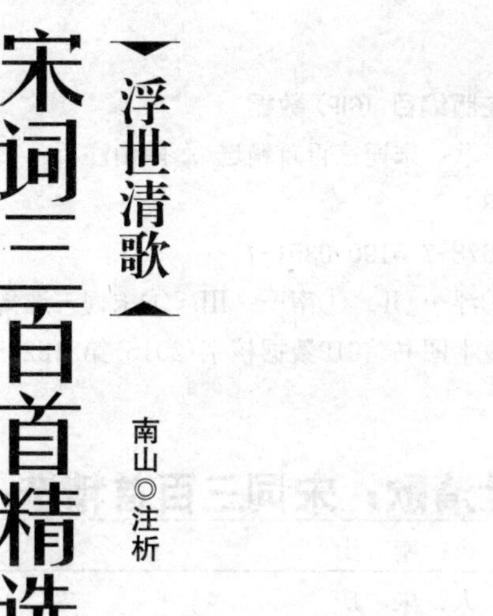

浮世清歌

宋词三百首精选

南山◎注析

中国文联出版社
http://www.clapnet.cn

图书在版编目（CIP）数据
浮世清歌：宋词三百首精选 / 南山注析. –北京：中国文联出版社，2015.8
ISBN 978-7-5190-0351-7
Ⅰ. ①浮… Ⅱ. ①南… Ⅲ. ①宋词－选集 Ⅳ. ①I222.844
中国版本图书馆CIP数据核字(2015)第218285号

浮世清歌：宋词三百首精选

注　　析：南　山
出 版 人：朱　庆
终 审 人：奚耀华　　复 审 人：姚莲瑞
责任编辑：陈若伟　　责任校对：柏　杨
封面设计：张子墨　　责任印制：陈　晨
出版发行：中国文联出版社
地　　址：北京市朝阳区农展馆南里 10 号，100125
电　　话：010-65389144（咨询），65067803（发行），65389150（邮购）
传　　真：010-65933115（总编室），010-65033859（发行部）
网　　址：http://www.clapnet.cn
E - mail：clap@clapnet.cn　　chenrw@clapnet.cn
印　　刷：河北信德印刷有限公司
装　　订：河北信德印刷有限公司
法律顾问：北京市天驰洪范律师事务所徐波律师
本书如有破损、缺页、装订错误，请与本社联系调换
开　　本：880×1230mm　　1/32
字　　数：221千字　　印　张：9.25
版　　次：2015 年 10 月第 1 版　　印　次：2024 年 1 月第 3 次印刷
书　　号：ISBN 978-7-5190-0351-7
定　　价：46.00 元

前 言

一代有一代之文学。

有宋一代，词之言长。

宋词以其特有的浓烈深挚的感情、抑扬顿挫的音乐美、错综变化的韵律、长短参差的句法之艺术形式，成为一代文学之盛，与唐诗争奇，与元曲斗妍，在中国古代文苑中，并为三株奇葩。

在宋词中，你会觉得有一种饱满与安静，它酝酿了另外一颗新的种子，与花的骚动性的美非常不同。骚动是因为它正在开花，开花自然要吸引别人注意，而果实不见得有那么多吸引力，但自有一种圆满。宋词是一种简练，一种淡雅，一种不夸张的情绪。美学大师蒋勋曾如是解读。

如此。几百年来，词作为一种文学形式，“能言诗之所不能言，而不能尽言诗之所能言”，一直深受人们的喜爱。宋词大家名篇更是家喻户晓，脍炙人口，如欧阳修、晏殊、柳永、苏轼、李清照、辛弃疾、秦观、陆游等词人的精彩词作。还有不见录于一般选本的遗珠，包括李之仪、文天祥、岳飞、史达祖等词人的笔墨，被古今文人所称道。这些选词，或写景抒怀，表达人生感悟；或赠别怀人，叙写相思爱情；或咏物寄兴，以抒壮志难酬；或咏史怀古，抒发爱国豪情……篇篇皆为千古佳作，同时，每首词注释简明，简析凝练，这为读者鉴赏宋词艺术、顺畅阅读提供了一定的帮助。

本书以“浑成典雅”为宗旨，且注重今人审美需求，酌情选编宋词300首，以此成书。于读者而言，作为一种精神美食，细细品尝，乃美之享受。

编　者

目录

晏　殊

宋　祁

欧阳修

贺　铸

周邦彦

范仲淹

苏幕遮 碧云天

碧云天，黄叶地。秋色连波，波上寒烟翠。山映斜阳天接水。芳草无情，更在斜阳外。　　黯[1]乡魂，追[2]旅思[3]。夜夜除非，好梦留人睡。明月楼高休独倚。酒入愁肠，化作相思泪。

[注释]

① 黯：使情绪低落。

② 追：这里有缠绕难解的意思。

③ 旅思（sì）：羁旅愁思。

[简析]

此词是一首怀旧作品，全词行笔沉郁雄健，声情并茂，意境深远，与一般婉约派的词风有很大区别。上片多入丽语，写秋天景貌，壮阔辽远。下片写柔情，铺写逆旅中的愁思：睡不得觉，欲借酒解愁，却是酒到愁肠相思更浓。

渔家傲 塞下秋来风景异

塞下秋来风景异，衡阳雁去[1]无留意。四面边声[2]连角[3]起。千嶂[4]里，长烟落日孤城闭。　　浊酒[5]一杯家万里，燕然未勒[6]归无计。羌管悠悠霜满地。人不寐，将军白发征夫泪。

[注释]

① 衡阳雁去：有书上说衡州有回雁峰，在南岳七十二峰之数，相传雁南飞至此而回。

② 边声：边塞羌笛、马鸣、号角等声音。

③ 角：画角，军中乐器。

④ 嶂：像屏障一样的山峰。

⑤ 浊酒：古人酿米为酒，作乳色，称浊酒。

⑥ 燕然未勒：指尚未建功定边。《后汉书·窦融传》："宪、秉遂登燕然山，去塞三千余里，刻石勒功，纪汉威德，令班固作铭。"

[简析]

前人评此词有思归之情，而无怨尤之意。范仲淹守边数年，曾作《渔家傲》乐歌数阕，皆以"塞下秋来"为首句，颇述边镇之劳苦。上片写的是塞下的秋景。首句"塞下秋来风景异，衡阳雁去无留意"，极尽渲染，接着是"四面边声连角起，千嶂里，长烟落日孤城闭"，从视觉和听觉上来表现边塞地区的萧条寂寥。下片是词人的自抒，起句"浊酒一杯家万里"，写出了他身负重任，防守危城，天长日久，难免生思乡之情。这"一杯"与"万里"之间的悬殊对比，道出了词人浓重的乡愁。全词意境开阔苍凉，形象生动鲜明，既表现出将军的英雄气概及征夫的艰苦生活，也暗寓了词人对宋王朝重内轻外政策的不满。

御街行 纷纷坠叶飘香砌

纷纷坠叶飘香砌。夜寂静，寒声[①]碎。真珠帘卷玉楼空，天淡银河垂地。年年今夜，月华如练[②]，长是人千里。　愁肠已断无由醉。酒未到，先成泪。残灯明灭枕头攲[③]，谙尽孤眠滋味。都来[4]此事，眉间心上，无计相回避。

［注释］

① 寒声：树叶在秋风中发出的声音。

② 练：白绢。

③ 攲：斜靠。

④ 都来：算来。

［简析］

此词是一首怀人之作，柔情满溢。上片写景，月光如昼，落叶飘落，人去楼空。由过拍“年年今夜，月华如练，长是人千里”可知下片“愁肠已断无由醉”的原因。李清照《一剪梅》一词中的“才下眉头，却上心头”与此词结尾“都来此事，眉间心上，无计相回避”有异曲同工之妙。

张 先

醉垂鞭 双蝶绣罗裙

双蝶绣罗裙。东池宴，初相见。朱粉[1]不深匀[2]，闲花淡淡春。 细看诸处好，人人道，柳腰身。昨日乱山昏，来时衣上云。

[注释]

① 朱粉：胭脂和铅粉。

② 匀：涂抹均匀。

[简析]

张先著有《子野词》。陈廷焯《白雨斋词话》评张先词："……子野适得其中，有含蓄处，亦有发越处，但含蓄不似温、韦，发越亦不似豪苏、腻柳。规模虽隘，气格却近古。自子野后一千年来，温、韦之风不作矣。"此词描写一个舞妓，上片写词人与舞妓初次相见的地点、舞妓漂亮的衣着及闲静的气质；下片写词人对舞妓的印象，像是从仙山中走出的仙女。

菩萨蛮 哀筝一弄湘江曲

哀筝一弄湘江曲，声声写尽湘波绿。纤指十三弦[1]，细将幽恨传。 当筵秋水[2]慢，玉柱斜飞雁[3]。弹到断肠时，春山眉黛低。

[注释]

① 十三弦：筝有十三弦。

② 秋水：眼如秋水。白居易《咏筝》："双眸剪秋水，十指剥春葱。"

③ 斜飞雁：筝柱斜列如雁飞。

[简析]

此词意致凄婉，写筝而又似有所寄托。上片暗借湘灵鼓瑟的典故，点出"幽恨"；下片却并未具体展开写幽恨，只写弹筝者的情态，幽恨自见。黄蓼园谓此词"末句意浓而韵远，妙在能蕴藉"，是承上文"秋水"而来的，用的是卓文君"眉色如望远山"的典故，意浓而韵远，蕴藉有味。

一丛花令 伤高怀远几时穷

伤高怀远几时穷。无物似情浓。离愁正引千丝乱，更东陌飞絮濛濛。嘶骑渐遥，征尘不断，何处认郎踪。 双鸳池沼水溶溶，南北小桡[1]通。梯横画阁[2]黄昏后，又还是斜月帘栊。沉恨细思，不如桃杏，犹解嫁东风[3]。

[注释]

① 桡：桨，代指船。

② 梯横画阁：《绿窗新语》引《古今词话》："张先字子野，尝与一尼私约。其老尼性严。每卧于池岛中一小阁，俟夜深人静，其尼潜下梯，俾子野登阁相遇。临别，子野不胜惓惓，作一丛花词以道其怀。"

③ 犹解嫁东风：这里指桃杏等待的春天自会按时到来，自己

的心上人却不得见。

[简析]

词的上片写离别，征尘遮蔽，心上人渐行渐远，离愁恰如飞絮濛濛。下片回忆月夜幽会，如今斜月依旧照帘栊，人却无影踪，相思已极，怨叹不如桃杏。当时，张先因此词得了一个“‘桃杏犹解嫁东风’郎中”的称号。

天仙子 水调数声持酒听

时为嘉禾小倅[①]，以病眠，不赴府会。

水调[②]数声持酒听，午醉醒来愁未醒。送春春去几时回。临晚镜，伤流景[③]，往事后期[④]空记省。　　沙上并禽池上暝[⑤]，云破月来花弄影。重重帘幕密遮灯，风不定，人初静，明日落红应满径。

[注释]

① 倅：副职。张先时为嘉禾判官。

② 水调：曲调名。

③ 流景：流年。

④ 后期：以后的期约。

⑤ 暝：小憩。

[简析]

上片伤流光易去，下片写所居入夜景物，写出风吹花落的春去之景。《渔隐丛话》前集卷三十七引《古今诗话》：“有客谓子野曰：‘人皆谓公张三中，即心中事，眼中泪，意中人也。’子野曰：

'何不目之为张三影?'客不晓。公曰:'云破月来花弄影;娇柔懒起,帘压卷花影;柳径无人,堕风絮无影。此余生平所得意也。'"

千秋岁 数声鶗鴂

数声鶗鴂[①],又报芳菲歇。惜春更把残红折。雨轻风色[②]暴[③],梅子青时节。永丰柳[④],无人尽日花飞雪。　莫把幺弦[⑤]拨,怨极弦能说。天不老[⑥],情难绝。心似双丝网,中有千千结。夜过也,东方未白凝残月。

[注释]

① 鶗鴂:鸟名,一名杜鹃,自三月鸣,昼夜不止,夏末乃止。

② 风色:风。

③ 暴:大而急。

④ 永丰柳:泛指园柳。

⑤ 幺弦:琵琶第四弦,细音之弦,其声哀。

⑥ 天不老:天若有情天亦老,这里反用其意,天虽无情,人间却有情。

[简析]

此词写的是爱情受阻的幽怨情怀以及矢志不渝的信念,声调激越,一抒胸中沉郁。上片写暮春时节春色将尽,惜春折花;下片抒情,弹幺弦会让人愁上加愁,"夜过也,东方未白凝残月"点明一夜愁未眠。

青门引 乍暖还轻

乍[①]暖还轻冷,风雨晚来方定。庭轩寂寞近清明,残花中酒[2]，又是去年病[3]。　　楼头画角风吹醒，入夜重门静。那堪更被明月，隔墙送过秋千影。

[注释]

① 乍：刚刚。

② 中（zhòng）酒：指醉酒。

③ 病：承“中酒”，言酒病。

[简析]

全词抒写落寞怀人的情思。上片写残春病酒，已觉哀伤，加上“又是去年病”，可见是伤怀依旧。下片写画角冷风吹人醒，酒醒后的痛楚与入夜重门深闭的寂静相对比，结句“真见描神之笔，极希微窅渺之致”。

木兰花　龙头舴艋吴儿竞

乙卯吴兴寒食

龙头舴艋[1]吴儿竞，笋柱[2]秋千游女并。芳洲拾翠[3]暮忘归，秀野踏青来不定。　　行云去后遥山暝，已放[4]笙歌池院静。中庭月色正清明，无数杨花过无影。

[注释]

① 舴艋（zé měng）：小船。

② 笋柱：笋形的柱子。

③ 拾翠：拾取翠鸟羽毛以为首饰，后多指妇女游春。

④ 放：遣去。

［简析］

寒食是古代女子的一个节日，只从“乙卯吴兴寒食”这一题目上便可看出这可谓是一幅寒食节日的风俗画。上片繁华，写寒食节竞舟、荡秋千、踏青郊游；下片幽静，写歌舞散去后院落的静谧。结句以写景工绝著称，月色清明，甚至可以看见点点杨花飞舞；而花过无影，又显得清辉迷蒙，明而不亮，庭中一切景物都蒙上一层轻雾，别具一种朦胧之美。

晏　殊

浣溪沙　一曲新词酒一杯

一曲新词酒一杯，去年天气旧亭台，夕阳西下几时回。无可奈何花落去，似曾相识燕归来，小园香径[1]独徘徊。

[注释]

① 香径：落花满地的小路。

[简析]

这是一首春恨词。上片写时光易逝，又换今年。下片情致缠绵，花随春去，惜花者无可奈何；燕寻旧巢，似曾相识却实无情。伤离感旧，只有徘徊香径，立尽斜阳而已。

又　一向年光有限身

一向[1]年光有限身，等闲[2]离别易销魂，酒筵歌席莫辞频。满目山河空念远，落花风雨更伤春，不如怜取眼前人。

[注释]

① 一向：片时。

② 等闲：平常。

[简析]

这是一首伤别之作。词人叹年光易尽，此身有限，然伤春念远，只恼人怀。不若酒筵频醉，过好当下，而不再至于追悔蹉跎。此作有别于词人惯有的闲雅之风，取景阔大而笔力雄浑。

采桑子 时光只解催人老

时光只解催人老，不信多情，长恨离亭，泪滴春衫酒易醒。梧桐昨夜西风急，淡月胧明[①]，好梦频惊，何处高楼雁一声。

[注释]

① 胧明：微明。

[简析]

此词写相思怨别。上片写梦见春日离别而醒；下片点明如今已是秋季，借梦中之春写现实中之秋，可见时光匆匆。以“何处高楼雁一声”作结，事外远致，寄慨遥深。

清平乐 金风细细

金风[①]细细[②]，叶叶梧桐坠。绿酒[③]初尝人易醉，一枕小窗浓睡。　　紫薇朱槿花残，斜阳却照阑干。双燕欲归时节，银屏昨夜微寒。

[注释]

① 金风：秋风。

② 细细：微小。

③ 绿酒：古代土法酿酒，酒色黄绿。

[简析]

此词抒写静中情味，雅韵欲流。上片“初尝”“易醉”写出酒不醉人人自醉，“浓睡”一词可见词人愁深。下片以花残衬托斜阳，以双燕欲归引出天寒，表现了词人的体物深微。

又 红笺小字

红笺小字，说尽平生意。鸿雁在云鱼在水，惆怅此情难寄。

斜阳独倚西楼，遥山恰对帘钩。人面不知何处[①]，绿波依旧东流。

[注释]

① 人面不知何处：崔护《题都城南庄》诗：“人面不知何处去，桃花依旧笑春风。”

[简析]

这是一首怀人之作。上片写满相思的信笺因为鱼沉雁杳，无从寄达；下片写只有斜阳、远山、流水日夜可供人愁望。全词语淡而情深，将词人心中的情感起伏表现得细腻婉转，令人动情。

撼庭秋 别来音信千里

别来音信千里，恨此情难寄。碧纱[①]秋月，梧桐夜雨，几回无寐。 楼高目断[②]，天遥云黯，只堪憔悴。念兰堂[③]红烛，心长焰短，向人垂泪[④]。

［注释］

① 碧纱：碧纱窗。李珣《酒泉子》词："秋月婵娟，皎洁碧纱窗外。"

② 目断：望尽，望而不见。

③ 兰堂：厅堂的美称。

④ 向人垂泪：杜牧《赠别》诗："蜡烛有心还惜别，替人垂泪到天明。"

［简析］

此词主要描写的是词人难以排遣又无从寄托的思念之情。上片写别远思深，对秋月、秋雨无眠。下片"天遥"对应"千里"，"云黯"对应"夜雨"，此情此景只教人神伤，而堂内红烛也像是通晓人情，对人垂泪。结句缠绵悱恻，令人低徊。

木兰花 燕鸿过后莺归去

燕鸿过后莺归去，细算浮生千万绪。长于春梦几多时。散似秋云无觅处[①]。 闻琴[②]解佩[③]神仙侣，挽断罗衣留不住。劝君莫作独醒人[④]，烂醉花间应有数[⑤]。

［注释］

① 春梦、秋云：白居易《花非花》："来如春梦不多时，去似朝云无觅处。"这里形容人生的种种离情别绪、欢乐恩爱等都不是长久的。

② 闻琴：用卓文君闻司马相如琴声后，相中相如，与之私奔的典故。

③ 解佩：刘向《列仙传·江妃二女》："江妃二女出游于江汉之湄，逢郑交甫。见而悦之，遂解佩赠与交甫。"

④ 独醒人：《渔父》："举世皆浊我独清，众人皆醉我独醒。是以见放。"

⑤ 有数：注定。

[简析]

这是一首优美动人而寓意极深的词作，词人借青春和爱情的消失，进而感慨生活的无常，细腻含蓄地抒发了词人的复杂情感。上片写浮生不定，各种感情、思绪终究像春梦一样短暂，像秋云一样逝去无踪。下片承上，即使是神仙眷侣，一旦要离去，也是难挽留，继而感叹人生各有定数，莫如及时行乐，不要执着。

又 池塘水绿风微暖

池塘水绿风微暖，记得玉真[①]初见面。重头[②]歌韵响琤琮[③]，入破[④]舞腰红乱旋[⑤]。　玉钩栏下香阶畔，醉后不知斜日晚。当时共我赏花人，点检[⑥]如今无一半。

[注释]

① 玉真：仙女，这里指歌妓舞女。

② 重头：词中前后阕完全相同者谓之重头，曲中于前后阕首重同一调者，亦称重头。

③ 琤琮（chēng cóng）：拟声词，形容玉器相击或流水的声音。这里形容歌声清亮。

④ 入破：唐宋大曲，每套都有十余遍，归入散序、中序、破三大段。入破是破的第一遍，破者，破碎之义，中序多慢拍，入破以后节奏加快，转为快拍。

⑤ 乱旋：形容舞蹈节奏加快。

⑥ 点检：查核、清点。

[简析]

上片回忆春暖水绿之际，与一个歌舞俱佳的舞妓的初次见面，场面热闹华丽。下片写如今酒醉，醒来面对正在西下的夕阳，由回忆舞妓想及当时同在歌筵的人已有很多零落、逝去，慨叹往事皆成陈迹。清张宗橚《词林纪事》评价该词结句："往事关心，人生如梦，每读一过，不禁怅然。"

又 绿杨芳草长亭路

绿杨芳草长亭路，年少抛人容易去。楼头残梦五更钟，花底离愁三月雨。　　无情不似多情苦，一寸还成千万缕。天涯地角有穷时，只有相思无尽处。

[简析]

这首词所歌咏的主题是凄清的哀怨和静默的相思，既有词人对离愁别怨的感叹，更有其对人生的深切感悟。上片写春景春情。钟声、春雨会引得多情之人的韶光易逝之感、离别愁绪。下片总写多情之苦：触物皆感，无穷无尽。

踏莎行 细草愁烟

细草愁烟，幽花怯露[1]，凭栏总是销魂处。日高深院静无人，时时海燕[2]双飞去。　　带缓罗衣，香残蕙[3]炷，天长不禁[4]迢迢路。垂杨只解惹春风，何曾系得行人住。

[注释]

① 怯露：花蕊上露珠微微颤动。

② 海燕：燕子。

③ 蕙：指用蕙草为香料制成的熏香。

④ 禁：止。

[简析]

上片写凭栏所见，笼有一层雾霭的小草、带有露水的花瓣，这些正对应凭栏人的心境。而沉郁相思之情却被双飞而去的燕子撩动，燕子双飞更衬出凭栏人的寂寞。下片写人瘦香残，行人已去，天长路远难以追寻。结句嗔怪柳枝只知随风起舞，却不能牵留住行人，可见伤离之深。

又 祖席离歌

祖席[1]离歌，长亭别宴，香尘已隔犹回面。居人[2]匹马映林嘶，行人去棹依波转。　　画阁魂消，高楼目断，斜阳只送平波远。无穷无尽是离愁，天涯地角寻思遍。

[注释]

① 祖席：饯行酒席。

② 居人：留下的人。

[简析]

此词为歌咏别情之作。上片写送行的分别场景；下片写别后的想念，登楼望远只见斜阳映波，不见行人，虽然不见行人，心却随行人走遍了天涯海角。

又 小径红稀

小径红稀，芳郊绿遍，高台树色阴阴见。春风不解禁杨花，濛濛乱扑行人面。　　翠叶藏莺，朱帘隔燕，炉香静逐游丝转。一场愁梦酒醒时，斜阳却照深深院。

[简析]

上片写郊外绿意盎然，红花已经稀少，可见已是春意阑珊。词人不禁怨杨花乱飞碍人行走，乱人心扉。下片写庭院景物静寂，“翠叶”两句写室外，“炉香静逐游丝转”写室内，结句写醉酒醒来所见，院落留有夕阳余晖，一片空濛。有人认为此词是刺词，红稀绿遍喻君子少，小人多，杨花扑人面喻小人乱君心，莺藏燕隔喻君子多阻隔，斜阳照深院喻君子之心难察。

蝶恋花 槛菊愁烟兰泣露

槛菊愁烟兰泣露[①]。罗幕轻寒，燕子双飞去。明月不谙[②]离恨苦，斜光到晓穿朱户。　　昨夜西风凋碧树。独上高楼，望尽天涯路。欲寄彩笺兼尺素[③]，山长水阔知何处。

[注释]

① 槛菊愁烟兰泣露：栏杆外的菊花被薄雾所笼，菊花似乎很愁闷的样子，兰花上的露珠，像是兰花的眼泪。

② 谙：了解、懂得。

③ 彩笺、尺素：彩笺，彩色的信纸，多用于题咏。尺素指信。

[简析]

清陈廷焯《大雅集》卷二评此词：缠绵悱恻，雅近正中。上片写别离之苦，在初秋微寒的时节，相思无眠。下片直抒胸臆，写登楼远望，山长路远，就连信件和诗词也无从寄得。王国维《人间词话》："《诗·蒹葭》一篇，最得风人深致。晏同叔之'昨夜西风凋碧树。独上高楼，望尽天涯路'意颇近之。但一洒落，一悲壮耳。"

又 六曲阑干偎碧树

六曲阑干偎碧树。杨柳风轻，展尽黄金缕。谁把钿筝[①]移玉柱，穿帘海燕双飞去。　满眼游丝兼落絮，红杏开时，一霎[②]清明雨。浓睡觉来莺乱语，惊残好梦无寻处。

[注释]

① 钿筝：用罗钿装饰的筝。

② 霎：较短时间。

[简析]

上片写景格调清丽，色彩明快，"谁把钿筝移玉柱"暗示词人愁绪；下片还是写景，到处的飞絮、红杏和春雨联结构成一副暮春景象，景中寓情。结句"惊残好梦无寻处"给人留下想象空间。

诉衷情 芙蓉金菊斗馨香

芙蓉金菊斗[①]馨香，天气[②]欲重阳。远村秋色如画，红树间疏黄。　　流水淡，碧天长，路茫茫。凭高目断，鸿雁来时，无限思量。

[注释]

① 斗：比胜。

② 天气：气候。

[简析]

此词以景色入题，上片描写秋景如画。荷花、金菊、红树、疏黄，写出秋天的辽阔、明朗。而“欲重阳”点出词人在如此时节的登高怀人之情。下片写登高远望所见：水清、天蓝、路不禁，远处不时飞近的鸿雁更引人遐思，“无限思量”言近而意不尽。

宋 祁

玉楼春 东城渐觉风光好

东城渐觉风光好，縠皱[①]波纹迎客棹。绿杨烟外晓寒轻，红杏枝头春意闹[②]。 浮生长恨欢娱少，肯[③]爱[④]千金轻一笑。为君持酒劝斜阳，且向花间留晚照[⑤]。

[注释]

① 縠皱：细细的水波像轻纱的皱纹。

② 春意闹：这里指鲜艳的杏花引来蜂蝶。

③ 肯：是岂肯的省略。

④ 爱：吝惜。

⑤ 且向花间留晚照：请夕阳的余晖姑且在花间多留些时候吧。

[简析]

宋祁因此词中“红杏枝头春意闹”一句而名扬词坛，一个“闹”字，王国维称道其“境界全出”。词的上片铺写一片春色，湖上客船往来，岸上杨柳青青，又有红红的杏花、翩翩飞舞的蜂蝶，真是生机勃勃，叫人身心欢畅。下片兴感，人生恨多乐少，何不珍爱时日，且乐酒筵呢。

欧阳修

采桑子 群芳过后西湖好

群芳过后西湖[1]好，狼籍残红，飞絮濛濛，垂柳阑干尽日风。笙歌散尽游人去，始觉春空[2]。垂下帘栊，双燕归来细雨中。

[注释]

① 西湖：这里是颍州西湖，在今安徽阜阳县西北。

② 春空：春意殆尽。

[简析]

《采桑子》是欧阳修晚居颍州所作，赞赏西湖之美。俞陛云《唐五代两宋词选释》评此词："西湖在宋时堤上香车，湖中画舸，极游观之盛。此词独写静境，别有意味。"上片写西湖暮春百花凋谢、风飘柳絮的景象，下片写游人散去、笙歌停止后，在安静中体会春天的消失，既有飘逸又有眷恋。

又 轻舟短棹西湖好

轻舟短棹[1]西湖好，绿水逶迤，芳草长堤，隐隐笙歌处处随。无风水面琉璃滑，不觉船移，微动涟漪，惊起沙禽掠岸飞。

[注释]

① 短棹：扁舟。

[简析]

此词写泛舟西湖。上片写泛舟的惬意，湖水清澈、堤上花草茂盛，坐在船中不时能听到隐隐传来的笙歌宴乐。下片集中写西湖湖面平静，不觉舟行，以致连沙禽都没能及时发现，突然被“惊”到，意境轻快明丽。整篇洋溢着闲雅之情。

又 春深雨过西湖好

春深雨过西湖好，百卉争妍，蝶乱蜂喧，晴日催花暖欲然[①]。　兰桡[②]画舸悠悠去，疑是神仙。返照波间，水阔风高扬管弦。

[注释]

① 然：同“燃”，燃烧。

② 兰桡：用木栏树材做的桨，代指船。

[简析]

此词写春雨放晴后的西湖。上片写春雨后，西湖百花更加鲜艳夺目，生机勃勃。下片描绘了一幅小舟载笙歌悠悠远去、留下夕照满湖的西湖落日图。

朝中措 平山栏槛倚晴空

送刘仲原甫出守维扬

平山[①]阑槛[②]倚晴空，山色有无中。手种堂前垂柳[③]，别来几度春风。　　文章太守[4]，挥毫万字，一饮千钟。行乐直须年少，尊[5]前看取衰翁。

[注释]

① 平山：平山堂。欧阳修于庆历八年知扬州时所建。

② 阑槛：栏杆。

③ 手种堂前垂柳：张邦基《墨庄漫录》卷二："扬州蜀冈上大明寺平山堂前，欧阳文忠公手植柳一株，谓之'欧公柳'。"

④ 文章太守：作者自负之语。

⑤ 尊：酒杯，后作"樽"。

[简析]

刘敞于至和三年（1056）年出知扬州，此词是欧阳修为他饯行时所作。上片回忆平山堂观景。平山堂建于蜀冈，下临江南数百里，真、润、金陵三州，隐约可见，颇有观赏之胜，登堂眺远"山色有无中"，气象开阔。过拍回到现实，直感离开平山堂已过多年。下片为词人勉劝刘敞万事要在年轻时努力。黄蓼园《蓼园词选》："按君子进德修业，欲及时也。无事不须在少年努力者，现身说法，神采奕奕动人。"

踏莎行 候馆梅残

候馆[1]梅残，溪桥柳细，草薰[2]风暖摇征辔[3]。离愁渐远渐无穷，迢迢不断如春水。　　寸寸柔肠，盈盈粉泪，楼高莫近危阑[4]倚。平芜[5]尽处是春山，行人更在春山外。

[注释]

① 候馆：这里指旅馆。

② 薰：香草，引申为香气。

③ 征辔：旅途中骑的马。

④ 危阑：高楼的栏杆。

⑤ 平芜：平远的草地。

[简析]

此词写别情。全词的离愁别恨都在满眼春色中蔓延。上片从行人的角度写，梅残、柳青、草香、风暖，在这个春意融融的时光里行人骑马踏上征途，越走越远，心中之离愁恰似迢迢春水，绵延不断。下片写思妇。愁肠寸结，登高骋望，平远的草地尽头是一片青山，青山的后面是什么却难以望见，就像行人早无踪迹一样难寻。结句有韵致，可与范仲淹《苏幕遮》词“芳草无情、更在斜阳外”互看。

生查子　去年元夜时

去年元夜[1]时，花市灯如昼。月到柳梢头，人约黄昏后。今年元夜时，月与灯依旧。不见去年人，泪满春衫袖。

[注释]

① 元夜：即元宵。

[简析]

此词构思与崔护《题都城南庄》诗相似。崔诗曰：“去年今日此门中，人面桃花相映红。人面不知何处去，桃花依旧笑春风。”上片回忆去年元宵夜花市热闹、灯火如昼，与心上人树下约会的缠绵情景；下片写同样是元宵之夜，依然热闹、月亮依然圆满、灯火依然通明，而去年与自己树下约会之人却不见了，想及此，不禁泪流。

诉衷情 清晨帘幕卷轻霜

清晨帘幕卷轻霜，呵手[①]试梅妆[②]。都缘自有离恨，故画作远山[③]长。　　思往事，惜流芳[④]，易成伤。拟歌先敛[⑤]，欲笑还颦[⑥]，最断人肠。

[注释]

① 呵手：呵气暖手。

② 梅妆：梅花妆。李昉等《太平御览·时序部》引《杂五行书》："宋武帝女寿阳公主人日卧于含章殿檐下，梅花落公主额上成五出花，拂之不去。皇后留之，看得几时，经三日，洗之乃落。宫女奇其异，竞效之，今梅花妆是也。"

③ 远山：形容女子的眉毛又细又长。

④ 流芳：指失去的光阴。

⑤ 敛：皱眉。

⑥ 颦：皱眉。

[简析]

此词咏美人画眉。上片写美人清晨略感微寒，呵气暖手化妆的画面，由呵气暖手可见美人的娇怯。因为她心中愁闷，所以将眉毛画得像远山一样修长，那长长的眉毛就像思念一样长远。下片更细致地铺写美人的心绪。对妆自思往事，感叹青春易逝，"拟歌先敛，欲笑还颦"，把美人的断肠心理写得曲折蕴藉。

蝶恋花 面旋落花风荡漾

面旋落花[1]风荡漾。柳重烟深，雪絮飞来往。雨后轻寒犹未放，春愁酒病成惆怅。　　枕畔屏山[2]围碧浪。翠被华灯，夜夜空相向。寂寞起来褰[3]绣幌，月明正在梨花上。

[注释]

① 面旋落花：眼前落花被风吹得乱飞。

② 屏山：这里指屏风。

③ 褰（qiān）：揭开。

[简析]

此词写春愁。上片写面对花落絮飞，借酒消愁人更愁；下片写惆怅之状，夜夜空对着枕畔屏风、翠被、华灯而无眠，无奈起床出门却见皎洁的月光洒满梨花，结句空明静寂。

又 庭院深深深几许

庭院深深深几许，杨柳堆烟，帘幕无重数。玉勒雕鞍[1]游冶处，楼高不见章台路[2]。　　雨横风狂三月暮，门掩黄昏，无计[3]留春住。泪眼问花花不语，乱红飞过秋千去。

[注释]

① 玉勒雕鞍：言车马的华贵。

② 章台路：这里指繁华的游玩之处。

③ 无计：没有办法。

[简析]

此词写闺怨。上片写思妇登楼望行人，因为庭院深深，加上院外杨柳烟多，像无数重帘幕一样挡住思妇的目光，所以望不见行人游玩之处。下片写在一个风狂雨骤的春暮黄昏，思妇掩门伤春、伤己，唯有泪眼对花而已。有人认为此词另有寄托。

又 谁道闲情抛弃久

谁道闲情抛弃久，每到春来，惆怅还依旧。日日花前常病酒，不辞[1]镜里朱颜瘦。　　河畔青芜堤上柳，为问新愁，何事年年有。独立小桥风满袖，平林新月人归后。

[注释]

① 不辞：不惜。

[简析]

此词写春愁。上片写情，下片写景。上片写年年春天都有愁，那愁闷从来没有离"我"远去，借酒消愁，顾不上醉酒伤身。下片写年年青芜杨柳依旧，不解人愁，结句"只写一美境，而愁自寓焉"（唐圭璋语）。

玉楼春 尊前拟把归期说

尊前拟把归期说，未语春容[1]先惨咽。人生自是有情痴，此恨不关风与月。　　离歌且莫翻新阕[2]，一曲能教肠寸结。直须看尽洛城花[3]，始共春风容易别。

[注释]

① 春容：女子的面容。

② 阕：歌曲或词一首叫一阕。

③ 洛城花：唐宋时，洛阳花冠天下。

[简析]

此词写离别的歌宴。上片先写居者。行人想要宽慰居者，欲说归期，还未说出，居者已惨戚欲落泪，这是女子的不忍离别。“人生自是有情痴，此恨不关风与月”，从此时的浓浓的不忍离别的气氛中跳脱出来，有感于人间的种种痴情。下片写行人，席间的首首离歌唱得行人肝肠寸断。“直须看尽洛城花，始共春风容易别”，我看尽了这花冠天下的洛阳城所有的花，那时节匆匆春去夏来，我才不至于惜春伤感过甚，这是男子的不忍离别。王国维《人间词话》卷上：“永叔‘人间自是有情痴，此恨不关风与月’‘直须看尽洛城花，始与春风容易别’，于豪放之中有沉着之致，所以尤高。”

又　洛阳正值芳菲节

洛阳正值芳菲节[1]，浓艳清香相间发。游丝[2]有意苦相萦，垂柳无端争赠别。　　杏花红处青山缺[3]，山畔行人山下歇。今宵谁肯远相随，唯有寂寥孤馆月。

[注释]

① 芳菲节：指草绿花盛的春天。

② 游丝：指蜘蛛等布吐的飘荡在空中的丝。

③ 杏花红处青山缺：杏花盛开的地方遮住青山，山就像有个缺口似的。

[简析]

夏承焘评此词：写得既深婉又层深，既含蓄又充满激情，堪称言尽而意永的佳作。此词是词人离开洛阳后所作。上片写春天的洛阳城芳菲灿烂，空中游丝、风中垂柳都似乎在向词人依依道别。下片写旅途的寂寞，旅途之中看到的是同样在征途中的路人，漫漫长路恐怕只有这山中寂寥驿馆上空的明月伴我前行。

又 别后不知君远近

别后不知君远近，触目凄凉多少闷。渐行渐远渐无书，水阔鱼沉[①]何处问。　夜深风竹敲秋韵[②]，万叶千声皆是恨。故欹单枕[③]梦中寻，梦又不成灯又烬[④]。

[注释]

① 水阔鱼沉：指音信不通。

② 秋韵：竹叶被秋风吹动的声音，

③ 单枕：孤枕。

④ 烬：化作灰烬，指要熄灭。

[简析]

此词写别后怀人。上片写别后音信不通，相思难耐。下片写深夜秋风瑟瑟，增人离恨，待要梦中团圆，却是一夜无眠。

渔家傲 喜鹊填河仙浪浅

喜鹊填河[①]仙浪浅，云軿[②]早在星桥[③]畔。街鼓[④]黄昏霞尾[⑤]暗，炎光敛，金钩[⑥]侧倒天西面。　一别经年今始见，新欢往恨知何限。天上佳期贪眷恋，良宵短，人间不合催银箭[⑦]。

[注释]

① 喜鹊填河：传说七夕之夜，鹊鸟衔接为桥。罗愿《尔雅翼》："涉秋七日，鹊首无故皆髡，相传以为是日河鼓与织女会于汉东，役乌鹊为梁以渡，故毛皆脱去。"

② 云軿（píng）：指载织女的云车。

③ 星桥：即鹊桥。

④ 街鼓：设置在京城街道的警夜鼓，宵禁开始和终止时击鼓通报。

⑤ 霞尾：余霞。

⑥ 金钩：指月如钩。

⑦ 银箭：古代刻漏上装置的箭。李贺《河南府试十二月乐词》："玉壶银箭稍难倾。"

[简析]

这是一首七夕词。上片以景入文，细致地描写了牛郎织女相会的场景：银河、鹊桥、云车、月如钩。下片写情，写牛郎织女缱绻难分，良宵短促。

又 乞巧楼头云幔卷

乞巧[①]楼头云幔卷，浮花催洗严妆[②]面。花上蛛丝[③]寻得遍，颦笑浅，双眸望月牵红线[4]。　　奕奕天河[5]光不断，有人正在长生殿。暗付金钗清夜半[6]，千秋愿，年年此会长相见。

［注释］

① 乞巧：民间风俗，妇女于夏历七月七日夜间向织女星乞求智巧，谓之乞巧。宗懔《荆楚岁时记》："七夕妇女结彩缕穿七孔针，陈瓜果于庭中，以乞巧。"

② 严妆：端正装束。

③ 蛛丝：王仁裕《开元天宝遗事》："七月七日，宫女各捉蜘蛛于小合中，至晚开视，蛛网密者，言得巧多，稀者言得巧少。民间亦效之。"

④ 红线：传说月老为掌管人间婚姻的神，如果他用红线将一对男女的脚系住，那么这对男女必成夫妇。

⑤ 天河：银河。

⑥ 有人正在长生殿，暗付金钗清夜半：咏唐明皇与杨贵妃事。本白居易《长恨歌》"七月七日长生殿，夜半无人私语时""唯将旧物表深情，钿合金钗寄将去"。

［简析］

这同样是一首七夕词。此词写七夕风俗及相关故事。上片写妇女七夕乞巧、验巧及祈望好姻缘的活动；下片借用长生殿的典故来赞咏唐玄宗和杨玉环的爱情。

又　别恨长长欢计短

别恨长长欢计短，疏钟促漏[1]真堪怨。此会此情都未半，星初转[2]，鸾琴凤乐[3]匆匆卷。　　河鼓无言西北眄[4]，香蛾[5]有恨东南远。脉脉横波珠泪满，归心乱，离肠便逐星桥断。

[注释]

① 疏钟促漏：钟声稀漏声短促，谓夜已深。

② 星初转：北斗星开始转动，指天将明。

③ 鸾琴凤乐：指和美悦耳的音乐。

④ 眄（miàn）：斜视，引申为望。

⑤ 香蛾：这里指织女。

[简析]

此词仍是一首七夕词，写牛郎织女的分别。上片写一晚过得很快，天将明，牛郎织女马上要分离。下片写分离场面及欲断心肠，牛郎西望，织女东去，无奈分离。

临江仙 柳外轻雷池上雨

柳外轻雷[①]池上雨，雨声滴碎荷声。小楼西角断虹[②]明。阑干倚处，待得月华生。　燕子飞来窥画栋，玉钩垂下帘旌。凉波不动[③]簟纹平。水精[④]双枕，傍有堕钗横。

[注释]

① 轻雷：雷声小。

② 断虹：一段彩虹。

③ 凉波不动：喻席纹平如波纹不动。

④ 水精：即水晶。

[简析]

此词虽题为写景，而情尽蕴其中。上片写夏日阵雨。沈际飞《草堂诗余正集》卷二：“雨忽虹，虹忽月，夏景尔尔，拈笔不同。”下片通过画栋、玉钩、簟纹平、水晶枕等景物来表现美人夏日睡觉的情致。

浪淘沙 把酒祝东风

把酒祝东风，且共从容[1]。垂杨紫陌[2]洛城东。总是当时携手处，游遍芳丛。　　聚散苦匆匆，此恨无穷。今年花胜去年红。可惜明年花更好，知与谁同。

[注释]

① 从容：盘桓。希望春天不要那么快过去。

② 紫陌：指京师郊野的道路。

[简析]

这是一首惜春忆春的词作。上片写今春的聚会，重游去年游过的洛阳城郊，风景依旧希望年年有今朝。下片感叹聚会匆匆、总有别离。结句寄慨深远，俞陛云《唐五代两宋词选释》："因惜花而怀友，前欢寂寂，后会悠悠，至情语以一气挥写，可谓深情如水，行气如虹矣。"

又 今日北池游

今日北池游。漾漾[1]轻舟。波光潋滟柳条柔。如此春来春又去，白了人头。　　好妓好歌喉。不醉难休。劝君满满酌金瓯[2]。纵使花时常病酒，也是风流。

[注释]

① 漾漾：荡漾。

② 金瓯：金杯。

[简析]

这是一首抒情词。此词上片写与友人北池春游、荡舟。下片写如此欢乐春光不可辜负，道出了词人豪迈放逸的个人情怀。

青玉案 一年春事都来几

一年春事都来[①]几，早过了、三之二。绿暗红嫣浑可事[②]，绿杨庭院，暖风帘幕，有个人[③]憔悴。 买花载酒长安市，又争似[④]家山[⑤]见桃李。不枉[⑥]东风吹客泪，相思难表，梦魂无据，惟有归来是[⑦]。

[注释]

① 都来：算来。
② 可事：可心的乐事。
③ 个人：犹云那人。
④ 争似：怎似。
⑤ 家山：家乡。
⑥ 不枉：不怪。
⑦ 是：正确。

[简析]

此词写思归之情。上片写年华易去，不觉又是一年，春光固然可人，却总引得人想念家乡。下片抒写思乡心切，纵然在都城的春天里不妨醉酒赏花，不亦快哉，总抵不上家乡的春天桃李芬芳，不是东风吹得人落泪，而是乡思泪。

柳　永

曲玉管　陇首云飞

陇首[①]云飞，江边日晚，烟波满目凭阑久。立望关河[②]萧索，千里清秋，忍[③]凝眸。　杳杳神京，盈盈仙子，别来锦字[④]终难偶[⑤]。断雁[⑥]无凭[⑦]，冉冉[⑧]飞下汀洲。思悠悠。　暗想当初，有多少、幽欢佳会，岂知聚散难期[⑨]，翻成云恨雨愁。阻追游[⑩]。每登山临水，惹起平生心事，一场消黯[⑪]，永日无言，却下层楼。

[注释]

① 陇首：这里泛指山头。

② 关河：这里泛指关山河川。

③ 忍：这里指不忍。

④ 锦字：指传递相思的书信。

⑤ 偶：遇。

⑥ 断雁：失群的大雁。

⑦ 无凭：不能凭信。

⑧ 冉冉：慢慢地。

⑨ 期：预料。

10. 追游：寻胜游览。

⑪ 消黯：黯然销魂。

[简析]

这是一首登高怀远词。第一叠写登高凭栏，默默凝望已久，满目秋景萧瑟，引人销魂；第二叠抒写怀念远在汴京的美人的心情，一别后音信不通。第三叠回到当下，感叹今昔迥异，昔日欢乐幽会，谁知别后再难聚，不免登山临水、凭栏远望而独自心伤，呼应开头“凭阑久”“忍凝眸”。

雨霖铃 寒蝉凄切

寒蝉[1]凄切，对长亭晚，骤雨初歇。都门[2]帐饮无绪，留恋处、兰舟催发。执手相看泪眼，竟无语凝噎。念去去、千里烟波，暮霭沉沉楚天阔。　　多情自古伤离别，更那堪冷落清秋节。今宵酒醒何处，杨柳岸、晓风残月。此去经年，应是良辰美景虚设。便纵有千种风情，更与何人说。

[注释]

① 寒蝉：也叫寒蜩，据说可以鸣叫到深秋。

② 都门：这里指汴京。

[简析]

黄蓼园《蓼园词评》评此词：“送别词，清和朗畅，语不求奇，而意致绵密，自尔稳惬。”词的上片写分别情事。在一个骤雨下过，寒蝉嘶鸣的秋季傍晚，虽然双方绝不忍分别，无奈船夫催促，只有四目泪眼相对，默述别情。下片遥想别后酒醒情形，“杨柳岸、晓风残月”风景清幽，可想词人别情的凄凄，接着叙别后之情，纵然有良辰美景可乐之事，终究相思哀愁。

佳人醉 暮景萧萧雨霁

暮景萧萧雨霁，云淡天高风细。正月华如水，金波[1]银汉，潋滟[②]无际。冷浸书帷梦断，却披衣重起临轩砌。　　素光遥指，因念翠娥杳隔，音尘何处。相望同千里。尽凝睇，厌厌[③]无寐，渐晓雕阑独倚。

[注释]

① 金波：形容月光浮动。

② 潋滟：弥漫相连。

③ 厌厌：寂寞无聊。

[简析]

上片铺写秋夜景色，词人醒后无眠。雨后月光皎洁，凉风微微，催人梦醒。下片写秋夜怅望良久直至天渐晓，还在思念相隔千里的她。

凤栖梧　伫倚危楼风细细

伫倚危楼风细细。望极[①]春愁，黯黯[②]生天际。草色烟光残照里，无言谁会凭阑意。　　拟把疏狂图一醉。对酒当歌，强乐还无味。衣带渐宽终不悔，为伊消得人憔悴。

[注释]

① 望极：望尽。

② 黯黯：沮丧忧愁貌。

[简析]

此词上片写境，下片抒情。上片写登高望远，极目所见夕阳下草色青青向天边延伸无际，内心无名的愁闷油然生发，“无言谁会凭阑意”一句情绪郁结；下片抒发意志，欲要苦中作乐而不得，纵然为此愁苦消瘦，依然不改初衷。结句“与‘不辞镜里朱颜瘦’语，同合风人之旨”（唐圭璋语）。

卜算子 江枫渐老

江枫渐老，汀蕙[1]半凋，满目败红衰翠。楚客[2]登临，正是暮秋天气。引[3]疏砧[4]、断续残阳里。对晚景、伤怀念远，新愁旧恨相继。　　脉脉人千里。念两处风情，万重烟水。雨歇天高，望断翠峰十二[5]。尽无言、谁会凭高意。纵写得、离肠万种，奈归云谁寄。

[注释]

① 蕙：蕙草，俗名“佩兰”。

② 楚客：屈原是楚国人，所作多悲愤，

③ 引：长、久。

④ 疏砧：稀疏的捣衣声。

⑤ 翠峰十二：即巫山十二峰，这里代指巫山。用楚怀王和巫山神女幽会事。

[简析]

此词为寓景抒情之作。上片写羁旅行役中的秋景，写得穷极工巧。萧杀景色不免惹得词人新愁旧恨涌上心头。下片直抒离情，周济《宋四家词选·眉批》评此词下片：“后阕一气转注，联翩而下，清真最得此妙。”

少年游 参差烟树霸陵桥

参差烟树霸陵桥[1]，风物尽前朝。衰杨古柳，几经攀折，憔悴楚宫腰[2]。　夕阳闲淡秋光老，离思满蘅皋。一曲阳关[3]，断肠声尽，独自凭兰桡。

[注释]

① 霸陵桥：即灞桥，在今西安市东。《三辅黄图》："霸桥在长安东，跨水作桥，汉人送客至此桥，折柳赠别。"

② 楚宫腰：这里指被反复攀折的柳树。

③ 阳关：歌曲名。王维《渭城曲》："劝君更尽一杯酒，西出阳关无故人"，后歌入乐府，以为送别之曲。

[简析]

这是词人漫游长安时所作。上片抒怀古之情，从大处着眼，长安的风物依然、灞桥古柳仍在，它们见证了多少古今的分离送别。下片归结到当下，写词人在即将离开长安的舟中的所见所思，伤离别怨。

鹤冲天 黄金榜上

黄金榜[1]上，偶失龙头[2]望。明代暂遗贤[3]，如何向[4]。未遂风云便[5]，争不恣狂荡。何需论得丧。才子词人，自是白衣卿相[6]。　烟花巷陌，依约丹青屏障[7]。幸有意中人，堪寻芳。且恁偎红翠[8]，风流事、平生畅。青春都[9]一饷，忍把浮名，换了浅斟低唱。

[注释]

① 黄金榜：科举时代殿试揭晓的榜，榜上有名谓殿试录取。

② 龙头：唐宋时称状元为龙头。

③ 遗贤：弃置未用的贤才。

④ 向：语助词，无实义。

⑤ 风云便：指好的际遇。

⑥ 白衣卿相：没有卿相头衔的卿相。

⑦ 屏障：这里指屏风。

⑧ 偎红翠：与女性亲热昵爱。

⑨ 都：算来。

[简析]

这是柳永在进士考试落榜后所作。上片多是自负之语，尽管我偶然落第，际遇不佳，但是我作词的才能和才学自然称得上是没有卿相之位的卿相了。下片作旷达和豪放语，青春时光短暂，我何不把追求功名的心丢开，在秦楼楚馆中潇洒风流，做平生畅快之事呢。据说，柳永后来又参加进士考试，被仁宗弃用。沈雄《古今词话》引《太平乐府》："柳永曲调传播四方，尝候榜作《鹤冲天》词云……。仁宗闻之曰：'此人风前月下，浅斟低唱，好填词去。'柳永下第，自此词名益振。"

采莲令 月华收

月华收，云淡霜天曙[①]。西征客，此时情苦。翠娥执手，送临歧、轧轧[②]开朱户。千娇面、盈盈伫立，无言有泪，断肠争忍回顾。　　一叶兰舟，便恁急桨凌波去。贪行色[③]，岂知离绪，万般方寸，但饮恨、脉脉同谁语。更回首、重城[④]不见，寒江天外，隐隐两三烟树。

[注释]

① 曙：破晓。

② 轧轧：象声词，开门声。

③ 贪行色：指出发时行色匆匆，急于出发。

④ 重城：高耸的城阙。

[简析]

上片描写破晓临别情形，客心临别凄苦，至于离去后不忍回头看送行人。下片写所乘之舟急行而去后，词人心中之别恨。词作上片写分别时的不忍回头，如今回头再看，却只能看见隐约的几点稀树而已，唐圭璋《唐宋词简释》：“屈子云：‘过夏首而西浮兮，顾龙门而不见。’收处仿佛似之。”

夜半乐 冻云黯淡天气

冻云黯淡天气，扁舟一叶，乘兴离江渚。渡万壑千岩，越溪[1]深处，怒涛渐息，樵风[2]乍起，更闻商旅相呼，片帆高举，泛画鹢[3]翩翩过南浦。　望中酒旆闪闪，一簇烟村，数行霜树，残日下、渔人鸣榔归去。败荷零落，衰杨掩映，岸边两两三三，浣纱游女，避行客、含羞笑相语。　到此因念，绣阁轻抛，浪萍难驻。叹后约[4]丁宁竟何据。惨离怀、空恨岁晚归期阻，凝泪眼、杳杳神京路，断鸿声远长天暮。

[注释]

① 越溪：这里应指若耶溪，在今浙江绍兴南若耶山下。

② 樵风：好风、顺风。

③ 画鹢：船。

④ 后约：以后的期约。

[简析]

这是一首羁旅行役词，善于铺排。第一叠写词人乘兴坐船出行，渡江直下，继而又江尽溪行的一路所经。第二叠写小舟继续前行，词人目中所见。此时来到了一处村庄，有酒旗、有村落、有霜树、有浣纱女。第三叠抒情。词人一路游来，由所经所见怀念起远在都城的恋人，想到自己飘零他乡、与恋人难聚、功业未成，不禁悲从中来。

望海潮 东南形胜

东南形胜[①]，江吴都会，钱塘自古繁华。烟柳画桥，风帘翠幕，参差[②]十万人家。云树绕堤沙。怒涛卷霜雪，天堑[③]无涯。市列珠玑，户盈罗绮，竞豪奢。　　重湖叠巘[④]清嘉[⑤]。有三秋桂子，十里荷花。羌管弄晴，菱歌泛夜，嬉嬉钓叟莲娃[⑥]。千骑拥高牙[⑦]。乘醉听萧鼓，吟赏烟霞。异日图将[⑧]好景，归去凤池[⑨]夸。

[注释]

① 形胜：地理位置优越，地势险要。

② 参差：形容依山建筑高低不齐。

③ 天堑：这里指钱塘江。

④ 重湖叠巘：西湖中数堤将西湖分为里湖与外湖，故这里称重湖。叠巘指层叠的山峰。

⑤ 清嘉：清秀佳丽。

⑥ 钓叟莲娃：钓鱼的老头和采莲的少女。

⑦ 高牙：高举的牙旗。

⑧ 图将：画出。

⑨ 凤池：凤凰池。禁苑中所设，这里指代朝廷。

[简析]

一般认为，这首词是柳永赠杭州太守孙沔之作。此词极力铺写了杭州风景美丽、都会繁华和人民生活的富足。陈振孙《直斋书录解题》评此词："承平气象，形容曲尽。"，也有传说金主完颜亮正是因为读了柳永的这首词，欣然有慕于三秋桂子、十里荷花，遂起投鞭渡江之志。此词上片写杭州位置冲要、民生繁盛、经济发达，又有钱塘天堑，承平安稳。下片写游览西湖的盛况。先说西湖美景，有桂花、有荷花；再说西湖的热闹，有钓鱼的老人，有采莲的女子，一片欢乐融融的景象；最后赞美太守游湖的威风和雅兴。末句祝愿孙沔回京城做官，可将西湖美景画出，再待欣赏夸赞，仍扣住主题。

玉蝴蝶 望处雨收云断

望处雨收云断，凭阑悄悄，目送秋光。晚景萧疏，堪动宋玉悲凉[①]。水风轻、蘋花渐老，月露冷、梧叶飘黄。遣情伤，故人何在，烟水茫茫。　　难忘，文期[②]酒会，几孤[③]风月，屡变星霜[④]。海阔山遥，未知何处是潇湘[⑤]。念双燕、难凭远信，指暮天、空识归航。黯相望，断鸿声里，立尽斜阳。

[注释]

① 宋玉悲凉：指悲秋情怀。宋玉《九辩》："悲哉秋之为气也。"

② 文期：约定日期举行的文酒之会。

③ 孤：辜负。

④ 星霜：指年岁。

⑤ 何处是潇湘：抒发望远之意。柳宗元《得卢衡州书因以诗寄》有“非是白蘋洲畔客，还将远意问潇湘。”

[简析]

此词为怀念湘中故人之作。上片写凭栏远望中所见萧疏秋景，不禁悲哀、心怀故人。下片悲叹无可奈何的行役生涯以及对故人的思念之切。末句“黯相望”结束上文，“‘断鸿声里’两句，收转到‘凭阑悄悄’。‘尽’字极辣，极厚，极朴，较少游‘杜鹃声里斜阳暮’尤觉力透纸背。盖彼在前结，故蕴藉；此在后结，故沉雄也（陈匪石《宋词举》）”。

八声甘州　对潇潇暮雨洒江天

对潇潇暮雨洒江天，一番洗清秋。渐霜风凄惨，关河冷落，残照当楼。是处[1]红衰翠减，苒苒物华休。惟有长江水，无语东流。　不忍登高临远，望故乡渺邈，归思难收。叹年来踪迹，何事苦淹留。想佳人妆楼颙望[2]，误几回、天际识归舟。争知我、倚阑干处，正恁凝愁。

[注释]

① 是处：处处。

② 颙（yóng）望：举首凝望。

[简析]

这是柳永词中被评价极高的一首。陈廷焯《大雅集》卷二评价此词：“情景兼到，骨韵俱高，无起伏之情，有生动之趣，古今杰构，耆卿集中仅见。”上片写秋天雨后登高临远，描写一场秋雨后的肃杀之景，境界高远。风紧日斜，山河冷落，到处花草衰败，光阴荏苒，苏轼说“渐霜风凄惨”句“于诗句不减唐人”。下片表达思念故乡、妻子之情以及欲归不得的慨叹。

迷神引 一叶扁舟轻帆卷

一叶扁舟轻帆卷，暂泊楚江南岸。孤城暮角，引胡笳怨。水茫茫，平沙雁，旋惊散。烟敛寒林簇[①]，画屏展。天际遥山小，黛眉浅[②]。 旧赏轻抛，到此成游宦。觉客程劳，年光晚。异乡风物，忍萧索，当愁眼。帝城赊[③]，秦楼阻，旅魂乱。芳草连空阔，残照满。佳人无消息，断云远。

[注释]

① 簇：聚集。

② 黛眉浅：形容远山看去如眉黛。

③ 赊：远。

[简析]

此词是词人晚年游宦之作。上片写暮泊楚江所见，景色如画，水茫茫无际，沙雁惊飞，烟笼远树，遥山如眉黛。下片感叹舟行劳顿、游宦艰辛。

竹马子 登孤垒荒凉

登孤垒荒凉，危亭旷望，静临烟渚。对雌霓[①]挂雨，雄风[②]

拂槛，微收烦暑。渐觉一叶惊秋，残蝉噪晚，素商[3]时序。览景想前欢，指神京非雾非烟深处。　向此成追感，新愁易积，故人难聚。凭高尽日凝伫，赢得消魂无语。极目霁霭霏微，暝鸦零乱，萧索江城暮。南楼画角，又送残阳去。

[注释]

① 雌霓：虹双出，色鲜艳者为雄，色暗淡者为雌，雄曰虹，雌曰霓。

② 雄风：雄骏的风。

③ 素商：指秋天。

[简析]

此词是词人晚年羁旅之作。上片写登亭远望，开头"孤垒""荒凉"传达出词人落寞情绪，对彩虹强风，突觉夏过秋来，引动悲秋伤己之情。下片承上，情更悲戚，全都寓于远望所见所闻的夕阳、乱鸦、城楼画角声之中。

忆帝京　薄衾小枕凉天气

薄衾小枕凉天气，乍觉别离滋味。展转数寒更，起了还重睡。毕竟不成眠，一夜长如岁。　也拟待[1]却回征辔，又争奈已成行计。万种思量，多方开解，只恁寂寞厌厌[2]地。系我一生心，负你千行泪。

[注释]

① 拟待：打算。

② 厌厌：懒倦无聊。

[简析]

此词写离情，通俗易懂。上片写初别后，乍感别离滋味，一夜无眠难熬；下片似是对对方倾谈，也似对自己的开导，以不能不分离做理由宽慰彼此，以作相思缠绕的解脱。

安公子　远岸收残雨

远岸收残雨，雨残稍觉江天暮。拾翠汀州人寂静，立双双鸥鹭。望几点、渔灯隐映蒹葭浦。停画桡、两两舟人语，道去程今夜，遥指前村烟树。　游宦成羁旅，短樯吟倚闲凝伫。万水千山迷远近，想乡关何处。自别后、风亭月榭孤欢聚。刚断肠、惹得离情苦。听杜宇[①]声声，劝人不如归去。

[注释]

① 杜宇：即杜鹃鸟，其叫声似“不如归去”，常用作思归或催人归去之辞。

[简析]

此词写游宦思归。由于下雨，词人所乘之舟暂时停泊。上片写雨后所见，由远及近。远远望去，岸边雨慢慢停了，此时才发现天已经要黑了，小洲上已没有拾翠的姑娘，只见一对儿鸥鹭，万物都寂静下来。远处芦苇丛后隐隐有渔灯点点，耳边船夫商量着今夜在哪里停宿。下片由所见所闻牵动思乡和伤己之情，结句凄然。

王安石

桂枝香 登临送目

登临送目，正故国[①]晚秋，天气初肃[②]。千里澄江似练[③]，翠峰如簇。征帆去棹残阳里，背西风、酒旗斜矗[④]。彩舟云淡，星河鹭起[⑤]，画图难足。 念往昔、繁华竞逐，叹门外楼头[⑥]，悲恨相续。千古凭高对此，漫嗟荣辱。六朝旧事随流水，但寒烟芳草凝绿。至今商女，时时犹唱，后庭遗曲[⑦]。

[注释]

① 故国：指南朝旧都建业，即今南京。

② 肃：萧瑟。

③ 千里澄江似练：谢朓《晚登三山还望京邑》："澄江静如练。"

④ 矗：直立。

⑤ 彩舟云淡，星河鹭起：银河映流，华舟竞丽，鹭鸟飞动的景色。

⑥ 门外楼头：杜牧《台城曲》有"门外韩擒虎，楼头张丽华"写后主偏安江左，北兵已临城下。这里指六朝的覆灭。

⑦"至今商女"句："后庭"指《玉树后庭花》曲，陈后主所作。杜牧《夜泊秦淮》诗："商女不知亡国恨，隔江犹唱后庭花。"

[简析]

这是一首怀古词。《历代诗余》卷一百十四引《古今词话》："金陵怀古，诸公寄调'桂枝香'者三十余家，惟王介甫为绝唱。东坡见之，叹曰'此老乃野狐精也'。"上片写凭高眺望的金陵之景。澄江如练、夕阳下的征帆远去、酒旗飘飘；以下又写秦淮河的晚景，灯火沿流，华星倒落，一片繁华景象。下片发兴亡之叹，怀古之情袅袅不尽。

菩萨蛮 数家茅屋闲临水

数家茅屋闲临水，轻衫短帽垂杨里。今日是何朝，看余度石桥。　　梢梢新月偃，午醉醒来晚。何物最关情，黄鹂一两声[①]。

[注释]

① 黄鹂一两声：冯贽《云仙杂记》引《高隐外书》云："颙携黄柑斗酒，人问何之，曰：'往听黄鹂声。此俗耳针砭，诗肠鼓吹，汝知之乎？'"

[简析]

此词于词人推行新法被废黜，落职出京卜居金陵半山时所作。描写了自己的闲居生活，茅屋临水、轻衫短帽、午醉晚醒等，结句体现了词人的诗兴意趣。全词含蓄地展示了词人洒脱放达的生活态度和孤傲的性格。

千秋岁引 别馆寒砧

秋景

别馆寒砧，孤城画角，一派秋声入寥廓。东归燕从海上去，南来雁向沙头落。楚台风[①]，庾楼月[②]，宛如昨。　　无奈被些名利缚。无奈被它情[3]担阁。可惜风流总闲却。当初谩[4]留华表语[5]，而今误我秦楼[6]约。梦阑时，酒醒后，思量著。

[注释]

① 楚台风：指畅快的风。宋玉《风赋》："楚襄王游于兰台之宫，宋玉景差侍。有风飒然而至，王乃披襟而当之，曰："快哉此风！"

② 庾楼月：指秋夜皎洁的月色。《世说新语·容止》："庾太尉在武昌，秋夜气佳景清，使吏殷浩、王胡之之徒登南楼理咏。……因便据胡床，与诸人咏谑，竟坐甚得任乐。"

③ 情：尽。

④ 谩：通"漫"，徒然。

⑤ 华表语：指学道出尘。《搜神后记》卷一："丁令威，本辽东人，学道于灵虚山。后化鹤归辽，集城门华表柱。时有少年，举弓欲射之。鹤乃飞，徘徊空中而言曰：'有鸟有鸟丁令威，去家千年今始归。城郭如故人民非，何不学仙冢垒垒。'遂高上冲天。"

⑥ 秦楼：歌榭妓馆。

[简析]

黄蓼园《蓼园词选》评此词："按是必其退居金陵时作也。意致清迥，攸然有出尘之致。"词的上片写寂寂秋景，自己的闲情雅致都抛却；下片总念名利锁人，使人无法过上逍遥自在的生活，结句不言愁，使人自愁。

王安国

清平乐 留春不住

留春不住，费尽莺儿语。满地残红宫锦[1]污，昨夜南园[2]风雨。小怜[3]初上琵琶，晓来思绕天涯。不肯画堂朱户，春风自在梨花。

[注释]

① 官锦：这里比喻落花。

② 南园：泛指园圃。

③ 小怜：这里泛指歌女。北朝冯淑妃名小怜，慧黠能弹琵琶，工歌舞。

[简析]

此词在行文走笔上营造出听觉与视觉的双重效果，意在勾勒出一幅残败的暮春之图，以此来表达词人深沉的情怀。词的上片写惜春惜花，年华易逝，忧愁情绪。下片写歌女弹琵琶诉说春愁，借说歌女愿做自在梨花而不愿被富贵繁华束缚，来表现自己的高洁品格。

晏几道

临江仙 梦后楼台高锁

梦后楼台高锁，酒醒帘幕低垂。去年春恨却来[1]时。落花人独立，微雨燕双飞。　　记得小蘋[2]初见，两重心字[3]罗衣，琵琶弦上说相思。当时明月在，曾照彩云[4]归。

[注释]

① 却来：正来。

② 小蘋：作者朋友家的一个歌女。

③ 两重心字：指衣服上印有两重“心”字花纹。

④ 彩云：这里指小蘋。

[简析]

这是一首追忆歌女的词，写来如梦蕴藉，情思飘渺。上片造境，不必是写实。首二句对仗工整，追昔抚今，衬托词人如今的寂寥。去年的相会犹如一场梦，短暂的相会后是人去楼空，楼台高锁；酒醒是今年的酒醒，在这春天里多少次借酒消愁，多少次醒后面对的是那低垂的帘幕，真有无限低回静寂。如今又值春残季节，去年离别的愁恨正又袭来，接着“落花人独立，微雨燕双飞”传达一个凄艳的意境，渲染“春恨”。下片转入正题，写出“春恨”的对象，回忆初次见面时的小蘋。她当时弹着琵琶，曾与我心心相印。结句感慨今昔，寄寓悼惜怅惘之情。

蝶恋花 醉别西楼醒不记

醉别西楼醒不记。春梦秋云，聚散真容易。斜月半窗还少睡，画屏闲展吴山[1]翠。　　衣上酒痕诗里字，点点行行，总是凄凉意。红烛自怜无好计，夜寒空替人垂泪。

[注释]

① 吴山：这里指画屏上的江南山水。

[简析]

此词写别后凄婉。陈廷焯《大雅集》卷一评此词："一字一泪，一字一珠。"上片写宴会分别后醒来的情况。酒醒后分别的痛楚更加真切，以至于醒来再无法入睡，直感人间分离容易。下片承上片，无眠沉闷之际，见衣上还沾有酒点，还有先前所写的诗稿，更加的感伤，正如欧阳修《玉楼春》词所写"触目凄凉多少闷"，结句用杜牧红烛替人垂泪表达人心欲泪，较常见。

又 梦入江南烟水路

梦入江南烟水路[1]。行尽江南，不与离人遇。睡里消魂无处说，觉来惆怅消魂误[2]。　　欲尽此情书尺素，浮雁沉鱼，终了[3]无凭据。却倚缓弦[4]歌别绪，断肠移破秦筝柱。

[注释]

① 梦入江南烟水路：语本岑参《春梦》诗："洞房昨夜春风

起，遥忆美人湘江谁。枕上片时春梦中，行尽江南数千里。”

② 误：贻害。

③ 终了：终于。

④ 缓弦：指秦筝，秦筝所弹曲子调长声缓。

[简析]

此词写的是词人十分想念，无以克制的心境。上片由想念到梦见，梦见却又不能在梦中遇见想念的那个人，满腔的黯然失落催人醒，醒来仍然在为那个失落的梦而惆怅失神。下片写要把这想念之情诉诸笔端，写成书信寄给对方，却是无法送达；想要弹筝疏散愁闷，弹到最伤心时，恨深弦急，竟将筝柱移破。全词将相思难禁，不能一抒的情况写得层层深入。

鹧鸪天 彩袖殷勤捧玉钟

彩袖[①]殷勤捧玉钟，当年拚却[②]醉颜红。舞低杨柳楼心月，歌尽桃花扇影风。 从别后，忆相逢，几回魂梦与君同[③]。今宵剩把[④]银釭[⑤]照，犹恐相逢是梦中[⑥]。

[注释]

① 彩袖：这里代指一个歌女。

② 拚（pàn）却：甘愿、不惜。

③ 魂梦与君同：在梦中与你相聚。

④ 剩把：尽把。

⑤ 银釭：灯盏。

⑥ 犹恐相逢是梦中：盖出自杜甫《羌村》诗：“夜阑更秉烛，相对如梦寐。”

[简析]

这是一首伤离怨别，怀旧遣情之作，表现的是一对恋人从初盟到别离再到重逢的经过。全词不过五十几个字，却营造了两种意境。上片写歌舞酣畅的繁华场面，浓至让词人陶醉，从“殷勤”“拚却”可见词人与那歌女二人心意。“舞低”二句历来被称道，写歌女宴会跳舞时间之长，唱歌的尽兴，写得华贵闲雅。下片写别后重逢，悲喜错杂其间，不住拿灯来照对方，唯恐还是在做梦，这时的安静与上片的喧哗张扬截然不同。陈廷焯《白雨斋词话》评曰：“下半阕曲折深婉，自有艳词，更不得不让伊独步。”

又 小令尊前见玉箫

小令尊前见玉箫[①]，银灯一曲太妖娆。歌中醉倒谁能恨[②]，唱罢归来酒未消。　春悄悄，夜迢迢，碧云天共楚宫[④]遥。梦魂惯得[③]无拘检，又踏杨花过谢桥[⑤]。

[注释]

① 玉箫：用唐代西川节度使韦皋与姜辅家侍婢玉箫相恋事，玉箫在这里指词人所钟爱的一个歌妓。

② 恨：遗恨。

③ 惯得：纵容。

④ 楚宫：这里指玉箫的居处。

⑤ 谢桥：谢秋娘为唐代宰相李德裕家的名歌妓，谢桥指与情人游冶欢会之地。

[简析]

此词讲情事。上片写词人在华筵银灯之下与玉箫初次见面，就被她而吸引，心生爱慕，词人尽兴欢乐，醉倒而归。下片写归来相思。归来酒劲儿稍过，又在回味刚刚的宴会和玉箫，不觉入睡，在梦中又踏着满径的杨花，与玉箫相会去了。《邵氏闻见后录》卷十九载程叔微云："伊川闻诵晏叔原'梦魂惯得无拘检，又踏杨花过谢桥'长短句，笑曰：'鬼语也！'意亦赏之。"

又 十里楼台倚翠微

十里楼台倚翠微[1]，百花深处杜鹃啼。殷勤自与行人语，不似流莺取次[2]飞。　惊梦觉，弄晴时，声声只道不如归。天涯岂是无归意，争奈归期未可期[3]。

［注释］

① 翠微：苍翠山色。

② 取次：随意。

③ 期：预期。

［简析］

此词写词人客游他乡的思归之情。上片写十里长街苍翠的山色之下楼台掩映，花丛深处传来杜鹃啼声。下片写杜鹃啼叫"不如归去"，把词人残梦惊醒。结句质朴，直接说道不是我不想回家，而是归期奈何定不下来。

生查子 金鞭美少年

金鞭美少年，去跃青骢马[1]。牵系玉楼人，绣被春寒夜。

消息[2]未归来，寒食梨花谢。无处说相思，背面秋千下[3]。

[注释]

① 青骢马：青白杂毛的马。

② 消息：音信。

③ 背面秋千下：本李商隐《无题》诗："十五泣春风，背面秋千下。"意思是在秋千架旁背着人哭泣。

[简析]

这是一首闺人怨别词。上片写风流少年离开，闺中女子牵念。下片围绕"牵系"二字展开，风流男子春天走后，如今已将近春暮，仍没有音信送来，女子思念心切，清明寒食节气，本该快乐地荡秋千，女子却偷偷在秋千旁哭泣。

又 坠雨已辞云

坠雨已辞云，流水难归浦。遗恨[1]几时休，心抵秋莲[2]苦。忍泪不能歌，试托哀弦语。弦语愿相逢，知有相逢否。

[注释]

① 遗恨：别后之恨。

② 秋莲：秋后莲蓬结子，莲心味苦，诗词中常用莲心苦比喻人心苦。

[简析]

此词把女子怀人的心理写得生动有致。上片写已经分别，就不要再幻想重逢，是故作决绝语。然而就算不能再见面，却一刻都不能停止想念，内心煎熬如秋莲般苦楚。下片写想念之苦让人歌不成，转而弹奏琴弦，琴声即是心声，琴声里却又分明低诉：何时才能与他相逢。

又 关山魂梦长

关山魂梦长[①]，鱼雁音尘少。两鬓可怜[②]青，只为相思老。归梦碧纱窗，说与人人[③]道。真个[④]别离难，不似相逢好。

[注释]

① 关山魂梦长：形容相距甚远。

② 可怜：很。

③ 人人：昵称，指所爱的那个人。

④ 真个：真正。

[简析]

此词为怀人之作。上片写相隔遥远，书信寥寥，我现在鬓发青青，也将慢慢因相思而衰老。下片写某日若我的魂梦飞回伊人身边，在碧纱窗下，我一定要跟她说，相逢到底比别离好啊。结句极其真挚，一片痴情流于笔下。

又 长恨涉江遥

长恨涉江[①]遥，移近溪头住。闲荡木兰舟，误入双鸳浦。无端轻薄[②]云，暗作廉纤雨[③]。翠袖不胜寒，欲向荷花语。

[注释]

① 涉江：盖本《古诗》“涉江采芙蓉，兰泽多芳草。采之欲遗谁，所思在远道。”暗示采莲女心有所属。

② 轻薄：轻盈纤弱。

③ 廉纤雨：微雨。

[简析]

此词为咏采莲女之作。上片写采莲女的绮怀，轻划小舟采莲，而“误入双鸳浦”，乍见一对儿鸳鸯，触动了采莲女对爱情的遐想。下片写情之宛转。她本想将这股幽情说与荷花听，天公却不作美，偏偏这时下起了小雨。

破阵子 柳下笙歌庭院

柳下笙歌庭院，花间姊妹秋千。记得春楼当日事，写向红窗夜月前。凭谁寄小莲。　　绛蜡等闲[①]陪泪，吴蚕到了[②]缠绵。绿鬓能供[③]多少恨，未肯无情比断弦。今年老去年。

[注释]

① 等闲：无端。

② 到了：到底。

③ 供：禁得起。

[简析]

此词为抒情之作。首二句回忆春日歌宴、游玩事，如今月夜之下回想，要把它记录下来，怎样寄给小莲呢？下片写相思之苦。红蜡似乎陪人流泪，我的郁结也像吴蚕吐丝一样缠绵无解，纵使有情催人老，我也不愿使自己变得无情。

清平乐 留人不住

留人不住，醉解兰舟去。一棹碧涛春水路，过尽晓莺啼处[1]。 渡头杨柳青青，枝枝叶叶离情。此后锦书休寄，画楼云雨无凭[2]。

[注释]

① 晓莺啼处：春天莺多栖息在杨柳之中，故用“晓莺啼处”代指杨柳。

② 无凭：不能凭信。

[简析]

此词写的是女子挽留不住情人的怨恨。上片写所爱之人登舟弃词人而去，词人难以挽留。写所见：小舟穿过两岸的杨柳，在春水绿波上飘飘离去。下片写词人的不舍。写所感：“青青”“枝枝”“叶叶”，这些叠字的使用对应了词人此时心中的点点滴滴四处漫溢的留恋和伤心。周济《宋四家词选》曰此词：“结句殊怨，然不忍割。”

又 莺来燕去

莺来燕去[1]，宋玉墙东路[2]。草草幽欢能几度。便有系人心处。碧天秋月无端，别来长照关山。一点恹恹[3]谁会。依前凭暖[4]阑干。

[注释]

① 莺燕：这里指与词人相好的女子。

② 宋玉墙东路：这里指这些女子爱慕词人。用宋玉东家的女子爱慕宋玉，登墙窥视宋玉三年事。

③ 恹恹：病貌。

④ 凭暖：长久凭靠，使变暖。

[简析]

这是一首离别相思之作。上片写与相好的女子的秘期幽约总是仓促短暂的，但就这为数不多的约会也足以让人梦牵魂绕，“系人心”三字总领下片。下片写别后滋味：常常夜里难眠，面对碧天秋月，萎靡怏怏，独自久久凭栏。

木兰花 秋千院落重帘暮

秋千院落重帘暮，彩笔[①]闲来题绣户。墙头丹杏雨余花，门外绿杨风后絮。　　朝云[②]信断知何处，应作襄王春梦[③]去。紫骝[④]认得旧游踪，嘶过画桥东畔路。

[注释]

① 彩笔：传说江淹少时，曾梦人授以五色笔，从此文思大进，晚年又梦一个自称郭璞的人索还其笔，自后作诗，再无佳句。后遂以彩笔比喻美妙的文才。

② 朝云：巫山神女，旦为朝云，暮为行雨。这里比喻歌妓。

③ 襄王春梦：《昭明文选·神女赋（并序）》：“楚襄王与宋玉游于云梦之浦，使玉赋高唐之事。其夜王寝，果梦与神女遇，其状甚丽。王异之，明日以白玉。”

④ 紫骝：古骏马名，泛指骏马。

[简析]

此词写的是恋情。上片写旧地重游，而斯人已不在。我闲着无事，拿笔在绣户上题诗，院落内墙头仍有那棵杏树，雨后的杏花更加妖娆，门外的柳絮依然乱扑人面。下片写她音信断绝，大概做梦才能与她私会，词人不说自己此时情苦，却说当我骑马经过画桥东边时，马都认得出这条我曾经游玩必经之路，而嘶鸣起来。

玉楼春 东风又作无情计

东风又作无情计，艳粉娇红吹满地。碧楼帘影不遮愁，还似去年今日意。　　谁知错管春残事，到处[①]登临曾费泪。此时金盏直须深，看尽落花能几醉。

[注释]

① 到处：所到之处。

[简析]

这是一首惜春词，上片写花被吹落，人在楼中隔帘望见花残，引起今年的春愁依旧。下片豪放之中又有深情，我是不该为春残而感物落泪的，此时不如把酒杯斟满，趁着花还未落尽，对之一醉。

阮郎归 来时红日弄窗纱

来时红日弄[①]窗纱，春红[②]入睡霞[③]。去时庭树欲栖鸦，香屏掩月斜。　　收翠羽[4]，整妆华，青骊[5]信又差[6]。玉笙犹恋碧桃花，今宵未忆家。

[注释]

① 弄：弄影。

② 春红：春花。

③ 睡霞：睡觉以后脸上的妆晕和枕痕。

④ 翠羽：指妇女戴在头上作装饰的翠鸟羽毛。

⑤ 青骊：青黑色的马。

⑥ 差：误。

[简析]

此词是一首伤春惜花遗恨之作。上片写男子来赴会，来得早，走得迟。来时看到她刚睡醒，脸上红晕就像两朵春花，走时已经鸦栖月斜。下片写分离后，女子的情状：夜晚整理华妆，不能入睡，在碧桃花下吹着玉笙，久久不肯离去，心里在怨叹：他为什么不想着回来呢。

又 天边金掌露成霜

天边金掌[1]露成霜，云随雁字[2]长。绿杯红袖趁重阳，人情似故乡。　　兰佩[3]紫，菊簪[4]黄，殷勤理旧狂。欲将沉醉换悲凉，清歌莫断肠。

[注释]

① 金掌：汉武帝在建章宫筑台，其上有铜铸的仙人像，闲人手掌捧铜盘，承接天上的露水。

② 雁字：大雁飞行，多排成一字型或人字型，故称雁字。

③ 兰佩：把兰草作配饰。

④ 菊簪：我国古代重阳节有头簪菊花的习俗。

[简析]

陈匪石《宋词举》曰："此在小山词中，为最凝重深厚之作。"首二句点明季节，现在是露水结霜、大雁南飞的秋季，又恰逢重阳佳节，酒筵歌席热闹，这里的风土人情跟故乡相差不多呢，一顿挫。下片首写这里重阳节的"人情"，同样是佩兰、簪菊，又接着一顿挫"殷勤理旧狂"，况周颐认为"狂"就是一肚皮的不合时宜，发见于外者。欲要大醉一场暂忘悲凉，而清越的歌声却叫人欲醉不能啊。

六幺令　绿阴春尽

绿阴春尽，飞絮绕香阁。晚来翠眉宫样[①]，巧把远山学。一寸狂心未说，已向横波觉。画帘遮匝[②]，新翻曲妙，暗许闲人带偷掐[③]。　　前度书多隐语，意浅愁难答。昨夜诗有回纹[④]，韵险[⑤]还慵押。都待笙歌散了，记取留时霎。不消红蜡，闲云归后，月在庭花旧阑角。

[注释]

① 宫样：宫里流行的式样。

② 匝（zā）：遮蔽严密。

③ 偷掐：偷偷用手指甲划出痕迹，来记曲谱。用唐朝长安善于吹笛的少年李谟在桥柱上偷偷记下唐明皇新作曲子乐谱的典故。

④ 回纹：即回文诗。

⑤ 韵险：作诗用不常见而难押的字来押韵叫用险韵。

[简析]

此词写词人与一位歌妓的柔情蜜意。上片写该女子居处、容貌、神态以及优异的歌艺；下片写词人与她的诗酒交往，她不仅歌唱得好，还有文采，用隐语、险韵诗暗暗对词人传达情意，我们曾在酒阑人散之后，二人月下赏花。

更漏子 柳丝长

柳丝长，桃叶小，深院断[1]无人到。红日淡，绿烟轻，流莺三两声。　　雪香[2]浓，檀晕[3]少，枕上卧枝花好[4]。春思重，晓妆迟，寻思残梦时。

[注释]

① 断：一定。

② 雪香：指肌肤白皙香润。

③ 檀晕：指檀晕妆。这是一种淡妆，先以铅粉打底，再敷以檀粉，面颊中部微红，逐渐向四周晕染开来。

④ 枕上卧枝花好：双关，既指枕上绣的花漂亮，也指枕上美人似花。

[简析]

此词以闲淡的笔调抒写了春日闺思的情绪。上片写春日深院静谧，下片写静院之中，幽静淑雅的女子春愁浓重，迟迟才开始梳洗装扮，她还在回想刚刚的残梦。陈廷焯《白雨斋词话》评此词："婉转缠绵，深情一往。"

御街行 街南绿树春饶絮

街南绿树春饶絮，雪满游春路。树头花艳杂娇云，树底人家朱户。北楼闲上，疏帘高卷，直见街南树。　　阑干倚尽犹慵去，几度黄昏雨。晚春盘马[①]踏青苔，曾傍绿阴深驻。落花犹在，香屏空掩，人面知何处。

［注释］

①盘马：跨马盘旋。

［简析］

此词开头写大街南面杨柳飘絮，树上花朵鲜艳，在树底下有词人中意的人的家。于是词人登街北之楼向南遥望。下片再回顾旧日的街南对比现在的人去楼空。

少年游 离多最是

离多最是，东西流水，终[①]解两相逢。浅情终似[②]，行云无定，犹到梦魂中。　　可怜人意，薄于云水，佳会更难重。细想从来，断肠多处，不与者番[③]同。

［注释］

①终：终究。

②终似：纵然像。

③者番：这番。

[简析]

此词写离人念极生怨。上片先说分流的水终究流到一处，薄情的人纵然薄情还能在梦中相见。下片一转，说到跟我分别的那个人啊，不但重逢日期难定，从前也有很多次离别，这次是尤其的让人心痛。

留春令 画屏天畔

画屏天畔，梦回依约，十洲[①]云水。手撚[②]红笺寄人书，写无限伤春事。　　别浦高楼曾漫倚，对江南千里。楼下分流水声中，有当日凭高泪。

[注释]

① 十洲：传说中仙人所居的地方，这里指所思念的人的居处。

② 撚（niǎn）：持取。

[简析]

这是一首描写离愁别绪的词。上片写残梦初醒，看到枕屏上所画的山水逶迤，让词人想象穿过万水千山就是对方所居之地了。手里拿着要寄给对方的信，满纸里写的都是伤春念远的心事。下片写分别后，词人登楼望远。楼下淙淙流水里，也应有词人流下的泪水。

思远人 红叶黄花秋意晚

红叶黄花[①]秋意晚，千里念行客。飞云过尽，归鸿无信，何处寄书得。　　泪弹不尽临窗滴，就砚旋[2]研墨。渐写到别来，此情深处，红笺为无色。

[注释]

① 黄花：菊花。

② 旋：立即。

[简析]

此词紧扣“寄书”二字，上片写别后书信不通；下片写临窗挥泪写信，“渐”字以后奇崛，陈匪石曰：“‘渐’字极宛转，却激切。写到别来此情深处，墨中纸上，情与泪黏合为一，不辨何者为泪，何者为情。故不谓笺色之红，因泪而淡，却谓红笺之色，因情深而无。”

燕归来　莲叶雨

莲叶雨，蓼花风，秋恨几枝红。远烟收尽水溶溶，飞雁碧云中。　　衷肠事，鱼笺字，情绪年年相似。凭高双袖晚寒浓，人在月桥东。

[简析]

此词情景交融，意境极美。上片写景，镜头由近到远，先是雨滴莲叶，风吹蓼花，接着远处烟水茫茫，雁飞云中。下片抒情，每年相思愁恨都不能免，月夜桥畔为爱吹冷风。

苏　轼

南乡子　回首乱山横

送述古[①]

回首乱山横，不见居人只见城。谁似临平山[②]上塔，亭亭[③]，迎客西来送客行。　　归路晚风清，一枕初寒梦不成。今夜残灯斜照处，荧荧[④]，秋雨晴时泪不晴。

[注释]

① 述古：陈襄字。

② 临平山：在杭州市北。

③ 亭亭：孤峻貌。

④ 荧荧：光明貌。

[简析]

这是一首送别词。熙宁七年秋天，陈襄交卸杭州太守，词人时为杭州通判，别于临平舟中作。上片从行人角度写，行人愈行愈远，回首只见城郭乱山一片，早看不见送行的人了。下片写送行的人回家，离别之情伴上秋雨淅沥，愁肠难眠，结句将泪比雨，故曰“泪不晴”。

又　寒雀满疏篱

梅花词和杨元素

寒雀满疏篱，争抱寒柯[①]看玉蕤[②]。忽见客来花下坐，惊飞，蹋散芳英落酒卮。　　痛饮又能[3]诗，坐客无毡[4]醉不知。花谢酒阑春到也，离离[5]，一点微酸[6]已著枝。

[注释]

① 柯：草木的枝茎。

② 玉蕤：玉的精华，这里指梅花。

③ 能：擅长。

④ 坐客无毡：《新唐书·郑虔传》："郑虔在官贫约甚，杜甫曾赠诗曰：'才名四十年，坐客寒无毡'。"这里赞杨绘居官清廉。

⑤ 离离：繁盛的样子。

⑥ 微酸：指梅子。

[简析]

杨绘字元素，时为杭州太守，苏轼为杭州通判。上片写初春寒雀喧枝争看梅花，生动传神，彰显了梅花凌寒独自开的、不与众花争艳的孤傲姿态，又通过寒雀表达了无论是人还是物，初见芬芳的喜悦。下片写梅花下，赏花饮酒之人，是清廉而又风流的太守和他的门客僚属们，从结句来看，他们不止一次地曾赏梅饮酒唱和，而他们的清雅品质正和梅花一样，人和花相映。故前人评价此词写梅花若即若离。

减字木兰花　空床响琢

空床响琢[1]，花上春禽冰上雹[2]。醉梦尊前，惊起湖风入坐寒。　　转关濩索[3]，春水流弦[4]霜入拨[5]。月堕更阑，更请宫高[6]奏独弹。

[注释]

① 响琢：即响玉，比喻乐声如击玉，清脆悦耳。

② 花上春禽冰上雹：春天花上的禽鸟、寒冬冰雹击地，比喻乐声时而轻柔鲜丽，时而冷峻高亢。

③ 转关濩索：传说是两首古曲。

④ 春水流弦：比喻琴声美妙。白居易《琵琶行》："间关莺语花底滑，幽咽泉流水下滩。"

⑤ 拨：指拨弦之具。

⑥ 宫高：指声调高昂的宫调曲。

[简析]

此词用很多比喻来描摹琵琶乐声的变化和听感。首先是击玉般清脆，接着又如花上春禽一样流丽悦耳，用冰上落雹象其节奏繁密，这样的音乐能将醉梦之人惊醒，让深秋夜里的听者感到似乎凉凉的湖风袭来。下片写弹着具有高超的技艺，能够弹奏鲜少人能弹的古曲，用春水流弦和霜入拨形容古曲的幽咽和肃然。最后已经夜深了，听者意犹未尽，更请再弹一曲高昂的宫调曲。

蝶恋花 灯火钱塘三五夜

密州上元

灯火钱塘三五夜，明月如霜，照见人如画。帐底吹笙香吐麝[①]，更无一点尘随马。　　寂寞山城[②]人老也。击鼓吹箫，却入农桑社。火冷灯稀霜露下，昏昏雪意云垂野。

[注释]

① 香吐麝：麝如小麋，脐有香，"香吐麝"指飘出麝香。

② 山城：这里指密州。

[简析]

苏轼于熙宁七年九月离开杭州，熙宁八年乙卯，到密州任。这首词作于密州。上片回忆杭州正月十五夜的盛况：明月、灯火繁华、饮酒歌舞，“更无一点尘随马”也说出杭州气候温润宜人。下片写如今在密州正月十五夜的冷落：密州连年蝗旱，民不聊生，词人随那萧鼓之声，走入了农家新年祈谷的社祭，社祭时间很长，慢慢地，灯火阑珊，天阴欲雪。

江城子 十年生死两茫茫

乙卯正月二十日夜记梦

十年[①]生死两茫茫。不思量，自难忘。千里孤坟，无处话凄凉。纵使相逢应不识，尘满面，鬓如霜。　　夜来幽梦忽还乡。小轩窗，正梳妆。相顾无言，惟有泪千行。料得年年肠断处，明月夜，短松冈。

[注释]

① 十年：苏轼妻子王弗去世已有十年。

[简析]

这首词写得真挚朴实，语语情深，是词人梦见妻子，醒后所作。上片写时光荏苒，却不曾忘记妻子，并感叹自与妻子生离死别而后，十年来自己仍是仕途奔波，风尘仆仆。下片写梦到妻子，梦中相会的画面既虚幻又真实，“小轩窗，正梳妆”，应该是妻子在时，最常做、最寻常而词人也最常见的事情，偏偏这时在梦里面对妻子，却“相顾无言，惟有泪下行”，不能些微倾诉相思相念之情，使梦境更加凄楚。结句承结梦里的悲戚，醒后遥想千里之外，月夜孤坟，妻子也不曾忘了我，大概也会年年想我断肠吧。

望江南 春未老

超然台作

春未老，风细柳斜斜。试上超然台上看，半壕[①]春水一城花，烟雨暗千家。　　寒食后，酒醒却咨嗟[②]。休对故人[③]思故国[④]，且将新火[⑤]试新茶[⑥]，诗酒趁[⑦]年华。

[注释]

① 壕：护城河。

② 咨嗟：叹息。

③ 故人：老朋友。

④ 故国：故乡。

⑤ 新火：寒食节后再举火称新火。

⑥ 新茶：指寒食前采制的“火前”茶。

⑦ 趁：利用机会。

[简析]

这是一首思乡之词。上片写寒食后，风细柳青，登超然台所见：护城河里春水半满，城中春花灿烂，烟雨迷蒙。下片写酒后思念家乡，又转念安慰自己，趁着寒食节烹上一壶新茶，何不饮酒赋诗度年华？

水调歌头 明月几时有

丙辰中秋，欢饮达旦，大醉，作此篇，兼怀子由。

明月几时有，把酒问青天。不知天上宫阙，今夕是何年。我欲乘风归去，惟恐琼楼玉宇①，高处不胜寒。起舞弄清影②，何似在人间。　　转朱阁，低绮户，照无眠。不应有恨③，何事④长向别时圆。人有悲欢离合，月有阴晴圆缺，此事古难全。但愿人长久，千里共婵娟⑤。

[注释]

① 琼楼玉宇：指天宫中的华丽的楼阁殿宇。

② 起舞弄清影：李白《月下独酌》诗："我歌月徘徊，我舞影零乱。"

③ 不应有恨：月亮应该不知道人间有愁恨。

④ 何事：为什么。

⑤ 婵娟：这里指月亮。

[简析]

此词作于熙宁九年，苏轼仍在密州，时与苏辙已经六七年不见了。张炎《词源》评此词："此词清空中有意趣，无笔力者未易到。"前人认为上片写身世之感："天上宫阙"指朝廷，"乘风归去"三句写想要回到朝廷竭力报恩，却又不能。"起舞弄清影"两句写做地方官一样可以报效朝廷。刘熙载《艺概》曰："词以不犯本位为高，东坡《满庭芳》'老去君恩未报，空回首，弹铗悲歌'语诚慷慨，然不若《水调歌头》'我欲乘风归去，惟恐琼楼玉宇，高处不胜寒'尤胜。尤觉空灵蕴藉。"下片想念苏辙。先写夜晚月亮渐渐西下，把有离恨不能团圆的人照得无眠，继而宕开一笔，竟悟自古万事难全，但勉励兄弟间遥隔千里，共赏一轮圆月，各自珍重，相当于团圆吧。

又 落日绣帘卷

黄州快哉亭，赠张偓佺。

落日绣帘卷，亭下水连空。知君为我，新作窗户湿青红[①]。长记平山堂[②]上，攲枕江南烟雨，渺渺没孤鸿。认得醉翁语，山色有无中[③]。　　一千顷，都镜净，倒碧峰。忽然浪起，掀舞一叶白头翁[④]。堪笑兰台公子[⑤]，未解庄生天籁[⑥]，刚道有雌雄[⑦]。一点浩然气[⑧]，千里快哉风。

［注释］

① 湿青红：指刚装修，漆色鲜润。

② 平山堂：欧阳修知扬州时所建。

③ 山色有无中：欧阳修《朝中措》词："平山栏槛倚晴空，山色有无中。"

④ 白头翁：白头鸟。

⑤ 兰台公子：指楚襄王。宋玉《风赋》："楚襄王游于兰台之宫。……曰：'快哉此风，寡人所与庶人共者邪？'……"

⑥ 庄生天籁：指自然界的声音。

⑦ 刚道有雌雄：宋玉《风赋》中写道，吹楚襄王的风是能清神益体的雄风，而吹庶人的风是卑恶的、阻碍生活的雌风。

⑧ 浩然气：《孟子》："我知言，我善养吾浩然之气，其为气也，至大至刚，以直养而无害，则塞于天地之间。"

[简析]

此词又名《快哉亭作》，是词人豪放词的代表作之一，作于其被贬居黄州的第四年。上片写快哉亭上赏景，词人由快哉亭想起欧阳修平山堂，站在快哉亭上，远看同样是江南风情，湿润天气，更赏得欧阳修所说的“平山栏槛倚晴空，山色有无中”的景象了；下片写快哉亭下出现的一幕：水清波平，两面青峰倒映，突然风生浪起，惊飞一只白头鸟。顺着这一次起风，交代“快哉亭”的名字的由来，既不离主题，又通过“庄生天籁”“浩然气”等表达在快哉亭赏景之人的正直坦荡和胸怀潇洒。

永遇乐 明月如霜

彭城夜宿燕子楼[①]，梦盼盼，因作此词。

明月如霜，好风如水，清景无限。曲港跳鱼，圆荷泻露，寂寞无人见。紞[②]如三鼓，铿然[③]一叶，黯黯梦云[④]惊断。夜茫茫，重寻无处，觉来小园行遍。 天涯倦客，山中归路，望断故园心眼。燕子楼空，佳人何在，空锁楼中燕。古今如梦，何曾梦觉，但有旧欢新怨。异时对，黄楼[⑤]夜景，为余浩叹。

[注释]

① 彭城夜宿燕子楼：白居易《燕子楼诗序》：“徐州故尚书有爱妓曰盼盼，善歌舞，雅多风态，尚书既没，彭城有旧第，第中有小楼名燕子，盼盼念旧爱而不嫁，居是楼十余年。”

② 紞（dǎn）：击鼓声。

③ 铿然：金石声，这里形容树叶飘落。

④ 梦云：这里指梦到盼盼。

⑤ 黄楼：苏轼初到徐州，黄河泛滥，曾组织建造黄楼以镇水势。

[简析]

郑文焯手批《东坡乐府》云："殆以示咏古之超宕，贵神情不贵迹象也。"此词虽是咏写盼盼事，更多的是由梦到盼盼抒发自己的人生感悟。上片写清夜景物寂寞，梦盼盼后醒来。醒来见夜色茫茫，岑寂无聊，心情黯然。下片写自己仕宦漂泊，思乡而不能归，人生就像一场梦，"新欢旧怨"、痴男怨女、是非功业都是历史长河的一瞬，都会逝后无踪。

水龙吟　小舟横截春江

闾丘大夫孝终公显，尝守黄州，作栖霞楼，为郡中胜绝。元丰五年，余谪居黄。正月十七日，梦扁舟渡江，中流回望，楼中歌乐杂作，舟中人言："公显方会客也。"觉而异之，乃作此曲，盖越调鼓笛慢[①]。公显时已致仕[②]，在苏州。

小舟横截春江，卧看翠壁红楼起。云间笑语，使君高会，佳人半醉。危柱[③]哀弦，艳歌余响，绕云萦水。念故人老大，风流未减，空回首，烟波里。　推枕惘然不见，但空江、月明千里。五湖闻道，扁舟归去，仍携西子。云梦南州，武昌东岸[④]，昔游应记。料多情梦里，端来[⑤]见我，也参差[⑥]是。

[注释]

① 鼓笛慢：即《水龙吟》。

② 致仕：辞官。

③ 危柱：指音高而厉。

④ 云梦南州，武昌东岸：指黄州，其在云泽之南，武昌之东。

⑤ 端来：正来。

⑥ 参差：大略。

[简析]

在序言中，词人已经说明作词缘由：闾丘孝终尝守黄州，作栖霞楼，但已经辞官归乡。苏轼如今谪居黄州，梦到闾丘孝终，醒来觉得有些诧异，于是作曲。因做梦此上片全写梦境：词人躺卧舟中，仰看两岸山峰上红楼，红楼里不时传来笑语欢声，舟中人说是闾丘太守在会宾客呢。我听到高妙的弦乐奏起，美人的歌声响遏云间，余音绕耳。心想：我这老朋友的风流雅致不减当年啊。而我在舟中回望，只见烟波茫茫。郑文焯评该词上片“空灵中杂以凄丽”。下片写醒后怀念友人，不写我想人，而说人来我梦里。设想已经辞官的这位老朋友就像范蠡一样过着淡泊隐居的生活。他也肯定记得我们在黄州赋诗宴乐的情形，故而才来我梦里与我相见。

又 似花还似非花

次韵章质夫杨花词

似花还似非花，也无人惜从教[①]坠。抛家傍路，思量却是，无情有思。萦损柔肠，困酣娇眼，欲开还闭。梦随风万里，寻郎去处，又还被莺呼起。　　不恨此花飞尽，恨西园、落红难缀[②]。晓来雨过，遗踪何在，一池萍碎[③]。春色三分，二分尘土，一分流水。细看来、不是杨花，点点是离人泪。

[注释]

① 从教：任凭。

② 缀：连结。

③ 萍碎：旧注认为杨花落水为浮萍。

[简析]

此词咏柳絮，将柳絮与离思联结在一起，写得若即若离。上片写柳絮翩飞，看似无情，在思妇看来却是有思，因为她思念丈夫的情思就像柳絮一样，在梦中飘飘，已追随丈夫到万里以外。下片糅合离情和柳絮来写。思妇自思青春就像春天的花朵短暂、易逝。一旦经风雨，便是损落难再缀枝了，那风雨过后坠入池中的柳絮，点点滴滴正像是离人的眼泪。

定风波 莫听穿林打叶声

三月七日，沙湖道中遇雨，雨具先去，同行皆狼狈，余独不觉，已而遂晴，故作此。

莫听穿林打叶声，何妨吟啸[①]且徐行。竹杖芒鞋轻胜马，一蓑烟雨[②]任平生。　料峭春风吹酒醒，微冷，山头斜照却相迎。回首向来萧瑟[③]处，归去，也无风雨也无晴。

[注释]

① 吟啸：吟诗唱歌。

② 一蓑烟雨：象征归隐的意思。

③ 萧瑟：形容树木被风吹过发出的声音。

[简析]

郑文焯评此词：“此足徵是翁坦荡之怀，任天而动。琢句亦瘦逸，能道眼前景。以曲笔直写胸臆，倚声能事尽之矣。”此词是苏轼相田至沙湖，道中遇雨而作，从眼前的经历，抒写自己的胸怀：

遇风雨而能“吟啸且徐行”，以隐逸为自任，淡泊名利，无欲无畏，还怕什么风雨呢。

又 常羡人间琢玉郎

王定国歌儿曰柔奴，姓宇文氏，眉目娟丽，善应对，家世住京师。定国南迁归，余问柔：“广南风土，应是不好？”柔对曰：“此心安处，便是吾乡。”因为缀词云。

常羡人间琢玉郎，天应[①]乞与点酥娘[②]。自作清歌传皓齿，风起，雪飞炎海变清凉。　万里归来年愈少，微笑，笑时犹带岭梅香。试问岭南应不好，却道，此心安处是吾乡。

[注释]

① 天应：上天的显应。

② 点酥娘：这里形容柔奴的皮肤像凝酥一样滑腻。

[简析]

苏轼的朋友王巩被贬到岭南的宾州，其歌妓柔奴随行，三年后北归。苏轼问柔奴岭南应该不好待吧，柔奴应对“此心安处，便是吾乡”，苏轼颇为感动，作词赞赏柔奴。上片写柔奴姿容美丽，歌声动听，其歌声像是能将岭南炎热一变清凉。下片写柔奴美好的节操和品格，“笑时犹带岭梅香”，以岭南梅花作比。

浣溪沙 山下兰芽短浸溪

游蕲水清泉寺，寺临兰溪，溪水西流。

山下兰芽[1]短浸溪，松间沙路净无泥，萧萧暮雨子规啼。谁道人生无再少，门前流水尚能西，休将白发唱黄鸡[2]。

[注释]

① 兰芽：兰草的芽。

② 唱黄鸡：本白居易《醉歌示妓人商玲珑》诗“黄鸡催晓丑时鸣，白日催年酉前没。”指感叹岁月流逝。

[简析]

苏轼因“乌台诗案”被贬黄州团练副使，游黄州蕲水县的清泉寺。上片写暮雨过后，清泉寺的清幽风景：寺下兰溪中长出了小小的兰草芽儿，松树间的沙路润无泥，树上杜鹃啼叫，叫人“不如归去”。下片表达旷达乐观的情怀，面对清幽的风景不要自怨自艾，叹时伤老，作自强语。

又　细雨斜风作小寒

元丰七年十二月二十四日，从泗州刘倩叔游南山[1]。

细雨斜风作小寒，淡烟疏柳媚[2]晴滩，入淮清洛[3]渐漫漫。雪沫乳花[4]浮午盏，蓼茸[5]蒿笋试春盘[6]，人间有味是清欢[7]。

[注释]

① 南山：又叫都梁山，在今江苏盱眙县。

② 媚：美好的样子。

③ 清洛：洛水，源出安徽定远西北，北入淮河。

④ 雪沫乳花：指烹茶时所起的乳白色泡沫。

⑤ 蓼茸：蓼菜的嫩芽。

⑥ 春盘：旧俗，立春时用蔬菜、水果、糟饼等装盘为食或馈赠亲友。

⑦ 清欢：清雅闲适之乐。

[简析]

这首词是苏轼赴汝州任团练使途中，路过泗州，同刘士彦同游都梁山而作。上片写残冬时分，南山上的景致。细雨斜风料峭，晴日之下水滩边的淡烟疏柳，越发妩媚可人。词人又进一步设想流经此地的洛水水势也应是越来越大，最后汇入淮河。下片写与同游山者，清茶野餐。在这幽山清景之中，细细烹茶，品用时令果蔬，慢慢体味清淡的闲适之乐。

满庭芳 蜗角虚名

蜗角虚名，蝇头微利，算来着甚干忙[1]。事皆前定，谁弱又谁强。且趁闲身未老，须放我、些子[2]疏狂。百年里，浑教[3]是醉，三万六千场[4]。　思量，能几许，忧愁风雨，一半相妨。又何须抵死，说短论长。幸对清风皓月，苔茵[5]展、云幕[6]高张。江南好，千钟美酒，一曲满庭芳。

[注释]

① 干忙：空忙。

② 些子：一点儿。

③ 浑教：全让。

④ 三万六千场：李白《襄阳歌》诗：“百年三万六千日，一日须倾三百杯。”

⑤ 苔茵：以青苔为席。

⑥ 云幕：将云当帷幕。

[简析]

此词抒发了词人淡泊名利的人生态度，全篇以议论为主。上片写微名薄利不须争抢，万事都是前定，人生百年要放达自适；下片写人生忧愁和风雨参半，不如意事十有八九，面对清风皓月，更应乐此清夜，畅饮良宵。

洞仙歌 冰肌玉骨

余七岁时，见眉山老尼，姓朱，忘其名，年九十岁。自言尝随其师入蜀主孟昶宫中。一日，大热，蜀主与花蕊夫人夜纳凉摩诃池[①]上，作一词，朱具能记之。今四十年，朱已死久矣！人无知此词者，但记其首两句。暇日寻味，岂洞仙歌令乎？乃为足之云。

冰肌玉骨，自清凉无汗。水殿风来暗香满。绣帘开，一点明月窥人，人未寝，欹枕钗横鬓乱[②]。　起来携素手，庭户无声，时见疏星渡河汉。试问夜如何，夜已三更，金波淡、玉绳[③]低转。但屈指西风几时来。又不道[④]流年暗中偷换。

[注释]

① 摩诃池：在后蜀的宣华苑，据说故址在今成都郊外的昭觉寺。

② 欹枕钗横鬓乱：欧阳修《临江仙》词："水晶双枕，傍有堕钗横。"

③ 玉绳：玉衡北的两星。

④ 不道：不觉。

[简析]

序言中谈道，此词是咏写后蜀皇帝孟昶及花蕊夫人夏夜纳凉之事的。上片主要写花蕊夫人的气韵风神。她肤如凝脂，气质清丽，虽然是在炎夏，也仿佛自有一股幽凉之气在，故说“自清凉无汗”。此时风吹荷花，绣帘开，阵阵荷香入室，用月光“窥”人点染夜之静、并引出所“窥”之人——室内花蕊夫人倚枕未睡，用“钗横鬓乱”表现她的慵倦之态。下片写孟昶与花蕊夫人出室到院中摩诃池纳凉。纳凉的时间很长，直到三更：庭院寂寂，月光淡淡，时有疏星流转，夜里已有些凉爽，慢慢地玉绳下移。以下接着一段遐思，颇有意趣：夏天人们总期盼炎热快点过去；一旦秋天来临，回首才惊觉时光已换，华年真易逝。读苏轼此词，也觉有一阵清凉，沈际飞《草堂诗余正集》评此词：“清越之音，解烦涤苛。”

念奴娇 大江东去

赤壁[①]怀古

大江东去，浪淘尽、千古风流人物。故垒西边，人道是、三国周郎赤壁。乱石崩云[②]，惊涛裂岸，卷起千堆雪。江山如画，一时多少豪杰。　遥想公瑾当年，小乔初嫁了，雄姿英发。羽扇纶巾，谈笑间、强虏灰飞烟灭。故国[③]神游，多情应笑我，早生华发。人间如梦，一尊还酹[④]江月。

[注释]

① 赤壁：这里的赤壁在黄州，不是三国时赤壁大战的赤壁（在武昌）。

② 乱石崩云：形容潮水撞击两岸石头产生的巨大回流。

③ 故国：故地。

④ 酹：以酒浇地，这里指饮酒。

[简析]

这是一首咏古词。上片写赤壁雄起壮阔的景象。长江奔流，剧烈地撞击两岸，卷起千万堆澎湃的雪浪。浪涛不息，就像历史的长河不断流动，只有那些英雄人杰才能留名万世。下片咏此地发生过的三国风云。人们说这里是赤壁之战的旧地，周瑜无疑是这场胜战的主角。他雄姿英发、年轻有为，创下功业。转而对比自己已经头发斑白，不禁生发壮志难酬的感慨，结句豪放伤感。

临江仙　夜饮东坡醒复醉

夜饮东坡醒复醉，归来仿佛三更。家童鼻息已雷鸣。敲门都不应，倚杖听江声。　　长恨此身非我有[①]，何时忘却营营[②]。夜阑风静縠纹平。小舟从此逝，江海寄余生。

[注释]

① 此身非我有：《庄子》：“舜问乎丞曰：‘道可得而有乎？’曰：‘汝身非汝有也，汝何得有夫道？’舜曰：‘吾身非吾有也，孰有之哉？’曰：‘是天地之委形也。’”

② 营营：纷扰貌。

[简析]

此词作于元丰五年，苏轼从雪堂夜归临皋而作，既事抒情。上片写从雪堂醉饮而归，“仿佛”二字可见词人已有醉意，家童已睡着，敲门无人应。词人转而“倚杖听江声”，又可见词人襟怀的潇洒。下片承上，由听江声，思绪飘然，通过“江海寄余生”形象表达词人内心厌弃奔走钻营的生活及对悠然自在生活的向往。

卜算子 缺月挂疏桐

黄州定慧院寓居作

缺月挂疏桐，漏断[①]人初静。谁见幽人独往来，缥缈孤鸿影。　惊起却回头，有恨无人省[②]。拣尽寒枝不肯栖，寂寞沙洲冷。

[注释]

① 漏断：指夜深。

② 省：理解。

[简析]

黄蓼园《蓼园词选》评曰：“此东坡自写在黄州之寂寞耳，初从人说起，言如孤鸿之冷落，下专就鸿说，语语双关，格奇而语隽，斯为超诣神品。”上片写夜深人静，月色微明，幽人独来往，孤高如鸿。下片写孤鸿，以孤鸿择木而栖比喻人不苟同流俗，洁身自好的品格。

满庭芳 三十三年

有王长官者，弃官黄州三十三年，黄人谓之王先生。因送陈慥来过余，因为赋此。

三十三年，今谁存者，算只君与长江。凛然苍桧，霜干苦难双。闻道司州[①]古县，云溪上、竹坞松窗。江南岸，不因送子，宁肯过吾邦。　　摐摐[②]，疏雨过，风林舞破，烟盖云幢[③]。愿持此邀君，一饮空缸。居士先生老矣。真梦里、相对残釭[④]。歌声断，行人未起，船鼓已逢逢[⑤]。

[注释]

① 司州：古县名，在今武汉市北。

② 摐（chuāng）摐：形容撞击声。

③ 烟盖云幢：指烟气和云气笼罩。

④ 釭：灯。

⑤ 逢逢：鼓声。

[简析]

苏轼被贬黄州以后，陈慥数次来拜访苏轼，与他游赏。此词写送陈慥去荆南的王先生路过黄州，一同拜访苏轼，苏轼有感王先生的品格、为人而作。上片赞美王先生的品格及高士形象。用“长江”“苍桧”作比喻，“云溪上、竹坞松窗”写王先生隐居环境的高雅。过拍谦称此次三人相聚的原因。下片写三人相聚畅饮。先说环境，是雨过风起云散的清朗天气，“一饮空缸”“真梦里”等表现出这次聚会让苏轼非常开心、又让他非常的珍惜，有“酒逢知己千杯少”之意，“居士先生老矣”既有对王先生的尊敬，又寄寓自己壮年已逝的感叹。结句写不觉畅饮达旦，不忍分别。

鹧鸪天　林断山明竹隐墙

林断山明竹隐墙，乱蝉衰草小池塘。翻空白鸟时时见，照水红蕖[1]细细香。　　村舍外，古城旁，杖藜[2]徐步转斜阳。殷勤[3]昨夜三更雨，又得浮生一日凉。

[注释]

① 蕖：荷花。

② 杖藜：拄着手杖。藜茎坚韧，可为杖。

③ 殷勤：情谊深厚的样子。这里指雨下得很及时，很让人舒服。

[简析]

此词写夏末闲步情味。上片写夏末时节，词人拄杖闲步城郭所见所闻：树林绵密成片，疏处可见村舍，村屋外面又有青竹掩映，不时又有白鸟翻飞，耳中还有蝉鸣不停聒噪，风动池塘里荷花传来细细的荷香。这一切都充满生机和活力。下片写词人此时所感，这野趣叫人神清目明，心里轻快，结句“又得浮生一日凉”既指雨是天气凉快，也指闲步使词人的心也“凉快”了。

木兰花令　霜余已失长淮阔

次欧公西湖韵

霜余已失长淮阔，空听潺潺清颍[1]咽。佳人犹唱醉翁词，四十三年如电抹。　　草头秋露流珠滑，三五盈盈还二八[2]。与余同是识翁人，惟有西湖波底月。

[注释]

① 清颍：颍河，源出河南登封西颍谷，最后入淮河。

② 三五、二八：指十五、十六月圆日。

[简析]

欧阳修曾知颍州，晚年退居颍州，创作了很多描写西湖胜景的词，流传很广，而颍州西湖出名，大概也从欧阳修时开始的。词人作此词主要怀念欧阳修。上片写秋后游西湖，听到歌女唱欧阳修《木兰花令》词，想及欧阳修，叹时光飞逝，距欧阳修知颍州转眼已经四十多年了。下片写怀念之情。月色皎洁，地上草尖露水看上去晶莹欲滴，在这静谧澄净的夜晚，怀念欧阳修，“与余同是识翁人，惟有西湖波底月”，有对欧阳修知遇之恩的感谢，有对欧阳修政绩人品修养的钦赏，也有对自己仕途沉浮的感慨。

青玉案 三年枕上吴中路

和贺方回韵，送伯固还吴中。

三年[①]枕上吴中路，遣黄犬[②]，随君去。若到松江呼小渡，莫惊鸳鹭，四桥[③]尽是，老子[④]经行处。 辋川图[⑤]上看春暮，常记高人右丞句[⑥]。作个归期天已许。春衫犹是，小蛮[⑦]针线，曾湿西湖雨。

[注释]

① 三年：苏坚字伯固，曾随苏轼到杭州，三年后才回家乡苏州。

② 黄犬：这里指通音信。用晋朝陆机家的黄耳狗为他传递书信的典故。

③ 四桥：苏州有四桥，为著名景点。

④ 老子：年老者自称，宋人习用语。

⑤ 辋川图：指王维画的辋川景物的图画。

⑥ 高人右丞句：指王维写的有关其辋川生活的诗篇。

⑦ 小蛮：白居易家有舞妓名叫小蛮，这里指苏轼的妾王朝云。

[简析]

此词为送别苏坚所作。上片写为苏坚终于能回家乡苏州感到高兴、羡慕。“遣黄犬”是嘱咐语，希望苏坚回去以后要常来书信。“松江小渡”“四桥”是词人设想苏坚回到苏州情况，而“尽是老子经行处”表达了词人对苏坚能够回苏州的羡慕和对苏州旧游的怀念。下片写自己的思归之情。通过“辋川图”“右丞句”等表达自己也想同王维晚年退居辋川一样，过上归隐自在的生活，但现实是这一愿望目前不能实现，所以说“作个归期天已许”，劝慰自己，自己终要有个归去的时候。结句“春衫犹是，小蛮针线，曾湿西湖雨”，写即使以后归隐，仍不会忘了同苏坚在杭州共事的日子，与苏坚的深厚友谊。

贺新郎 乳燕飞华屋

乳燕飞华屋。悄无人、桐阴转午，晚凉新浴。手弄生绡白团扇，扇手一时[①]似玉。渐困倚、孤眠清熟。帘外谁来推绣户，枉教人梦断瑶台曲。又却是，风敲竹。　　石榴半吐红巾蹙[②]。待浮花浪蕊都尽，伴君幽独。浓艳一枝细看取，芳心千重似束[③]。又恐被、西风惊绿。若待得君来向此，花前对酒不忍触。共粉泪，两簌簌。

[注释]

① 一时：一并。

② 蹙：收缩。

③ 束：聚集成捆状。

[简析]

上片写夏初傍晚美人幽居。先写居住环境的清幽："华屋""悄无人""风敲竹"，再写闺怨，刚刚睡着，就又被风吹竹叶之声惊醒，又断了与意中人相会的美梦。下片咏榴花，以榴花比喻上片之美人。先写榴花姿态鲜丽，浓艳动人；再写榴花品格孤高，它待到众花都败落之后才开放；之后一转折，直抒怨情。尽管榴花美丽，且花期较长，仍怕西风，秋天来了它也会凋零，所以等意中人来时，恐怕花也要落了，美人也要憔悴了。

黄庭坚

念奴娇 断虹霁雨

八月十七日，同诸甥待月。有客孙彦立者，善吹笛，有名酒酌之。

断虹霁雨[①]，净秋空、山染修眉[②]新绿。桂影[③]扶疏，谁便道、今夕清辉不足。万里青天，姮娥何处，驾此一轮玉。寒光零乱，为谁偏照醽渌[④]。 年少从我追游，晚凉幽径，绕张园森木。共倒金荷[⑤]，家万里、难得尊前相属。老子平生，江南江北，最爱临风曲。孙郎微笑，坐来[⑥]声喷霜竹[⑦]。

[注释]

① 霁雨：雨停放晴。

② 山染修眉：形容雨后山峰像黛眉一样修长青翠。

③ 桂影：指月光。

④ 醽渌（líng lù）：美酒名。

⑤ 金荷：金制荷叶形酒杯。

⑥ 坐来：正当其时。

⑦ 霜竹：这里指笛子。

[简析]

此词是黄庭坚在戎州贬所著，他本人对这首词也比较满意，说有人认为他的这首词可以跟苏轼的《念奴娇·大江东去》词相称。此词主要表现了词人阔大胸襟和旷达的情怀。上片写秋季雨后景色：残虹挂天，山色青碧，洗练清静；虽然也是八月十七了，夜晚仍然清辉飘散，接下来用两句问话赞美今夜月色的美丽，“为谁偏照醽渌”逗引出下片词人与诸甥夜游饮酒之事。下片抒情，虽然被贬谪，漂泊仕途，离家万里，仍不要辜负了今晚的逸兴；以下“老子”句放语豪迈，对人生的险恶、遭遇并不介怀，爱听“临风曲”，结句以孙彦立正吹笛曲承接，意味尤长。

清平乐 春归何处

春归何处，寂寞无行路。若有人知春去处，唤取归来同住[①]。　　春无踪迹谁知，除非问取黄鹂[②]。百啭无人能解，因风飞过蔷薇。

[注释]

① 住：留下。

② 黄鹂：取黄鹂为春天的代表，又取黄鹂声是“俗耳针砭”之意。

[简析]

这是一首惜春词。上片提问，春天离去，去了哪里无从知晓。下片回答，去问在春天鸣声百啭动听的黄鹂，以下又一转折，黄鹂鸣叫却无人能知晓，转眼便又是春尽风光，含蓄婉转。

千秋岁 苑边花外

少游得谪，尝梦中作词云：“醉卧古藤阴下，了不知南北。”竟以元符庚辰死于藤州光华亭上。崇宁甲申，庭坚窜宜州，道过衡阳，览其遗墨，始追和其《千秋岁》词。

苑边花外，记得同朝退。飞骑轧[1]，鸣珂[2]碎。齐歌云绕扇，赵舞风回带[3]。严鼓[5]断，杯盘狼藉犹相对。　酒泪谁能会，醉卧藤阴盖[6]。人已去，词空在。兔园高宴[7]悄，虎观英游[8]改。重感慨，波涛万顷珠沉海。

[注释]

① 轧：拟声词。形容马蹄声。

② 鸣珂：古代显贵者所乘的马以玉为饰，行则作响。

③ 齐歌赵舞：指动听的歌曲，优美的舞蹈。

④ 严鼓：急促的鼓声，此处盖指宵禁之鼓。

⑤ 醉卧藤阴盖：秦观《千秋岁》词有“醉卧古藤阴下，了不知南北”之句。

⑥ 兔园高宴：兔园为汉梁孝王刘武所筑，梁孝王常与各路宾客游弋其中，垂钓赏月，吟诗作赋等。这里指雅集宴乐。

⑦ 虎观英游：白虎观为东汉孝章帝时，学者、儒生讲经的地方。这里指一起切磋学问的才子、博学之人。

[简析]

此词为黄庭坚追和秦观《千秋岁》词，以纪念秦观。上片回忆同官之乐：公事之余，一同歌舞宴会，畅情杯酒，情意相投。下片悲悼秦观。秦观去世后，同事之间的盛宴会变得暗淡冷寂，同时词人又失去了一个可以讲经论学的满腹才华的文友。“重感慨，波涛万顷珠沉海”，对秦观的去世叹了又叹，以明珠沉海表达痛惜哀切之情。

秦　观

望海潮　梅英疏淡

梅英疏淡，冰澌[1]溶泄，东风暗换年华。金谷[2]俊游[3]，铜驼[4]巷陌，新晴细履[5]平沙。长记误随车[6]。正絮翻蝶舞，芳思[7]交加。柳下桃蹊，乱分春色到人家。　西园[8]夜饮鸣笳。有华灯碍月，飞盖[9]妨花。兰苑未空，行人渐老，重来是事[10]堪嗟。烟暝酒旗斜。但倚楼极目，时见栖鸦。无奈归心，暗随流水到天涯。

[注释]

① 冰澌：冰刚开始融化或水刚开始凝结时的流冰。

② 金谷：指金谷园。在今洛阳市东北，西晋石崇所筑，常与宾客游宴其中。

③ 俊游：高朋胜吕。

④ 铜驼：汉代洛阳有铜驼街，是当时非常繁华的街道。

⑤ 细履：漫步。

⑥ 误随车：无意中错随了人家女眷的车辆。

⑦ 芳思：春情。

⑧ 西园：曹植诗：“清夜游西园，飞盖相追随”。这里泛指园林。

⑨ 飞盖：盖，车盖。形容奔驰的车辆相随。

⑩ 是事：事事。

[简析]

此词写故地重游所引发的身世之感。上片回忆往时春日游乐之盛及游踪。一片春光融融，人物年少、意气风发的气派。“柳下桃蹊，乱分春色到人家”句，写柳絮到处飘飞，有桃花的地方就有蝴蝶翻舞，它们似乎把春天的气息传递到了家家户户，陈廷焯评曰：“思路幽绝，其妙令人不能思议。”换头仍回忆昔日之乐，写夜景：夜晚笙歌不断，华灯通明，车辆相连，还是盛景。以下来一转折，如今重来，自己已经老了很多，万事堪嗟叹。结句柔婉，无限心事和感慨都在“倚楼极目”“随流水到天涯”之中。

八六子 倚危亭

倚危亭，恨如芳草，凄凄刬[①]尽还生。念柳外青骢别后，水边红袂分时，怆然暗惊。　　无端[②]天与娉婷[③]，夜月一帘幽梦，春风十里柔情[④]。怎奈向[⑤]、欢娱渐随流水，素弦声断，翠绡[⑥]香减，那堪片片飞花弄晚，濛濛残雨笼晴。正销凝，黄鹂又啼数声。

[注释]

① 刬：铲。

② 无端：无心、没来由。

③ 娉婷：姿容美好貌。

④ 春风十里柔情：杜牧《赠别》诗：“春风十里扬州路，卷上珠帘总不如。”

⑤ 怎奈向：奈何。

⑥ 翠绡：翠绿色的丝巾。

[简析]

此词写离后别情。将离恨比成铲不尽的春草，春草逗引人的离恨，回想分别的一幕，“怆然暗惊”可见离恨之深。下片借用杜牧的诗句来写对方的姿容、美丽，“一帘幽梦”一写往日欢娱如梦已经依稀难寻，二写欢娱时间短暂如梦。结句最有秦观词的本色，情景交炼，情在言外，婉约悠长。李攀龙《草堂诗余卷隽》卷四眉批：“别后分时，忆来情多。花弄晚，雨笼晴，又是一番景色一番愁。”

满庭芳 山抹微云

山抹微云，天连衰草，画角声断谯门①。暂停征棹，聊共引离尊。多少蓬莱旧事②，空回首、烟霭纷纷。斜阳外，寒鸦万点，流水绕孤村。　销魂。当此际，香囊暗解③，罗带轻分④，谩赢得青楼，薄幸名存⑤。此去何时见也，襟袖上、空惹啼痕。伤情处，高城望断，灯火已黄昏。

[注释]

① 谯门：城门。

② 蓬莱旧事：蓬莱传说为海山仙山，“蓬莱旧事”泛指从前的欢乐。

③ 香囊：古代男子有系香囊之习。

④ 罗带：香罗带，女子所用饰物。

⑤“谩赢得”句：杜牧《遣怀》诗：“十年一觉扬州梦，赢得青楼薄幸名。”

[简析]

周济评此词是“将身世之感打并入艳词”。上片写分别情景。一切景语即情语，“山抹微云，天连衰草”是远望景象，远山上面有片片云痕，故云“抹”。停舟与相爱的女子话别，不忍和不甘之意杂集，在不得不离去之时，回首往事“烟霭纷纷”，如烟如幻。斜阳外，群鸦欲栖，一弯绕村的流水仍缓缓流淌。这景色宛如一幅淡淡的水墨画。下片抒情。这时候离人的心情都十分沉重，欲“销魂”，各自将私物赠别。词人空念这一去何时再来，对再来感到无望，时间不等人，船开后，“望断”“灯火已黄昏”情已悲戚。

又 红蓼花繁

红蓼花繁，黄芦叶乱，夜深玉露初零[1]。霁天空阔，云淡楚江清。独棹孤篷小艇，悠悠过、烟渚沙汀。金钩[2]细，丝纶慢卷[3]，牵动一潭星。 时时[4]横短笛，清风皓月，相与忘形。任人笑生涯，泛梗[5]飘萍。饮罢不妨醉卧，尘劳事、有耳谁听。江风静，日高未起，枕上酒微醒。

[注释]

① 初零：刚开始滴落。

② 金钩：这里指钓钩。

③ 丝纶慢卷：指用钓轮收卷钓线。

④ 时时：常常。

⑤ 泛梗：浮梗，这里形容漂泊的生涯。

[简析]

此词写眠风醉月的渔人之乐。全词轻盈脱俗，潇洒自得。上片写秋夜独钓景象：在澄净的秋天的夜晚，独自摇坐一小篷船，悠悠划过弥漫雾气的江中小洲来钓鱼，等到鱼线一收时，倒映江中的星星就像被一下子牵动一样，哗哗地分散开了。下片抒写醉卧秋江上的悠然自得。凡尘之事都不去想，饮酒对清风皓月，不觉忘却行迹，渐渐入睡，醒时已是红日高升。

鹊桥仙 纤云弄巧

纤云[1]弄巧，飞星[2]传恨，银汉迢迢暗度。金风[3]玉露[4]一相逢，便胜却人间无数。　柔情似水，佳期如梦，忍顾[5]鹊桥归路。两情若是久长时，又岂在朝朝暮暮。

[注释]

① 纤云：变幻多样的轻盈的秋云。

② 飞星：流星。

③ 金风：秋风。

④ 玉露：白露。

⑤ 忍顾：怎忍回顾。

[简析]

这是一首七夕词，通过牛郎织女的故事咏叹人间的悲欢离合。上片写秋云变幻多“巧”，照应织女巧织云图，流星划过，似乎在替牛郎传达离恨和思念。接着词人说道牛郎织女每年秋天的一会，尽管短暂，却要比过人间的无数爱情。欧阳修有《七夕》诗：“莫云天上稀相见，犹胜人间去不回。”词人这里也有对爱情的一种思考。下片写聚后要分别，牛郎织女之爱为什么能够胜却人间无数呢，因为“两情若是久长时，又岂在朝朝暮暮。”爱情的长久不必需要日夜的厮守。

江城子 西城杨柳弄春柔

西城杨柳弄春柔。动离忧，泪难收。犹记多情[1]曾为系归舟。碧野朱桥当日事，人不见，水空流。　　韶华不为少年留。恨悠悠，几时休。飞絮落花时候一登楼。便做春江都是泪，流不尽，许多愁。

[注释]

① 多情：这里指柳枝。

[简析]

此词写别后感伤。上片写暮春时节，见柳枝飘动，动离思，想及往日欢乐情景，如今都已不再。下片写年华易逝，伤感、离思之深。暮春登楼，将所见的春江比作愁苦，可见愁苦之悠长。李煜《虞美人》词曰："问君能有几多愁，恰似一江春水向东流。"

画堂春 落红铺径水平池

落红铺径水平池，弄晴小雨霏霏。杏园憔悴杜鹃啼，无奈春归。　　柳外画楼独上，凭栏独撚花枝。放花[1]无语对斜晖，此恨谁知。

[注释]

① 放花：放开花枝。

[简析]

此词写惜春、闺怨之情。上片写匆匆春去。下片塑造了一个有着忧愁的女子的形象，没有写她的外貌、没有直接说她心里苦闷，只是给出一个剪影，她独自登楼手捻一个花枝，长时间的默默远望，最后下意识地丢开花枝，仍是对夕晖无言。最后才稍微说明主旨：此恨谁知。整首词的情味十分的含蓄和蕴藉。

千秋岁 水边沙外

水边沙外，城郭春寒退。花影乱，莺声碎。飘零疏酒盏，离别宽衣带。人不见，碧云暮合①空相对。 忆昔西池②会，鹓鹭③同飞盖。携手处，今谁在。日边④清梦⑤断，镜里朱颜改。春去也，飞红万点愁如海。

[注释]

① 碧云暮合：江淹《杂体诗》之一："日暮碧云合，佳人殊未来。"

② 西池：即金明池，是北宋的皇家园林之一。故址在开封城西。

③ 鹓（yuān）鹭：两种鸟，因为它们都是飞行有序的，所以比喻朝官行列。

④ 日边：帝王左右、京城。

⑤ 清梦：美梦。

[简析]

这首词作于词人被贬出京之后，据说是在贬监处州酒税时作。上片写在春天花影零乱、莺声细碎，景色宜人。可在这样的季节和景色中，词人却难以开心，因为“飘零”，自己与好友苏轼、黄庭坚一块儿把酒言欢的时候稀少了，这种离别也让词人消瘦、憔悴。独自在异乡贬所遥望暮天，只见碧云四合，却不能见友人。下片写志向的落空。与好友在京城的游乐再难重现，都被贬了。故曰“携手处，今谁在”，“日边清梦断，镜里朱颜改”志向已经很难实现，而人已经老了。“春去也，飞红万点愁如海”作为结句，可谓写尽满腹悲哀。

踏莎行 雾失楼台

雾失[①]楼台，月迷[②]津渡，桃源[③]望断无寻处。可堪[④]孤馆[⑤]闭春寒，杜鹃声里斜阳暮。　　驿寄梅花[⑥]，鱼传尺素，砌成此恨无重数。郴江幸自[⑦]绕郴山，为谁[⑧]流下潇湘[⑨]去。

[注释]

① 失：使不分明。

② 迷：使迷蒙，看不清。

③ 桃源：桃花源，指与世隔绝的理想之地。

④ 可堪：哪堪。

⑤ 孤馆：孤寂的客舍。

⑥ 驿寄梅花：《荆州记》：“宋陆凯与范晔相善，自江南寄梅花与晔，并赠诗曰：‘折梅逢驿使，寄与陇头人。江南无所有，聊赠一枝春。’”

⑦ 幸自：本自。

⑧ 为谁：为什么。

⑨ 潇湘：潇水和湘水，在今湖南境内，合流为湘江，又称潇湘。

[简析]

此词为绍圣四年（1097），秦观贬徙郴州时所作。开头两句用楼台不见，渡口迷蒙来形容内心的失落和理想的幻灭感。“可堪孤馆闭春寒，杜鹃声里斜阳暮”是现实景象的描写，王国维认为这句已是“凄厉”。下片写贬谪远方的词人，思念家人和朋友，然而来信和去信都会让离恨更加一层，“砌”字沉痛。结句无理却是至情的表达，郴江发源于郴山，本该绕着郴山才对，为什么要流入湘江呢？郴江流入湘江是自然现象，词人却要就这个问题质问，他不是要一个答案，这种无理之问其实是内心迷惘和极度失落的一种表现。

点绛唇 醉漾轻舟

醉漾轻舟，信流[1]引到花深处。尘缘相误，无计花间住。

烟水茫茫，千里斜阳暮。山无数，乱红如雨[2]，不记来时路。

[注释]

① 信流：任随流水。

② 乱红如雨：李贺《将进酒》诗：“桃花乱落如红雨。”

[简析]

此词咏刘晨、阮肇入天台的故事。相传汉明帝时，刘、阮二人去天台采药，迷路了不能回家，忍饥挨饿多天，被两位仙女搭救，款待饮食，留宿半年才得回家，回家后才发现已经过了十世了。上片写遇到仙女，却因为还有尘俗之念，有归乡之思，所以要求回家。下片写回家的路程，回首已不记得来时之路了。

减字木兰花 天涯旧恨

天涯[1]旧恨，独自凄凉人不问。欲见回肠，断尽金炉小篆香。　黛蛾长敛，任是春风吹不展。困倚危楼，过尽飞鸿字字愁。

[注释]

① 天涯：古诗："相去万余里，各在天一涯。"

[简析]

此词写闺怨。上片写被相思萦绕的愁肠，就像炉中燃尽的篆形香一样曲折，下片写黛眉长皱，就是春风也不能吹展。行人没有音信，女子登楼凝望见能替人捎信的大雁飞过，更增人愁。

好事近 春路雨添花

梦中作

春路雨添花，花动一山春色。行到小溪深处，有黄鹂千百。飞云当面化龙身，天矫[1]转空碧。醉卧古藤阴下，了不知[2]南北。

[注释]

① 夭矫：飞动貌。

② 了不知：全不知。

[简析]

此词为秦观在处州时，梦中所作，醒后遂记录下来。全词全写梦境。上片写梦中花落，漫步至溪水深处，听到黄鹂百啭的啼叫声。下片写梦中见云彩当面化作了飞龙，腾跃飞天，“醉卧古藤阴下，了不知南北”写自己梦中在古藤阴下醉卧，不省人事。结句似乎成了一句谶言，后来秦观又被贬，最终卒于藤州光华亭上。

张　耒

风流子　木叶亭皋下

木叶亭皋下，重阳近，又是捣衣秋。奈愁入庾肠[①]，老侵潘鬓[②]，谩[③]簪黄菊，花也应羞。楚天晚，白蘋烟尽处，红蓼水边头。芳草有情，夕阳无语，雁横南浦，人倚西楼。　玉容知安否。香笺共锦字，两处悠悠。空恨碧云离合，青鸟[④]沉浮。向风前懊恼，芳心一点，寸眉两叶，禁甚闲愁。情到不堪言处，分付[⑤]东流。

[注释]

① 庾肠：指思乡之情。庾信初仕南朝梁，后出使西魏，被留北方，留北后虽居高位，却常怀故国之思。

② 潘鬓：指很早衰老。西晋潘岳貌美而早衰。

③ 谩：胡乱。

④ 青鸟：传说为西王母传信取食之鸟。

⑤ 分付：委托。

[简析]

这词是写游思妇的相思之情。上片写在异乡流落的游子，重阳节尽，思乡心更切。过拍“芳草有情，夕阳无语，雁横南浦，人倚西楼”是景语，连环而下，一气呵成，情绪突然收住，顿挫老成。下片写游子想象闺中思妇想念自己，由于音信未达，思妇凭风愁立，将那无限思人之情委托与眼前东流不尽的水流，结句俏丽，有思致。

晁补之

摸鱼儿 买陂塘

东皋[1]寓居

买陂塘、旋栽杨柳，依稀淮岸江浦。东皋嘉雨新痕涨，沙觜[2]鹭来鸥聚。堪爱处，最好是一川夜月光流渚。无人独舞。任翠幄[3]张天，柔茵[4]藉地，酒尽未能去。　　青绫被[5]，莫忆金闺独步[6]，儒冠曾把身误。弓刀千骑成何事，荒了邵平瓜圃[7]。君试觑，满青镜星星鬓影今如许。功名浪语[8]。便似得班超，封侯万里，归计恐迟暮[9]。

[注释]

① 东皋：在今山东济宁金乡县。

② 沙觜：伸向水中的沙洲。

③ 翠幄：这里指深碧的夜空像翠色的帐幕。

④ 柔茵：这里指草地柔软如毯子。

⑤ 青绫被：汉制，尚书郎值夜供新青缣白绫被，尚书掌管文书之职，作者曾在京师任校书郎、著作佐郎，因以自喻。

⑥ 金闺独步：金闺为汉代的金马门，为当时的文学侍从聚集之地，这里指作者曾官秘书事；独步，超众出群。这里指才华超众出群。

⑦ 邵平瓜圃：邵平为秦东陵侯，秦国灭亡后，自己种瓜卖瓜，因为卖的瓜香甜，他的瓜被人称为“东陵瓜”。这里指归隐。

⑧ 浪语：妄说。

⑨ 归计恐迟暮：用班超年老归乡的典故。东汉班超立功西域，封定远侯，在外三十余年，年老乞归，七十一岁回到洛阳，第二年就去世了。

[简析]

此词为词人晚年闲居济宁金乡所作。上片写隐居乐事。下片总结人生，淡泊繁华功名。词人创作这首词，意在表示对官场生活的厌弃，对美好的田园生活的向往。因此，不能把此作品简单地归结为“有强烈的消极退隐思想”之列。

忆少年 无穷官柳

别历下[①]

无穷官柳，无情画舸，无根行客。南山[②]尚相送，只高城人隔。　罨画[③]园林溪绀碧[④]，算重来、尽成陈迹。刘郎[⑤]鬓如此，况桃花颜色。

[注释]

① 历下：地名，在今济南市历城区。
② 南山：历山。
③ 罨（yǎn）画：彩色画。
④ 绀碧：深青透红的颜色。
⑤“刘郎”句：用刘禹锡屡遭排挤贬谪后用诗讥讽当朝权贵事。

[简析]

此词作于词人由知齐州（今济南）贬通判应天府（今河南商丘），离开济南时。上片写临别境况，开头三句，语气凝重，“南山尚相送”含不舍之意。下片借用刘禹锡被排挤贬谪的典故，抒发怨慨不平之气。刘禹锡去京师十余年，被召还后，作《再游玄都观》诗曰：“百亩庭中半是苔，桃花净尽菜花开。种桃道士归何处，前度刘郎今又来。”以此讥刺那些搬弄是非、陷害谄媚的人终究不会长期当权的。

洞仙歌 青烟幂处

泗州中秋作

青烟幂[1]处，碧海[2]飞金镜[3]，永夜闲阶卧桂影[4]。露凉时，零乱多少寒螿[5]，神京远，惟有蓝桥[6]路近。　水晶帘不下，云母屏[7]开，冷浸佳人淡脂粉。待[8]都将许多明，付与金尊，投晓共流霞[9]倾尽。更携取胡床上南楼[10]，看玉做人间，素秋千顷。

［注释］

① 幂：笼罩。

② 碧海：这里指青天。

③ 金镜：这里指月亮。

④ 桂影：指月光。

⑤ 寒螿：似蝉而小的一种动物。

⑥ 蓝桥：据说蓝桥有仙窟，这里引以称月宫。

⑦ 云母屏：镶嵌有云母的屏风。

⑧ 待：打算。

⑨ 流霞：这里指美酒。

⑩ 更携取胡床上南楼：用东晋庾亮据胡床与使吏同赏秋月的典故。

[简析]

此词写中秋赏月。上片写月刚出时景象：一轮淡月渐渐升高，烟雾轻笼，望去飘渺令人向往，“神京远，惟有蓝桥路近”，此时的赏月，似乎月宫要比京师还要近些，委婉寄寓现实的感慨。下片写月光饱满时胜景，词人逸兴豪飞，“看玉做人间，素秋千顷”比喻新奇，黄蓼园《蓼园词话》评曰：“自觉冰魂玉魄，气象万千，兴乃不浅。”

陈师道

菩萨蛮 行云过尽星河烂

七夕

行云过尽星河烂[1]，炉烟未断蛛丝满。想得两眉颦，停针忆远人。河桥知有路，不解留郎住。天上隔年期，人间长别离。

[注释]

① 烂：明亮。

[简析]

此词是一首七夕词。上片写七夕牛郎和织女即将相会，人间也有别离的人，一位手巧的妇人正在缝衣服，她在思念远方的丈夫。下片“河桥知有路，不解留郎住”双关，既说织女不能留住牛郎，也说人间的夫妇很难相伴，结句承此而下。

王　雱

倦寻芳　露晞向晓

露晞[①]向晓，帘幕风轻，小院闲昼。翠径莺来，惊下乱红铺秀。倚危栏，登高榭，海棠著雨胭脂透。算韶华，又因循[②]过了，清明时候。　倦游燕，风光满目，好景良辰，谁共携手。怅被榆钱[③]，买断两眉长皱。忆得高阳人散后，落花流水还依旧。这情怀，对东风、尽成消瘦。

[注释]

① 晞：干。

② 因循：顺应自然节气而变化。

③ 榆钱：这里指古代串起来的麻钱。

[简析]

此词是词人一生中唯一的词作。上片写仲春与暮春之交小院昼景：早晨露水刚干，微风吹动帘幕，院内的小路都是绿绿的，不时有黄莺从绿叶之下飞出，弄落一地花瓣。院中的人，登高榭凭栏远望，见沾有雨露的海棠花鲜红似胭脂。算算春天已过大半了。下片写面对良辰美景，小院中之人的孤单落寞，思念使人瘦。《词林纪事》卷七：“王元泽一生不作小词。或者笑之，元泽遂作《倦寻芳慢》一首，时服其工。今人多能诵之。然元泽自此遂不复作。”

赵令畤

蝶恋花 卷絮风头寒欲尽

卷絮风头寒欲尽。坠粉飘香，日日红成阵。新酒又添残酒困，今春不减前春恨。　　蝶去莺飞无处问。隔水高楼，望断双鱼信[1]。恼乱横波[2]秋一寸，斜阳只与黄昏近。

[注释]

① 双鱼信：古诗："客从远方来，遗我双鲤鱼。呼儿烹鲤鱼，中有尺素书。"

② 横波：眼波。

[简析]

赵令畤的词以清丽婉约显名，此词正体现了这一风格。上片言愁恨之深，开头写风吹花落之多，愁人借酒消愁，今春恨添去年恨。下片写望信之切。登楼远望，只见斜阳，恨又是黄昏，仍然杳无音信。

乌夜啼 楼上萦帘弱絮

春思

楼上萦帘弱絮，墙头碍月低花。年年春事[1]关心事，肠断欲栖鸦。　　舞镜鸾衾[2]翠减，啼朱凤蜡红斜。重门不锁相思梦，随意绕天涯。

[注释]

① 春事：春色。

② 舞镜鸾衾：绣有鸾鸟的被子。南朝宋范泰《鸾鸟诗序》中说，有一个人在山中抓获一只鸾鸟，这只鸟三年都不鸣叫，后来他悬挂一个镜子，鸾鸟看到镜中的自己，慨然悲鸣，一飞而死。后常用“舞镜鸾”比喻夫妻分离。

[简析]

此词题为“春思”，是乐府诗中常见的闺中思妇怀人的主题。时年，词人因与苏东坡结交而受牵连，为新党排斥，此作亦有托情之意，借闺人春思来表达自己政治上的苦闷和失意。上片写芳春月夜，闺人怀远。下片写闺人相思之重，《花草蒙拾》：“‘重门不锁相思梦，随意绕天涯’与‘枕上片时春梦中，行尽江南数千里’同一机杼，然赵词较胜岑诗。”

李 廌

虞美人 玉阑干外清江浦

玉阑干外清江浦，渺渺天涯雨。好风如扇雨如帘，时见岸花汀草涨痕添。 青林枕上关山路，卧想乘鸾[1]处。碧芜千里思悠悠，惟有霎时凉梦到南州[2]。

[注释]

① 乘鸾：指求得配偶。用秦朝萧史、弄玉乘凤凰飞天而去的典故。

② 南州：泛指南方。

[简析]

此词写的是怀人之情绪。上片写初夏雨后景致，下片设想在短暂的梦中，穿越千山万水与所爱的人相会。况周颐《蕙风词话》卷二评此词："李方叔《虞美人》过拍云'好风如扇雨如帘，时见岸花汀草涨痕添'，春夏之交，近水楼台，确有此景。'好风'句绝新，似乎未经人道。歇拍云'碧芜千里思悠悠，惟有霎时凉梦到南州'尤极淡远清疏之致。"

晁冲之

汉宫春 潇洒江梅

梅

潇洒江梅，向竹梢稀处，横两三枝。东君[①]也不爱惜，雪压风欺。无情燕子[②]，怕春寒、轻失花期。惟是有、南来归雁，年年长见开时。　　清浅小溪[③]如练，问玉堂何似[④]，茅舍疏篱。伤心故人去后，冷落新诗。微云淡月，对孤芳、分付他谁[⑤]。空自倚、清香未减，风流不在人知。

[注释]

① 东君：传说中的司春之神。

② 无情燕子：燕子在仲春时候飞回北方，那时梅花花期已过。

③ 清浅小溪：林逋《山园小梅》："疏影横斜水清浅，暗香浮动月黄昏。"

④ 何似：怎能比得上。

⑤ 分付他谁：教人怎么处置。

[简析]

此词表面咏梅，实际将自己比喻成梅花，抒发自己的情怀。上片写梅花无人欣赏。先写梅花的姿态"向竹梢稀处，横两三枝"，再写风吹雪压的摧残，无人问津，梅花徒自潇洒风流。下片将梅花和人杂糅在一起写，写梅和人的清高。纵然梅花无人欣赏，人失去了知己，仍不碍梅花清香，不碍人物风流，故曰："风流不在人知。"

王　观

卜算子　水是眼波横

送鲍浩然之浙东

水是眼波横，山是眉峰聚。欲问行人去那边，眉眼盈盈处。才始送春归，又送君归去。若到江南赶上春，千万和春住[1]。

[注释]

① 住：留住。

[简析]

这是一首送别词。上片写行人将要去一个有山有水美丽的地方，将水比喻成美人的眼波，把山比喻成美人的黛眉，行文新丽。下片不直接说送人，而先说送春，把与人的惜别之情和惜春之情联结在一起，结句“若是你在江南遇见春天，一定要把春天留住”也是语涉双关：我希望你留住春天，而我也希望能留住你。

舒　亶

菩萨蛮 画船捶鼓催君去

画船捶鼓催君去，高楼把酒留君住。去住若为情[1]，西江[2]潮欲平[3]。　江潮容易得，只是人南北。今日此樽空，知君何日同。

[注释]

① 若为情：何以为情。

② 西江：这里泛指长江中下游水域。

③ 潮欲平：潮快落了。船家一般趁涨潮时开船。

[简析]

这是一首惜别词。上片写一个矛盾场景。船家催着开船，而送行的人为行人劝酒，希望多留行人一会儿。去留之间，让行人十分为难，去也舍不得走，留也留不得，因为潮水就要落了。下片甚有思致，趁着江潮，船家开船将行人送走，从此居人和行人天各一方。涨潮落潮每天都能看到，却只见潮水把人送走，不见它把人送来。今日共饮离别酒，再次同饮要等到何时呢。

毛　滂

惜分飞 泪湿阑干花著露

富阳僧舍代作别语

泪湿阑干[①]花著露，愁到眉峰碧聚。此恨平分取，更无言语空相觑。　断雨残云[②]无意绪，寂寞朝朝暮暮。今夜山深处[③]，断魂分付[④]潮回去。

[注释]

① 阑干：眼泪纵横貌。

② 断雨残云：男女欢情的结束。

③ 山深处：这里指富阳僧舍。

④ 分付：托给。

[简析]

此词为元祐间词人罢杭州法曹至富阳所作赠别词。上片追述前事，回忆别时情态。送行人眼泪纵横，双眉紧皱，她与词人俱有深深的离恨，故说“此恨平分取”。下片回到现今，自分别后，词人寂寞寡欢，现在客寓富阳僧舍，在深山之中，惟有将思念断肠之心思托付给潮水，随它到达对方那里。结句语尽而意不尽，意尽而情不尽。

张舜民

卖花声 木叶下君山

题岳阳楼

木叶下[①]君山，空水漫漫。十分斟酒敛芳颜。不是渭城西去客，休唱阳关[②]。　　醉袖抚危栏，天淡云闲。何人此路得生还。回首夕阳红尽处，应是长安。

[注释]

① 下：落。

② 阳关：《阳关曲》。王维《送元二使安西》诗被谱入乐府，名《渭城曲》《阳关曲》。其词曰："渭城朝雨浥轻尘，客舍青青柳色新。劝君更尽一杯酒，西出阳关无故人。"

[简析]

此词为宋神宗元丰六年（1083），词人被贬郴州，途中登岳阳楼所作。上片写秋季岳阳楼上饯别情形，景象壮阔，情调肃敬。下片写迁客之哀。词人凭栏远望，悲叹"何人此路得生还"，结句翻用白居易《题岳阳楼》诗"春岸绿时连梦泽，夕波红处近长安。"遥想神京，无限悲恸。

李之仪

谢池春 残寒销尽

残寒销尽，疏雨过，清明后。花径款[①]余红，风沼萦新皱。乳燕穿庭户，飞絮沾襟袖。正佳时，仍晚昼。著[②]人滋味，真个浓如酒。　　频移带眼[③]，空只恁厌厌瘦。不见又思量，见了还依旧。为问频相见，何似长相守。天不老，人未偶[④]。且将此恨，分付庭前柳。

[注释]

① 款：留。

② 著：使、教。

③ 带眼：沈约《与徐勉书》：“老病百日数旬，革带常应移孔。”

④ 偶：成双。

[简析]

此词写暮春怀人。上片写傍晚怀人。下片反问“相见”与“分别”，“相见”与“相守”的关系，抒发相爱的人分离的无奈，就把这离恨寄寓在庭前柳树之上。

卜算子 我住长江头

我住长江头，君住长江尾。日日思君不见君，共饮长江水。此水几时休，此恨何时已。只愿君心似我心，定不负相思意。

[简析]

此词语言明白如话，淡语中有景语，景语中有情语。语浅情厚。毛晋《姑溪词跋》评此词曰："直是古乐府俊语也。"

贺　铸

半死桐　重过阊门万事非

重过阊门[①]万事非，同来何事[②]不同归。梧桐半死[③]清霜后，头白鸳鸯失伴飞。　　原上草，露初晞[④]，旧栖新垅两依依。空床卧听南窗雨，谁复挑灯夜补衣。

[注释]

① 阊门：即阊阖门。伍子胥建苏州城，城周四十八里，设八城门，其中的西门为阊门。

② 何事：为什么。

③ 梧桐半死：指丧失配偶。孟郊《列女操》诗："梧桐相待老，鸳鸯会双死。"

④ 露初晞：乐府古辞《薤露》："薤上露，何易晞。露晞明朝更复落，人死一去何时归。"

[简析]

这是一首悼亡词。当作于徽宗建中靖国元年辛巳（1101），重过苏州时，这时词人五十岁。上片叙说当时同妻子一起来苏州，自己北上京城，妻子已经去世，如今自己再来苏州，睹物思人。用"梧桐半死""鸳鸯失伴"形容夫妻互相扶持、恩爱的深厚感情。下片抒情。抒发妻子去世后自己的悲痛之情：平地上的草能够铲去还生，露水易干，第二天还会有，惟有人死不能复生；我躺在床上听窗外雨声，暗想世上没有了那个晚上挑灯给我缝补衣服的贤妻了。

杵声齐 砧面莹

砧面莹，杵声齐，捣就征衣泪墨[①]题。寄到玉关应万里，戍人犹在玉关西。

[注释]

① 泪墨：沾有泪水的墨汁。晏几道《思远人》词："泪弹不尽临窗滴，就砚旋磨墨。"

[简析]

词人摹拟闺妇思念征夫口吻而作，共一组六首，这是其中第四首。写到魏晋隋唐诗中常见的"秋夜捣衣"意象，古代每到清寒天气，女子们就要为戍边的丈夫准备寒衣，再寄给边关的丈夫，捣衣就是将布放在一个平整的砧石上，用一个大木杵捣布，使布柔软耐磨的行为，是裁衣前的工序。"寄到玉关应万里，戍人犹在玉关西。"有更行更远之意。

梦江南 九曲池头三月三

九曲池头三月三[①]，柳毵毵[②]。香尘扑马喷金衔[③]，涴[④]春衫。 苦笋鲥鱼[⑤]乡味美，梦江南，阊门烟水晚风恬，落归帆。

[注释]

① 九曲池头三月三：《荆楚岁时记》："三月三日，士民并出江

渚池沼间，为流杯曲水之饮。”

② 毵毵（sān）：枝条细长的样子。

③ 喷金衔：马呼出的气息喷到用黄金做的衔头上。

④ 涴（wò）：粘。

⑤ 鲥（shí）鱼：产自长江的一种珍贵的美味鱼类。

[简析]

此词主要怀念苏州的风情。上片写春季江南士人曲殇饮酒之乐，下片回忆春季江南的美味以及秀丽的风景。

陌上郎 西津海鹘舟

西津[①]海鹘舟[②]，径度沧江雨。双橹本无情，鸦轧[③]如人语。挥金陌上郎[④]，化石山头妇[⑤]。何物系君心，三岁扶床女。

[注释]

① 西津：西边的渡口。

② 海鹘舟：形容船的轻捷。

③ 鸦轧：象声词，形容摇橹的声音。

④ 挥金陌上郎：用春秋时鲁国人秋胡戏妻的典故。秋胡结婚后五天边去外地做官，五年后回家，在路上遇见一个采桑妇，便赠金调戏那个妇人，妇人正色止之。回家后，他发现采桑妇正是自己的妻子。

⑤ 化石山头妇：传说一女子的丈夫去楚国，累年不归，女子登山望夫，后来化成了一块石头。

[简析]

此词咏叹痴情女子，由当涂县（今安徽省当涂县）望夫山生发感慨。上片写在一个阴雨天气，词人乘小船由西向东划过望夫山下江面。下片感叹由来男子薄幸多，有情少。

行路难 缚虎手

缚虎手[①]，悬河口[②]，车如鸡栖马如狗[③]。白纶巾，扑黄尘，不知我辈可是[④]蓬蒿人[⑤]。衰兰送客咸阳道，天若有情天亦老[⑥]。作雷颠[⑦]，不论钱，谁问旗亭[⑧]美酒斗十千[⑨]。 酌大斗，更为寿[⑩]，青鬓长青古无有。笑嫣然，舞翩然，当垆秦女[⑪]十五语如弦[⑫]。遗音能记秋风曲[⑬]，事去千年犹恨促。揽流光[⑭]，系扶桑[⑮]，争奈愁来一日却为长。

[注释]

① 缚虎手：赤手搏白虎。

② 悬河口：指雄辩的口才。

③ 车如鸡栖马如狗：《后汉书·陈蕃传》中提到朱震，他为州从事，这个人“车如鸡栖马如狗，疾恶如风朱伯厚。”。这里自喻官位低微，嫉恶如仇。

④ 可是：岂是。

⑤ 蓬蒿人：村野之人。李白《南陵别儿童入京》诗：“仰天大笑出门去，我辈岂是蓬蒿人。”

⑥“衰兰”两句：用李贺《金铜仙人辞汉歌》成语。

⑦ 作雷颠，不论钱：这里自喻不热衷功名利禄。《后汉书·雷义传》中记载雷义曾帮助过一个犯了死罪的人，后来此人送给他二斤金子作为回报，雷义不受，那人偷偷把金子放到雷家藻井上，待雷义发现时，那犯人已死，于是就将钱交给官府。后来雷义举茂才，他却要让于一个叫陈重的人，刺史不同意，雷义就披头散发假

装疯癫而走。

⑧ 旗亭：市楼。

⑨ 美酒斗十千：曹植《名都篇》：“归来宴平乐，美酒斗十千。”

⑩ 酌大斗，更为寿：饮大斗酒，祝愿长寿。

⑪ 当垆秦女：辛延年《羽林郎》诗：“胡姬年十五，春日独当垆。”

⑫ 十五语如弦：韩琮《春愁》诗：“秦娥十六语如弦。”

⑬ 秋风曲：指汉武帝所作《秋风辞》：“秋风起兮白云飞，草木黄落兮雁南归，……欢乐极兮哀情多，少壮几时兮奈老何。”

⑭ 揽流光：流光指流动的月光，代指月亮。揽流光指把持月亮。

⑮ 系扶桑：扶桑传说为日出的地方。系扶桑指留住太阳，不让它继续前行。

[简析]

前人评此词：“掇拾古语，运用入化，借他人之酒杯，浇自己之块垒。”上片写自己文武全才，却位卑官微，偏偏自己又是一个仗义执言、敢说敢做的人。词人既自嗟位下，又非常自负。下片写豪情旷达，心中不得志何不借酒消愁，人生有美酒，有曼妙歌舞，足够开怀，后半段转为悲沉，人生如马驹过隙，偏在这短短的岁月中，却难免无尽的愁闷。

凌歊 控沧江

控[①]沧江，排[②]青嶂[③]，燕台凉[④]。驻彩仗[⑤]、乐未渠央[⑥]。岩花磴[⑦]蔓，妒千门[⑧]珠翠[⑨]倚新妆。舞闲歌悄，恨风流不管余香。　　繁华梦，惊俄顷，佳丽地，指苍茫。寄一笑、何与[10]兴亡。量船载酒[11]，赖使君[12]相对两胡床。缓调清管，更为侬三弄斜阳[13]。

[注释]

① 控：悬。

② 排：推。

③ 青嶂：连成片的青山。

④ 燕台凉：在凉台宴乐。

⑤ 彩仗：古代帝王或大臣出行时的仪仗。

⑥ 乐未渠央："渠"通"遽"，欢乐不会很快消尽。

⑦ 磴（dèng）：山路上的石阶。

⑧ 千门：指宫廷。

⑨ 珠翠：女子妆饰，用来指代美人。

⑩ 何与：何干。

⑪ 量船载酒：根据船的大小，装满一船的酒。用三国时期郑泉爱酒的典故。

⑫ 使君：汉时称州刺史为使君，后因用以代称州郡长官。

⑬ 三弄斜阳：用桓伊为王子猷踞胡床吹笛的典故。李郢《江上逢羽林王将军》诗："唯有桓伊江上笛，卧吹三弄送残阳。"

[简析]

凌歊台为南朝宋时所建，建在太平州黄山（今安徽黄山）之上。此词为词人通判太平州时所作。上片咏刘宋故事。许浑有《凌歊台》诗："宋祖凌歊乐未回，三千歌舞宿层台。"先写凌歊台位置之高，悬在大江之上，又有推开附近山峰之势。刘宋皇帝在此处纳凉宴乐，他的仪仗威严盛大，随来的妃子歌妓舞女众多，她们个个儿装扮艳丽，惹得山花山草都妒忌她们了，他们长时间地宴饮歌舞，欢乐无限。如见歌停舞罢，他们的风流都逝去了，只剩有山花山草历世不衰，似乎还沾染着她们的香气。下片叹历史转瞬兴亡。以往的繁华就像梦一样短暂，江南繁华地如今是苍茫一片，繁华阻挡不了衰亡。我辈壮志难酬，且不去指点江山，而幸有一二好友知己，与之泛舟江上，请其弄笛三曲，醉卧斜阳，岂不乐哉。

独倚楼 上东门

上东门，门外柳，赠别每烦纤手。一叶落，几番秋，江南独倚楼。　曲阑干，凝伫久，薄暮更堪搔首[①]。无际恨，见闲愁，侵寻[②]天尽头。

[注释]

① 搔首：《诗·邶风·静女》："爱而不见，搔首踟蹰。"

② 侵寻：渐进。

[简析]

此词写分别后，双方的凝望思念。上片写女子折柳送行人，别后倚楼盼行人归来。下片写行人栏杆旁凝伫，天边望而不尽，离愁顿生，意境似柳永《凤栖梧》词："伫倚危楼风细细，望极春愁，黯黯生天际。"

宛溪柳 梦云萧散

梦云[①]萧散，帘卷画堂晓。残薰烬烛隐映，绮席金壶[②]倒。尘送行鞭袅袅，醉指长安道[③]。波平天渺，兰舟欲上，回首离愁满芳草。　　已恨归期不早，枉负狂年少。无奈风月多情，此去应相笑。心记新声缥缈，翻是相思调。明年春杪[4]，宛溪杨柳，依旧青青为谁好。

[注释]

① 梦云：用巫山神女事。比喻短暂的幽会。

② 金壶：酒壶的美称。

③ 长安道：长安为汉唐故都，后以指代京城。“长安道”谓朝京之路。

④ 春杪：春末。

[简析]

此词当是词人出官滏阳都作院，离京时所作。上片写早晨分别情状。早上画堂帘卷，可见屋内昨晚的筵席上倾倒了的酒壶，未燃尽熏香及残烛，一晚的幽欢很快过去。今天要出京了，上马出发，不禁回指京城的道路，依依难舍。之后是登舟水行，这时再回首见江边青草离离，一下牵动了满腔离情。下片抒情，今日一去不知何时能归，大概连多情的轻风明月也会嘲笑我枉自狂妄自信吧。我大概记得新近流行的一首新曲子，想起这个曲子就让我起了相思。明年春末时候，这汴京宛溪边的杨柳依然会青柔可爱，可我已不能见到了。

青玉案　凌波不过横塘路

凌波[1]不过横塘[2]路，但目送，芳尘去。锦瑟华年谁与度。月桥花院，锁窗朱户，只有春知处。　　飞云冉冉蘅皋[3]暮，彩笔新题断肠句。若问闲情都几许。一川烟草，满城风絮，梅子黄时雨。

[注释]

① 凌波：曹植《洛神赋》："凌波微步，罗袜生尘。"

② 横塘：地名，在苏州。风景优美，贺铸在此地有别墅。

③ 蘅皋：长有杜蘅的沼泽。

[简析]

此词当作于徽宗建中靖国元年（1101）初夏。横塘在苏州吴县西南十三里左右，贺铸在那里筑有别墅。这首词写独居之岑寂。"凌波""目送芳尘"指出没有佳人相陪，"锦瑟年华"无人与我共度，花榭绮窗，只有春风吹到。下片写怀人愁肠。"飞云冉冉蘅皋暮"用江淹"日暮碧云合，佳人殊未来"以及《洛神赋》中蘅皋见丽人之文，再写怀人而无人来的失落，愁极题诗，"彩笔"用江淹得神人五色笔的典故。紧接一问句，问有多少忧愁？自问自答，愁之多就像满地的青草，满城漫飞的柳絮，如雾如烟笼罩大地的梅雨。结句比喻新奇，兴中有比，意味悠长。贺铸因此获有"贺梅子"之称号。

薄　幸　艳真多态

艳真多态，更的的[①]频回眄睐[②]。便认得琴心相许[③]，与写宜男双带[④]。记画堂斜月朦胧，轻颦微笑娇无奈。便翡翠屏[⑤]开，芙蓉帐掩，与把香罗偷解。　　自过了收灯[⑥]后，都不见踏青挑菜[⑦]。几回凭双燕，丁宁深意，往来翻恨重帘碍。约何时再。正春浓酒暖，人闲昼永无聊赖。厌厌睡起，犹有花梢日在。

[注释]

① 的的：明亮。

② 眄睐：斜视。

③ 琴心相许：司马相如

④ 宜男双带：用宜男锦做的裙带。

⑤ 翡翠屏：有翡翠鸟图饰的屏风。

⑥ 收灯：正月十八日。

⑦ 挑菜：挑挖新鲜菜蔬。农历二月初二为我国传统的春令节日挑菜节。

[简析]

前人评此词："风致嫣然，低回往复，妙绝古今""意味极缠绵，笔势极飞舞。"上片追述前欢，回忆你侬我侬的温馨时刻。下片写正月十八后，不见另一半后的焦虑和无聊。书信不通，借酒消磨永昼，无奈酒醒后仍然斜日冉冉，时间过得尤其地慢，可无聊之极。

伴云来 烟络横林

烟络[①]横林，山沉远照，逶迤[②]黄昏钟鼓。烛映帘栊，蛩[③]催机杼，共苦清秋风露。不眠思妇，齐应和几声砧杵。惊动天涯倦宦，骎骎[④]岁华行暮。　当年酒狂自负，谓东君以春相付。流浪征骖北道，客樯南浦[⑤]，幽恨无人晤语。赖明月曾知旧游处[⑥]，好伴云来，还将梦去[⑦]。

[注释]

① 络：笼罩。

② 逶迤：隐约而至。

③ 蛩：蟋蟀。

④ 骎骎（qīn）：骤貌。

⑤ 南浦：江淹《别赋》："送君南浦，伤如之何。"

⑥ 旧游处：以前游冶之处，指妓家。

⑦"好伴"两句："云""梦"用楚怀王梦巫山神女事，这里指词人所想念的那个女子，意谓月亮伴那女子入我梦，再伴她离去。

[简析]

此词写游宦羁旅，悲秋怀人之情。上片写纵目所见：薄暮时分，整个山林被雾霭笼罩，远处天边夕照渐渐沉入群山之下；接着时间推进到客舍之内，此时已是夜晚，客舍内红烛映照窗户，蟋蟀"吱吱"鸣叫，叫人不免孤单疲顿之感，此时唯有红烛、蟋蟀共我清苦。偏又在清秋之夜的异乡旅舍里传来阵阵捣衣之声，这些家中的妻子们在为她们戍边的丈夫准备冬衣。这又使我羁旅之人暗惊：岁月如梭，这一年又行将过完。下片沿着过拍展开，将此情此景下的各种思绪娓娓道来：年少时我尚气使酒，自负才华，以为司春之神会对我另加眷顾，我的生活之路将是洒满春光，一片美好。现今沉沦下僚，漂泊游宦，走南行北，流浪颠簸孤独之苦无有可诉之处。幸有一轮明月，它知道我心里想的那个"她"的住处，可托付伴她幽幽来我梦中，待我梦醒悄送她去。陈廷焯评曰："方回词，儿女、英雄兼而有之。"

减字浣溪沙 楼角初销一缕霞

楼角初销一缕霞，淡黄杨柳暗栖鸦，玉人和月摘梅花。

笑撚粉香归洞户，更垂帘幕护窗纱，东风寒似[1]夜来[2]些。

[注释]

① 似：于。

② 夜来：昨天。

[简析]

前人评此词：句句绮丽，字字清新。上片写初春庭院小景。楼角残霞消散，天慢慢暗下来，淡黄的柳枝间已有乌鸦栖息，有一美人月下摘一朵清香的梅花。下片写美人的行为。她摘取梅花，浅笑归屋，接着垂下帘幕，今夜的风比昨天更冷些呢。

石州引 薄雨收寒

薄雨收寒，斜照弄晴，春意空阔。长亭柳蓓才黄，倚马何人先折。烟横水漫，映带几点归鸿，平沙消尽龙荒雪。犹记出关[1]来，恰如今时节。　将发，画楼芳酒，红泪[2]清歌，便成轻别。回首经年，杳杳音尘都绝。欲知方寸，共有几许新愁，芭蕉不展丁香结[3]。憔悴一天涯，两厌厌[4]风月。

[注释]

① 出关：盖指白马关（在今河南浚县东）。

② 红泪：美人之泪。

③ 芭蕉不展丁香结：芭蕉叶卷，丁香花苞团簇似结。形容内心愁郁。

④ 厌厌：精神萎靡似病态。

[简析]

此词为赠妓之作，当作于神宗熙宁九年（1076），词人时在临城（今河北邢台）。上片写临城初春傍晚，雨后初晴的空阔景色。雨后烟雾朦胧，河水漫漫，天际飞过几只大雁，此时这荒漠之地的残雪已经化尽。过拍承上启下，我去年来此地大概也就是这个时候了。下片先回忆去年之分别，你为我清歌，为我流泪，真是别时容易见时难，一年来也没有你的音信。我的苦愁就像那芭蕉叶卷，丁香团簇，想你正与我一样厌厌度日，再好的风月也无心欣赏。

天门谣 牛渚天门险

牛渚天门[①]险，限[②]南北、七雄[③]豪占。清雾敛，与闲人登览。　　待月上潮平波滟滟，塞管[④]轻吹新阿滥[⑤]。风满槛，历历数西州[⑥]更点[⑦]。

[注释]

① 牛渚天门：牛渚山在太平州当涂县（今安徽当涂县）北三十里。牛渚山的西南方有两山夹江耸立，谓之“天门”。

② 限：阻绝。

③ 七雄：指三国吴、东晋、南朝宋、齐、梁、陈加上南唐七个朝代。

④ 塞管：笛子。

⑤ 阿滥：也叫《阿滥堆》，笛曲名。

⑥ 西州：古城名，故址在今南京朝天宫西望仙桥一带。

⑦ 更点：古代把一夜分五更，每更又分五点，更以击鼓为节，点已击钟为节。

[简析]

这是一首怀古之作。上片写牛渚天门地势险要，阻绝南北，为六朝、南唐的防御重地。如今我与朋友能够在这个昔日是军事禁地的地方闲来登览，有历代兴亡之感。下片纯是想象，牛渚天门风景高胜，让人流连忘返，这里的夜色应该是这样的吧：江面月光潋滟，友人轻吹笛曲，耳边还传来金陵古都钟鼓报时之声，想象奇特，才思敏捷。

望湘人 厌莺声到枕

春思

厌莺声到枕，花气动帘，醉魂愁梦相半。被惜余薰，带惊剩眼[①]，几许伤春春晚。泪竹痕鲜，佩兰香老，湘天浓暖。记小江风月佳时，屡约非烟[②]游伴。　　须信鸾弦[③]易断，奈云和[④]再鼓，曲终人远[⑤]。认罗袜无踪，旧处弄波清浅。青翰[⑥]棹舣[⑦]，白蘋洲畔，尽目临皋飞观[⑧]。不解寄、一字相思，幸有归来双燕。

[注释]

① 带惊剩眼：惊叹又有一些革带的孔用不着了，指人变得消瘦。

② 非烟：指氤氲的天气。

③ 鸾弦：琴弦。

④ 云和：指琴瑟。

⑤ 曲终人远：唐钱起《省试湘灵鼓瑟》诗：“曲终人不见，江上数峰青。”

⑥ 青翰：船名。

⑦ 舣：使船靠岸。

⑧ 飞观：指高耸的楼台。

[简析]

此词为春夜怀人之作。上片伤春和怀人交替而来，情中有景，景中寓情。首句“莺声到枕，花气动帘”，境极美，味极明静。加一“厌”字，就知当事人必然心事沉重，才能对此美境无动于衷，甚至生出嫌烦。“醉魂愁梦相半”，原来“莺声”“花气”早早地打搅了醉意未消加上内心萦结相思之苦的词人。以下说相思使人憔悴，越是伤春，眼看又是春晚。“泪竹痕鲜”指斑竹在暮春时候刚出竹笋；“佩兰香老”指春兰花期已过，《离骚》中有“纫秋兰以为佩”，用湘地特有之物与历史典故来说明节气。过拍又由景生情，我和“她”就是在春季这样的风和月静里，常相游玩的。下片写相思之苦，伊人已不见，旧游之处再不见她的踪迹，我尽日凭高望远，相思之浓无从寄达，正有双燕归来，何不将书信交给它们呢。

周邦彦

瑞龙吟 章台路

章台路①，还见褪粉②梅梢，试花③桃树，愔愔④坊陌人家⑤，定巢燕子，归来旧处。　黯凝伫，因念个人痴小，乍窥门户⑥。侵晨⑦浅约宫黄⑧，障风映袖，盈盈笑语。　前度刘郎重到，访邻寻里。同时歌舞，惟有旧家秋娘⑨，声价⑩如故。吟笺赋笔，犹记燕台句⑪。知谁伴，名园露饮⑫，东城闲步。事与孤鸿去，探春尽是，伤离意绪。官柳低金缕，归骑晚、纤纤池塘飞雨，断肠院落，一帘风絮。

[注释]

① 章台路：汉代长安街名，这里指妓女聚居之处。

② 褪粉：指花谢。

③ 试花：指花初开。

④ 愔愔：幽静的样子。

⑤ 坊陌人家：指妓女所居之处。

⑥ 乍窥门户：指刚出来招揽客人。

⑦ 侵晨：破晓。

⑧ 浅约宫黄：一种妆饰，指在额头涂上淡淡的黄粉。

⑨ 秋娘：唐代歌妓女伶的通称，这里指词人所恋念的那个歌妓。

⑩ 声价：名声。

⑪ 燕台句：李商隐曾作《燕台》诗，洛阳女子柳枝读后，对李爱慕，这里指词人与秋娘互相欣慕。

⑫ 露饮：把帽子或头巾去掉，无拘束的饮酒。

[简析]

这是一首怀人词，为周邦彦重回汴京之后，寻访相好的歌妓所作。全篇叙述井然有序，从现在写起，再回忆当时初见，再回到现在。开篇“褪粉”“试花”说明时间，初春时候人如燕子一样又来旧地，“愔愔”说出如今这个歌妓的居处很僻静，已经人去楼空。以下回忆初次相逢，那个歌妓正是豆蔻年华，清晨倚门迎客，浅浅淡妆，仪态痴情，写来如在面前。接着抚今追昔，秋娘已去，无人再伴词人畅快饮酒、东城闲步，“官柳低金缕，归骑晚、纤纤池塘飞雨”缘情写景，词人之断肠正如“细细的满池塘的雨”，正如“道边的柳枝依依不舍”。结句“一帘风絮”以无情的柳絮表达断肠的心境。再过一段时间，这小院不但仍无那人，只会多了满院的柳絮翻飞。

风流子 枫林凋晚叶

枫林凋晚叶，关河迥，楚客惨将归。望一川暝霭，雁声哀怨；半规凉月，人影参差。酒醒后，泪花销凤蜡，风幕卷金泥[①]。砧杵韵高，唤回残梦；绮罗香减，牵起馀悲。 亭皋分襟地，难堪处，偏是掩面牵衣。何况怨怀长结，重见无期。想寄恨书中，银钩[②]空满；断肠声里，玉筋[②]还垂。多少暗愁密意，唯有天知。

[注释]

① 金泥：帘幕上的烫金。

② 银钩：比喻遒劲的书法。

③ 玉筯：比较长的珍珠，用来比喻美人的眼泪。

[简析]

此词为词人离开荆州时，别一位歌妓而作。上片先回忆初秋晚上词人与“她”分别的景况：枫叶飘落，关河苍莽，月下送行者和行人影子斑驳。紧接着写分别后词人在客舍，夜中梦醒，见红烛滴蜡，风动帘幕，牵动了词人的“余悲”。下片写仍萦绕词人的“余悲”，再次回忆饯别一幕，她与我都难忍这伤心的一刻，可她仍忍不住落泪牵衣，我一去不知何时再来，正是相见无期，就算之后能够通书信，这些文字又不足以表达相思相念之情，那生离之痛只有天知罢了。

又 新绿小池塘

新绿小池塘，风帘动、碎影舞斜阳。羡金屋[①]去来，旧时巢燕；土花[②]缭绕，前度莓墙[③]。绣阁里、凤帏[④]深几许，听得理丝簧[⑤]。欲说又休，虑乖芳信[⑥]；未歌先噎，愁近清觞。 遥知新妆了，开朱户，应自待月西厢。最苦梦魂，今宵不到伊行[⑦]。问甚时说与，佳音密耗，寄将秦镜[⑧]，偷换韩香[⑨]。天便教人，霎时厮见何妨。

[注释]

① 金屋：用汉武帝金屋藏娇的典故，这里指女子所居的华美屋室。

② 土花：苔藓。

③ 莓墙：长苔藓的墙。

④ 凤帏：女子房中有凤饰的帐子。

⑤ 丝簧：丝指弦乐，簧指有簧片的管乐，这里泛指一般乐器。

⑥ 芳信：指对方的消息。

⑦ 伊行：你那里。

⑧ 秦镜：即秦嘉镜。东汉秦嘉出为吏，其妻因病不能随往，秦嘉赠送明镜、宝钗等安慰其妻子。

⑨ 韩香：晋贾充之女贾午与韩寿私通，把御赐其父的异香偷偷送给了韩寿。

[简析]

此词写不见伊人的相望之情。上片写音信不通，羡慕巢燕能够年年去“她”屋下筑巢，“她”的院墙上每年都会长出新苔藓，而我却不能与“她”相见。以下写听见凤帏之内传来琴声，这琴声欲奏又断，听见“她”清歌，歌声才开又咽。虽能听见，却不得走近相见，故说“凤帏深几许”。下片写即使梦魂之中也不能见，双方想念之极，故诘问上天，纵使让我们相聚片刻又有什么大不了的呢。《蕙风词话》卷二评该词结句曰：“此等语愈朴愈厚，愈厚愈雅，至真之情，由性灵肺腑中流出，不妨说尽而愈无尽。”

兰陵王 柳阴直

柳

柳阴直，烟里丝丝弄碧。隋堤[①]上、曾见几番，拂水飘绵送行色。登临望故国[②]，谁识京华倦客。长亭路，年去岁来，应折柔条过千尺。　　闲寻旧踪迹，又酒趁[③]哀弦，灯照离席。梨花榆火[④]催寒食。愁一箭风快[⑤]，半篙波暖，回头迢递便数驿，望人在天北。　　凄恻，恨堆积。渐别浦萦回，津堠岑寂，斜阳冉冉春无极。念月榭携手，露桥闻笛。沉思前事，似梦里，泪暗滴。

[注释]

① 隋堤：汴河堤，隋炀帝所建，故名。

② 故国：故乡。

③ 趁：伴随。

④ 榆火：本意指春天钻榆、柳之木以取火种，代指春天。

⑤ 一箭风快：比喻水波流动很快。

[简析]

此词写客中送客，以柳起兴，并不是纯粹咏柳，主要抒发“倦客”之感。上片咏柳，古人有折柳赠别的习俗，“柳阴直，烟里丝丝弄碧”，写出长堤之上柳树成行，远看青霭成阵。由此联想多年来淹留京城，送过无数人，折过无数柳枝。而自己也是客居京城，“登临故国，谁识，京华倦客”为该词的词眼所在。中段说送别时的感想，替行人说话，直到望不见送行的人。下片承“愁”字，实写别后情愫，以申足离别之意。“念月榭”两句推想从前，结句更进一层，感情沉郁，欲说又止。

苏幕遮 燎沉香

燎[①]沉香，消溽暑。鸟雀呼晴，侵晓窥檐语。叶上初阳干宿雨。水面清圆，一一风荷举。 故乡遥，何日去。家住吴门[②]，久作长安旅。五月渔郎相忆否，小楫轻舟，梦入芙蓉浦。

[注释]

① 燎：烧。

② 吴门：苏州阊门，这里泛指吴越之地。

[简析]

这是一首思归词。上片写宿雨过后，第二天清晨焕然一新的凉意：鸟雀叽喳，凉风拂荷，王国维《人间词话》谓："（'叶上'三句）此真能得荷之神理者。"下片抒发思归之情，梦回钱塘荷花浦。

齐天乐 绿芜凋尽台城路

绿芜凋尽台城[1]路，殊乡[2]又逢秋晚。暮雨生寒，鸣蛩劝织，深阁时闻裁剪。云窗[3]静掩。叹重拂罗裀[4]，顿疏花簟。尚有綀[5]囊，露萤清夜照书卷。 荆江留滞最久，故人相望处，离思何限。渭水西风，长安乱叶[6]，空忆诗情宛转，凭高眺远。正玉液[7]新篘[8]，蟹螯初荐[9]。醉倒山翁，但愁斜照敛[10]。

[注释]

① 台城：指金陵。

② 殊乡：异乡。

③ 云窗：饰有云纹的窗户，代指闺房。

④ 罗裀：锦织的厚垫子。

⑤ 綀（shū）：比较稀疏的一种布。

⑥ 渭水西风，长安乱叶：贾岛《忆江上吴处士》："秋风生渭水，落叶满长安。"

⑦ 玉液：酒的美称。

⑧ 篘（chōu）：过滤酒的一种工具，这里用作动词"过滤"的意思。

⑨ 荐：上市。

⑩ 但愁斜照敛：杜牧《九日齐安登高》："但将酩酊酬佳节，不用登临恨落晖。"

[简析]

此词写悲秋伤时之感。上片先写一片秋意，沉郁苍凉，陈廷焯曰："只起二句便觉黯然销魂"。晚秋、暮雨、蛩鸣、闺房中裁衣声，这些都是词人易感的环境，"叹重拂罗裀，顿疏花簟"说撤去凉席，换上厚垫，用一"叹"字说明对节候变化之无奈。"尚有"句仍是怀恋夏季之意。下片写思念友人。先写荆江友人遥遥望我，再写我怀念汴京的故人，总用悬想虚摹的手法含蓄表达游宦之苦。最后似潇洒而结句顿入无限迟暮之悲，与开头悲秋惜时照应。

六丑 正单衣试酒

蔷薇谢后作

正单衣试酒[①]，怅客里光阴虚掷。愿春暂留，春归如过翼[②]，一去无迹。为问花何在，夜来风雨，葬楚宫倾国[③]。钗钿堕处遗香泽[④]。乱点桃蹊，轻翻柳陌，多情最谁追惜。但蜂媒蝶使，时叩窗隔。　　东园岑寂，渐蒙笼[⑤]暗碧。静绕珍丛[⑥]底，成叹息。长条故惹行客。似牵衣待话，别情无极。残英小、强簪巾帻。终不似一朵钗头颤袅，向人欹侧[⑦]。漂流处、莫趁潮汐。恐断红尚有相思字[⑧]，何由见得。

[注释]

① 试酒：夏历四月初，酒库开煮尝酒，叫试酒。

② 过翼：飞过的鸟儿。比喻迅速、去后无痕。

③ 楚宫倾国：楚国美女。这里指蔷薇。

④ 钗钿堕处遗香泽：将蔷薇拟人化，这里指蔷薇花瓣凋落。

⑤ 蒙笼：覆盖遮蔽。

⑥ 珍丛：指蔷薇花丛。

⑦ 攲侧：向一侧倾斜。

⑧ 断红尚有相思字：用唐宣宗时，宫女题诗红叶的典故。

[简析]

此词写伤春和伤别。虽是咏蔷薇，实际是咏怀、伤别之情都包含其中的。《六丑》是周邦彦自度曲。上片起处平淡，却笔未到而情已至，一转三折。说“光阴虚掷”，偏春要归去；想让春留，春必不可长留；想其暂留，春却归去如“过翼”。以下说出蔷薇花谢，将花比成美女，花谢就像杨贵妃死后的钗横钿堕，又想象经过一夜风雨的蔷薇飘落的样子。也只有蜂蝶还对蔷薇有情，它们时叩窗隔，似乎也在叹息。

上片总写对蔷薇花谢的痛惜。下片正写花落之后情事。蔷薇丛中一片岑寂、凄冷，词人才思天马行空，又说花枝牵人衣服，似乎有话要说；词人瞥见枝头尚有残花一朵，摘下插在头巾上；可残花还是不如它盛开时的绰约多姿啊；以下又进一层，写飘落后的蔷薇花啊，你们不要随潮汐一去无踪吧，如果你们上面题有相思的诗句，我就无从得见了。万云骏评此词：“刘熙载《艺概》亦云：‘一转一深，一深一妙，此骚人三昧，倚声家得之，便自超出常境。’这些论述，用来评价此词下片，不是非常恰当的吗！”

夜飞鹊 河桥送人处

河桥送人处，凉夜何其[①]。斜月远堕余辉，铜盘烛泪已流尽，霏霏凉露沾衣。相将散离会，探风前津鼓[②]，树杪参旗[③]。花骢会意，纵扬鞭，亦自行迟。　迢递路回清野，人语渐无闻，空带愁归。何意重经前地，遗钿不见，斜径都迷。兔葵燕麦，向斜阳，影与人齐。但徘徊班草[4]，欷歔[5]酹酒，极望天西。

[注释]

① 凉夜何其：夜里什么时候了。《诗·小雅·庭燎》："夜如何其？夜未央。"

② 津鼓：渡口开船的鼓声。

③ 参旗：星名，在初秋黎明时出现在东方。

④ 班草：列草而坐。

⑤ 欷歔：叹息、抽泣。

[简析]

此词写旧地重来，送人后的怀人之感。词的结构设计巧妙，从之前的送别开始回忆，直到词末，才点出是旧地重来，触景怀人。上片写分别前的可怜的温存，将情人间不忍分别的情态描摹得如在目前：悄问是夜里什么时候了，不断看天上的星星来判断是不是要天明了，认真听渡口是不是有催发的鼓声了。黎明将至，不得不出发了，不写人之眷恋，却写马之徘徊不前。下片写别后，送行的人独自回来。"何意"之下，点出词人黄昏时，又经过之前送别的路，以上是对过去的回忆。这里没有了情人的任何踪迹，只有兔葵、燕麦在夕阳下摇动着长长的影子，词人相思之情缱绻难解，坐在分别时坐过的草地上，自饮自酌，远望情人所去的那西方天边尽头。

满庭芳 风老莺雏

夏日溧水无想山作

风老莺雏[1]，雨肥梅子，午阴嘉树清圆[2]。地卑山近，衣润费炉烟。人静乌鸢自乐，小桥外、新渌[3]溅溅。凭阑久，黄芦苦竹[4]，拟泛九江船。　　年年。如社燕，飘流瀚海，来寄修椽。且莫思身外，长近尊前。憔悴江南倦客，不堪听、急管繁弦。歌筵畔，先安簟枕，容我醉时眠。

[注释]

① 风老莺雏：杜牧《赴京初入汴口》诗："风蒲燕雏老。"

② 清圆：指正午树影正圆。

③ 新渌：新涨的清水。

④ 黄芦苦竹：白居易《琵琶行》诗："黄芦苦竹绕宅生。"

[简析]

此词写宦海倦游之感。周邦彦为溧水县令时作。上片写江南地区的梅子黄时天气。雨后梅子更鲜润，小桥下新涨的溪水潺潺流动，天气湿润就像白居易谪居江州那里的天气，故而词人凭栏久望，有"拟泛九江船"之感。下片写宦海苦闷。自比社燕，不忍听歌，古人常有丝竹不入愁人之耳之说。"容我醉时眠"，就让我暂且睡去，抛开荣辱得失和一切的愁苦，得片刻的清静吧。

花犯 粉墙低

咏梅

粉墙低，梅花照眼[1]，依然旧风味。露痕轻缀。疑净洗铅华，无限佳丽。去年胜赏曾孤倚，冰盘同燕喜。更可惜、雪中高士，香篝[2]熏素被。　　今年对花最匆匆，相逢似有恨，依依愁悴。吟望久，青苔上、旋看飞坠。相将见、脆圆荐酒，人正在、空江烟浪里。但梦想、一枝潇洒，黄昏斜照水。

[注释]

① 照眼：耀眼。

② 香篝：熏香的竹笼子。

[简析]

《蓼园词选》评此词："总是见宦迹无常，情怀落寞耳。忽借梅花以写，意超而思永。"在咏梅花的同时，将身世之感打入。上片写今年见梅花开放，就像不施粉黛的美人一样。"旧风味"提出去年，梅花犹是旧风味，人则是离合不定。去年宴饮之时，曾赏花对酒，而覆盖白雪的梅花才更可爱呢。下片又写今年对梅花，今年的梅花似乎很快就落了，由花开说到花落，面对的是花的"飞坠"。以后呢，以后再见是就是梅子了，那时词人大概正在空江的客船之中呢，也只能在梦中想见今年、去年所见的疏影横斜之梅枝了。

大酺 对宿烟收

春雨

对宿烟[①]收，春禽静，飞雨时鸣高屋。墙头青玉旆[②]，洗铅霜都尽，嫩梢相触。润逼琴丝，寒侵枕障[③]，虫网吹黏帘竹。邮亭[④]无人处，听檐声不断，困眠初熟。奈愁极频惊，梦轻难寄，自怜幽独。　　行人归意速，最先念、流潦[⑤]妨车毂。怎奈向、兰成憔悴[⑥]，乐广清羸[⑦]，等闲时、易伤心目。未怪平阳客[⑧]，双泪落、笛中哀曲。况萧索青芜国，红糁[⑨]铺地，门外荆桃[⑩]如菽[⑪]。夜游共谁秉烛。

[注释]

① 宿烟：昨夜的烟雾。

② 青玉旆：古代旗末端状如燕尾的垂旒。这里指竹叶。

③ 枕障：枕屏。

④ 邮亭：驿馆。

⑤ 流潦：地面的积水。

⑥ 兰成憔悴：兰成为庾信的小字，南朝梁人，后出使西魏被扣，虽然官位显达，常常有故国之思，因之憔悴瘦弱。

⑦ 乐广清羸：西晋乐广为当时的名士，是成都王司马颖的岳丈，司马颖进攻洛阳，司马乂怀疑乐广会叛变，乐广最后忧虑而亡。

⑧ 平阳客：东汉马融出京客居平阳一年多，听有从洛阳来的人吹笛子，动了乡思，悲伤落泪。

⑨ 红糁：这里指雨后坠落的花瓣。

⑩ 荆桃：樱桃。

⑪ 菽：豆的总称，这里指如豆大的樱桃。

［简析］

此词写一场春雨后，词人的幽独之感。上片写清晨的雨景。先写室外：昨晚就已经在酝酿的烟雾早早地散了，雨下来后，小鸟们不再像往常那样叽叽喳喳，屋外很安静；雨水冲去了竹叶上的白色的粉，风一吹，可见竹梢互相碰撞。再写室内：湿润的空气使琴弦受潮，音色不佳；雨中寒气逼来，使人愁闷之人频频受惊，辗转一夜都难以熟睡，只听得屋檐雨水滴落声响。词人独居客舍，“自怜幽独”是此词主旨所在。下片纯写“愁极”，先说思乡之愁，再说不得志之愁，最后归结到伤春、人生短暂，且没有良朋之上。“共谁秉烛”与上片“自怜幽独”呼应，有无限幽恨，无限寂寞。

玉楼春 桃溪不作从容住

桃溪[1]不作从容住，秋藕绝来无续处。当时相候赤阑桥[2]，今日独寻黄叶路。　　烟中列岫[3]青无数，雁背夕阳红欲暮。人如风后入江云，情似雨余黏地絮。

[注释]

① 桃溪：用东汉刘晨、阮肇入天台上采药遇仙女事。

② 赤阑桥：有红漆栏杆的桥。

③ 岫：山。

[简析]

此词咏刘、阮入天台山之事。相传刘、阮入天台上采药，在桃溪边遇到两个仙女，仙女与他们互相爱慕，留住半年，由于他们思归心切，仙女相送，指示还路。他们后来又来天台山，便没见过那两个仙女了。上片写乐事不能长久。用藕断比喻情断难再续，用“赤阑桥”“黄叶路”对比表示今日独寻的寂寞和往日欢会的温馨。下片写景，并用物拟写此时的心境。烟中青峰、雁过夕阳是景语，也起着表达感情的作用，结句即说明独寻后之感情：伊人像风云相遇后的落入江中的雨滴，已散而难觅；我之情像被雨打湿的柳絮，想超脱却又牢固执着。

蝶恋花　月皎惊乌栖不定

早行

月皎惊乌栖不定。更漏将阑，轣辘[1]牵金井。唤起两眸清炯炯。泪花落枕红绵[2]冷。　　执手霜风吹鬓影。去意徘徊，别语愁难听。楼上阑干横斗柄[3]，露寒人远鸡相应。

[注释]

① 轣辘：指辘轳的转动声，即是汲水声。

② 红绵：枕头内填充的棉絮。

③ 斗柄：北斗之柄。

[简析]

此词写黎明送行。上片写天将明时，送行的女子的所闻、所感：乌鸦鸣叫、汲水声使她不能安睡，“唤起两眸清炯炯”写她推断天将要明，行人要出发时的惊愕，真实而细腻地表现了分别时的心情。以下泪花使枕头里套的棉芯都凉了，可见她被外面的声音惊醒后，在起床之前，必然伤心落泪簌簌，所以才会“红绵冷”。下片先写起床后，在清冷的庭院内，两人最后道别时的留恋，然而不得不出发了，紧接着便写分别后，踏上征途以后的事情了：一写女子，虽在空闺，却心系天涯；一写行人，路途中听到村落鸡叫，景致凄然。

解连环 怨怀无托

怨怀无托[1]。嗟情人断绝，信音辽邈。纵妙手能解连环[2]，似风散雨收，雾轻云薄。燕子楼空，暗尘锁一床弦索[3]。想移根换叶，尽是旧时手种红药[4]。 汀洲渐生杜若[5]。料舟移岸曲，人在天角。漫记得、当日音书，把闲语闲言，待总烧却。水驿春回，望寄我江南梅萼[6]。拚[7]今生、对花对酒，为伊泪落。

[注释]

① 无托：没有着落。

② 解连环：连环，古代一种玉饰，做成双环连结的形状。用《战国策》中，秦国遣历至齐国求解事。

③ 弦索：指乐器。

④ 红药：指芍药。在古代，芍药多代表爱情。

⑤ 汀洲渐生杜若：《湘夫人》："搴汀洲兮杜若，将以遗兮远者。"

⑥ 寄我江南梅萼：用南朝陆凯寄范晔梅枝事。

⑦ 拚：不惜、甘愿。

[简析]

此词写的是被情人抛弃后的失意之情。上片写情人的无情。起头便作决绝语，情人一去再不来书信，只留词人相思不可解，"燕子楼空""旧时手种红药"都表示物是人非，过去的感情烟消云散。下片写词人对这段感情欲罢不能，连环难解之状。一面要把以前的书信统统烧掉，眼不见心不烦，一面又期盼情人对他仍有情愫，仍望其能够来信，"望寄我江南梅萼"。结句一往情深：纵然你对我无情，我对你的相思却不能抛却，就算一辈子伤心苦楚我也认了。

忆旧游 记愁横浅黛

记愁横浅黛，泪洗红铅，门掩秋宵。坠叶惊离思，听寒螿夜泣，乱雨潇潇。凤钗半脱云鬓，窗影烛光摇。渐暗竹敲凉，疏萤照晚，两地魂销。 迢迢，问音信，道径底花阴，时认鸣镳[①]。也拟临朱户，叹因郎憔悴，羞见郎招[②]。旧巢更有新燕，杨柳拂河桥。但满眼京尘，东风竟日吹露桃[③]。

[注释]

① 鸣镳（biāo）：镳是马衔，马衔横贯马口中，其两端露出的地方可以挂上铃铛，马行走就会发出声音。

②"叹因郎"句：元稹《会真记》："不为旁人羞不见，为郎憔悴却羞郎。"

③ 露桃：指桃树。《乐府诗集·相和歌辞三·鸡鸣》："桃生露井上，李树生桃旁。"

[简析]

此词写相思之情，特点在于全是虚写。俞平伯《论诗词曲杂著·清真词释》评此词："（全词）更无一句说到自家，更无一笔落在实际，乃摹神之极笔也。"上片回忆秋季分别，从对方处着手，写景写人。下片设想如今的春季，对方又是怎样盼望自己归来。

拜星月慢 夜色催更

夜色催更，清尘收露，小曲幽坊月暗。竹槛灯窗，识秋娘庭院。笑相遇，似觉琼枝玉树[①]相倚，暖日明霞[②]光烂。水眄兰情[③]，总平生稀见。　　画图中、旧识春风面[④]。谁知道、自到瑶台畔。眷恋雨润云温，苦惊风吹散。念荒寒寄宿无人馆。重门闭、败壁秋虫叹。怎奈向、一缕相思，隔溪山不断。

[注释]

① 琼枝玉树：沈约《古别离》："愿一见颜色，不异琼树枝。"

② 暖日明霞：宋玉《神女赋》："其始来也，耀乎若白日初出照屋梁。"曹植《洛神赋》："皎若太阳升朝霞。"

③ 水眄兰情：水盈盈的眼睛和幽兰般的芳情。

④ 画图中、旧识春风面：杜甫《咏怀古迹》诗："画图省识春风面。"

[简析]

此词为怀人之作，由怀念一个妓女写起。上片写词人在一个幽静的月夜寻访一个妓女，走进她的庭院。接着写看见她后的感觉：她似“琼枝玉树”，神采高洁，又似“暖日明霞”美艳照人，她转盼生情，芳情四溢，词人对她一见倾心。他们度过了美好的夜晚。周济《宋四家词选》评曰：“全是追思，却纯用实写，但读前阕，几疑是赋也。换头再为加倍跌宕之，他人万万无此力量。”下片描写词人对之前的艳遇既惊喜又担心失去的心理，结果却是“苦惊风吹散”。如今词人孤身一人寄宿荒馆，旅馆重门紧闭，只听得秋虫鸣叫，这时节又惹起相思，叫人情何以堪呢。

解语花 风销绛蜡

上元

风销绛蜡，露浥[①]红莲[②]，灯市光相射。桂华流瓦，纤云散，耿耿[③]素娥欲下。衣裳淡雅，看楚女纤腰一把。萧鼓喧，人影参差，满路飘香麝。 因念都城放夜[④]，望千门如昼，嬉笑游冶。钿车罗帕[⑤]，相逢处、自有暗尘随马。年光是也，唯只见旧情衰谢。清漏移，飞盖归来，从[⑥]舞休歌罢。

[注释]

① 浥：湿。

② 红莲：指莲花形状的灯。

③ 耿耿：明亮貌。

④ 放夜：旧时都城有夜禁，街道断绝通行。从唐代起，正月十五夜前后各一日暂时弛禁，准许百姓夜行，称为“放夜”。

⑤ 钿车：用珠宝镶饰的车子。

⑥ 从（zòng）：任凭。

[简析]

上片写现时现地之元宵节，下片回忆汴京之元宵节。先写月光普照，人间似素雅世界，再写元宵节花灯璀璨及游玩之美女，她们乘着华贵的车子出行，所过之处都留有余香，衣着淡雅，惹人怜爱。满街的箫鼓之声非常响亮，好不热闹。词人由此想及以前东京的元宵节的盛况。在东京时，那繁华更不用说，“相逢处、自有暗尘随马”写出少年情事，也曾追随美女。“唯只见旧情衰谢”陡然转哀，节日相同，人的年龄和处境却不同了。结句词人驱车回来，无心游玩，莫管他人歌舞狂欢罢了。

过秦楼 水浴清蟾

水浴清蟾[①]，叶喧凉吹[②]，巷陌马声初断。闲依露井，笑扑流萤，惹破画罗轻扇[③]。人静夜久凭阑，愁不归眠，立残更箭。叹年华一瞬，人今千里，梦沉书远。　　空见说、鬓怯琼梳，容销金镜，渐懒趁时[④]匀染。梅风地溽，虹雨苔滋，一架舞红都变。谁信无聊为伊，才减江淹，情伤荀倩[⑤]。但明河[⑥]影下，还看稀星数点。

[注释]

① 清蟾：指月亮。

② 叶喧凉吹：李商隐《雨》诗：“秋池不自冷，风叶共成喧。”

③ 笑扑流萤，惹破画罗轻扇

④ 趁时：时兴。

⑤ 情伤荀倩：《世说新语·惑溺》：“奉倩与妇至笃，冬月妇病热，乃出中庭自取冷，还以身熨之。妇亡，奉倩后少时亦卒。”

⑥ 明河：银河。

[简析]

这是一首怀人词。开头六句写在一个清凉的初秋之夜，词人与“她”在院内闲坐、纳凉的事。月色很好，月亮倒映在院内的水中，轻微地荡漾，像是在沐浴一般，树叶被风吹动，哗哗地送来凉意，在车马初静之时，我与她闲坐在院内的井栏边，“她”拿着罗扇，轻扑流萤，罗扇都扑破了呢。这六句展现了一个美好的、闲适的夜晚。乍一看，像是在说现在的事，其实只是回忆，这叫“逆入”，从倒叙开始。“人静夜久凭阑，愁不归眠，立残更箭。”原来现在的情况是：词人愁不能睡，独自长时间地默默凭栏，哪里是两个人的闲坐啊。以下继续说明：时间过得飞快，我们人各一方，书信没有，我梦也梦不到“她”。

下片写我与“她”两地相思。先说“她”，我白白地听闻“她”因想我鬓发稀落，容颜憔悴，没有心思打扮时兴的妆容，却不能回去相见；自分别后，我也是日夜熬煎，怎见得呢？以此时的天气切入，“梅风地溽，虹雨苔滋，一架舞红都变。”现今是梅雨天气，地湿苔生，鲜红夺目的一架蔷薇慢慢开始衰败了，我整日的心情就像天气一样苦闷，要发霉，就像惋惜蔷薇又由盛变衰一样，时序的更替更提醒我分别已久、年华流逝，加重了我的相思。再直说我为她，不惜才减、情伤、瘦损，不管她是否知晓。最后以一个伫立待明，凭栏至晓的形象结尾，对应上片的“人静夜久凭阑”。

此词情深意重，却又用心构架，不直接抒情，而是一唱三叹，往返搓揉人心，体现了其词的力与美。

氐州第一　波落寒汀

波落寒汀，村渡向晚[①]，遥看数点帆小。乱叶翻鸦，惊风破雁[②]，天角孤云缥缈。官柳萧疏，甚尚挂微微残照。景物关情，川途换目，顿来催老。　渐解狂朋欢意少，奈犹被丝牵情绕。

座上琴心，机中锦字，觉最萦怀抱。也知人悬望久，蔷薇谢、归来一笑[3]。欲梦高唐，未成眠、霜空已晓。

[注释]

① 向晚：傍晚。

② 惊风破雁：杜甫《冬晚送长孙渐舍人归州》诗："云晴鸥更舞，风逆雁无行。"

③ 蔷薇谢、归来一笑：化用杜牧《留赠》诗："舞鞾应任闲人看，笑脸还须待我开。不用镜前空有泪，蔷薇花谢即归来。"

[简析]

这也是一首怀人词。上片写词人旅途中，常行水路，在一个村子的渡口停舟暂作休息，傍晚所见之秋景。词人所见总说是两个字，一是"寒"：退潮时，江中的汀州露出波退的痕迹，远望数点帆船仍飘荡江中，天上大雁被突然而来的风惊乱了阵行，片片孤云似有似无。一是"衰"：杨柳衰败，柳梢一抹残阳；被风吹动的残叶中乌鸦翻飞。见此景，词人觉"顿来催老"。

下片写怀人之情。先写因为少了我，自己的朋友寻欢作乐的兴致变少了，从侧面衬托我的"欢意少"；次写身处他乡的我，最思念远方的情人；最后设想情人一定也在翘首企盼我的归来。接着化用杜牧的诗句作回答，待到蔷薇谢了，我就回来了。这种回答也只是一种安慰罢了。结句写欲梦见，却因无法排遣相思不能入睡。陈廷焯评此词曰："语极悲惋，一波三折，曲尽其妙。"

尉迟杯 隋堤路

离恨

隋堤[1]路，渐日晚、密霭生深树。阴阴淡月笼沙，还宿河桥深处。无情画舸，都不管烟波隔前浦[②]。等行人醉拥重衾，载将离恨归去。　　因思旧客京华，长偎傍疏林小槛欢聚。冶叶倡条[③]俱相识，仍惯见珠歌翠舞[④]。如今向渔村水驿，夜如岁、焚香独自语。有何人念我无聊，梦魂凝想鸳侣。

[注释]

① 隋堤：隋炀帝时沿通济渠、邗沟河岸修筑的御道，道旁植杨柳，后人谓之隋堤，也称汴河之堤。

② 前浦：这里指送别之地。

③ 冶叶倡条：这里指歌妓。

④ 珠歌翠舞：指声色美妙的歌舞。

[简析]

此词仍是逆入，上片回忆在东京分别情况。行人和送行的人走在长长的隋堤上，天渐渐暗下来，行人要登舟了。月光淡淡地笼罩河堤和江水，客船很是无情，它不管人的离恨，将喝了饯行之酒的醉卧的行人和他的难舍一并载走。下片写现在我暂宿渔村水驿，想起了东京之别，在东京时，日日与歌妓相偎，惯见她们的美歌妙舞，那场景历历在目。梦中还能和她们相聚，现在醒后长夜难捱，只能“无聊”“焚香自语”。

西河　佳丽地

金陵怀古

佳丽地[①]，南朝盛事谁记。山围故国[②]，绕清江、髻鬟对起。怒涛寂寞打孤城，风樯[③]遥度天际。　　断崖树，犹倒倚，莫愁艇子曾系[④]。空余旧迹，郁苍苍、雾沉半垒。夜深月过女墙来[⑤]，伤心东望淮水。　　酒旗戏鼓甚处市，想依稀王谢邻里[⑥]。燕子不知何世，向寻常巷陌人家相对，如说兴亡斜阳里。

[注释]

① 佳丽地：指金陵。谢眺《入朝曲》诗："江南佳丽地，金陵帝王州。"

② 山围故国：刘禹锡《石头城》诗："山围故国周遭在，潮打空城寂寞回。"

③ 风樯：指帆船。

④ 莫愁艇子曾系：古乐府《莫愁乐》："艇子打两桨，催送莫愁来。"

⑤ 夜深月过女墙来：刘禹锡《石头城》诗："淮水东边旧时月，夜深还过女墙来。"

⑥ 王谢：刘禹锡《乌衣巷》诗："旧时王谢堂前燕，飞入寻常百姓家。"

[简析]

这是一首怀古词。张炎《词源》评周词："善融化诗句，如自己出。"此词主要隐括刘禹锡《石头城》《乌衣巷》两诗而成。

上段从金陵（今南京）的地理风貌、历史背景来写；以下两段勾勒小的细节，寄寓忧患、历史兴亡之感。先说金陵是六朝古都、自古繁华之地，但繁华也都如过眼云烟，至今只余空城旧迹。妙在全用故实穿缀，处处关合金陵，并不实写。接着具体点染：曾系过莫愁之舟的树仍在，让人触目生情，又化用刘禹锡《石头城》诗："淮水东边旧时月，夜深还过女墙来。"的诗境，写道东望淮水，一片苍茫。那曾经处处酒旗、乐鼓咚咚的长街在哪里呢，现在都是沉寂荒凉。又用刘禹锡《乌衣巷》诗："旧时王谢堂前燕，飞入寻常百姓家。"以燕子呢喃，似是谈论盛衰兴亡结束，刻画入微。整篇的布置非常精巧，有紧有疏。

瑞鹤仙 悄郊原带郭

悄郊原带郭[①]，行路永、客去车尘漠漠。斜阳映山落，敛余红犹恋，孤城阑角。凌波步弱，过短亭、何用素约[②]。有流莺劝我，重解绣鞍，缓引春酌[③]。　　不记归时早暮，上马谁扶，醒眠朱阁。惊飙[④]动幕。扶残醉，绕红药[⑤]。叹西园已是花深无地，东风何事又恶。任流光过却，犹喜洞天自乐。

[注释]

① 带郭：近城的郊野。

② 素约：先前的约定。

③ 春酌：春酒。

④ 惊飙：疾风。

⑤ 红药：芍药。

[简析]

周济《宋四家词选》评此词曰："结构精奇，金针度尽。"上片闲闲说起日暮送行之事。先渲染留恋行人之意：行人已去，郊野四下无人，只行人车骑走后留下了一团尘土，在夕阳下慢慢消尽。夕阳将要落山，其斜辉仍洒在孤城的一角，在词人看来，它似有不肯落下之态，这与词人不想行人离去是一样的。接着在送客后，词人回城的途中，在短亭处遇到一位旧知歌妓，于是又停下小憩，本想缓饮，不想又成酣醉，这由下片醒后不记昨日事可知。

下片点明这送行是昨日之事，今日疾风吹动帘幕，惊醒词人残醉，于是去园中访芍药，只见落英满地，此时昨日离别之恨与惜春惜花之情交织，结句又一转折，出一豁达语，却有些言不由衷，无可奈何罢了。

应天长 条风布暖

条风[①]布暖，霏雾弄晴，池台遍满春色。正是夜堂无月，沉沉暗寒食。梁间燕，前社客，似笑我、闭门愁寂。乱花过、隔院芸香，满地狼藉。 长记那回时，邂逅相逢，郊外驻油壁[②]。又见汉宫传烛，飞烟五侯宅[③]。青青草，迷路陌。强载酒、细寻前迹。市桥远，柳下人家，犹自相识。

[注释]

① 条风：指春风。

② 油壁：指用油漆彩饰的华贵的车子。

③“汉宫”“飞烟”句：唐韩翃《寒食》诗：“春城无处不飞花，寒食东风御柳斜。日暮汉宫传蜡烛，轻烟散入五侯家。”

[简析]

先著《词洁》评此词：“美成《应天长》空、淡、深、远。”此词写词人对一位陌生女性的思念。开头回忆当年寒食节那天春暖花开，微风吹散雾霏，正是一个适合郊游、踏青的好日子。以下突然收住，不写当年之事，转写如今之寒食，夜色昏暗，词人独自闭门，愁寂无聊。下片断而又续，续当年寒食节郊游，与一位女子邂逅。“又见”以下，寒食又来，词人于夜晚，独自愁寂之际，想象着再寻旧迹，盼望再与“她”相逢。

夜游宫 叶下斜阳照水

叶下斜阳照水，卷轻浪、沉沉千里。桥上酸风射眸子[①]。立多时，看黄昏，灯火市。　古屋寒窗底，听几片、井桐飞坠。不恋单衾[②]再三起。有谁知，为萧娘[③]，书一纸。

[注释]

① 酸风射眸子：冷风刺眼使酸鼻。李贺《金铜仙人辞汉歌》诗："东关酸风射眸子。"

② 单衾：薄被。

③ 萧娘：唐代对女子的泛称，这里指词人的恋人。

[简析]

此词写相思之情，层层递进。上片写黄昏时分，立水斜阳，怅然若失，所见由近及远，由斜阳照水到远处岸边细浪翻卷。虽然秋风寒冷，仍"立多时"。下片写晚上因相思断肠，"不恋单衾"，再三起床，挥写寄托相思的书信。

李清照

如梦令 昨夜雨疏风骤

昨夜雨疏风骤，浓睡不消残酒。试问卷帘人，却道海棠依旧。知否、知否，应是绿肥红瘦①。

[注释]

① 绿肥红瘦：指雨后绿叶更绿、更旺盛，红花凋零。

[简析]

此词写惜春之情。全篇语言明白如话，却又将词人惜春、惜花的缠绵柔情曲折传达而出。“绿肥红瘦”造语新奇，尤为人称赏。《蓼园词选》：“按一问极有情，答以依旧，答得极淡，跌出知否二句来，而‘绿肥红瘦’无限凄婉，却又妙在含蓄，短幅中藏无数曲折，自是圣于词者。”

又 常记溪亭日暮

常记溪亭日暮，沉醉不知归路。兴尽晚回舟，误入藕花①深处。争渡②、争渡，惊起一滩鸥鹭。

[注释]

① 藕花：荷花。

② 争渡：奋力划船。

[简析]

此词追忆一次日暮溪亭游玩，词人解舟回去之事。只是描写一个喝醉了，恍惚将船划到荷花群中的小插曲、小的生活细节，却充满情趣，就算回去的途中，依然满有游兴。

浣溪沙 淡荡春光寒食天

淡荡[①]春光寒食天，玉炉沉水[②]袅残烟。梦回山枕[③]隐花钿[④]。

海燕未来人斗草[⑤]，江梅[⑥]已过柳生绵。黄昏疏雨湿秋千。

[注释]

① 淡荡：骀荡。

② 沉水：一种香料，即沉香。

③ 山枕：中间凹进去的像山形的枕头。

④ 花钿：用金翠珠宝制成的花形首饰。

⑤ 斗草：古代的一种游戏，主要流行在妇女和小孩之间，比较草的品种多寡或草的坚韧度。

⑥ 江梅：泛指梅花。

[简析]

此词写女子的闲愁。通篇并不提一个“愁”字，只是对景物、天气的描写，却处处渗透出闲愁来。上片写寒食节春光和煦，正应该出去踏青、郊游、荡秋千等。词人却在屋内睡觉，刚刚睡醒，只见炉烟袅袅，睡觉时她头上的花钿都落在了枕头上。

下片写春光欲过，结句“黄昏疏雨湿秋千”，“湿”字非常形象生动，非常有意境，荡秋千是古代女子寒食节最受欢迎的游戏之一，黄昏下起了小雨，就算想出去荡荡秋千排遣寂寞，也不能出去了。

又 小院闲窗春色深

小院闲窗春色深，重帘未卷影沉沉，倚楼无语理瑶琴[1]。远岫出云[2]催薄暮，细风吹雨弄轻阴。梨花欲谢恐难禁。

[注释]

① 瑶琴：琴的美称。

② 远岫出云：陶渊明《归去来辞》："云无心以出岫，鸟倦飞而知还。"

[简析]

上片写静院深闺之内，从"影沉沉""帘未卷""无语"可见女子有闲愁，且这闲愁似无可排解，唯有弹琴一舒心声。下片写黄昏阴雨天气，景语即情语，情味隽永。女子之愁、女子的心情，全在这几句中：阴雨、细风、暗沉天，那梨花也要在风雨中憔悴了吧。古代常以梨花借写闺愁，秦观（或作无名氏）《鹧鸪天》词云："甫能炙得灯儿了，雨打梨花深闭门。"与此词结句相似。

怨王孙 帝里春晚

帝里[1]春晚，重门深院。草绿阶前，暮天雁断。楼上远信谁传，恨绵绵。　　多情自是多沾惹[2]，难拚舍[3]。又是寒食也。秋千巷陌人静，皎月初斜，浸梨花。

[注释]

① 帝里：京城。

② 沾惹：招惹。

③ 拚舍：抛弃。

[简析]

这是一首闺怨词。上片写晚春日暮凭高怀人思远，音信阻绝；下片写多情易感，触目生情。李攀龙《草堂诗余隽》卷二眉批："以'多情'接'恨绵绵'，何组织之工！"评语："此词可以'王孙不归兮，春草萋萋兮'参看。"按：温庭筠有《杨柳枝》词："系得王孙归思切，不关春草绿萋萋。"

醉花阴 薄雾浓云愁永昼

薄雾浓云愁永昼，瑞脑[①]消金兽[②]。佳节又重阳，玉枕纱厨，半夜凉初透。　东篱[③]把酒黄昏后，有暗香盈袖。莫道不消魂，帘卷西风，人比黄花[④]瘦。

[注释]

① 瑞脑：龙脑香。

② 金兽：兽形表面涂金的香炉或铜制香炉。

③ 东篱：指菊圃。陶渊明《饮酒诗》之五："采菊东篱下，"

④ 黄花：菊花。

[简析]

此词作于重阳节，词人与丈夫赵明诚不在一处，词人寄词以表相思。许宝善《自怡轩词谱》卷二评此词：幽细凄清，声情双绝。古代，重阳节是一个十分重要的节日，这天亲友团聚、相携登高、插茱萸、喝菊酒，词人在这样的节日里就是“每逢佳节倍思亲”了。

上片写重阳节天气阴沉，词人心情亦如天气沉闷无聊，在词人看来，白天过得太慢了，她在屋内打发时间，看香炉里的香料慢慢消尽。晚上孤枕独眠，半夜的凉意将人催醒。下片回忆白天重阳节她的活动：她也很应景，在黄昏时饮菊花酒，赏菊花。可她并不开心，因为不能与丈夫共度佳节，她就像被西风吹残的菊花一样，落寞黯然。

点绛唇 寂寞深闺

寂寞深闺，柔肠一寸愁千缕。惜春春去，几点催花雨[①]。倚遍阑干，只是无情绪。人何处，连天芳草，望断归来路。

[注释]

① 催花雨：清明时节之雨。

[简析]

此词写闺思，情词并胜。明钱允治《续选草堂诗余》评此词：“草满长途，情人不归，空搅寸肠耳。”

鹧鸪天 寒日萧萧上锁窗

寒日萧萧上琐窗[①]，梧桐应恨夜来霜。酒阑更喜团茶[②]苦，梦断偏宜瑞脑香。　　秋已尽，日犹长，仲宣怀远[③]更凄凉。不如随分[④]尊前醉，莫负东篱菊蕊黄。

[注释]

① 琐窗：镂刻连锁花纹的窗棂。

② 团茶：一种茶饼。

③ 仲宣怀远：三国魏人王粲，字仲宣。避难荆州，作有名篇《登楼赋》，表达怀念故土之情。

④ 随分：随意。

[简析]

此词大概作于李清照南渡后不久，主要抒写客居异乡，思念故土之情。写在萧索的秋季，词人悲秋思归的心情。上片写昨日醉酒今晨醒来，秋阳渐升，屋内点着炉香，人醒后喝茶解酒。下片抒情，人虽怀远，却无奈只有“随分尊前醉”，寄慨悲凉。

一剪梅 红藕香残玉簟秋

红藕[①]香残玉簟[②]秋。轻解罗裳，独上兰舟。云中谁寄锦书来，雁字回时，月满西楼[③]。　花自飘零水自流。一种相思，两处闲愁。此情无计可消除，才下眉头，却上心头。

[注释]

① 红藕：荷花。

② 玉簟：竹席的美称。

③ 月满西楼：李益《写情》诗：“从此无心爱良夜，任他明月下西楼。”

[简析]

此词为词人与丈夫别后而作。开头点明凉秋天气，白天词人独自泛舟，以遣怀相思；晚上又伫立西楼，见雁行想丈夫未有书信寄来，故生“谁寄”之叹，可见盼望之切。下片写相思无时无刻不在，“才下眉头，却上心头”相思使词人憔悴支离。前人评此词“非深于闺恨者不能也”。

诉衷情 夜来沉醉卸妆迟

夜来沉醉卸妆迟，梅萼插残枝。酒醒熏破春睡，梦远不成归。

人悄悄[1]，月依依，翠帘垂。更挼[2]残蕊，更撚余香，更得[3]些时。

[注释]

① 悄悄：形容忧心的样子。

② 挼（ruó）：揉搓。

③ 更得：更须。

[简析]

此词写思归之情。全篇只是写了沉醉后入睡到睡醒以及醒后的活动等极小的片段，含蓄地表达了词人内心的波澜起伏。因愁而醉，因醉而懒待卸妆，又昏昏睡去，不久被梅花香气熏醒，那回归北方故土的梦也做不成了，可见睡得并不安稳。醒后愁绪转增，一连用三个叠字，形容反复揉搓梅花的动作，最后说出她此时所想：“更得些时”，眼下还是不能回去啊。

念奴娇 萧条庭院

萧条庭院，又斜风细雨，重门须闭。宠柳娇花寒食近，种种恼人天气。险韵[1]诗成，扶头酒[2]醒，别是闲滋味。征鸿过尽，万千心事难寄。　楼上几日春寒，帘垂四面，玉阑干慵倚。被冷香消新梦觉，不许愁人不起。清露晨流，新桐初引，多少游春意。日高烟敛，更看今日晴未。

[注释]

① 险韵：以冷僻难押的字押韵。

② 扶头酒：为解醉而喝的酒。

[简析]

一般认为此词作于政和六年（1116），赵明诚游灵岩寺，李清照独自在家期间。上片写心绪落寞，又逢斜风细雨，人在闺中心事难遣。“宠柳娇花”造句奇俊，写出春天柳枝弄姿、春花妩媚，与人的孤寂形成对比。下片又不沉溺在愁绪之中，宕开一笔，淡语著浓情，舒卷自如。

渔家傲 天接云涛连晓雾

天接云涛连晓雾，星河欲转千帆舞。仿佛梦魂归帝所[1]。闻天语，殷勤问我归何处。　我报路长嗟日暮，学诗漫有惊人句[2]。九万里风鹏正举[3]。风休住，蓬舟吹取三山[4]去。

[注释]

① 帝所：天帝所居之地。

② 学诗漫有惊人句：杜甫《江上值水如海势聊短述》诗：“为人性僻耽佳句，语不惊人死不休。”

③ 九万里风鹏正举：《庄子·逍遥游》："穷发之北，有冥海者，天池也。……有鸟焉，其名为鹏，背若太山，翼若垂天之云，抟扶摇羊角而上者九万里。"

④ 三山：方丈、蓬莱、瀛洲三山，传说中的神山。

[简析]

这首词是李清照词中少有的"豪放"之词，黄苏《蓼园词选》评此词："此似不甚经意之作，却浑然大雅，无一毫钗粉气，自是北宋风格。"全词记录了词人做的一个梦，气象潇洒。上片写舟中所见，其中"千帆舞"形象地展现了星空之下，无数船随海浪颠簸起伏的景象。词人仿佛到了天帝所在之地。下片说上帝问词人欲往哪里，词人并不直接回答，而答曰担心天黑路长难到达，"学诗漫有惊人句"空负才华，这里有所寄托。最后说希望借海风之力，像大鹏一样，自己要到那仙境，回应了天帝之问。胆气之豪、境界之壮阔，尤近苏辛一派。

凤凰台上忆吹箫　香冷金猊

香冷金猊[1]，被翻红浪，起来人未梳头。任宝奁闲掩，日上帘钩。生怕闲愁暗恨，多少事、欲说还休。今年瘦，非干病酒，不是悲秋。　明朝，这回去也，千万遍阳关，也即难留。念武陵[2]春晚，云锁重楼。记取楼前绿水，应念我、终日凝眸。凝眸处，从今更数，几段新愁。

[注释]

① 金猊：似狮子形的香炉。

② 武陵：这里指所爱之人或丈夫所去之地。

[简析]

此词为词人早年与丈夫分别时所作。上片写人懒起床较晚，起床后无心梳妆。“生怕”句写“闲愁暗恨”之深。下片先说丈夫必走无疑，即使唱千万遍的送别的《阳关曲》也是不能留住了，这句沉痛。接着设想别后，自己的生活状态。词人将会终日对着楼前的流水凝望，诗词中常用流水借指相思，如晁元忠《西归》诗：“安得龙山潮，驾回安河水。水从楼前来，中有美人泪”。流水本无情，是人有情于流水。

声声慢 寻寻觅觅

寻寻觅觅，冷冷清清，凄凄惨惨戚戚。乍暖还寒时候，最难将息[①]。三杯两盏淡酒，怎敌他、晚来风急。雁过也，正伤心，却是旧时相识。　满地黄花堆积，憔悴损，如今有谁[②]堪摘。守着窗儿，独自怎生得[③]黑。梧桐更兼细雨，到黄昏、点点滴滴。这次第[④]，怎一个愁字了得。

[注释]

① 将息：调养休息。

② 有谁：哪一个。

③ 怎生得：怎得。

④ 次第：情形。

[简析]

此词为李清照逃难至南方，其丈夫赵明诚死后所作。起首用十四个叠字描摹心境之悲苦。“寻寻觅觅”意谓心中如有所失，“冷冷清清”说目前所处之地的冷清寂静，“凄凄惨惨戚戚”写内心的悲痛。“乍暖还寒”说明是秋末时候，傍晚风急天冷，却见大雁飞过，大雁也和我一样是从北南下的老相识吧。下片写风凋菊残，词人黄昏独坐窗前，听梧桐秋雨点点滴滴。全词用语浅俗，充满遒逸之气。

菩萨蛮 风柔日薄春犹早

风柔日薄春犹早，夹衫乍著[①]心情好。睡起觉微寒，梅花鬓上残。　　故乡[②]何处是，忘了除非醉。沉水卧时烧，香消酒未消。

[注释]

① 乍著：初穿。

② 故乡：这里指李清照的家乡山东济南章丘及诸城一带。

[简析]

这是一首怀乡词，是词人流寓杭州时所作。上片措语平淡，写早春睡醒，夹衫初穿，心情不错。下片写故乡之思，“忘了除非醉”写乡思时时萦怀，结句“香消酒未消”，睡前点的熏香都燃尽，香气消尽了而醉意仍存，醉意深即愁重，词味蕴藉。

永遇乐 落日镕金

落日镕金[①]，暮云合璧，人在何处。染柳烟浓，吹梅笛怨[②]，春意知几许。元宵佳节，融和天气，次第[③]岂无风雨。来相召、香车宝马，谢他酒朋诗侣。　　中州盛日，闺门多暇，记得偏重三五[④]。铺翠冠[⑤]儿，撚金雪柳[⑥]，簇带[⑦]争济楚[⑧]。如今憔悴，风鬟霜鬓，怕见[⑨]夜间出去。不如向帘儿底下，听人笑语。

[注释]

① 落日镕金：将要沉下的夕阳的余光就像熔化的金水一样。

② 吹梅笛怨：古代笛曲中有《梅花落》一曲。

③ 次第：接着。

④ 三五：指元宵节。

⑤ 铺翠冠：盖指用翠羽或翡翠装饰的头饰。

⑥ 撚金雪柳：盖指用金线团上柳花成球的首饰。

⑦ 簇带：穿戴装饰繁多。

⑧ 济楚：齐整。

⑨ 怕见：懒得。

[简析]

此为词人晚年感念京洛旧事，寄托家国之思之作，此时词人已经南渡，定居杭州。上片写元宵佳节无心出去观游。下片回忆汴京元宵盛况，妇女们穿戴整齐，妆容美艳，出门观灯游玩，词人自然也在这之中，如今经历世事沧桑，人老发白，已然懒得出去。“不如向帘儿底下，听人笑语”以寻常语结住，有吞声饮泣之意。

张元干

贺新郎 梦绕神州路

送胡邦衡待制赴新州

梦绕神州[①]路。怅秋风、连营画角，故宫离黍[②]。底事[③]昆仑倾砥柱[④]，九地黄流乱注。聚万落千村狐兔。天意从来高难问，况人情老易悲难诉[⑤]。更南浦，送君去。　凉生岸柳催残暑。耿斜河、疏星淡月，断云微度。万里江山知何处，回首对床夜语[⑥]。雁不到、书成谁与。目尽青天怀今古，肯儿曹恩怨相尔汝[⑦]。举大白[⑧]，听金缕[⑨]。

[注释]

① 神州：指中原大地。

② 离黍：《诗经·王风·黍离》："彼黍离离，彼稷之苗。行迈靡靡，中心摇摇。""黍离之悲"形容亡国之痛。

③ 底事：为什么。

④ 昆仑倾砥柱：古代传说黄河发源于昆仑山。昆仑山有天柱，黄河中流有砥柱山。

⑤"天意"句：杜甫《暮春江陵送马大卿公恩命追赴阙下》诗："天意高难问，人情老易悲。"

⑥ 对床夜语：谓亲朋、好友相聚之乐。

⑦ 儿曹恩怨相尔汝：韩愈《听颖师弹琴》诗："昵昵儿女语，恩怨相尔汝。"

⑧ 大白：大酒杯。

⑨ 金缕：指《金缕曲》。

[简析]

此词虽题曰送人，内容则是写分别之恨与亡国之痛。陈廷焯《白雨斋词话》评曰："此类皆慷慨激烈，发欲上指。词境虽不高，然足以使懦夫有立志。"高宗绍兴十二年（1142），胡铨被遣新州（今广东新兴），词人作此词相送。上片由亡国之悲写起，而在亡国苟存南国之际，自己的同样想着收复故土的好朋友又遭贬谪，词人面临分别之悲不言而喻。想到沦陷地应是狐兔遍地、屋倾地荒的惨状，便难抑悲愤慷慨，不禁发类似《天问》之诘。下片写别后久伫，直到星云初度，可见词人感情之深挚，而胡君一去到那遥远的蛮荒之地，书信凭谁寄达呢？此时放目四极，为痛别之情，遥想山河之复，都是俱可沉痛而一时难有所改观者，且再长饮一杯，听歌一曲罢了，笔意慷慨悲凉。

叶梦得

八声甘州 故都迷岸草

寿阳楼[①]八公山[②]作

故都[③]迷岸草，望长淮依然绕孤城。想乌衣年少[④]，芝兰秀发[⑤]，戈戟云横。坐看骄兵[⑥]南渡，沸浪骇奔鲸[⑦]。转盼东流水，一顾功成。　　千载八公山下，尚断崖草木，遥拥峥嵘。漫云涛吞吐，无处问豪英。信劳生空成今古，笑我来何事怆遗情[⑧]。东山老[⑨]，可堪岁晚，独听桓筝[⑩]。

［注释］

① 寿阳楼：在今安徽寿县。

② 八公山：在今安徽淮南市与寿县古城交界处。

③ 故都：这里指寿春，即今安徽寿县。

④ 乌衣年少：指谢氏子弟。乌衣巷在东晋为王谢世家望族聚居之地。

⑤ 芝兰秀发：用《世说新语》中谢玄语，比喻年轻有为的子弟。

⑥ 骄兵：这里指苻坚的军队，

⑦ 奔鲸：喻指不义凶暴之人。

⑧ 遗情：思想故事。

⑨ 东山老：指谢安，谢安曾隐居东山。

⑩ 桓筝：谢安晚年见疏，曾和孝武帝共听桓尹弹筝，桓尹歌曹植《怨歌行》："忠信事不显，乃有见疑患。"孝武帝乃有愧色。

[简析]

这是一首咏古词。词人时任江东安抚大使，兼知建康府并寿春等六州宣抚使，词人是主战派，在受到一系列打击之后，在登临八公山时有感而作。淝水流经寿春城北的八公山下。上片咏淝水之战，赞叹谢氏的英勇年少，以少胜多，破强虏的辉煌业绩。下片抚今，下载以下，这些英雄终成往事，毫无影踪。正面叹惋古杰，实际慨叹南宋朝廷无有可战之人，“东山老”句，用谢安老年见疏的典故，诉说自己豪情壮志被冷落后的失望和愤懑。

陈与义

临江仙 忆昔午桥桥上饮

夜登小阁，忆洛中旧游。

忆昔午桥[①]桥上饮，坐中多是豪英。长沟流月去无声。杏花疏影里，吹笛到天明。　　二十余年如一梦，此身虽在堪惊。闲登小阁看新晴。古今多少事，渔唱起三更。

[注释]

① 午桥：在洛阳南。

[简析]

此词追忆洛中旧游，大概作于词人退居青墩镇僧舍时，北宋灭亡后，词人流离南方，备受艰难困苦。词人回忆二十多年前，北宋尚未灭亡时，同友人在洛阳的游赏，悲慨交加。上片虚写往事如烟，“杏花疏影里，吹笛到天明”笔法空灵、奇丽。下片慨叹国运衰微，知交零落。“看新晴”听“渔唱”将悲感出之于平淡。

岳 飞

满江红 怒发冲冠

怒发冲冠，凭阑处、潇潇雨歇。抬望眼、仰天长啸，壮怀激烈。三十功名尘与土，八千里路云和月。莫等闲[1]白了少年头，空悲切。　　靖康耻[2]，犹未雪。臣子憾，何时灭。驾长车踏破，贺兰山缺。壮志饥餐胡虏肉，笑谈渴饮匈奴血。待从头收拾旧山河，朝天阙[3]。

[注释]

① 等闲：平白地。

② 靖康耻：宋钦宗靖康二年（1127 年），金兵攻陷汴京，虏走徽、钦二帝。

③ 朝天阙：朝拜皇上。

[简析]

这是一首人所尽知的爱国词，千百年来一直激励着中华民族自强不息、抵抗外侮的斗志和忠国志士爱国报国的信念。上片写不共戴天之恨与功业如尘土、壮年将过尚未复国雪耻的悲愤。下片壮怀喷薄而出，金庸《射雕英雄传》中写道，“壮志饥餐胡虏肉，笑谈渴饮匈奴血”这两句诗，当真说出了中国全国百姓的心里话。”“待从头”句重打精神，令人读之有力。

吕本中

采桑子 恨君不似江楼月

恨君不似江楼月，南北东西，南北东西，只有相随无别离。

恨君却似江楼月，暂满还亏，暂满还亏，待得团圆是几时。

[简析]

此词写别情，饶有民歌风味。上片写妻子不能如江边、楼上之月亮一样，每天都与我相伴，没有别离。下片写妻子像江边、楼上之月亮，满少亏多，什么时候才能团圆呢。

朱敦儒

念奴娇 插天翠柳

插天翠柳，被何人推上，一轮明月。照我藤床凉似水，飞入瑶台琼阙。雾冷笙箫，风轻环佩，玉锁无人掣。闲云收尽，海光天影相接。　谁信有药长生[2]，素娥新炼就，飞霜凝雪。打碎珊瑚[3]，争似看、仙桂扶疏横绝。洗尽凡心，满身清露，冷浸萧萧发。明朝尘世，记取休向人说。

[注释]

① 有药长生：传说月宫之中，有玉兔捣药，这药能使人长生。

② 打碎珊瑚：用西晋石崇与王恺斗富的典故。

[简析]

前人评此词："不食烟火语。"上片写卧躺柳下藤床所见及想象，仰望明月，词人仿佛进入了月宫，看到琼台玉阙，又有仙女环佩轻鸣，袅袅而至。整个月宫云雾散尽，海天相接。下片为出世之谈，斥长生为妄谈，看富贵如浮云，表达了词人超凡脱俗的追求。

好事近 摇手出红尘

渔夫词

摇首出红尘，醒醉更无时节。活计绿蓑青笠[1]，惯披霜冲雪。　　晚来风定钓丝闲，上下是新月。千里水天一色，看孤鸿明灭。

[注释]

① 绿蓑青笠：张志和《渔歌子》词："青箬笠，绿蓑衣，斜风细雨不须归。"

[简析]

此词作于词人离开官场，寓居嘉禾（今浙江嘉兴）时，赞美渔父的桃源生活，表达了对闲适人生的追求。隐括张志和《渔歌子》词和柳宗元《江雪》诗，而另有新意出之。

相见欢 金陵城上西楼

金陵城上西楼，倚清秋，万里夕阳垂地大江流。

中原乱，簪缨散，几时收。试倩悲风吹泪过扬州。

[简析]

上片写秋色中倚楼北望，下片抒发亡国之痛，表达渴望早日收复中原的愿望。结句盼悲风吹泪到中原，含蓄感人、沉痛欲绝。

陆　游

钗头凤 红酥手

红酥手，黄縢酒[1]。满城春色宫墙柳。东风恶，欢情薄。一怀愁绪，几年离索[2]。错，错，错。　春如旧，人空瘦，泪痕红浥鲛绡透[3]。桃花落。闲池阁。山盟虽在，锦书难托。莫，莫，莫。

[注释]

① 黄縢（téng）酒：黄封酒。

② 离索：指分离独居。

③ 鲛绡（jiāo xiāo）：神话传说中鲛人所织极薄的绡，后泛指薄纱，这里指手帕。

[简析]

陆游与其妻唐婉感情甚好，陆游的母亲不满意唐氏，遂迫使二人解褵。这是陆游游沈氏园，在园中遇其故妻而作。“红酥手，黄縢酒”是说这日唐婉听说陆游要来游览，悄悄托人送来自酿的黄封酒，以通殷勤。“东风恶”一转，将现实的严峻和无奈逼出。下片写分离之痛和从此陌路的悲哀。

卜算子 驿外断桥边

咏梅

驿外断桥边，寂寞开无主。已是黄昏独自愁，更著[1]风和雨。

无意苦争春，一任群芳妒。零落成泥辗作尘，只有香如故。

[注释]

① 著：值，遇。

[简析]

这是一首咏物词。上片写感遇，首句先描写梅花的处境，不居金屋玉堂，流离沦落，紧接着后两句说梅花的遭遇，在凄风苦雨摧残中开放。下片咏梅不与群芳争春，任群芳猜忌，历尽磨难，留下芳香而去。词人托梅寄志，写梅花的遭遇，也是写自己被排挤的政治遭遇，题面虽为咏梅，实际上是借以表达自己坚定不移的爱国立场和政治节操。

诉衷情 当年万里觅封侯

当年万里觅封侯[1]。匹马戍梁州[2]。关河梦断何处，尘暗旧貂裘[3]。　胡未灭，鬓先秋，泪空流。此生谁料，心在天山，身老沧洲[4]。

[注释]

① 万里觅封侯：奔赴万里之外的疆场，寻找建功立业的机会。此处借用了《后汉书·班超传》中班超弃笔从戎的典故，班超少怀大志，常说大丈夫应当“立功异域，以取封侯，安能久事笔砚间乎？”后来他出使西域，被封为定远侯。

② 梁州：今陕西南部汉中地区。

③ 尘暗旧貂裘：貂皮裘上尘灰满落，颜色变得暗淡。据《战国策·秦策》载，苏秦游说秦王“书十上而不行，黑貂之裘敝，黄金百斤尽，资用乏绝，去秦而归。”这里借用苏秦典故，意指自己不受重用，一腔抱负未能施展。

④ 身老沧洲：晚年时，陆游退隐在故乡绍兴镜湖边的三山。沧州，滨水之地，是古时隐士所居之处。

[简析]

这首词是词人爱国词作中的名篇。上片词人怀着自豪的心情回忆从戎南郑的生活。用“当年”二字领起，化实为虚，交待出所讲述的事情为往事。乾道八年（1172）的春天，陆游接到王炎的邀请书后，前去就任四川宣抚使司干办公事兼检法官。词人自然是万分兴奋，终于等到了亲临沙场杀敌报国的机会。词人描写这段生活，目的是与后文对照，用来揭示英雄末路的悲哀。“关河”两句笔锋一转，将回忆拉回现实，点明了词人如今的心境，杀敌报国的理想破灭了，如今只有在梦中才能再战沙场。只是梦醒之后，一切都成了烟云消散。下片紧承上片，继续抒发自己念念不忘国事，而又无能为力的郁闷心情。“谁料”二字在感叹自己被迫退隐的同时，也流露出了词人对南宋统治者们的不满情绪。结尾三句，可谓苍劲悲凉，如叹如诉，寓意深刻，极具艺术感染力。

谢池春 壮岁从戎

壮岁从戎，曾是气吞残虏。阵云高、狼烟[1]夜举。朱颜青鬓，拥雕戈西戍。笑儒冠自来多误。　　功名梦断，却泛扁舟吴楚。漫悲歌、伤怀吊古。烟波无际，望秦关何处，叹流年又成虚度。

[注释]

① 狼烟：古代边防烽火多点狼粪，烟气直上，叫狼烟。

[简析]

这首词是陆游晚年居家，回忆南郑幕府生活而作。上片以回忆带入。一个“曾”字道出多少无奈。想当年，金戈铁马，踌躇满志，笑傲沙场，写得极为豪壮，令人为之振奋。南宋乾道八年，陆游四十八岁，二月，他由夔州（今四川奉节）通判转任四川宣抚使王炎幕下做事。同年十月，因王炎被召还，幕府遭解散，他便于十一月赴成都上新任。任职后的陆游有机会到前线参加一些军事活动，这也十分符合他报效国家的心愿。也因此，不到一年的南郑生活，成为他一生最适意、最令他难忘的经历。但全词感慨，也仅止于此。那么，现在呢？下片直接抛出“功名梦断”一句，点明了词人愿望落空，报国无路，被迫隐居家乡的苦闷，他只得泛舟镜湖，以作消遣。“漫悲歌、伤怀吊古”，词人在悲歌之余感慨烟波浩渺，秦关何在？叹息一年又一年的好时光就这样虚度过去！这首词上片忆昔，以慷慨之情起；下片写现实，以沉痛之情结束。在词人的词作中，这也是笔调比较宁静、含蓄的一首。

范成大

霜天晓角　晚晴风歇

梅

晚晴风歇，一夜春威[1]折。脉脉花疏天淡，云来去，数枝雪。　　胜绝，愁亦绝[3]。此情谁共说。唯有两行低雁，知人倚，画楼月。

[注释]

① 春威：初春的寒威。俗语叫“倒春寒”。

② 绝：景色极美，人也极愁。

[简析]

这首词题为“梅”，然写梅而不见梅，上片写景之胜，先写梅开时的气候、季节。晚来天晴，寒风乍歇，一夜之间，寒威折减，梅花应时盛开。“数枝雪”写出了梅花的疏淡之美。一个“雪”字，更是突出了梅之高洁，强调了雪与梅的相似，意蕴十足。

下片写愁之绝，用“胜绝”总上，用“愁亦绝”启下。“绝”字的重叠，更是烘托出一种浓浓的愁绪。这里省略了一大段情感的倾诉，只用“此情共谁说“一语带过。无处诉说，这就衬出了悲愁的深度，词人借物咏情，以获得心理上的平衡。结尾三句，又以景喻情。两行飞雁，反衬人的寂寞孤独；雁行之低，写出鸿雁将要归巢，而词人所怀之人此时却异乡飘零，没有归期。笔调虽含蓄委婉，感情却深沉执着。以淡景写浓愁，以良宵反衬孤寂惆怅，寓浓于淡，读来十分耐人寻味。

辛弃疾

摸鱼儿 更能消几番风雨

淳熙己亥，自湖北漕移湖南，同官王正之[①]置酒小山亭，为赋。

更能消[②]几番风雨。匆匆春又归去。惜春长恨花开早，何况落红无数。春且住。见说道、天涯芳草迷归路。怨春不语。算只有殷勤[③]，画檐蛛网，尽日惹飞絮。　长门[④]事，准拟佳期又误。蛾眉曾有人妒。千金纵买相如赋，脉脉此情谁诉。君[⑤]莫舞。君不见、玉环飞燕皆尘土。闲愁最苦。休去倚危栏，斜阳正在，烟柳断肠处。

[注释]

① 同官王正之：据楼钥《攻媿集》卷九十九《王正之墓志铭》，王正之淳熙六年任湖北转运判官，故称“同官”。

② 消：经受。

③ 算只有殷勤：想来只有檐下蛛网还殷勤地沾惹飞絮，留住春色。

④ 长门：汉代宫殿名，武帝皇后失宠后被幽闭于此，司马相如《长门赋序》：“孝武陈皇后，时得幸，颇妒。别在长门宫，愁闷悲思，闻蜀郡成都司马相如天下工为文，奉黄金百万，为相如，文君取酒，因以悲愁之辞，而相如为文以悟主上，陈皇后复得幸。”

⑤ 君：指善妒之人。

[简析]

淳熙六年（1179），辛弃疾南渡第十七年，此期间，词人满腹扶危救亡的壮志一直未得施展。此词作于词人被调任、同事王正之为其饯行之时。全词哀叹春残花落、美人迟暮，上片写景，下片述古，以“落红无数”“烟柳断肠”遥相呼应，更以暮春落絮、暮色苍茫点出朝廷日薄西山、前途暗淡的趋势，却也正是以此来哀叹自身政治抱负郁郁不得志，更以此来抒发自身对国事前途的担忧。

水龙吟 楚天千里清秋

登建康赏心亭

楚天千里清秋，水随天去秋无际。遥岑[①]远目，献愁供恨，玉簪螺髻[②]。落日楼头，断声鸿里，江南游子。把吴钩[③]看了，栏杆拍遍，无人会，登临意。　休说鲈鱼堪鲙[④]，尽西风、季鹰[⑤]归未。求田问舍[⑥]，怕应羞见，刘郎才气。可惜流年，忧愁风雨[⑦]，树犹如此[⑧]。倩何人唤取，盈盈翠袖[⑨]，揾[⑩]英雄泪。

[注释]

① 遥岑：远山。

② 玉簪螺髻：玉做的簪子，像海螺形状的发髻，这里比喻高矮和形状各不相同的山岭。

③ 吴钩：唐李贺《南园》：“男儿何不带吴钩，收取关山五十州。”吴钩，古代吴地制造的一种宝刀。

④ 鲈鱼堪脍：《世说新语·识鉴篇》记载：张翰在洛阳做官，在秋季西风起时，想到家乡莼菜羹和鲈鱼脍的美味，便立即辞官回乡。后来的文人将思念家乡、弃官归隐称为莼鲈之思。

⑤ 季鹰：张翰，字季鹰。

⑥ 求田问舍：《三国志·魏书·陈登传》载，许汜曾向刘备抱怨陈登看不起他，“久不相与语，自上大床卧，使客卧下床”。刘备批评许汜在国家危难之际只知置地买房，“如小人欲卧百尺楼上，卧君于地，何但上下床之间邪”。

⑦ 忧愁风雨：风雨，比喻飘摇的国势。化用苏轼《满庭芳》词：“百年里，浑教是醉，三万六千场。思量，能几许，忧愁风雨，一半相妨。”

⑧ 树犹如此：用西晋桓温典。《世说新语·言语》：“桓公北征经金城，见前为琅邪时种柳，皆已十围，慨然曰：‘木犹如此，人何以堪！’攀枝执条，泫然流泪。”此处借抒发自己不能抗击敌人、收复失地，虚度时光的感慨。

⑨ 翠袖：代指女子。

⑩ 揾（wèn）：擦拭。

[简析]

此词写于辛弃疾三十岁在今南京任通判时。辛弃疾从二十三岁南归，到二十六岁提出抗金策略，未被采纳，一直不受重视，南归多年后却依然投闲置散，任一介小官，一次登建康赏心亭，登高远望百感交集，遂做此词。其词纵横豪迈，起句突兀，立意辽远。上片写景抒情，下片直接言志。上片，登高望远，触景生情，由水写到山，由远写到近，层层推进，抒发自身壮志难酬的愤懑。下片，用三个典故对四个历史人物褒贬，表明自身抱负和坚定的人生信念。

又 听兮清珮琼瑶些

用些语再题瓢泉，歌以饮客，声韵甚谐，客为之釂。

听兮清珮琼瑶些，明兮镜秋毫[①]些。君[②]无去此，流昏涨腻[③]，生蓬蒿些。虎豹甘人[④]，渴而饮汝，宁猿猱[⑤]些。大而流江海，覆舟如芥[⑥]，君无助狂涛些。　路险兮山高些，愧余独处无聊些。冬槽春盎，归来为我，制松醪些。其外芳芬，团龙片凤[⑦]，煮云膏[⑧]些。古人[⑨]兮既往，嗟余之乐，乐箪瓢[⑩]些。

[注释]

① 秋毫：秋天鸟兽身上新长出来的极细小的毛，用以形容极细微的东西。

② 君：指瓢泉。

③ 流昏涨腻：两词重义，都指污浊的水。

④ 甘人：《招魂》写地下幽都的魔鬼食人，有“此皆甘人”句，意谓此物皆以食人为甘美。

⑤ 猱（náo）：一种有长臂的猿。

⑥ 覆舟如芥：弄翻船只如同弄翻一棵小草那么容易。

⑦ 团龙、片凤：皆茶名。

⑧ 云膏：形容煎好后的茶如云脂油膏般的软滑宜口。

⑨ 古人：指孔子的弟子颜回。

⑩ 箪（dān）瓢：《论语·雍也》：“一箪食，一瓢饮，在陋巷，人不堪其忧，回也不改其乐。”

[简析]

光宗绍熙五年（1194），辛弃疾被解除职务来到江西铅山瓢泉处退隐，瓢泉泉水清澈、风景优美，此词即为当时所作。词人以泉寄情，抒发自身感受与情感。上片先用听和看来表述对泉水的赞美，后又将泉拟人化，劝其不要与污浊之物同流，亦不要主动混入恶浊，而这也正是词人所处的社会现状。下片回归自身，描述环境之险恶污浊，而自身小隐与泉边，相对于上片的清泉三险，下片描述了与泉为友的三乐：饮酒、饮茶、饮泉，亦是对社会现状的发泄。虽然作此词时词人已闲居瓢泉，但是他内心却无法平静，而是积郁了满腔愤恨，自身的贞洁自守，却也是英雄无泪的写照。

水调歌头 带湖吾甚爱

盟鸥

带湖[①]吾甚爱，千丈翠奁[②]开。先生杖屦[③]无事，一日走千回。凡我同盟鸥鸟，今日既盟之后，来往莫相猜。白鹤在何处，尝试与偕来。　破青萍[④]，排翠藻，立苍苔。窥鱼笑汝痴计[⑤]，不解举吾杯。废沼荒丘畴昔[⑥]。明月清风此夜，人世几欢哀。东岸绿阴少，杨柳更须栽。

[注释]

① 带湖：在信州（今江西上饶）北灵山下。

② 翠奁：翠绿色的镜匣。这里用来形容带湖水面碧绿如镜。

③ 杖屦（jù）：手持拐杖，脚穿麻鞋。屦，用麻、葛做成的鞋。

④ 破青萍：描写鸥鹭在水中窥鱼欲捕的情态。

⑤ 痴计：心计痴拙。

⑥“废沼”三句：意思是过去荒凉的废池荒丘，如今变得景色优美。以带湖今昔的变化，感叹人世沧桑，欢乐和痛苦总是相继变化的。畴昔，以往，过去。

[简析]

淳熙九年（1182），辛弃疾四十三岁，被主和派弹劾落职闲居带湖，开始了漫长的归田生活。此词作于其归家不久，异乡沦落，知音难寻，只能在大自然寻找慰藉。带湖新居是词人倾心所爱的场所，远离官场他获得了短暂解脱，凭“杖屦无事”“一日走千回”来排解心中烦闷。上片词人以鸥鸟为友，觅知音白鹤之心，来体现他不甘寂寞的心境。下片感叹飞禽的慰藉短暂而难得，无法长久期待。

贺新郎 绿树听鹈鴂

别茂嘉十二弟。鹈鴂、杜鹃实两种，见《离骚补注》。

绿树听鹈鴂。更那堪、鹧鸪声住，杜鹃声切。啼到春归无寻处，苦恨芳菲都歇。算未抵人间离别。马上琵琶[1]关塞黑，更长门[2]翠辇辞金阙。看燕燕，送归妾。将军百战身名裂，向河梁[3]、回头万里，故人长绝。易水萧萧西风冷，满座衣冠似雪。正壮士悲歌未彻。啼鸟还知如许恨，料不啼清泪长啼血。谁共我，醉明月。

[注释]

① 马上琵琶：用王昭君出塞事。

②“更长门”句：用陈皇后失宠事。

③ 向河梁：引用李陵别苏武事。

[简析]

此词是辛弃疾闲居铅山期间，为送别其堂弟茂嘉时所题。全词罗列了诸多古代别恨事例，以抒发自身胸中郁积情绪，有感而发。词以三种鸟声写实来开篇，借鸟声兴良时丧失、美人迟暮之感，以悲鸣的鸟声形成强烈的悲感气氛，并寄托了自己的悲痛心情。后以多个别恨事件抒胸怀，都是远赴异国不得生还，身受幽禁、国破家亡的别恨之事，写入送堂弟的送别词中，更表现了词人沉重、悲壮之心情。从春恨到别恨，再到如许恨，面对人生种种恨，亲人远离，哀伤可知。而最后的“谁共我，醉明月”迅速归结到送别之事中点破题目，可谓别开生面之作。

又 甚矣吾衰矣

邑中园亭，仆皆为赋此词。一日，独坐停云，水声山色，竞来相娱。意溪山欲援例者，遂作数语，庶几仿佛陶明思亲友之意云。

甚矣吾衰矣[①]。怅平生、交游零落，只今余几。白发空垂三千丈，一笑人间万事。问何物、能令公喜[②]。我见青山多妩媚，料青山见我应如是。情与貌，略相似。　一尊搔首东窗里。想渊明、停云诗就，此时风味。江左[③]沉酣求名者，岂识浊醪妙理。回首叫云飞风起。不恨古人吾不见，恨古人不见吾狂耳[④]。知我者，二三子[⑤]。

[注释]

① 甚矣吾衰矣：《论语·述而》：“甚矣吾衰也！久矣吾不复梦见周公。”作者借此感叹自己的壮志难酬。

② 问何物、能令公喜：用《世说新语·宠礼》记郗超、王恂“能令公（指晋大司马桓温）喜”等典故。

③ 江左：原指江苏南部一带，此指南朝之东晋。

④ 不恨古人吾不见，恨古人不见吾狂耳：《南史·张融传》：“不恨我不见古人，所恨古人又不见我”。

⑤ 知我者，二三子：《论语》：“二三子以我为隐乎”。

[简析]

庆元四年（1198），辛弃疾落职闲居信州铅山，他以典故作词，来抒发闲居时的寂寞和苦闷。上片以论语典故开篇，慨叹抱负无法实现，又接典故感叹自己老来无成，却又无知音的落寞，因无人可喜，所以寄情于景。下片又连用典故，讽刺社会无高士，只剩醉生梦死的领导者，自己不与其同流合污，傲视古今。而结句又呼应首句，为国家兴亡而忧虑，却无志同道合之友的落寞心境油然而起，令人慨叹。

又 凤尾龙香拨

听琵琶

凤尾龙香拨[①]。自开元、霓裳曲罢，几番风月。最苦浔阳江头客，画舸亭亭待发。记出塞、黄云堆雪。马上离愁三万里，望昭阳[②]宫殿孤鸿没。弦解语，恨难说。　辽阳驿使音尘绝，琐窗寒、轻拢慢捻，泪珠盈睫。推手含情还却手，一抹梁州哀彻。千古事、云飞烟灭。贺老[③]定场无消息，想沉香亭北繁华歇。弹到此，为呜咽。

[注释]

① 凤尾龙香拨：形容琵琶的精致和名贵。

② 昭阳：汉代宫殿名称。

③ 贺老：即贺怀智。唐代玄宗时期的人物，善于演奏琵琶。

[简析]

此词以描写琵琶来抒发词人的家国、盛衰之感。辛弃疾南归后一直心系家国，希望能够抗金救国，却一直壮志难酬。词人借用琵琶和典故，表达了自己满腔热情却无法舒展的苦闷。上片写北宋沦亡，南宋没落的情景，“弦解语，恨难说”表示虽琵琶能够传心声，却无法解忧愁，更体现了词人忧国忧民的心境。下片感慨南北早分，人民疾苦，朝廷却战和不定，北伐无望，盛世已成往事。虽弹的是琵琶，却在谱国家兴亡之曲。

念奴娇 野棠花落

书东流村壁

野棠[①]花落，又匆匆过了，清明时节。刬地[②]东风欺客梦，一枕云屏寒怯。曲岸持觞，垂杨系马，此地曾轻别。楼空人去，旧游飞燕能说。　　闻道绮陌[③]东头，行人长见，帘底纤纤月[④]。旧恨春江流未断，新恨云山千叠。料得明朝，尊前重见，镜里花难折。也应惊问，近来多少华发。

[注释]

① 野棠：野生的棠梨。

② 刬（chàn）地：宋时方言，相当于“无端地”“只是”。

③ 绮陌：多彩的大道，宋人多用以指花街柳巷。

④ 纤纤月：形容美人足纤细。

[简析]

此词大约于淳熙五年，辛弃疾自江西帅召为大理少卿时所作。其内容更是辛弃疾绝少描写的爱情经历，是他年轻时路过池州东流县结识了一位女子，此回经过此地，重访不遇有感而作。上片前五句点明时间与心境，清明时节、春冷似秋、东风惊梦，让人萌生悲凉情感。后又追忆欢会之欢愉，对比如今人去楼空，令人惋惜。下片以景寄情，离别后难再见，即使重逢，终如镜中花月不可复得。

鹧鸪天 枕簟溪堂冷欲秋

鹅湖归，病起作。

枕簟溪堂冷欲秋。断云依水晚来收。红莲相倚浑如醉，白鸟无言定自愁。　　书咄咄[1]，且休休[2]。一丘一壑也风流。不知筋力衰多少，但觉新来懒上楼。

[注释]

① 咄咄（duō）：叹词，表示惊诧。

② 休休：指算了吧。

[简析]

此词是辛弃疾罢官闲居上饶期间作品。词人游鹅湖归来之后患病，于病愈登楼赏夜景时有感而发。一来惊叹时光流逝，二来抒发心中悲愤。上片写景，却给人气候清冷、花鸟静默的寂寞沉闷气氛，下片连用三个典故，于抑郁转为旷达，表示隐居亦能自得其乐，然而却更有一种英雄迟暮，余温未尽的悲愤。

又 着意寻春懒便回

鹅湖归，病起作。

着意寻春懒便回，何如信步两三杯。山才好处行还倦，诗未成时雨早催。　　携竹杖，更芒鞋[1]。朱朱粉粉野蒿开。谁家寒食归宁[2]女，笑语柔桑陌上来。

[注释]

① 更芒鞋：换草鞋。

② 归宁：已嫁女子回娘家看望父母。

[简析]

此词为辛弃疾览鹅湖山之后作，生病初愈，闲来郊游，专意寻春却性懒，信步而行却得春之气息。着意寻春却又随性所至，春游情形惬意无比。

菩萨蛮 郁孤台下清江水

书江西造口壁

郁孤台[1]下清江水，中间多少行人[2]泪。东北是长安，可怜[3]无数山[4]。　　青山遮不住，毕竟江流去[5]。江晚正愁予，山深闻鹧鸪。

[注释]

① 郁孤台：古台名，在今江西赣州市西南的贺兰山上，因“隆阜郁然，孤起平地数丈”而得名。

② 行人：指流离失所的人民。

③ 可怜：可惜。

④ 无数山：这里指投降派（也可理解为北方沦陷国土）。

⑤ 毕竟江流去：暗指力主抗金的潮流不可阻挡。

[简析]

淳熙三年（1176），辛弃疾任江西刑狱，驻赣州，常巡回湖南江西，到造口时，看到滚滚江水流逝，想到了金兵肆虐、百姓疾苦的情景，不禁满腹伤怀。而辛弃疾平生志愿即为北伐中原实现江南统一，因此看到江水便引发了他滚滚思绪。全词以山隐喻重重障碍，即收复中原所遇到的困境；以水隐喻自身百折不挠的意志，即使视线被青山阻断，江水也会冲破重重阻碍奔流向前。虽有意志，却又想到南归十年后的遭遇，词人不免愁上心头，夕阳西下正愁人，却又闻鹧鸪啼声，更是愁上加愁，正象征词人对现状的忧虑。

祝英台令 宝钗分

晚春

宝钗分[①]，桃叶渡[②]，烟柳暗南浦[③]。怕上层楼，十日九风雨。断肠片片飞红，都无人管，倩谁唤流啼莺声住。　鬓边觑[④]，试把花卜心期[⑤]，才簪又重数。罗帐灯昏，呜咽梦中语，是他春带愁来，春归何处？却不解将愁归去。

[注释]

① 宝钗分：古代男女分别，有分钗赠别的习俗，即夫妇离别之意，南宋犹盛此风

② 桃叶渡：在南京秦淮河与青溪合流之处。这里泛指男女送别之处。

③ 南浦：水边，泛指送别的地方。江淹《别赋》："送君南浦，伤如之何。"

④ 觑：细看，斜视。

⑤ 把花卜归期：用花瓣的数目，占卜丈夫归来的日期。

[简析]

辛弃疾从到江南后，就一直不受重用，心中壮志难以抒怀，这首词虽是写深闺女子惆怅的相思情，但词人表述的却有另一层含义：假托女子叙说的愁怨，来寄寓对民苦国衰的悲痛。词人用生动细节的描写，刻画了一位执着思念丈夫的女子的相思之情。上片描写分离，而分离之后的思念却更让人惆怅，分离愁苦、怀念愁苦、风雨时节亦愁苦，落花与莺啼却更让人无法摆脱内心如缕的忧愁。而词人南归后多年流徙，壮志难酬却无知音，不正是丝丝忧愁无处叙吗？下片词人用一个个细节，摘花、数瓣、梦语，来表现女子复杂的感情，思念却又无法释怀，重复的动作却又让人无限忧愁。这同时也是词人对国事忧愁的表述，欲罢还休。

汉宫春 春已归来

立春日

春已归来，看美人头上，袅袅春幡[①]。无端风雨，未肯收尽余寒。年时燕子，料今宵梦到西园[②]。浑未辨黄柑荐酒[③]，更传[④]青韭堆盘。 却笑东风从此，便薰梅染柳，更[⑤]没些闲。闲时又来镜里，转变朱颜。清愁不断，问何人会解连环。生怕见花开花落，朝来塞雁先还。

[注释]

① 春幡：古时风俗，每逢立春，剪彩绸为花、煤、燕等状，插于妇女之首，或缀于花枝之下，曰春播，也名恬胜，彩胜。

② 西园：汉都长安西邦有上林苑，北宋都城汴京西门外有琼

林苑，都称西园，专供皇帝打猎和游赏。此指后者，以表现作者的故国之思。

③ 黄柑荐酒：黄柑酪制的腊酒。立春日用以互献致贺。

④ 更传：更谈不上相互赠送。

⑤ 更：何况。

[简析]

此词作于辛弃疾南归之初，当时中国北方已被金人统治，辛弃疾的家乡山东亦无例外。上片是对立春时节的景物描写，用以隐喻南宋不安定的政局，而辛弃疾新来异乡，恰逢南宋高层碌碌无为，自己生活未能安定，连置办立春所需酒宴都无法完成，更显寂寥。下片则进一步抒发怀乡之情，更用东风送春光来表达自己欲报国、抗金人的抱负，而后则是用花落花开来表达自己对事业的忧虑，更显怀乡之愁。

青玉案 东风夜放花千树

元夕

东风夜放花千树[①]。更吹落，星如雨[②]。宝马雕车香满路。凤箫声动，玉壶[③]光转，一夜鱼龙舞[④]。　　蛾儿雪柳黄金缕。笑语盈盈暗香[⑤]去。众里寻他千百度。蓦然回首，那人却在，灯火阑珊[⑥]处。

[注释]

① 花千树：花灯之多如千树开花。

② 星如雨：指焰火纷纷，乱落如雨。

③ 玉壶：比喻明月，故继以“光转”二字，亦或指灯。

④ 鱼龙舞：指舞动鱼形、龙形的彩灯。

⑤ 暗香：本指花香，此指女性们身上散发出来的香气。

⑥ 阑珊：零落稀疏的样子。

[简析]

淳熙二年，南宋国势日衰，强敌压境，辛弃疾刚投奔南宋之时，祖国半壁江山均在强敌铁蹄蹂躏之下，而高层却沉湎于享乐不思进取。词人在元宵灯会看到万民欢庆，遂有感而发。上片渲染了灯会之盛、节日之欢。下片则以个人为主笔，描述他寻觅意中人的情形。虽全词以热闹进行渲染，却以冷清收笔，形成了异常鲜明的对比，同时也是在反衬自身孤高、不与投降派同流合污的思想反映。

清平乐 茅檐低小

茅檐低小，溪上青青草。醉里蛮音相媚好[1]，白发谁家翁媪。　　大儿锄豆溪东，中儿正织鸡笼。最喜小儿无赖[2]，溪头卧[3]剥莲蓬。

[注释]

① 相媚好：形容柔软悦耳的南方话。

② 无赖：这里指顽皮、淘气。

③ 卧：趴。

[简析]

辛弃疾四十三岁被弹劾赋闲，一直长期住在农村，因此对农村田园生活非常了解。本词即词人赋闲时所作，以风景和人物勾勒了其乐融融的田园生活。上片描述农村环境特色，亦点出村中老人安详的晚年生活，精神愉悦。下片描述一家三子的生活各个方面，大中小各司其职，其乐融融，描写出一家人无忧无虑的生活状态。此词也从客观上反映了词人对恬静田园生活的喜悦之情，亦反映了词人对官场生活的憎恶。

又 绕床饥鼠

独宿博山王氏庵

绕床饥鼠。蝙蝠翻灯舞。屋上松风吹急雨。破纸窗间自语。　　平生塞北江南。归来[1]华发苍颜。布被秋宵梦觉，眼前万里江山。

[注释]

① 归来：指作者43岁免官归里。

[简析]

此词是辛弃疾赋闲之后，闲居信州，独自一人留宿博山一道观中所作。上片以四个镜头体现了破落情境，“饥鼠”“蝙蝠”“急雨”“破窗”四个情景反映了词人的心境与环境：萧瑟破败。下片则回到自身，为了国事奔波半生，青年戎马、沙场旧事时时浮现心头，却发现失意归来，已是半百老人，凄凉秋风吹过，这时方才梦醒，令人感叹英雄失落、报国无门的凄清心绪。

西江月 明月别枝惊鹊

夜行黄沙道中

明月别枝惊鹊[1]，清风半夜鸣蝉。稻花香里说丰年，听取蛙声一片。　七八个星天外，两三点雨山前。旧时茅店社林[2]边，路转溪桥忽见[3]。

[注释]

① 别枝惊鹊：惊动喜鹊飞离树枝。

② 社林：土地庙附近的树林。

③ 见：通“现”，出现，显现。

[简析]

此词作于辛弃疾闲居上饶带湖时期，描述了农村夏夜的美景，体现了词人对农村田园生活的热爱和对丰收的喜悦。上片借助明月和清风，从听和闻两方面描写了夏夜农村的特点与丰收景象。根据蛙声一片，暗喻了骤雨将临的信息。下片直接写雨，雨已到山前，急切赶路的心情油然而现，随即笔锋一转，转过石桥路口，小店骤然入眼，给人以极大的惊喜。此词洋溢着词人对田园生活的喜爱，让人如临其境。

又 醉里且贪欢笑

遣兴

醉里且贪欢笑，要愁那得工夫。近来始觉古人书。信着全无是处。　昨夜松边醉倒，问松我醉何如。只疑松动要来扶。以手推松曰：去。

[简析]

此词以贪杯醉态表达对现实的不满。当时词人主张抗战，企望祖国统一，统治者却是投降派。上片词人喝酒贪笑，却用“且”字流露自己的悲哀，后又说领悟了书中所言无可信的真谛，其实是在发泄对现实的不满，朝廷违背书中正义和至理，颠倒是非，这些在书中都是无法说通的，因此说书中不可信。下片则描述了三次醉态，一为醉后认松为友；二为醉后被松扶；三为手推松树斥其走开。三种醉态，实则是酒不醉人人自醉。

沁园春 杯汝来前

将止酒，戒酒杯使勿近。

杯汝来前。老子今朝，点检形骸。甚长年抱渴，咽如焦釜[①]，于今喜睡，气似奔雷。漫说刘伶，古今达者，醉后何妨死便埋。浑如此，叹汝於知已，真少恩哉。　更凭歌舞为媒。算合作平居鸩毒猜。况怨无大小，生于所爱，物无美恶，过则为灾。与汝成言，勿留亟[②]退，吾力犹能肆汝杯。杯再拜道，麾[③]之即去，招则须来。

[注释]

① 焦釜：烧红的铁釜。

② 亟：快速、迅速。

③ 麾：挥。

[简析]

庆元二年（1196），辛弃疾落职闲居瓢泉，以戒酒为题所作，用滑稽拟人对话形式，抒发了词人对政权的失望和自身的苦闷。上片以杯拟人，与杯对话，描述自己一向酗酒，如今病体多为饮酒所致。下片再度表明戒酒决心，点出歌舞助兴易贪杯伤身，美则美矣，却易爱极而衰。戒酒决心已下，便斥杯退却，杯却轻松以对：挥之即去召之即来。等于说词人还离不开杯。此词为词人以戒酒名义抒发自己常年壮志难酬、积愤难平才借酒发泄的无奈之举。

破阵子 醉里挑灯看剑

为陈同父赋壮语以寄

醉里挑灯看剑，梦回吹角连营。八百里[1]分麾下炙[2]，五十弦翻塞外声[3]。沙场秋点兵。　　马作的卢[4]飞快，弓如霹雳弦惊。了却君王天下事[7]，赢得生前身后名。可怜白发生。

[注释]

① 八百里：指牛。

② 炙：烤肉。

③ 塞外声：以边塞作为题材的雄壮悲凉的军歌。

④ 的卢：一种骏马。三国时刘备曾骑的卢马檀溪越险。

[简析]

淳熙十五年（1188），辛弃疾落职闲居江西上饶带湖，期间与好友陈亮（陈同父）议论抗金大事，分别后辛弃疾作了此词，以回顾两人壮志。上片描写自己仿佛重新置身于军营，雄壮的义军军容威武，情绪高涨。下片则描述两队对战时义军军威浩荡，英勇杀敌，欲博得英明，实现抗金大业。然而现实和理想却很矛盾，功名未就，发端已白。末句体现了词人壮志难酬和现实残酷的矛盾心理。

永遇乐 千古江山

京口北固亭怀古

千古江山，英雄无觅，孙仲谋处。舞榭歌台，风流总被，雨打风吹去。斜阳草树，寻常巷陌，人道寄奴[1]曾住。想当年[2]金戈铁马，气吞万里如虎。　　元嘉草草，封狼居胥[3]，赢得[4]仓皇北顾。四十三年[5]，望中犹记，烽火扬州路。可堪回首，佛狸祠下，一片神鸦[6]社鼓[7]。凭谁问，廉颇老矣，尚能饭否。

[注释]

① 寄奴：南朝宋武帝刘裕小名。

② 想当年：刘裕曾两次领兵北伐，收复洛阳、长安等地。

③ 封狼居胥：公元前119年（汉武帝元狩四年）霍去病远征匈奴，歼敌七万余，封狼居胥山而还。

④ 赢得：落得。

⑤ 四十三年：作者于宋高宗绍兴三十二年（1162）年南归，到写该词时正好为四十三年。

⑥ 神鸦：指在庙里吃祭品的乌鸦。

⑦ 社鼓：祭祀时的鼓声。

[简析]

开禧元年（1205），辛弃疾六十六岁，时值韩侂胄执政，闲置已久的辛弃疾受命担任镇江知府。词人上任后积极准备军事进攻，却又因孤身处于政治斗争漩涡而深感焦虑，遂有此词。上片借古意述今情，思古以感慨，与自身现实形成了鲜明对比。下片点明北伐需谨慎，然而却未被重视，因此以故人喻自己，发出了一个怀壮志的老人无奈的慨叹。

丑奴儿　少年不识愁滋味

书博山[1]道中壁

少年不识愁滋味，爱上层楼。爱上层楼，为赋新词强说愁。

而今识尽愁滋味，欲说还休。欲说还休，却道天凉好个秋。

[注释]

① 博山：在广丰县（属今江西上饶市）西南三十里。

[简析]

此词为辛弃疾被劾落职闲居上饶时所作。全词语言通俗明白，写出一个有了人生经历和实在的家国忧虑的人的心路成长体验。上片写少年都是闲愁，甚至会登高寻愁；下片写中原一刻不能收复，如今之愁就一刻不能稍减，而自己又是报国无门，算是识尽愁滋味了，末句“却道天凉好个秋”道出了词人未能雪恨的无奈和辛酸。

姜　夔

小重山令　人绕湘皋月坠时

赋潭州红梅

人绕湘皋月坠时，斜横花树小，浸愁漪。一春幽事有谁知。东风冷，香远茜裙[1]归。　　鸥去昔游非。遥怜花可可，梦依依。九疑[4]云杳断魂啼。相思血，都沁绿筠枝。

［注释］

① 茜（qiàn）裙：绛红色的裙子。指女子。

② 九疑：山名，在今湖南宁远县南。

［简析］

本词是借咏物言情思，传达了一种含蓄朦胧的美。词中借“月坠”“鸥去”“东风”“愁漪”以及“绿筠”以烘托，用“茜裙归”“断魂啼”“相思血”的隐喻，塑造出满含愁苦、浸透相思情味的红梅形象，借以表达对心上人的深深眷恋。

江梅引　人间离别易多时

丙辰之冬，予留梁溪，将诣淮而不得，因梦思以述志。

人间离别易多时。见梅枝，忽相思。几度小窗幽梦手同携。今夜梦中无觅处，漫裴回[1]。寒侵被，尚未知。　　湿红[2]恨墨浅封题。宝筝空，无雁飞。俊游[3]巷陌，算[4]空有、古木斜晖。旧约扁舟心事已成非。歌罢淮南春草赋[5]，又萋萋。漂零客，泪满衣。

[注释]

① 裴回：徘徊。

② 湿红：红笺被泪水打湿。此句借晏几道词意，“泪弹不尽临窗滴，就砚旋研墨。渐写到别来，此情深处，红笺为无色。”

③ 俊游：快意的游赏。

④ 算：想来、想必。

⑤ 春草赋：《楚辞·招隐士》：“王孙游兮不归，春草生兮萋萋。”

[简析]

睹梅怀人是姜夔词中常见的主题。宋宁宗庆元二年（1196）丙辰之冬，姜夔住在无锡梁溪张鉴的庄园。正值园中腊梅绽放，他见梅而怀远，思念起在远方的恋人，遂作此词。姜夔的恋情之词，注重的不是声色或行为的描写，而主要是反复倾诉一种难言的内心感受，以蕴藉深挚见长。此词即描绘一种低徊不尽的愁思。

踏莎行 燕燕轻盈

自沔东来，丁未元日至金陵，江上感梦而作。

燕燕轻盈，莺莺[1]娇软。分明又向华胥[2]见。夜长争得薄情知，春初早被相思染。　别后书辞，别时针线。离魂[3]暗逐郎行远。淮南皓月冷千山，冥冥归去无人管。

[注释]

① 燕燕、莺莺：皆指所思的女子。

② 华胥：传说中的国名，此代指梦境。

③ 离魂：用唐传奇《离魂记》中“倩女离魂”以追求爱情的典故。

[简析]

这首词中，姜夔在梦中又忆及远方轻盈娇软的恋人，长夜漫漫，薄情人怎知自己辗转难眠？春天初到，早早就被愁思所染。他想起离别后所寄的信笺，离别时缝制衣裳的针线；想像着恋人的魂魄暗中追逐情人远行的踪迹，而淮南的浩月映照着冷寂千山，恋人悄悄独归、孤苦无依。

鹧鸪天 肥水东流无尽期

元夕有所梦

肥水[①]东流无尽期。当初不合种相思。梦中未比丹青[②]见，暗里忽惊山鸟啼。　　春未绿，鬓先丝[③]，人间别久不成悲。谁教岁岁红莲夜[④]，两处沉吟各自知。

[注释]

① 肥水：即淝水，在今安徽省。

② 丹青：颜料，一般代指图画，此处指画像。

③ 鬓先丝：两鬓长出了白丝。

④ 红莲夜：指元宵节。红莲，指花灯。

[简析]

词人年轻时与恋人相识相爱。此后为了生计四处飘泊，与恋人离多聚少。但思念情人的心绪却贯穿了词人的终生。上片写因思而梦，醒来慨叹梦境依稀、恋人面貌不清；而短暂的梦境中，才相遇却被山鸟啼醒。下片由元宵节、春至，写出岁月蹉跎之叹。“人间别久不成悲”又出新意，反折而出。全词空灵蕴藉、引人寻味。

又 巷陌风光纵赏时

正月十一日观灯

巷陌风光纵赏[1]时。笼纱未出马先嘶[2]。白头居士[3]无呵殿[4]，只有乘肩小女随[5]。　花满市，月侵衣。少年情事老来悲。沙河塘上春寒浅，看了游人缓缓归。

[注释]

① 纵赏：纵情游赏。

②“笼纱未出马先嘶”句：描写当时王孙公子赏灯的气派。笼纱：灯笼。

③ 白头居士：作者自称。写此词时词人已四十三岁，慨叹年老而功名未立，故自称“白头居士”。

④ 呵殿：随从。

⑤ 乘肩小女：借用黄庭坚《陈留市隐》诗“乘肩娇小女”句，本意是刻画匀平凡却怡愉自适的隐者形象。这里有作者苦中作乐之意。

[简析]

此词主旨不在于描绘元宵节的繁华景象，而在于抒写飘泊江湖的身世之感和情人难觅的相思之情，以冷笔写热情，以乐景衬哀情，是此词的基调。上片中写王孙公子们张扬气派的赏灯出行，与词人白头落寞的寂寥形成巨大的反差。下片因景而生触。相比于李清照词的凄凉、冷寂，柳永词的欢欣鼓舞，姜夔的词则化实为虚、空灵含蕴，所谓无限感慨，都在虚处。

齐天乐 庾郎先自吟愁赋

丙辰岁，与张功父会饮张达可之堂。闻屋壁间蟋蟀有声，功父约予同赋，以授歌者。功父先成，辞甚美。予裴回末利花间，仰见秋月，顿起幽思，寻亦得此。蟋蟀，中都呼为促织，善斗。好事者或以三二十万钱致一枚，镂象齿为楼观以贮之。

庾郎[①]先自吟愁赋，凄凄更闻私语。露湿铜铺[②]，苔侵石井，都是曾听伊处。哀音似诉。正思妇无眠，起寻机杼。曲曲屏山[③]，夜凉独自甚情绪。　　西窗又吹暗雨，为谁频断续，相和砧杵[④]。候馆[⑤]迎秋，离宫[⑥]吊月，别有伤心无数。豳诗[⑦]漫与[⑧]。笑篱落呼灯，世间儿女。写入琴丝[⑨]，一声声更苦。

[注释]

① 庾郎：指庾信，曾作《愁赋》。

② 铜铺：装在大门上用来衔环的铜制零件。

③ 屏山：屏风上所画的远山。

④ 砧杵：捣衣石和棒槌。

⑤ 候馆：旅馆。

⑥ 离宫：皇帝的行宫。

⑦ 豳（bīn）诗：指《诗·豳风·七月》，其中有“七月在野，

八月在宇，九月在户。十月蟋蟀入我床下”句。

⑧ 漫与：率意而为。

⑨ 写入琴丝：谱成乐曲，入琴弹奏。

[简析]

庾信早年曾吟诵《愁赋》名篇，如今像悄悄私语般传来耳畔。夜露浸湿铜环，苍苔盖满石井——到处都可以听到你的歌唱……词中以蟋蟀的鸣声为线索，把诗人、思妇、一头旅客、被幽囚的皇帝和捉蟋蟀的儿童等，巧妙地组织到有限的篇幅中来，层次鲜明地展示出广阔的生活画面。词中，词人不仅自伤身世，还曲折地揭示出北宋灭亡、南宋偷安的可悲观实。“离宫吊月”等句所寄寓的更是家国兴亡之叹。

一萼红 古城阴

丙午人日，予客长沙别驾之观政堂。堂下曲沼，沼西负古垣，有卢橘幽篁，一径深曲。穿径而南，官梅数十株，如椒、如菽，或红破白露，枝影扶疏。著屐苍苔细石间，野兴横生，亟命驾登定王台，乱湘流、入麓山。湘云低昂，湘波容与，兴尽悲来，醉吟成调。

古城阴[①]。有官梅[②]几许，红萼未宜簪[③]。池面冰胶，墙腰雪老[④]，云意还又沉沉。翠藤共闲穿径竹，渐笑语惊起卧沙禽[⑤]。野老[⑥]林泉，故王[⑦]台榭，呼唤登临。 南去北来何事，荡湘云楚水，目极伤心。朱户黏鸡[⑧]，金盘簇燕[⑨]，空叹时序侵寻[⑩]。记曾共西楼雅集，想垂杨还袅[⑪]万丝金。待得归鞍到时，只怕春深。

[注释]

① 古城：长沙。阴：南方为阴。

② 官梅：官府所种的梅，与“野梅”相对。

③ 簪：插在头上。

④ 雪老：指雪残。

⑤ 沙禽：沙洲或沙滩上的水鸟。

⑥ 野老：乡村的老人，一般代指隐士。

⑦ 故王：指长沙定王。

⑧ 黏鸡：当地的一种画鸡驱邪的风俗。《荆楚岁时记》中记：“人日贴画鸡于户，悬苇索其上，插符于旁，百鬼畏之。”

⑨ 金盘簇燕：亦描写一种古风俗，立春之日盛在铜盘中的拼簇了用生菜雕刻成的玉燕以迎春。

⑩ 侵寻：渐进。这里指时光流逝不复。

⑪ 袅：摇曳，缭绕。

[简析]

这首词是词人写自己客居长沙时登高所见。上片依次描写初春的自然风光，色彩纷呈、极富兴趣。下片及于风俗、人事，从开头“南去北来何事”而引发出以下“伤心”。“朱户”“金盘”又接“空叹”，流露出一种压抑中的忿懑。全篇以伤春作结，使人嗟叹伤感。作品中，由梅、柳而忆及旧日情侣，抒发绵绵不尽之情思，这几乎成为姜夔的词的一种惯性情绪和定式。

念奴娇 闹红一舸

予客武陵，湖北宪治在焉。古城野水，乔木参天。予与二三友，日荡舟其间，薄荷花而饮，意象幽闲，不类人境。秋水且涸，荷叶出地寻丈。因列坐其下，上不见日，清风徐来，绿云自动，间于疏处，窥见游人画船，亦一乐也。朅来吴兴，数得相羊荷花中，又夜泛西湖，光景奇绝，故以此句写之。

闹红[①]一舸，记来时、尝与鸳鸯为侣，三十六陂[②]人未到[③]，水佩风裳[④]无数。翠叶吹凉，玉容消酒，更洒菰蒲[⑤]雨。嫣然摇动，冷香飞上诗句。　　日暮，青盖[⑥]亭亭[⑦]，情人不见，争忍凌波[⑧]去。只恐舞衣寒易落，愁人西风南浦[⑨]。高柳垂阴，老鱼[⑩]吹浪，留我花间住。田田[⑪]多少，几回沙际归路。

[注释]

① 闹红：红火、繁茂的荷花丛。

② 三十六陂：地名，在今江苏省扬州市。诗文中亦用来指湖泊集中之地。

③ 人未到：人所罕至之地。

④ 水佩风裳：以水作佩饰，以风为衣裳。这是用拟人的手法描绘水中的荷叶。

⑤ 菰蒲：水草。

⑥ 青盖：特指荷叶。

⑦ 亭亭：耸立。

⑧ 凌波：行于水波之上，常指乘船。

⑨ 南浦：南面的水边。常代指送别之地。

⑩ 唐李贺《李凭箜篌引》中有“梦入神山教神妪，老鱼跳波瘦蛟舞”句。

⑪ 田田：莲叶盛密的样子。

[简析]

这首词通过对描绘荷塘景色，把观者带入了一个光景奇绝、清幽空灵的世界。姜夔襟怀清旷，在词中托物比兴，借写荷花寄托了他对超凡脱俗的生活理想的追求——在这个冰清玉洁，一尘不染的境界中，有亭亭的美人在水一方。所谓写花实是写人、自喻，其意尽在言外。

琵琶仙双桨来时

《吴都赋》云："户藏烟浦，家具画船。"唯吴兴为然。春游之胜，西湖未能过也。己酉岁，予与萧时父载酒南郭，感遇成歌。

双桨来时[①]，有人似、旧曲[②]桃根桃叶[③]。歌扇轻约[④]飞花，蛾眉[⑤]正奇绝。春渐远、汀洲[⑥]自绿，更添了几声啼鴂[⑦]。十里扬州[⑧]，三生杜牧[⑨]，前事休说。　又还是宫烛分烟[⑩]，奈愁里匆匆换时节。都把一襟芳思，与空阶榆荚[⑪]。千万缕[12]、藏鸦细柳，为玉尊起舞回雪。想见西出阳关[13]，故人初别。

[注释]

① 双桨来时：江面上荡着双桨划来一只小船。

② 旧曲：旧日坊曲、歌妓集聚之地。

③ 桃根、桃叶：桃叶，晋代王献的爱妾名。桃根为桃叶之妹。此处借指歌女。

④ 约：扑迎。

⑤ 蛾眉：蚕蛾的触须细长而弯曲，常喻女子美丽的眉毛。

⑥ 汀洲：沙洲。

⑦ 啼鴂（jué）：悲鸣的杜鹃。

⑧ 十里扬州：繁华的扬州。杜牧《赠别》诗有"春风十里扬州路，卷上珠帘总不如"句。

⑨ 三生杜牧：黄庭坚《广陵早春》诗有"春风十里珠帘卷，

仿佛三生杜牧之”句。三生，佛家语，指过、现、未来三世。此处作者自指。

⑩ 宫烛分烟：韩翃《寒食》诗有“日暮汉宫传蜡烛，轻烟散入五侯家”句。

⑪ 空阶榆荚：韩愈《晚春》诗有“杨花榆荚无才思，惟解漫天作雪飞”句。

⑫ 千万缕句：周邦彦《渡江云》词有“千万缕，陌头杨柳，渐渐可藏鸦”句。

⑬ 西出阳关：王维《送元二使安西》诗有“劝君更尽一杯酒，西出阳关无故人”句。

[简析]

春游时词人偶遇了与昔日恋人相似的女子，从而勾起对往日情致的美好回忆。上片写奇遇时的感受和怅惘，下片写芳景虚逝的怨恨。二十余岁时，词人曾在合肥与似为勾栏中的女子相恋，后再莅江淮，其人已杳，自此魂牵梦萦至于一世。

探春慢 衰草愁烟

予自孩幼，从先人宦于古沔，女须因嫁焉。中去复来，几二十年，岂惟姊弟之爱，沔之父老儿女子亦莫不予爱也。丙午冬，千岩老人约予过苕霅，岁晚乘涛载雪而下，顾念依依，殆不能去。作此曲，别郑次皋、辛克清、姚刚中诸君。

衰草愁烟，乱鸦送日，风沙回旋平野。拂雪金鞭，欺寒茸帽，还记章台走马。谁念漂零久，漫赢得幽怀难写。故人清沔①相逢，小窗闲共情话。　　长恨离多会少，重访问竹西②，珠泪盈把。雁迹波平，渔汀人散，老去不堪游冶。无奈苕溪③月，又照我扁舟东下。甚日[4]归来，梅花零乱春夜。

［注释］

① 沔：汉江流经沔县（今勉县）段称沔水。

② 竹西：代指扬州。杜牧《题扬州禅智寺》诗："谁知竹西路，歌吹是扬州。"

③ 苕溪：指湖州，千岩老人萧德藻的住所。

④ 甚日：何日，哪一日。

［简析］

淳熙十三年（1186），姜夔回到他幼年生活过的湖北汉阳，探望嫁到汉阳的姐姐以及郑次皋等朋友们。虽然逗留的时间不很长，而感情上却眷恋很深。这是一首叙别之作。开篇写出临别时汉阳的冬景。"愁""送"二字以拟人化的手法写出了衰草与乌鸦的忧别之情，意境凄迷、气象阔远。接着是对往事的回忆。姜夔年轻时以自己的诗才结识了著名诗人萧德藻，并因之结识了范成大、杨万里、陆游、辛弃疾、叶适、朱熹等人，作为权门清客，有过游冶流连的生活。下片中词人深深感叹的是在人生的旅程里，同朋友们"离多会少"，接着将回忆、现境、设想融成一片，达到"野云孤飞，去留无迹"的意境。全词意境极其凄迷。把一个一生不第，终身布衣，交游虽广，辗转流徙，常兴天涯羁旅之叹，飘泊江湖之感的姜夔展现在读者面前。

八归 芳莲坠粉

湘中送胡德华

芳莲坠粉，疏桐吹绿，庭院暗雨[1]乍歇。无端抱影销魂处，还见篠墙[2]萤暗，藓阶蛩切[3]。送客重寻西去路，问水面琵琶[4]谁拨。最可惜一片江山，总付与啼鴂[5]。　　长恨相从[6]未款[7]，而今何事，又对西风离别。渚寒烟淡，棹移人远，飘渺行舟如叶。想文君望久，倚竹愁生步罗袜。归来后、翠尊[8]双饮，下了珠帘，玲珑闲看月。

［注释］

① 暗雨：夜雨。

② 篠（xiǎo）墙：竹篱院墙。篠，细竹。

③ 蛩（qióng）切：蛩，蟋蟀。切，叫声凄切。

④ 水面琵琶：指白居易《琵琶行》事。

⑤ 啼鴂（jué）：亦作“鹈鴂”，即杜鹃鸟。

⑥ 相从：交往。

⑦ 款：久留。

⑧ 翠尊：翠玉的酒杯。

［简析］

全词描述了离别前的忧伤、临别时的依依不舍，以及悬想别后友人归家与亲属团聚的情景。前面实写，后面虚写，多次转移时间和空间，逐层抒发离情别绪，在章法和布局方面颇具匠心。

扬州慢 淮左名都

淳熙丙申至日，予过维扬。夜雪初霁，荠麦弥望。入其城，则四顾萧条，寒水自碧，暮色渐起，戍角悲吟。予怀怆然，感慨今昔，因自度此曲。千岩老人以为有“黍离”之悲也。

淮左名都[1]，竹西[2]佳处，解鞍少驻初程。过春风十里，尽荠麦青青。自胡马窥江[3]去后，废池乔木[4]，犹厌言兵。渐黄昏，清角吹寒，都在空城。　杜郎俊赏[5]，算而今重到须惊。纵豆蔻词工[6]，青楼梦好，难赋深情。二十四桥[7]仍在，波心荡冷月无声。念桥边红药[8]，年年知为谁生。

[注释]

① 淮左名都：指扬州。宋朝的行政区设有淮南东路和淮南西路，扬州是淮南东路的首府，故称淮左名都。左，古人方位名，面朝南时，东为左，西为右。

② 竹西：亦代指扬州。

③ 胡马窥江：指金兵侵入南宋的长江流域地区，洗劫扬州。

④ 废池乔木：废毁的池台，残存的古树。这句是说战后的扬州一片荒芜，人烟萧条。

⑤ 杜郎俊赏：杜郎，即杜牧，他曾在扬州任官。俊赏，俊逸清赏。

⑥ 豆蔻词工：杜牧有《赠别》诗云：“娉娉袅袅十三余，豆蔻梢头二月初。”

⑦ 二十四桥：扬州城内古桥，也叫红药桥。

⑧ 红药：红芍药花，是扬州繁华时期的名花。

[简析]

宋孝宗淳熙三年（1176）冬至日，姜夔路过扬州，目睹了战争洗劫后的萧条景象，抚今追昔，悲叹今日的荒凉，追忆昔日的繁华，遂作此词，寄托对山河破碎的哀叹。这首震古烁今的名篇一出，就被他的叔岳萧德藻称为有“黍离之悲”。词的上片写词人亲眼目睹的景象和心理感受。下片设想杜牧重游扬州。昔日诗人杜牧留下了许多关于扬州城不朽的诗作。可是，假如这位多情的诗人今日再重游故地，也必定会为今日的扬州痛心。

暗香 旧时月色

辛亥之冬，予载雪诣石湖，止既月，授简索句，且征新声，作此两曲。石湖把玩不已，使工妓隶习之，音节谐婉，乃名之曰《暗香》《疏影》。

旧时月色，算几番照我，梅边吹笛。唤起玉人[①]，不管清寒与攀摘。何逊[②]而今渐老，都忘却春风词笔。但怪[③]得竹外疏花，香冷入瑶席[④]。 江国[⑤]，正寂寂。叹寄与路遥[⑥]，夜雪初积。翠尊[⑦]易泣，红萼[⑧]无言耿[⑨]想忆。长记曾携手处，千树[⑩]压西湖寒碧。又片片吹尽也，几时见得。

[注释]

① 唤起玉人：写昔日与美人冒着清寒攀折梅花的韵事。贺铸《浣溪纱》词有“美人和月摘梅花”句。

② 何逊：南梁诗人。这里以何逊自比，说自己渐老、游兴减退，对于向所喜爱的梅花都忘掉为它而歌咏了。

③ 怪：惊异。

④ 瑶席：席座的美称。

⑤ 江国：江南水乡。

⑥ 寄与路遥：表示音讯隔绝

⑦ 翠尊：翠绿的酒杯，这里指酒。

⑧ 红萼：红花，这里指红梅。

⑨ 耿：耿然于心，不能忘怀。

⑩ 千树：宋时杭州西湖上的孤山梅树成林，故有“千树”之说。

[简析]

《暗香》《疏影》是文学史上著名的咏物词，曾被誉为姜夔词中具有代表性的作品。有人说，《暗香》《疏影》虽同时所作，但前者多写身世之感，后者则属兴亡之悲，用意小别，而其托物言志则同。全词以婉曲的笔法，咏物而不滞于物，言情而不拘于情；物中有情，情中寓物，情思绵邈，意味隽永。

疏影 苔枝缀玉

苔枝缀玉[①]，有翠禽[②]小小，枝上同宿。客里相逢，篱角黄昏，无言自倚修竹[③]。昭君不惯胡沙远，但暗忆江南江北。想佩环月夜归来[④]，化作此花幽独。　　犹记深宫旧事，那人正睡里，飞近蛾绿[⑤]。莫似春风，不管盈盈[⑥]，早与安排金屋[⑦]。还教一片随波去，又却怨玉龙哀曲[⑧]。等恁时[⑨]重觅幽香，已入小窗横幅[⑩]。

[注释]

① 苔枝缀玉：苔枝，长有苔藓的梅枝。缀玉，梅花像玉一般缀满枝头。

② 翠禽：翠鸟。这里借用了“罗浮之梦”典故。柳宗元《龙城录》载，隋代赵师雄游罗浮山，夜梦一女子芳香袭人，又有绿衣童子笑歌欢舞。醒后发现自己躺在梅树下，树上有翠鸟欢鸣。

③ 修竹：杜甫《佳人》诗有“天寒翠袖薄，日暮倚修竹”句。

④ 佩环月夜归来：杜甫《咏怀古迹》诗：“环佩空归月下魂。”

⑤ 蛾绿：蛾，形容眉毛细长；绿，眉毛的青绿颜色。

⑥ 盈盈：仪态美好的样子，这里借指梅花。

⑦ 安排金屋：用汉武帝金屋藏娇的典故。

⑧ 玉龙哀曲：玉龙，即玉笛；哀曲，指笛曲《梅花落》。

⑨ 恁（nèn）时：何时。

⑩ 小窗横幅：指画作。

[简析]

这首词集中描绘梅花清幽、孤傲的形象，寄托词人对青春以及美好事物的怜爱之情。此词笔法奇特，连续铺排五个典故，用五位女性人物来比喻映衬梅花，从而把梅花人格化、性格化。“苔枝缀玉”三句，讲隋赵师雄在罗浮山遇仙女的神话；“客里”三句是杜甫笔下的佳人——“绝代有佳人，幽居在空谷。天寒翠袖薄，日暮倚修竹。”这正是词人理想中的艺术形象，姜夔用来比喻梅花以显示它的品性高洁绝俗；“昭君”至上片结句把王昭君哀怨身世赋予梅花；换头三句用的是寿阳公主的典故，一股活泼松快的情调使全词的气氛得到了一点调剂；最后一个典故是汉武帝“金屋藏娇”事，但徒有惜花之心而无护花之力，梅花终于又一次凋零了。

长亭怨慢 渐吹尽枝头香絮

予颇喜自制曲，初率意为长短句，然后协以律，故前后阕多不同。桓大司马云：“昔年种柳，依依汉南。今看摇落，凄怆江潭。树犹如此，人何以堪？”此语予深爱之。

渐吹尽枝头香絮，是处人家，绿深门户。远浦萦回，暮帆零乱向何许。阅人多矣，谁得似长亭树①。树若②有情时，不会得青青如此。　日暮，望高城不见③，只见乱山无数。韦郎④去也，怎忘得玉环分付：第一是早早归来，怕红萼⑤无人为主。算空有并刀⑥，难剪离愁千缕。

[注释]

① 长亭树：种在长亭的柳树。

②“树若”句：用李贺《金铜仙人辞汉歌》：“天若有情天亦老”；李商隐《蝉》诗：“五更疏欲断，一树碧无情。”

③ 高城不见：欧阳詹《初发太原途中寄太原所思》诗：“高城已不见，况复城中人。”

④ 韦郎：《云溪友议·玉箫记》载，唐韦皋游江夏，与玉箫女有情，别时留玉指环，约五七载来娶，后八载不至，玉箫绝食而死。

⑤ 红萼：红花，代指女子。

⑥ 并刀：并州为古九州之一，所产刀剪以锋利闻名，杜甫《戏题王宰画水山图歌》有“安得并州快剪刀，剪取吴松半江水”句。

[简析]

姜夔二十三岁时曾游安徽合肥，与此地的歌女姊妹二人相识，往来酬唱。无奈行色匆匆，终有一别。后词人屡到合肥与二女相会，情意愈浓。光宗绍熙二年（1191），词人再到合肥，但不久就离开了，这首词大概作于离别时，寄托对二女的无尽眷念之情。本词非单纯的咏柳词，以柳枝头的“香絮”起兴，经柳丝般的“离愁千缕”收尾，词人身心沉潜其中，早已物我莫辨、主客难分。

淡黄柳 空城晓角

客居合肥南城赤阑桥之西，巷陌凄凉，与江左异。唯柳色夹道，依依可怜。因度此阕，以纾客怀。

空城晓角[①]。吹入垂杨陌[②]。马上单衣寒恻恻。看尽鹅黄[③]嫩绿，都是江南旧相识。　　正岑寂[④]。明朝又寒食。强携酒，小桥宅，怕梨花落尽成秋色。燕燕飞来[⑤]，问春何在，唯有池塘自碧。

[注释]

① 晓角：早晨的号角声。

② 陌：道路。

③ 鹅黄：形容柳芽初绽，叶色嫩黄。

④ 岑寂：寂静。

⑤ 燕燕飞来：中国诗史上最早的送别之作《诗经·燕燕》，“燕燕于飞，差池其羽。之子于归，远送于野。瞻望弗及，泣涕如雨。”

[简析]

宋光宗赵淳绍熙二年（1191），姜夔寄居合肥。由于金人入侵，江淮一带在当时已成边境战区。符离之战后百姓四散流离，一眼望去满目荒凉。合肥的大街小巷，多植柳树。词人客居南城，其时已近寒食，春光明媚。但人去苍茫，只有绿柳夹道，仿佛在向词人呜呜倾诉，有感于此，词人便作了这首《淡黄柳》。

史达祖

双双燕 过春社了

咏燕

过春社了，度[①]帘幕中间，去年尘冷。差池欲住[②]，试入旧巢相并。还相雕梁藻井，又软语商量不定。飘然快拂花梢，翠羽分开红影。　　芳径，芹泥[③]雨润，爱贴地争飞，竞夸轻俊。红楼[④]归晚，看足柳昏花暝。应自栖香[⑤]正稳，便忘了天涯芳信。愁损翠黛双蛾[⑥]，日日画阑独凭。

[注释]

① 度：穿过。

② 差池：燕子飞时，有先有后，尾翼舒展开的样子。《诗经·邶风·燕燕》："燕燕于飞，差池其羽。"

③ 芹泥：水畔长有芹草的泥土。

④ 红楼：富贵人家的居处。

⑤ 栖香：睡得很香甜。

⑥ 翠黛双娥：指闺中少妇。

[简析]

王士祯评此词："咏物至此，人巧极天工错矣！"这首词题为"双双燕"，通篇不见一个"燕"字，却又句句写燕，神形毕肖，又不觉繁复。开篇词人只点明季节"过春社了"，正是春暖花开的时节，此处有未雨绸缪的朦胧，妙在给读者暗示，既节省了文字，又调动读者的想象力，联想到这样的时节，正是燕子回时。后面一个“度”使暗示又进一步。“去年尘冷”一句点出旧燕重归和新变化。“差池欲住”四句，写出双燕踌躇之态。“欲住”而“试入”，还把“雕梁藻井”仔细巡视一番，又“软语商量不定”。手法细腻曲折，将双燕居家度日的情事铺展开来，情趣盎然。只是双燕贪春光，兴奋间“便忘了、天涯芳信”。随着这一转折，“愁损翠黛双蛾，日日画栏独凭”，红楼思妇倚栏眺望的画面就跃然纸上了。这时读者才恍然，原来词人描写这双双燕，为的就是铺垫后面的寂寞红楼。如此写作手法，因多了一层曲折而变得更有兴味。

绮罗香 做冷欺花

咏春雨

做冷欺花①，将烟困柳②，千里偷催春暮。尽日冥迷，愁里欲飞还住。惊粉重、蝶宿西园，喜泥润、燕归南浦。最妨它佳约风流，钿车不到杜陵路。　　沉沉江上望极，还被春潮晚急，难寻官渡③。隐约遥峰，和泪谢娘眉妩。临断岸，新绿生时，是落红、带愁流处。记当日、门掩梨花，剪灯深夜语④。

[注释]

① 做冷欺花：春寒多雨，妨碍了花开。

② 烟困柳：春雨迷蒙，如烟雾环绕柳树。

③ 官渡：用官家渡船运送旅客。

④ 剪灯深夜语：李商隐《夜雨寄北》诗：“何当共剪西窗烛，却话巴山夜雨时。”

[简析]

这是一首经词人刻意锤炼的咏物词，词中以多种艺术手法摹写春雨缠绵的景象，文字上通篇不着“雨”字，却句句不离春雨，描写春雨是形态尽显，写情感则随处点染，两者交互，使得雨是愁雨，情是愁情。上片以庭院中的所见入文，蝶惊粉重，燕喜泥润。佳期被阻，钿车不行。下片转为写春雨中的郊野景色，“沉沉”“和泪”“落红”“带愁”，以及下句的“门掩梨花”，以此来织就一片凄清景色。“门掩梨花”一句可谓妙夺天工，使得门掩黄昏，听梨花夜雨时的惆怅况味呼之欲出。结尾处的“夜雨剪烛”更有言已尽而意不尽之妙。这首词意重在雕绘，形物传神，足见词人才思。

三姝媚　烟光摇缥瓦

烟光摇缥瓦。望晴檐多风，柳花如洒。锦瑟横床，想泪痕尘影[①]，凤弦常下。倦出犀帷，频梦见王孙骄马。讳道相思，偷理绡裙，自惊腰衩。　惆怅南楼遥夜，记翠箔张灯，枕肩歌罢。又入铜驼[②]，遍旧家[③]门巷，首询声价。可惜东风，将恨与闲花俱谢。记取崔徽模样，归来暗写。

[注释]

① 尘影：逝去的往事。

② 铜驼：洛阳有铜驼街，是繁华游乐之地，此处借指京师临安。

③ 旧家：从前。

[简析]

这是一首悼忆亡妓的艳词，词人早年在临安曾和一位歌妓相恋，多年后故地重游寻访恋人，才得知伊人因思念词人而忧伤成疾，早已世。词人悲痛之际作成此词，以悼旧情。上片一个“摇”

字刻画出烟光微照的景象，“多风”“柳花”，尤其是一个“洒”，将明媚春光融进了词人凄恻的情绪，勾起一番销魂的别情。这三句词语浑融，情含景中，急欲一见伊人之情，跃然纸上。及入妆楼，却不见伊人，但见“锦瑟横床”，一个“想”字直贯下文。紧接其后的“讳道相思”三句，更是委婉曲折地刻画了这位多情女子的形象，其复杂的动作心理变化，凝聚在短短的十二字里，神味隽永。过片“惆怅南楼遥夜”三句，转入初次相遇的回忆，用对比手法深化了词人思念之情，给读者留下了极大的想象空间。

为了突出重访旧人不复的悲痛，下片词人以“又入铜驼”领起，钩连衔接，使上下片融为一体。“记取”“暗写”两词则用元稹《崔徽歌序》里裴敬中与妓女崔徽相爱，崔徽临死留下肖像送给裴敬中的故事来渲染长期的思念之情，笔法曲折变化，用作结尾，既空灵，又沉厚，使得情与景，人与物，初见和死别，昔日的缱绻和如今的悲哀，死者的多情和生者的遗恨，浑然一体。

临江仙 倦客如今老矣

闺思

倦客如今老矣，旧时不奈春何。几曾[1]湖上不经过。看花南陌醉，驻马翠楼歌。　　远眼愁随芳草，湘裙忆著春罗。枉教[2]装得旧时多。向来箫鼓地，犹见柳婆娑[3]。

[注释]

① 几曾：何曾，何尝。

② 枉教：敬辞，屈尊赐教。

③ 婆娑：盘旋、舞动的样子。

[简析]

史达祖是南宋著名词人，曾为权臣韩侂胄非常重视的一个堂吏。开禧二年（1206），韩侂胄北伐失败，史达祖受到牵连遭到罢职，并被发配边疆。这首词就是史达祖在官场失意后创作的，抒发了他对往昔美好生活的眷恋之情。其中，“看花南陌醉，驻马翠楼歌”是全词的点睛之句，其以华丽的词语描绘出一幅生动的游乐场景，展现了词人昔日看花赏景、饮酒听歌的闲适生活，与他当时的落魄处境形成鲜明对比。

刘克庄

贺新郎 湛湛长空黑

九日

湛湛[①]长空黑。更那堪、斜风细雨，乱愁如织。老眼平生空四海，赖有高楼百尺。看浩荡千崖秋色。白发书生神州泪，尽凄凉不向牛山滴。追往事，去无迹。　　少年自负凌云笔[②]。到而今、春华落尽，满怀萧瑟。常恨世人新意少，爱说南朝狂客，把破帽年年拈出。若对黄花孤负酒，怕黄花也笑人岑寂。鸿北去，日西匿。

[注释]

① 湛湛：指水深的样子。

② 凌云笔：指笔端纵横，豪气干云。

[简析]

此词是刘克庄极有代表性的一篇佳作。上片首句大开大合很有分量，“湛湛长空”四字将登高远望的开阔展现出来，用“黑”字来描绘黄昏，可见词人的心情之沉重。随后“更那堪”一句急转，道出“斜风细雨”，笔调瞬间转为细腻，烘托出一种低沉的情调，而接下来的几句笔锋再转，又以磅礴的气势将之前的低沉一扫而去。“浩荡”二字，既写出了千崖秋色，也抒发了词人的开阔胸襟，一语双关。接下来，由“浩荡”转为“凄凉”的同时，词人借用了齐景公牛山滴泪的典故，以此来反衬自己因感神州陆沉而落下的忧国之泪，意味悲壮。下片承“白发书生”进行发挥，从今昔对比中发出了深沉的叹息：前两句主要是抒写自己少年时的豪情才气，并进一步突出如今的满怀家国之恨。词人自诩为“白发书生”，深感“满怀萧瑟”，唯有赏花饮酒以自慰，萧寂之感迎面而来，难掩词句之中的悲凉情调。

玉楼春 年年跃马长安市

戏林推

年年跃马长安市，客舍似家家似寄①。青钱②换酒日无何③，红烛呼卢④宵不寐。　易挑锦妇机中字；难得玉人心下事。男儿西北有神州，莫滴水西桥畔泪。

[注释]

① 寄：客居。

② 青钱：古铜钱的品种之一，质地为铜、铅、锡合金。

③ 无何：没有别的事情。

④ 呼卢：古代的一种赌博方式。

[简析]

刘克庄是南宋末年的文坛领袖，也是江湖诗人中官位最高的词人，始终心系国家的命运。当时南宋政治黑暗，国运衰颓，而一些文人依然沉浸在饮酒狎妓的享受之中。面对此情此景，刘克庄在惋惜中写下了这篇作品，用来规劝一位纵情酒色的林姓友人。上片极力描写友人的生活状态，委婉地揭示出友人日夜纵酒、赌博的不良习惯。下片则表达了规箴之意，发出“男儿西北有神州”的感慨，蕴含着高尚的爱国主义情操。

吴文英

浣溪沙 门隔花深梦旧游

门隔花深梦旧游，夕阳无语燕归愁。玉纤香动小帘钩。

落絮无声春堕泪，行云有影月含羞。东风临夜冷于秋。

[注释]

① 玉纤：指纤细又似白玉的手。

[简析]

这是一首怀人感梦的词，词人所怀之人是其深恋后来却辞别的美姬，所感之梦是梦到伊人的故居却未见人。上片“门隔花深”先点明所梦旧游之地。当时花径通幽，春意正浓。词人说：不料我去寻访她时，本以为是欢聚，却不料成了话别。何以离别，词中没有说明。一句“燕归愁”，不写人的伤别，而写惨淡的情境，恰是烘云托月的妙笔。下片运用兴、比并用的艺术手法，开始深入刻画这种离别的痛苦。“落絮无声春堕泪”，两句表面上看词人写的是自然，其实是写情，将人的感情移入自然界的“落絮”“行云”当中，再用“堕泪”与“含羞”等形象将大自然拟人化，也正表现了沉痛的离别之情。这般伤感的心境，自然让人感觉不到一丝春意，所以临夜东风吹来，比凄冷的秋风更让人不堪忍受。

祝英台近 采幽香

春日客龟溪[①]，游废园。

采幽香，巡古苑[2]，竹冷翠微路。斗草溪根，沙印小莲步。自怜两鬓清霜，一年寒食，又身在云山深处。　　昼闲度。因甚天也悭春[3]，轻阴便成雨。绿暗长亭，归梦趁飞絮。有情花影阑干，莺声门径，解留我霎时凝伫。

[注释]

① 龟溪：水名，在今浙江德清县。

② 古苑：指废园。

③ 悭春：吝惜春光。

[简析]

这首词是词人早年的作品之一。词人借以春日游废园抒怀。开头三句写出废园的幽静荒凉，“幽”“古”“冷”从“废”字出，显示出词人孤独冷清的内心感受。接着写游园所见，由“小莲步”联想到到女子“斗草溪根”的欢快，这里用过去的热闹和欢乐来衬托眼前的寂寞与冷清。“自怜”以下四句转写独游，将画面从“溪边”移入溪水之中，叹衰老、伤时序、感沦落，可谓思绪苍茫，百感交集。此处既是写眼前景，同时，又是过去一年生活的概括，这四句有虚有实，很耐人品味。以“昼闲度”三字串连起上下片，为写雨做铺垫，词人本来要在园中消磨全天，可是天气作怪，偏偏不让他“闲度”，因为雨来了。于是便有了日长虚度，春阴多雨，思乡难归。收尾处词人写含情的花影纵横交错，庭院中的小路上传来黄莺的吟唱，以此来烘托出难舍之情。

风入松 听风听雨过清明

听风听雨过清明。愁草瘗[1]花铭。楼前绿暗分携路，一丝柳、一寸柔情。料峭春寒中酒，交加[②]晓梦啼莺。 西园日日扫林亭。依旧赏新晴。黄蜂频扑秋千索，有当时、纤手香凝。惆怅双鸳[③]不到，幽阶一夜苔生。

［注释］

① 瘗（yì）：埋。

② 交加：拟声词，形容莺啼声。

③ 双鸳：指绣鞋。

［简析］

词的上片写伤春怀人的愁思，情景交融，意境有独到之处。首句四个字就写出了词人在清明节前后，听风听雨，愁风愁雨的惜花伤春情绪，让人读来不由生出凄神憾魄之感。“愁草瘗花铭”一句紧承首句而来，意密而情浓。词人悲花伤春的情绪都凝炼在此五字中了。三、四两句写伤别，回首往事，触目伤怀，不禁感怀如今绿柳荫浓而伊人安在？五、六两句则是伤春与伤别的交融，春寒醉酒，莺啼惊梦，愁思难言，笔触沉郁而意蕴深邃。下片写词人伤春忆旧的痴想。故地重游，景色如旧，见蜂扑秋千索不禁想到伊人凝香的素手，次两句足见词人痴念之深。末句用“一夜苔生”烘托“惆怅”之深，既是入木三分又自含蓄不尽。

莺啼序 残寒正欺病酒

残寒正欺病酒，掩沉香绣户。燕来晚、飞入西城，似说春事迟暮。画船载、清明过却，晴烟冉冉吴宫[①]树。念羁情、游荡随风，化为轻絮。 十载西湖，傍柳系马，趁娇尘软雾[②]。溯红渐、招入仙溪[③]，锦儿偷寄幽素。倚银屏，春宽梦窄，断红湿歌纨金缕。暝堤空，轻把斜阳，总还鸥鹭。　幽兰渐老，杜若还生，水乡尚寄旅。别后访六桥[4]无信，事往花委，瘗玉埋香，几番风雨。长波妒盼，遥山羞黛，渔灯分影春江宿。记当时短楫桃根渡。青楼仿佛，临分败壁题诗，泪墨惨淡尘土。

危亭望极，草色天涯，叹鬓侵半苎[5]。暗点检、离痕欢唾，尚染鲛绡，亸凤[6]迷归，破鸾慵舞。殷勤待写，书中长恨，蓝霞辽海沉过雁，漫相思弹入哀筝柱。伤心千里江南，怨曲重招，断魂在否。

[注释]

① 吴宫：指南宋中苑，临安旧属吴地。

② 娇尘软雾：形容西湖的热闹。

③ 入仙溪：指女子所住的地方。

④ 六桥：指西湖外湖堤桥。外湖六桥，乃苏轼所建，名昭波、锁澜、望山、压堤、东浦、跨虹。

⑤ 半苎：这里指鬓发已有一半如苎麻般白了。

⑥ 亸凤：亸（duǒ）下垂之意。这里指垂下翅膀的孤凤。

[简析]

《莺啼序》可谓词中最长的词调，全文长达二百四十字，也是悼念亡妾诸作中篇幅最长、最完整、最能反映与亡妾爱情的一篇力作。此作品感情真挚，笔触细腻，不仅形象地反映出与亡妾邂逅相遇一直到生离死别，而且字里行间还揭露了导致这场悲剧产生的社会因素。全词共分四段。第一段从伤春起笔。“残寒”两句点出时间，渲染环境气氛，烘托词人心境。“欺”字不仅写出其中消息，且“欺”字之前加一“正”字，可见“残寒”的肆虐。这两句的描写使全篇笼罩在寒气逼人的气氛之中。“燕来晚”三句承上，可以体会出词人是有意逃避与亡妾密切相关的西湖之春的。一个

"掩"字把词人早已失去平静和充满悲凉之情的心情铺展开。于是，他再也顾不得什么"残寒""病酒"，决心冲出"绣户"去湖上游。

第二段怀旧，由上段伤春引起。"十载"以下用的全是倒叙的手法回忆旧情。

第三段写两人别后的情事。"幽兰旋老"三句突接，跳接，先写暮春又至，自己依然客居水乡。既与"十载西湖"相应，同时也唤起了词人的伤春伤别之情。词人正是通过这种反复吟咏，将伤春伤别之情抒发得淋漓尽致。于是"别后访"四句一层层地倒叙上去，从别后重寻旧地开始展开想象，回首初遇、分别等难忘的种种情景，相对于第二段，已经有了生离死别的意味。

第四段主要是悼亡的情绪，感情深沉，意境开阔。但是，自己如此深重的悼念亡魂是否能够听到？词人自己也是难以知晓的，所以结尾处词人以怀疑设问的语气作结，在读者心中画了一个难以解答的大问号。

高阳台 修竹凝妆

丰乐楼分韵[①]得如字

修竹凝妆，垂杨系马，凭阑浅画成图。山色谁题，楼前有雁斜书。东风紧送斜阳下，弄旧寒、晚酒醒余[②]。自消凝，能几花前，顿老相如[③]。　伤春不在高楼上，在灯前攲枕，雨外熏炉。怕舣游船，临流可奈清臞[④]。飞红若到西湖底，搅翠澜、总是愁鱼。莫重来，吹尽香绵，泪满平芜。

[注释]

① 分韵：和诗、和词的方式之一，即数人共赋一题，选定某字为韵，依韵作诗。

② 醒余：醒酒之后。

③ 相如：此处作者以司马相如自比。

④ 清臞（qú）：清瘦。臞，通“癯”。

⑤ 香绵：指柳絮。

[简析]

此词作于南宋覆亡之后，是词人吴文英为好友周密《高阳台》（寄越中诸友）一词所写的和词。吴文英是南宋著名雅士，但在政治上不得志，便将满腹经纶寄托在词曲之中。这首词的上片写景，西湖名胜丰乐楼前景色如画，风光秀丽，让人迷醉。但词人笔锋突转，由“东风紧送斜阳”逼出“顿老相如”的感慨，为之后的全面抒情作铺垫，用心精细。下片抒写离愁，将怀友伤时的悲伤融入到亡国流离的沉痛之中，情感厚实沉重，感人肺腑。词中的“吹尽”“泪满”等字眼，尤其突出了凄凉萧瑟之感。词人借景抒情，情景相生，自然流露出对友人和国家的无限深情。

又 宫粉雕痕

落梅

宫粉雕痕[①]，仙云[②]堕影，无人野水荒湾。古石埋香[③]，金沙锁骨连环[④]。南楼不恨吹横笛[⑤]，恨晓风、千里关山。半飘零，庭上黄昏，月冷阑干。　寿阳空理愁鸾[⑥]。问谁调玉髓，暗补香瘢[⑦]。细雨归鸿，孤山无限春寒。离魂难倩招清些[⑧]，梦缟衣、解佩[⑨]溪边。最愁人，啼鸟晴明，叶底青圆。

[注释]

① 宫粉雕痕：宫女的粉妆褪色残痕，这里喻梅落。

② 仙云：比喻梅花飘落之姿。

③ 古石埋香：唐无名氏作有《王承检掘得墓铭》诗："深深葬玉，郁郁埋香。"这里用来形容泥中落梅。

④ 金沙锁骨连环：用黄庭坚"金沙滩头锁子骨"句意，相传一个姿色较好的女子死后其骨钩结如锁状，胡僧敬礼其墓，曰："此乃大慈悲喜舍，即锁骨菩萨也。"这里形容落梅之品格。

⑤ 南楼不恨吹横笛：笛曲中有《梅花落》曲。

⑥ 寿阳空理愁鸾：化用寿阳公主因额上落梅而发明梅花妆故事。

⑦"问谁"两句：孙和月下舞水晶如意，误伤了宠姬邓氏，其脸颊上流血不止，太医用白獭髓杂以玉屑做成药膏涂在伤口上，伤好后，留下了斑斑赤点，孙和端详邓氏，认为更增美艳，从此孙和的姬妾们竞相用丹脂点颊。这里用来咏落梅。

⑧ 离魂难倩招清些：倩女离魂可招，而落梅难返枝头。

⑨ 解佩：用江妃二女解佩赠郑交甫事。

[简析]

词人表面是在凭吊落梅，实则表达了对相继去世的一妻一妾的深切怀念之情。上片极尽渲染梅花的凋谢之状和落梅所处的凄清环境，宫粉之色，仙云之姿，堕影之飘零，字字凝炼，用笔空灵。下片则以饱含深情的笔触写出了梅之情、梅之魂，飘落的梅花去而不返，逝去的人也只能在梦中相见，但不知忧愁的小鸟依然在梅树间啼叫连连，而梅子也长得又清又圆，饱含着一派惆怅之情。

八声甘州　渺空烟四远

灵岩[1]陪庾幕诸公游

渺空烟四远，是何年青天坠长星。幻苍崖云树，名娃金屋[②]，残霸宫城。箭径[③]酸风射眼，腻水染花腥。时靸双鸳响，廊叶秋声。　宫里吴王沉醉，倩五湖倦客[④]，独钓醒醒。问苍波无语，华发奈山青。水涵空、阑干高处，送乱鸦斜日落渔汀。连呼酒，上琴台[⑤]去，秋与云平。

[注释]

① 灵岩：灵岩山，在今苏州。

② 名娃金屋：春秋时期，吴王夫差得到西施后，曾在灵岩山上为西施修建馆娃宫。

③ 箭径：灵岩山前有采香径，横斜如卧剑，故曰箭径。

④ 五湖倦客：五湖指太湖，五湖倦客指范蠡。

⑤ 琴台：灵岩山的最高处。

[简析]

这是一首怀古词，为吴文英陪伴僚属游玩灵岩山时创作而成。全篇通过凭吊吴宫遗迹，叙述吴国兴衰的史实和吴王争霸往事，借以抒发古今兴亡之感和事业上的碌碌无为之憾。词的上片怀古，下片伤今，气势浑厚，意境悠远。同时，词人一改传统的思维方式，将眼前实景化为虚幻，而将虚幻化为实景，虚实相生，创造出如梦似幻、奇特苍凉的艺术境界，令人为之拍案叫绝。

三姝媚　湖山经醉惯

过都城旧居，有感。

湖山[①]经醉惯，渍春衫、啼痕酒痕无限。又客长安，叹断襟零袂[②]，涴尘[③]谁浣。紫曲[④]门荒，沿败井、风摇青蔓。对语东邻，犹是曾巢，谢堂双燕[⑤]。　春梦人间须断。但怪得当年，梦缘能短。绣屋秦筝，傍海棠偏爱，夜深开宴。舞歇歌沉，花未减、红颜先变。伫久河桥欲去，斜阳泪满。

[注释]

① 湖山：指杭州西湖及周围高山。

② 断襟零袂：指衣服破碎受损。襟：衣领。

③ 涴（wò）尘：沾染尘土。

④ 紫曲：妓女所居的坊曲。

⑤ 谢堂双燕：朱门大院里的燕子。唐代刘禹锡《乌衣巷》载："旧时王谢堂前燕，飞入寻常百姓家。"

[简析]

词人寓居杭州时曾经纳有一位能歌善舞的姬妾，两人琴瑟和谐，感情深厚，但不久之后，这位姬妾就因病去世。几年之后，词人路过杭州旧居，回忆起往昔的欢乐场景，不禁悲从中来，遂写下了这首悼念亡妾之作。词的上片集中笔墨描写词人故地重游时见到的荒凉破败之景，下片则追忆过去的幸福生活。在鲜明的对比中，抒发了悲痛失落和感时伤世的情怀，尤其是篇末"伫久河桥欲去，斜阳泪满"一句，更是细致地刻画出词人在夕阳中告别旧居的感人场景，可谓情境俱现，余味悠远。

刘辰翁

兰陵王 送春去

丙子送春

送春去，春去人间无路。秋千外，芳草连天，谁遣风沙暗南浦，依依甚意绪，漫忆海门[①]飞絮。乱鸦过、斗转城荒[②]，不见来时试灯处。　　春去，最谁苦。但箭雁沉边[③]，梁燕[④]无主。杜鹃声里长门[⑤]暮。想玉树凋土，泪盘如露。咸阳送客屡回顾。斜日未能度。　　春去，尚来否。正江令[⑥]恨别，庾信愁赋。苏堤尽日风和雨。叹神游故国，花记前度。人生流落，顾孺子[⑦]，共夜语。

[注释]

① 海门：今江苏省南通市东，宋初，犯死罪获贷者，配隶于此。

② 斗转城荒：指转眼间南宋都城临安变成一座荒城。

③ 沉边：去而不回，消失于边塞。

④ 梁燕：指亡国后的臣民。

⑤ 长门：指宋帝宫阙。

⑥ 江令：江淹被降为建安吴兴令，世称江令。有《别赋》。

⑦ 孺子：辰翁有子名将孙，也善作词。

[简析]

德祐二年（1276），元军攻入临安，宋帝请降。此词上片主要写临安失陷后的衰败及词人感受，“人间无路”极尽辛酸。临安城今昔的鲜明对比让词人想到被元军虏去的宋室君臣，仿佛看到了他们宛若柳絮漂泊无依，并抒发了自己悲痛情绪。中片主写亡国痛，一是宋室君臣无依靠；二是南宋臣民亡国苦；三是国土落敌手。故国已逝，万民悲痛，被迫北去的君臣，更对故土无限留恋。下片写思过之心，眷念之情，更以典故抒发自己的抑郁之情、亡国之痛。虽是写春，却是以春喻故国，寄托自身对亡国的感情。

宝鼎现 红妆春骑

红妆春骑，踏月影、竿旗穿市[1]。望不尽楼台歌舞，习习香尘莲步底。箫声断、约彩鸾[2]归去，未怕金吾[3]呵醉。甚辇路喧阗且止。听得念奴[4]歌起。　父老犹记宣和事。抱铜仙、清泪如水。还转盼沙河多丽。滉漾明光连邸第。帘影冻、散红光成绮。月浸葡萄十里[5]。看往来神仙才子，肯把菱花扑碎。　肠断竹马儿童，空见说、三千乐指。等多时、春不归来，到春时欲睡。又说向灯前拥髻。暗滴鲛珠[6]坠。便当日亲见霓裳，天上人间梦里。

［注释］

① 穿市：在街道上穿行。

② 彩鸾：指出游的美人。

③ 金吾：执金吾，古代在京城执行治安任务的军人。

④ 念奴：本是唐天宝中名娼，此借喻美人。

⑤ 月浸葡萄十里：月光泻在十里西湖上，现出葡萄般的深绿色。

⑥ 鲛珠：指眼泪。

［简析］

大德元年（1297），宋亡近二十年后，词人作此词以寄托亡国哀思。上片写北宋时元宵灯会的热闹场景，歌舞、美人、清歌宛若天上才有，那时的元宵节繁华热闹，以喻北宋富贵奢华，民生所向。中片则描写南宋时代，用典故来抒发亡国之痛，南宋元宵节时虽无法和北宋相比，却也有百年太平。下片则回归现今，往事如烟江山已逝，连固有的前朝故事都已鲜有流传，虽然季节依然轮回，元宵节依然来临，但如今的元宵灯会，诸人只能对孤灯回忆往事，泪眼婆娑。年轻人生不逢时，无缘窥元宵盛况；老人虽曾见盛世，却已梦醒，余留空恨。三片对比，体现了词人悲凉的亡国之痛。

永遇乐 璧月初晴

余自乙亥上元，诵李易安《永遇乐》，为之涕下。今三年矣！每闻此词，辄不自堪，遂依其声，又托之易安自喻。虽辞情不及，而悲苦过之。

璧月[1]初晴，黛云[2]远淡，春事谁主。禁苑娇寒[3]，湖堤倦暖，前度遽如许[4]。香尘暗陌，华灯明昼，长是懒携手去。谁知道，断烟禁夜，满城似愁风雨。　宣和旧日[5]，临安南渡，芳景犹自如故。缃帙[6]流离，风鬟[7]三五，能赋词最苦。江南无路，鄜州今夜，此苦又谁知否。空相对、残釭[8]无寐，满村社鼓。

[注释]

① 璧月：以圆形的玉比喻圆月。

② 黛云：青绿色像眉似的薄云。

③ 娇寒：嫩寒、微寒。

④ 前度遽如许：意为再来临安时，局势变化如此之快。

⑤ 宣和旧日：指宋徽宗宣和年间汴京的繁华盛况。

⑥ 缃帙：书卷。

⑦ 风鬟：头发散乱的样子。

⑧ 残缸：残灯。

[简析]

此词作于宋德祐三年（1278），是宋亡之后三年，词人面对国无寸土的情形，有感而发。上片前三句写景，却是抒情，尤其“春事谁主”，问得突兀却是伤心人的感慨。随后虽写的是临安气候、华灯美丽，却是在悲叹春易逝、国已亡。而上片最后一句，却是以景喻实，说明临安沦陷，人民疾苦，令人悲愤。下片展开回忆，对比亡国前后的繁华与憔悴，虽有满腔悲愤却又无可奈何，徒剩哀叹。全词先景后情，以景寄情，描述亡国后的心中愤恨，却已无力回天的无奈，令人无限回味。

摸鱼儿 怎知他春归何处

酒边留同年徐云屋

怎知他春归何处，相逢且尽尊酒。少年袅袅天涯恨，长结西湖烟柳。休回首。但细雨断桥，憔悴人归后。东风似旧。问前度桃花，刘郎[①]能记，花复认郎否。　　君[②]且住，草草留君剪韭。前宵正恁时候。深杯欲共歌声滑，翻湿春衫半袖。空眉皱，看白发尊前，已似人人有。临分把手，叹一笑论文，清狂顾曲，此会几时又。

[注释]

① 刘郎：刘辰翁自语。

② 君：辰翁旧时好友。

[简析]

此词写于临安沦陷后，词人与故友徐云屋离别时。上片伤春追忆往昔，当年词人与故人同榜题名，春风得意，而今相逢，已饱经忧患两鬓沧桑、家破国亡今非昔比。两人重回故都相逢，却看临安城衰人憔悴，早已无往昔的兴盛和热闹，不禁感叹亡国之恨。下片则写送别故友，两人虽情真亲切，深杯纵欲，却处处体现着世事沧桑、国亡人悲的感叹。后又忆往昔谈笑论文，如今却只能放情悲歌，虽有期盼，却又满腹悲凉和失落，叹国破之悲。此词虽是送友，实际却是写人生，让人不禁慨叹。

蒋　捷

贺新郎　梦冷黄金屋

怀旧

梦冷黄金屋[①]。叹秦筝、斜鸿[②]阵里，素弦尘扑[③]。化作娇莺飞归去，犹认纱窗旧绿。正过雨荆桃[④]如菽[⑤]。此恨难平君知否，似琼台涌起弹棋局[⑥]。消瘦影，嫌明烛。　　鸳楼碎泻东西玉[⑦]。问芳踪、何时再展，翠钗难卜。待把宫眉横云[⑧]样，描上生绡[⑨]画幅。怕不是新来妆束。彩扇红牙[⑩]今都在，恨无人解听开元曲[⑪]。空掩袖，倚寒竹。

[注释]

① 黄金屋：亦用汉武帝“金屋藏娇”典故。

② 斜鸿：筝柱斜列如雁阵。

③ 尘扑：蒙上了灰尘。

④ 荆桃：樱桃。

⑤ 菽（shū）：豆的总称。

⑥ 弹棋局：弹棋，古博戏，此喻世事变幻如棋局。

⑦ 东西玉：指酒器。

⑧ 横云：唐代妇女眉型之一。

⑨ 生绡：未漂煮过的丝织品。古时多用以作画，因亦指画卷。

⑩ 红牙：牙板，古乐器。

⑪ 开元曲：盛唐时歌曲。

[简析]

南宋亡国后，蒋捷许多词作都透露出山河沦落之恸。此词就是用隐喻象征手法，以美人自拟，抒写亡国遗恨，用笔婉曲，意境幽深，极尽吞吐之妙。词首“梦冷黄金屋”，描写的是一位不凡的美人。下片以“鸳鸯碎泻东西玉”起笔，以杯碎酒泻比喻宋朝的覆亡。写和美人的分离，是喻指和故国的永别，后面“恨无人解听开元曲”，则是对民族意识淡薄的、不时复国的政治现状的感叹。

女冠子 蕙花香也

元夕

蕙花香也，雪晴[①]池馆如画。春风飞到，宝钗楼上，一片笙箫，琉璃[②]光射。而今灯漫挂[③]，不是暗尘明月[④]，那时元夜[⑤]。况年来心懒意怯，羞与蛾儿[⑥]争耍。　　江城人悄初更[⑦]打，问繁华谁解再向天公借。剔残红灺[⑧]。但梦里隐隐钿车罗帕。吴笺[⑨]银粉砑[⑩]。待把旧家风景，写成闲话。笑绿鬟邻女，倚窗犹唱，夕阳西下。

[注释]

① 雪晴：雪止天晴。

② 琉璃：指灯。宋时元宵节极繁华，有五色琉璃灯，大者直径三四尺。

③ 灯漫挂：草草地挂着几盏灯。与往日“琉璃光射”形成鲜明的对照。

④ 暗尘明月：唐苏味道《上元》诗有“暗尘随马去，明月逐人来”句。

⑤ 那时元夜：当年的元宵盛况。元夜：元宵。

⑥ 蛾儿：闹蛾儿，用彩纸剪成的饰物。

⑦ 初更：古代晚七时至九时为初更。

⑧ 灺（xiè）：没点完的蜡烛，也泛指灯烛。

⑨ 吴笺：吴地所产之笺纸，常借指书信。

⑩ 银粉砑（yà）：碾压上银粉的纸。

[简析]

元宵佳节是历代词人经常吟咏的话题。在百姓心中，元宵节也最重要，最热闹。此词亦是通过今昔元宵的对比和内心感情的抒发，表达了对故国的深切缅怀。这首词词意流动无滞，在雕琢中又显出自然本色，或直描，或间写，或借梦境，着力处皆为词人所钟之情。

虞美人 少年听雨歌楼上

听雨

少年听雨歌楼上，红烛昏罗帐。壮年听雨客舟中，江阔云低断雁[①]叫西风。　　而今听雨僧庐下，鬓已星星[②]也。悲欢离合总无情[③]，一任阶前点滴[④]到天明。

[注释]

① 断雁：失群孤雁。

② 星星：白发点点如星，形容白发很多。左思《白发赋》："星星白发，生于鬓垂。"

③ 无情：无动于衷。

④ 点滴：下雨。

[简析]

在蒋捷词里，同是“听雨”，却因时间不同、地域不同、环境不同而有着迥然不同的感受。词人从“听雨”这一独特视角出发，通过时空的跳跃，依次推出了三幅“听雨”的画面，从而将一生的悲欢与歌哭融于其中。三幅画面前后衔接而又相互映照，艺术地概括了词人由少到老的人生道路和由春到冬的情感历程。其中，既有个性烙印，又有时代折光，分明可以透见一个历史时代由兴到衰的嬗变，而这正是此词的深刻、独到之处。

周　密

曲游春　禁苑东风外

禁烟湖上薄游，施中山赋词甚佳，余因次其韵。盖平时游舫，至午后则尽入里湖，抵暮始出断桥，小驻而归，非习于游者不知也。故中山极击节余“闲却半湖春色”之句，谓能道人之所未云。

禁苑[1]东风外，飏[2]暖丝晴絮，春思[3]如织。燕约莺期[4]，恼芳情偏在，翠深红隙。漠漠香尘隔，沸十里乱弦丛笛。看画船尽入西泠[5]，闲却半湖春色。　　柳陌。新烟凝碧。映帘底宫眉[6]，堤上游勒[7]。轻暝笼寒，怕梨云梦[8]冷，杏香愁幂[9]。歌管[10]酬寒食，奈蝶怨良宵岑寂。正满湖碎月摇花，怎生去得。

[注释]

① 禁苑：帝王的林苑，指宫廷。

② 飏（yáng）：同“扬”。

③ 春思：春日的思绪。

④ 燕约莺期：比喻相爱的男女约会的时日。

⑤ 西泠（líng）：桥名，在西湖白堤上。西泠后成为西湖代称。

⑥ 宫眉：指丽人。

⑦ 游勒：骑马的男子。

⑧ 梨云梦：指梦境。唐代王建诗《梦看梨花云歌》有“薄薄落落雾不分，梦中唤作梨花云”句。

⑨ 幂：覆盖。

⑩ 歌管：唱歌奏乐。

[简析]

此词写的是南宋末期尚未倾危时，西湖春游的盛况。词中尽情刻画都人士女春游西湖的情致，在一派歌舞升平的景色中，也写出了词人自己的情趣和心情。写西湖之春，实在处、热闹处尽显美丽，而写虚静空灵处更称美绝。

献仙音 松雪飘寒

吊雪香亭梅

松雪飘寒，岭云吹冻，红破数椒[①]春浅。衬舞台荒，浣妆池[②]冷，凄凉市朝[③]轻换。叹花与人凋谢，依依岁华晚。 共凄黯。问东风、几番吹梦，应惯识[④]当年，翠屏金辇[⑤]。一片古今愁，但废绿[⑥]平烟空远。无语消魂，对斜阳衰草泪满。又西泠残笛，低送数声春怨。

[注释]

① 红破数椒：含苞如椒的梅花又绽出了几点红色。

② 衬舞台、浣妆池：应是园中池台名。

③ 市朝：朝、野，引早为江山、国家。

④ 惯识：见惯了。

⑤ 翠屏金辇：指皇坐金辇、遮翠屏的皇帝及后妃们。

⑥ 废绿：荒芜的园林。

[简析]

周密是个有气节的词人，南宋灭亡后，他坚不仕元。这首词是宋亡以后所作，通过写梅花和前朝废芜的园林来抒发自己对故国的怀念，对新朝的抵触。上片主要写梅花及雪香亭荒废的情景。“凄凉市朝轻换”，一个“轻”字，却包含着沉重，平民百姓对国破家亡无能为力，国家轻易便在达官贵人手里丧失了。下片将梅拟人化，以猜测梅花所想的形式寄托自己的亡国之痛。“又西泠残笛，低送数声春怨”。听到从西泠桥边，低低地送来几声怨曲。“残笛”，乃是亡国余音，“春”则暗指元朝统治者，故有所“怨”。

玉京秋 烟水阔

长安独客，又见西风，素月、丹枫，凄然其为秋也，因调夹钟羽一解。

烟水阔，高林弄残照，晚蜩凄切①。碧砧度韵，银床飘叶②。衣湿桐阴露冷，采凉花③时赋秋雪④。叹轻别，一襟幽事，砌蛩⑤能说。　　客思吟商⑥还怯。怨歌长、琼壶暗缺⑦。翠扇恩疏⑧，红衣香褪，翻成消歇。玉骨西风，恨最恨、闲却新凉时节。楚箫咽，谁寄西楼淡月。

[注释]

① 蜩：蝉。

② 碧砧度韵，银床飘叶：有青苔的石砧传来有节奏的捣衣声，井旁落满枯黄的桐叶。银床，井上辘轳架。

③ 凉花：一般指菊花、芦花等秋日开放的花，此处系指芦花。

④ 秋雪：代指芦花，即所采之凉花。

⑤ 砌蛩：台阶下的蟋蟀。

⑥ 吟商：对秋天的吟咏。商，五音之一，《礼记·月令》：“孟秋之月其音商。”

⑦ 琼壶暗缺：敲玉壶为节拍，使壶口损缺。

⑧ 翠扇恩疏：班婕妤《怨诗行》："裁成合欢扇，团团似明月。"

[简析]

这首词应是宋亡以前，周密某次暂寓杭州所作。他出身士大夫家庭，家资富有，虽未登第，却也一直在宦海中浮沉。但那时朝政日非，国势足蹙，前途暗淡，词人的感伤之气显然与当时的时局有关。此词上片写景，描摹了海天空阔的暮秋景色，下片追忆往事，倾诉别情。

一萼红 步深幽

登蓬莱阁，有感。

步深幽，正云黄天淡，雪意未全休。鉴曲[①]寒沙，茂林[②]烟草，俯仰[③]千古悠悠。岁华晚、漂零渐远，谁念我、同载五湖舟。磴[④]古松斜，崖阴苔老，一片清愁。　回首天涯归梦，几魂飞西浦，泪洒东州[⑤]。故国山川，故园心眼，还似王粲登楼。最负他、秦鬟妆镜[⑥]，好江山、何事此时游。为唤狂吟老监[⑦]，共赋消忧。

[注释]

① 鉴曲：鉴湖一曲。《新唐书贺知章传》"有诏赐镜湖剡川一曲"，镜湖即鉴湖。

② 茂林：指兰亭。王羲之《兰亭序》："此处有崇山峻岭，茂林修竹。"

③ 俯仰：《兰亭序》"俯仰之间，已为陈迹。"

④ 磴（dèng）：指山路，石级。

⑤ 西浦、东州：作者自注“阁在绍兴，西浦、东州皆其地。”

⑥ 秦鬟：指形似发髻的秦望山，在今绍兴东南。乐府《陌上桑》：“秦氏有好女，自名为罗敷。妆镜：指镜湖。

⑦ 狂吟老监：即指贺知章。《旧唐书贺知章传》：“知章晚年尤加纵诞，无复规检，自号四明狂客，又称秘书外监，遨游里巷，醉后属词，动成卷轴，文不加点，咸有可观。”此言安得有如贺监其人者，与之吟咏消忧；表示怀念友人的意思，亦是虚说。

[简析]

这首词借物抒怀，以阴沉凄凉的冬景表达词人国破家亡后四处漂泊的忧思。词的上片涉及国土沦亡，但萧敝的冬景无处不渗透遗民的哀痛。下片改用直抒胸臆的手法。“回首”三句，似欲打开感情的闸门一任奔泻，以倾吐心头郁积的哀伤，然而，“还似王粲登楼”句一顿，至“好江山、何事此时游”时词人的悲愤之情突至高峰。随后却轻轻一退，转而要呼唤“四明狂客”贺知章，来与自己一道吟赋。这样层层推进，回环往复，构成了本词情思哀婉和沉郁顿挫的风格特征。草窗词素以意象缜密著称。综观全词，写景空远，抒情婉曲，结构细密，引事用典十分贴切，充分体现出词人深厚的词学功底和创作才力。所以这首词一直被推为《草窗词》的压卷之作。

王沂孙

天香 孤峤蟠烟

龙诞香

孤峤蟠烟[①]，层涛蜕月[②]，骊宫夜采铅水[③]。汛远槎风[④]，梦深薇露[⑤]，化作断魂心字[⑥]。红磁候火[⑦]，还乍识、冰环玉指[⑧]。一缕萦帘翠影，依稀海天云气[⑨]。 几回殢娇[⑩]半醉。剪春灯、夜寒花碎[⑪]。更好故溪飞雪，小窗深闭。荀令[⑫]如今顿老，总忘却尊前旧风味。漫惜余熏，空篝素被[⑬]。

[注释]

① 孤峤（qiáo）蟠烟：《岭南杂记》，“龙涎于香品中最贵重，出大食国西海之中，上有云气罩护，下有龙蟠洋中大石，卧而吐涎，飘浮水面，为太阳所烁，凝结而坚，轻若浮石，用以和众香，焚之，能聚香烟，缕缕不散。”孤峤指的就是传说中龙所蟠伏的海洋中大块的礁石；蟠烟，蟠绕的云烟，就是龙上罩护的云气。

② 层涛蜕月：波涛映月如闪动的龙鳞。

③ 骊（lí）宫：谓骊龙所居之地。铅水：骊龙的涎水。

④ 汛远槎风：采香的人乘木筏随潮汛而去。“汛”字为潮汛之意，“槎”字指鲛人乘槎至海上采取龙涎，随风趁潮而远去，于是此被采之龙涎遂永离故居不复得返矣。此典出自张华《博物志》“有人居海上，年年八月见浮槎去来不失期”。

⑤ 梦深薇露：龙涎香要用蔷薇水（香料）调制。薇露，意指蔷薇水是一种制造龙涎香时所需要的重要香料。

⑥ 断魂心字："心字"原来正是一种篆香的形状，明杨慎《词品》即曾载云："所谓心字香者，以香末萦篆成心字也。"

⑦ 红磁候火：《香谱》说龙涎香制时要"慢火焙，稍干带润，入磁盒窨。"红磁，指存放龙涎香之红色的甆盒。候火，指焙制时所需等候的慢火。

⑧ 冰环玉指：香制成后的形状，有的像白玉环，有的像女子的纤纤细指。

⑨ 依稀海云天气：焚香时，前面引的《岭南杂记》说龙涎香"能聚香烟，缕缕不散"，好像把故居的"海云天气"都带回来了。

⑩ 殢（tì）娇：困顿娇柔。"殢"原为慵倦之意，此处意为半醉时的娇慵之态，自当为男子眼中所见女子之情态。

⑪ 花碎：这花是灯花。

⑫ 荀令：指的是三国时代做过尚书令的荀彧，爱焚香。据习凿齿《襄阳记》所载云："荀令君至人家坐幕，三日香气不歇。"

⑬"漫余"句：篝，是指熏香所用的熏笼，香于笼中而熏的衣物。古人焚香时，常把被子放在笼上熏。作者明知无用，香已燃完，还是把被子放在笼上。

[简析]

王沂孙生于南宋理宗在位之时，他的生平跨宋元两朝。南宋灭亡后，元朝总管江南浮屠的僧人杨琏真伽，盗发在会稽的南宋帝后陵墓。启棺时发现宋理宗的容貌如生时，有人说是因为含有夜明珠。掘墓者为了沥取水银，竟将其尸倒悬于树间，惨状不忍目睹，后又把他的骨头遗弃在草丛之中。有唐珏、林景熙等义士，闻听这个消息悲愤异常，邀集乡人，收拾帝后遗骸埋葬。唐珏、王沂孙等人结社填词，以"龙涎香""白莲""蝉""莼""蟹"等为题，抒发亡国之痛，此词即为其中之一。

水龙吟 晓霜初著青林

落叶

晓霜初著青林，望中[①]故国凄凉早。萧萧[②]渐积，纷纷犹坠，门荒径悄。渭水风生，洞庭波起，几番秋杪[③]。想重崖半没[④]，千峰尽出，山中路，无人到。　　前度题红[⑤]杳杳。溯宫沟[⑥]、暗流空绕。啼螀未歇，飞鸿欲过，此时怀抱。乱影翻窗[⑦]，碎声敲砌，愁人多少。望吾庐甚处，只应今夜，满庭谁扫[⑧]。

[注释]

① 望中：视野之中。故国：指南宋故地。

② 萧萧：草木摇落之声。

③ 秋杪（miǎo）：暮秋，秋末。杪，树梢。引申为时月的末尾。

④ 重崖半没：山中落叶堆积，万木凋零的情状。

⑤ 题红：指红叶题诗事，见范摅《云溪友议》。

⑥ 宫沟：皇宫之逆沟。

⑦ 乱影翻窗：树叶乱落于窗前。

⑧ 满庭谁扫：白居易《长恨歌》有“落叶满阶红不扫”之句。

[简析]

此首是咏落叶之词，以落叶为契机，以“故国凄凉早”为意脉，驰骋神思、虚境实写、融景入情，故而句句写落叶，却句句是故国之情，收到了情景交融、相得益彰的效果。词人运用娴熟的笔法，使主观和客观融洽，构成一个完整的整体，其故国之思表达得自然而深刻。

眉妩 渐新痕悬柳

新月

渐新痕[①]悬柳，澹彩穿花，依约破初暝。便有团圆意，深深拜[②]、相逢谁在香径。画眉未稳[③]，料素娥犹带离恨。最堪爱、一曲银钩小，宝帘挂秋冷。　　千古盈亏休问。叹漫磨玉斧[④]，难补金镜[⑤]。太液池[⑥]犹在，凄凉处、何人重赋清景。故山[⑦]夜永。试待他窥户端正。看云外山河，还老桂花旧影。

[注释]

① 新痕：指初露的新月。

② 深深拜：古代妇女有拜新月之风俗，以祈求团圆。

③ 未稳：未完成，未妥。

④ 漫磨玉斧：古有“玉斧修月”之说，见唐段成式《酉阳杂俎天咫》。

⑤ 金镜：比喻月亮。

⑥ 太液池：汉唐均有太液池，在宫禁中。

⑦ 故山：故山，旧山，喻家乡。

[简析]

在王沂孙那里，故国之意仍是一丝扭不断的情结，连新月也被他赋予了这层含义。面对宗祖沉沦，今昔巨变，他借咏新月寄寓了对亡国的哀思。全词将赏月、观月，因月感怀作为线索，绵绵君国之思，全借咏月写出，托物寄怀，耐人寻味。上片描绘新月，刻意渲染一种清新轻柔的优美氛围。随之下片将笔一纵，大墨一挥“千古”振起，语意苍凉激楚。“千古盈亏休问”一语括尽月亮与人世来盈亏往复的变化规律。由此领悟到支配无限时间永恒规律的宇宙感，反观人世充满了生命短促，世事无常，兴亡盛衰不容人问的悲哀。

齐天乐 一襟余恨宫魂断

蝉

一襟余恨宫魂断[①]，年年翠阴庭树。乍咽凉柯[②]，还移暗叶，重把离愁深诉。西窗过雨。怪瑶珮[③]流空，玉筝调柱。镜暗妆残，为谁娇鬓尚如许[④]。 铜仙铅泪似洗，叹移盘去远，难贮零露。病翼惊秋，枯形[⑤]阅世，消得[⑥]斜阳几度。余音更苦。甚[⑦]独抱清高，顿成凄楚。谩想薰风[⑧]，柳丝千万缕。

[注释]

①“一襟”句：一襟：满腔。宫魂断：用齐后化蝉典。据马缟《中华古今注》：“昔齐后忿而死，尸变为蝉，登庭树嘒唳而鸣，王悔恨。故世名蝉为齐女焉。”宫魂，即齐后之魂。

② 凉柯：秋天的树枝。

③ 瑶佩：以玉声喻蝉鸣声美妙，下“玉筝”同。

④“镜暗”二句：谓不修饰妆扮，为何还那么娇美。魏文帝宫女莫琼树制蝉鬓，缥缈如蝉。娇鬓：美鬓，借喻蝉翼的美丽。

⑤ 枯形：指蝉蜕。

⑥ 消得：经受的住。

⑦ 甚：正。

⑧ 薰风：南风，此指夏天。

[简析]

此词先写蝉为齐后怨魂所化的传说，赋词情以感伤色彩。蝉鸣于庭树，经常转移位置。秋雨送寒，蝉命朝不保夕，蝉声却宛转动听、清脆悦耳，如佩玉相叩、玉筝试弹。从蝉的饮露餐风，词人想到承露金盘，再联想到汉魏易代的故事。亡国之音哀以思，写蝉处皆亦是词人自己的顾影自怜处。

高阳台 残雪庭阴

和周草窗寄越中诸友韵

残雪庭阴，轻寒帘影，霏霏[①]玉管春葭[②]。小帖金泥[③]，不知春是谁家。相思一夜窗前梦，奈个人、水隔天遮。但凄然、满树幽香，满地横斜。　江南自是离愁苦，况游骢古道，归雁平沙。怎得[④]银笺[⑤]，殷勤说与年华。如今处处生芳草，纵凭高不见天涯。更消他，几度东风，几度飞花。

[注释]

① 霏霏：飘洒，飞扬。

② 玉管春葭：古人将芦苇（葭）茎中薄膜制成灰，置于十二乐律的玉管内，放在木案上。到某一节气，相应律管内的灰就会自行飞出。见《后汉书律历志》，玉管，指管乐器。葭，芦苇，这里指芦灰。

③ 小帖金泥：宋代风俗，立春日皇宫里命大臣为皇帝后妃所居之殿阁撰写贺词，字用金泥写成。士大夫之间也彼此书写了互送。

④ 怎得：安得，怎么能够得到。

⑤ 银笺：指洁白的信笺。

[简析]

王沂孙和周密是经常词赋相和的朋友，他们常常在越地游山玩水，互相赋和。周密作有《高阳台》给很多词友，王沂孙便作了这首词对答。“玉管春葭”“小帖金泥”，这些都是古代的习俗。现在改朝换代了，当日皇宫不再，士大夫散去，何人在这时候用金泥写宜春帖子贴挂，所谓“春落谁家”“相思一夜窗前梦，奈个人、水隔天遮”，这个相思的对象，便是词人的好友周密。结笔低徊伤心，荡气回肠。

又 残萼梅酸

残萼[1]梅酸，新沟水绿，初晴节序暄妍[2]。独立雕栏，谁怜枉度华年。朝朝准拟清明近，料燕翎[3]须寄银笺。又争知、一字相思，不到吟边。　双蛾不拂青鸾[4]冷，任花阴寂寂，掩户闲眠。屡卜佳期，无凭却恨金钱。何人寄与天涯信，趁东风急整归船。纵飘零、满院杨花，犹是春前。

[注释]

① 残萼：残败的花朵。

② 暄妍：明媚美丽。

③ 燕翎：燕子的羽毛。

④ 青鸾：指青鸾镜。

[简析]

此词以闺中怨妇的口吻，表达了妻盼夫归的心情。上片以江南春色开篇，描写出清明时节，江南雨后初晴的清丽风光，主人公在这时登上城楼，倚栏远眺，睹景怀人，相思之情不言自明。下片细致地刻画了主人公的日常生活——不画双眉，冷落鸾镜，屡次用金钱占卜行人归期，这一切都展现出她盼望丈夫早日归来的迫切心情。全篇结构巧妙，细节刻画详略得当，不失为一篇佳作。

无闷 阴积龙荒

雪意

阴积龙荒，寒度雁门[1]，西北高楼独倚。怅短景无多，乱山如此。欲唤飞琼[2]起舞，怕搅碎纷纷银河水。冻云一片，藏花护玉，未教轻坠。　　清致，悄无似。有照水一枝，已搀春意。误几度凭栏，莫愁凝睇。应是梨花梦好，未肯放东风来人世。待翠管吹破苍茫，看取玉壶[3]天地。

[注释]

① 雁门：位于今山西北面的关隘，在古代是交通及军事要地。

② 飞琼：传说中的仙女许飞琼，是西王母身边的侍女。

③ 玉壶：明月。

[简析]

这是一首闺怨词。上片铺垫了女子所处的环境，酷寒的漠北，寒风吹过雁门关，女子却只能在高楼上独自瞭望远方。与爱人相聚的时日无多，想要呼唤仙女飞琼起舞，以打发无聊的日子，却又怕惊扰了天上的银河。无奈之中，她只能看严冬的阴云，藏花护玉。下片进一步描写了冬日的清冷环境和女子的深深离愁，一个“误”字，生动地揭示出女子未见归人的失望情绪。全篇讲究章法，词致深婉动人。

文天祥

酹江月 水天空阔

驿中言别友人

水天空阔，恨东风不惜、世间英物。蜀鸟[①]吴花残照里，忍见荒城颓壁。铜雀春情，金人秋泪，此恨凭谁雪。堂堂剑气，斗牛[②]空认奇杰。　那信江海余生，南行万里，属扁舟齐发。正为鸥盟留醉眼，细看涛生云灭。睨柱吞嬴[③]，回旗走懿[④]，千古冲冠发。伴人无寐，秦淮应是孤月。

[注释]

① 蜀鸟：杜鹃鸟，相传它是蜀国望帝死后化成的。

② 斗牛：二十八宿宿中的斗、牛二宿。

③ 睨柱吞嬴：指战国时期的蔺相如巧妙应对秦王嬴政、完璧归赵的故事。

④ 回旗走懿：指诸葛亮以遗计吓退司马懿之事。

[简析]

文天祥为宋末著名的爱国诗人和民族英雄，一生都在为保卫家国、领兵抗元而奔波。景炎三年（1278），文天祥在广东五坡岭被元军俘虏，但誓死不投降。这首词即是文天祥被押往元大都（今北京）的途中，于金陵（今江苏南京）驿馆中告别朋友邓剡时创作的。上片情景交融，描写了文天祥途经金陵时的见闻，他入目皆是残破景象，心中不禁充满愤怒。下片词人主要回忆抗元斗争的经历，并向友人表示宁死不屈的决心。在艺术表现上，文天祥化用了许多历史典故和前人诗歌，于简练的文字中表达了复杂的思想感情。

满江红 燕子楼中

和王夫人《满江红》韵，以庶几后山《妾薄命》之意。

燕子楼中，又捱过[①]、几番秋色。相思处、青年如梦，乘鸾仙阙。肌玉暗消衣带缓，泪珠斜透花钿侧。最无端蕉影上窗纱，青灯歇。　　曲池合，高台灭。人间事，何堪说。向南阳阡上，满襟清血。世态便如翻覆雨，妾身元是分明月。笑乐昌[②]一段好风流，菱花缺。

[注释]

① 捱过：挨过。

② 乐昌：南朝陈乐昌公主，与驸马徐德言留下了“破镜重圆”的故事。

[简析]

这首词作是文天祥囚居金陵时所作，当时他偶然读到宋恭帝的昭仪王夫人题写的诗词《满江红》，认为其中的“问嫦娥，于我肯从容，同圆缺”一句，需要商酌，遂写了这首和词。上片以燕子楼暗指自己被囚于燕京的岁月，以“乘鸾仙阙”比喻年轻时中状元、仕途一帆风顺的美好景象，但突然遭遇牢狱生涯、国破家亡，于是肌玉暗消，以泪洗面。下片在和缓的语气中，塑造了美人向旧主墓阡倾泻血泪的意象，表达出国家虽然覆灭，但自己依然矢志不渝的精神。该作品一改文天祥的豪放文风，以香草美人寄托国家大事，风格婉约清丽。

张　炎

满庭芳　晴皎霜花

小春

晴皎霜花，晓镕冰羽，开帘觉道寒轻。误闻啼鸟，生意又园林。闲了凄凉赋笔，便而今不听秋声。消凝[①]处，一枝借暖，终是未多情。　　阳和能几许，寻芳探粉，也恁忺[②]人。笑邻娃痴小，料理护花铃。却怕惊回睡蝶，恐和他草梦都醒。还知否，能消几日，风雪灞桥深。

［注释］

① 消凝：销魂凝神，形容极度悲伤。

② 忺（xiān）：高兴，适意。

［简析］

元仁宗延祐二年（1315），元朝统治者为了取得汉人士族阶层的支持，决定重开科举以招纳文士，一些有志青年为此欣喜若狂。但是，词人张炎深刻了解时局，他认为政治环境并没有从根本上得以改变，于是作此词进行讽刺。“小春”即“十月小阳春”，为秋冬过渡之际，这时的天气暖和如春，但紧接着便是寒冷冬天的到来。在词作中，张炎以简洁的笔墨描摹出“小春”的时序风光，天气转暖，冰霜尽消，似乎温暖的春天已经来临。但这一切只不过是一种假象，“误闻啼鸟”“阳和能几许”等纷纷传达出词人的质疑，也透露出他对待时局的态度。词作咏物绝妙，借气候之多变，喻指变化无常的政治形势，立意深远。

月下笛 万里孤云

孤游万竹山中，闲门落叶，愁思黯然，因动“黍离”之感。时寓甬东积翠山舍。

万里孤云，清游渐远，故人何处。寒窗梦里，犹记经行旧时路。连昌[①]约略无多柳，第一是难听夜雨。谩惊回凄悄，相看烛影，拥衾谁语。 张绪[②]，归何暮。半零落依依，断桥鸥鹭。天涯倦旅，此时心事良苦。只愁重洒西州泪[③]，问杜曲[④]人家在否。恐翠袖正天寒，犹倚梅花那树。

[注释]

① 连昌：唐代官殿，位于河南省宜阳县西面，周围多种植柳树。

② 张绪：南齐吴郡人，官至国子祭酒，文采出众。

③ 西州泪：晋代名士羊昙在舅舅谢安去世之后，无意中走到谢安生病时经过的西州门，悲伤不已，大哭而去。后世多用“西州泪”表示感旧兴悲、悼念友人之意。

④ 杜曲：唐代高门大族杜氏世居之地。

[简析]

南宋亡国之后，爱国词人张炎身怀家国之恨流寓在甬东（今浙江定海）一带，到处飘零，居无定所。元成宗大德二年（1298），张炎在一次独游天台万竹山时，看到山舍门庭冷落，落叶满地，呈现出一片萧索之态，于是触景生情，创作了这首寄托“黍离之悲”的作品。上片以“万里孤云，清游渐远”起调，描绘出词人漂泊在外的感伤凄凉之情，接着他发出了“故人何处”“拥衾谁语”的感慨，将对故国和朋友的思念之情展现得淋漓尽致。下片词人以南齐的雅士张绪自比，以迟迟不归的张绪比喻自己的无家可归，又以高洁的梅树自喻，表现出顽强不屈的风骨与气节。全词风格凄婉，抒情真挚。

清平乐 候蛩凄断

候蛩凄断，人语西风岸。月落沙平江似练[①]，望尽芦花无雁。

暗教愁损[②]兰成[③]，可怜夜夜关情[④]。只有一枝梧叶，不知多少秋声。

[注释]

① 练：白绢。

② 愁损：愁杀。

③ 兰成：北周文学家庾信的小字，后成为俘虏。

④ 关情：动心。

[简析]

此词为张炎五十三岁时赠给学生陆行直的词作，后来在收入词集时作了较大改动，由表达“花情柳思”转向哀叹国破家亡的悲愁。上片以寥寥数笔写出无限秋意：蟋蟀哀鸣，西风萧瑟，秋月清冷，江水澄净，呈现出一幅肃杀清冷的“秋晓图”。下片写情，短短几句就将上片的景色进行了较大的升华，借庾信被俘之事和孤叶梧桐表达了人间悲欢无常的苍凉。全词选景巧妙，立意清空深远，情感真切。

高阳台 接叶巢莺

西湖春感

接叶巢莺，平波卷絮，断桥[1]斜日归船。能几番游，看花又是明年。东风且伴蔷薇住，到蔷薇、春已堪怜。更凄然，万绿西泠，一抹荒烟。　　当年燕子知何处，但苔深韦曲[2]，草暗斜川[3]。见说新愁，如今也到鸥边[4]。无心再续笙歌梦，掩重门、浅醉闲眠。莫开帘，怕见飞花，怕听啼鹃。

[注释]

① 断桥：位于杭州西湖孤山。

② 韦曲：唐代贵族韦氏聚居地。

③ 斜川：地处江西庐山侧星子、都昌两县之间，代指隐居之地。

④ 见说新愁，如今也到鸥边：鸥鸟忘机，本不知愁，这里说鸥鸟也有了愁恨。其意盖自谓。

[简析]

此为张炎在南宋灭亡后重游西湖之时所作的一首咏物词，主要借观湖抒发国破家亡的哀愁和痛惜之情。“接叶巢莺，平波卷絮，断桥斜日归船。”在细密的叶丛之中，莺儿欢歌，飘荡的轻絮被卷入水中，游船也在夕阳中缓缓回归。但是，美好的景象并没有持久，代表时令的蔷薇和荒凉的西泠桥畔，都已表明暮春已经来临。而曾经繁华的韦氏聚居地和斜川的雅士集会之地，也已经荒芜冷落。词人由此发出感慨，“见说新愁”“无心再续笙歌梦”，展现出自己的倦怠失意和亡国之痛。在艺术手法上，春天的景色为实写，亡国之痛为虚写，虚实结合，情景交融。

渡江云 山空天入海

久客山阴，王菊存问予近作，书以寄之。

山空天入海，倚楼望极，风急暮潮初。一帘鸠[①]外雨，几处闲田，隔水动春锄[②]。新烟禁柳[③]，想如今、绿到西湖。犹记得、当年深隐，门掩两三株。 愁余，荒州古溆[④]，断梗疏萍，更飘流何处。空自觉围羞带减，影怯烟孤。长疑即见桃花面[⑤]，甚近来翻致无书。书纵远，如何梦也都无。

[注释]

① 鸠：鸟名，俗称“斑鸠”。

② 动春锄：开始春耕。

③ 禁柳：宫中柳树，此处泛指西湖一带的柳树。

④ 古溆：古水浦的渡头。

⑤ 桃花面：指佳人。崔护《题都城南庄》诗：“去年今日此门中，人面桃花相映红。”

[简析]

这是一首赠友词，为张炎追忆杭州旧游之作。张炎出身世家，世代生活在杭州，但宋朝灭亡之后家财被抄没殆尽，他便四处漂泊，后寓居山阴（今浙江绍兴）。在此期间，他的朋友王菊存向他索要作品，张炎便以此篇词作进行答复。全词由远望之景写到近处的田园春雨图画，进而联想到杭州清明时的景象，表达了对杭州的无限眷恋之情。而荒州、断梗、疏萍、孤烟等意象，则招引了张炎漂泊在外的沉痛怅惘之情。作品层次清晰，意境深远，当属词林艺苑之佳作。

八声甘州 记玉关踏雪事清游

辛卯岁，沈尧道同余北归，各处杭、越。逾岁，尧道来问寂寞，语笑数日，又复别去，赋此曲，并寄赵学舟。

记玉关、踏雪事清游，寒气脆貂裘。傍枯林古道，长河[1]饮马，此意悠悠。短梦依然江表[2]，老泪洒西州。一字无题处，落叶都愁。　载取白云归去，问谁留楚佩[3]，弄影中洲。折芦花赠远，零落一身秋。向寻常、野桥流水，待招来、不是旧沙鸥。空怀感，有斜阳处，却怕登楼。

[注释]

① 长河：指黄河。唐代王维《使至塞上》载：“大漠孤烟直，长河落日圆。”

② 江表：江外。此处指长江以南的地区。

③ 楚佩：在屈原的《楚辞》中，描写了湘夫人因湘君失约而在江边遗佩之事，后世多用“楚佩”赞扬情深意切的感情。

[简析]

至元二十七年（1290），张炎和沈尧道应元政府之召撰写《藏经》，在此期间，他和沈尧道结下了深厚的友谊。第二年，张炎回到南方之后，与沈尧道常有诗词往来，这首词即是作于此时。全词的基调先悲后壮，上片追忆他在寒冬时到北方写经的旧事，描绘出一幅北风凛冽、寒气袭人的羁旅图。继而笔锋一转，叙述自己仍在南方漂流、无法回到故都的悲壮情怀。下片回到眼前的离别场景，“留楚佩”“折芦花”写出了他与沈尧道的依依惜别之感。无论是友情，还是国恨，在作品中均得以细致体现。

解连环 楚江空晚

孤雁

楚江[1]空晚，怅离群万里，怳然[2]惊散。自顾影、却下寒塘，正沙净草枯，水平天远。写不成书，只寄得相思一点。料因循[3]误了，残毡拥雪[4]，故人心眼。　谁怜旅愁荏苒。漫长门夜悄，锦筝弹怨[5]。想伴侣、犹宿芦花，也曾念春前，去程应转。暮雨相呼，怕[6]蓦地、玉关重见。未羞他、双燕归来，画帘半卷。

[注释]

① 楚江：相传大雁南飞，到衡阳而止，衡阳为春秋时楚地。

② 怳然：失意貌。

③ 因循：迟延。

④ 残毡拥雪：用汉代苏武被匈奴扣留期间，以毡毛合雪吞食故事。

⑤ 锦筝弹怨：唐钱起《孤雁》诗：“二十五弦弹夜月，不胜清怨却飞来。”

⑥ 怕：倘若。

[简析]

此词主要描写了一只离群的孤雁独自在江野彷徨的凄苦场景，

序

自中共十八大以来，农地确权和农地流转成为中央“三农”工作的重点，并被提到事关农业现代化建设与农村改革成败的高度。农地流转是学术界长期关注的研究领域，并积累了丰硕的成果，但在农地确权这一新背景下农地流转的实践形态还是一个崭新的课题。因此，丁玲博士的《地权的确立与流转：农地确权对农户农地流转影响的实证研究》回应了这一时代需求，该成果重点研究农地确权对农户农地流转的影响。以农地确权对农地流转作用机制为理论分析基础，通过对湖北省农地确权6个试点县（市、区）的调查，实证分析了农地确权对农地流转的影响，研究结论对于进一步完善我国农地制度，促进农地资源合理、有效配置具有重要的理论意义和现实意义。该成果从以下三个方面为进一步研究农地确权与农地流转问题作出了有益的探索：

第一是在研究内容上的创新。目前农村地区的农地确权政策作为一种新的经济社会政策有其特殊性，其嵌入的环境也有特殊性，对农地流转的影响进行研究本身就是一种新的探索，在农地确权这一背景下分析农地流转的实践形态具有创新性。

第二是研究视角方面的创新。既有的相关研究多用经济学与管理学视角，侧重从农业绩效等要素分析地权结构对农业经营主体的影响，而本书不仅把农地作为一种重要的农业生产资料，而且考虑到现阶段对绝大多数农户来说还是一种生存保障资料，因而从农户的意愿和行为两个视角，分析是否确权与确权满意度对农地流转的影响，有助于审视农地确权政策对农地流转可持续性的潜在影响。

第三是研究思路方面的新意。本书不仅从意愿和行为两个维度、是否确权和确权满意度两个层次分析农地确权对农地流转的影响，还分析了农地确权后农户农地流转意愿与流转行为差异性及原因。并在此基础上，深层次对比分析农地确权前后农户农地流转意愿和行为差异性及原因，以此反映农地确权对农户农地流转的影响，这也是一种全新的思路。

《地权的确立与流转：农地确权对农户农地流转影响的实证研究》一书以作者特有的敏锐视角系统地分析了转型期农地确权对农户农地流转的影响，通过研究农地确权、流转背景下农地“集体所有、农户承包、新型主体经营”的实践形态，洞悉这一新地权结构内部处置权、财产权和收益权的组合对农地流转的约束与激励，这将丰富和拓展农地产权理论。

丁玲是我的博士研究生，现在她的这本著作由武汉大学出版社出版，作为导师，深感高兴，欣然为之作序。也希望该书的出版能够对相关研究领域的科研工作者和广大实践工作者起到抛砖引玉的作用。

湖北省人文社科重点研究基地“农村社会建设与管理研究中心”主任

钟涨宝　教授

2016 年 12 月 30 日于武昌狮子山

目　录

第1章 导论

1.1 研究背景、目的与意义

"三农"问题的关键在农民，农民关注的核心是土地。土地权益的归属决定了农民的权益能否得到尊重和实现。当前，党中央和国务院提出要深化农村土地制度改革，其重点是将土地承包权划分为承包权和经营权两种属性，从而实现在保留农民土地承包权的前提下流转土地经营权的农村农地流转制度。农村土地制度改革是继家庭联产承包责任制后我国农村改革的又一重点制度创新，是实现农村土地规模经营，推进我国农业现代化的关键举措。我国已经进入农村土地的"三权分置"阶段，一般意义上我们理解的"三权分置"是以韩长赋、张红宇等许多政策研究者为代表的认为"三权分置"是土地所有权、土地承包权和土地经营权的分置，这是以土地承包经营权可以分离为土地承包权和土地经营权为理论基础，认为土地经营权流转格局的形成是在坚持农村土地集体所有的前提下，通过分离承包权和经营权，形成所有权、承包权、经营权的"三权分置"。然而这种对我国土地产权结构的理解存在明显不足，按照土地承包经营权分离为土地承包权和土地经营权的思路，土地承包经营权随着自身分离为土地承包权和土地经营权而消灭。然而，现实生活中除了出租和转包土地承包经营权会分离出土地经营权外，其他的土地承包经营权不会分离出土地经营权；土地产权结构有时表现为"三权分置"，有时表现为土地所有权和土地承包经营权"两权分置"。

因此，笔者赞同王小映的观点，即"三权分置"从实践和法律层面来看，是土地所有权、土地承包经营权和土地经营权的分置。以产权经济学理论为依据，我们可以得知在实际经济生活中，任何一项土地产权都不是与生俱来的，都是从绝对的土地所有权中分离出来的绝对的土地所有权的具体表现形态。具体而言，在土地的产权结构中，土地所有权衍生出了土地承包经营权，土地承包经营权又衍生出了土地经营权。土地经营权是以土地出租、转包等流转合约为基础的，合约期满后土地经营权又恢复到土地承包经营权的完整状态。在这个过程中，土地承包经营权并没有消失，而是完整的土地承包经营权变成了设定了土地经营权的土地承包经营权。

在现实经济生活中，土地所有权、土地承包经营权和土地经营权承担着不同的产权功能。在“三权分置”的土地产权结构中，土地所有权、土地承包经营权和土地经营权不仅承担着不同的产权功能，而且处于不同的地位。显然，土地所有权是一切土地权利的渊源，在“三权分置”的结构中处于基础地位。而土地承包经营权作为“三权分置”中的核心产权，它在促进土地利用外部性内在化和农地流转交易方面承担着核心功能。在土地承包经营权上设立农业经营者享有的土地经营权，这样一来，促进了土地资源的优化配置，所以土地经营权是除了土地所有权和土地承包经营权之外的重要产权形式。土地承包制是农村土地所有制的基本实现形式，通过土地承包制、设立农业经营者的土地经营权，土地所有权得以具体化。因为农户直接经营，农户的土地承包经营权也在这个过程中实现；而因为土地承包经营权，土地也可以被其他人所经营，而这是通过土地经营权有偿流转实现的。因为能在集体、农户以及农业经营者三者间建立清晰的产权关系，“三权分置”是土地所有制符合现实环境的具体实现形式。

“三权分置”的土地产权结构符合我国小农众多的基本国情。因为农户拥有物权性质的土地承包经营权，保证了农户直接拥有土地，并拥有经营土地的权利。然而“三权分置”安排了土地经营权的流转，保障了土地适度规模化经营和农业多样化经营，这满足了现代农业的发展要求，是一个立足国情的重要的基础制度。对于中国的现状，农地确权颁证不仅是确认和保护土地产权的基本手段，而且对进一步完善“三权分置”的土地产权结构起到了举足轻重的作用。①

农地流转作为实现农业规模化经营的重要途径，是家庭联产承包责任制与社会经济发展相适应的必然选择，是实现农业规模化经营、转移农村剩余劳动力、增加农民的收入和城乡统筹发展的必然要求。根据农业部的统计，截至 2015 年，家庭承包经营耕地总面积的 1/3 进行了农地流转，其数量达到了 4.47 亿亩，流转合同签订率达到了 67.8%，初步建立了农户承包地规范有序的流转机制。中央政府明确地提出了鼓励农地流转的政策，各级地方政府也颁布了一些规范农地流转的文件、条例，全国绝大多数地区农地流转发展良好，但有一些地区农地流转依然存在活力不足、规模不大、结构不协调等问题，处于初级阶段。如何才能有效促进农地流转？从农地产权安全的角度，农地流转需要农地确权。农地确权颁证对确认和保护土地产权、完善“三权分置”的土地产权结构具有十分重要的现实意义。

在这个背景下，中共十七届三中全会通过了《关于推进农村改革发展若干重大问题的决定》，它指明了农村土地改革的方向，并首次明确搞好农地确权登记的重要性，要依法解决土地的权能属性问题，让农民享受到土地财产权带来的收益，对深化农村改革和加快农业现代化有着重要的实践意义。2014 年，中共中央、国务院发布《关于引导农村土地经营权有序流转发展农业适度规模经营的意见》进一步提出“推进土地承包经营权确权登记颁证工作”和“在稳步扩大试点的基础上，用五年左右时间基本完成土地承包经营权确权登记颁证工作，妥善解决农户承包地面积不准、四至不清的问题”。因此，在全国全面进行农地确权颁证的背景下，农地确权对农地流转带来什么样的影响？是积极的还是消极的？这些影响的内在机理是什么？如何应对？这些还有待于我

① 王小映．农村集体土地“三权分置”产权结构的内涵，2016-09-01. http://mp.weixin.qq.com/s?__biz=MzA5MzY0MTMyNg==&mid=2651781621&idx=1&sn=dc92530229951b5b76afb9b3ca89f8af&scene=1&srcid=0903mEViJYRus6kKYI4UV5bH&from=singlemessage&isappinstalled=0"wechat_redirect.

们作进一步研究。

本书以农地确权对农地流转作用机制为理论分析基础，通过调查湖北省农地确权的六个试点区域，实证测度农地确权对农地流转的影响，对推动我国农地流转、完善农地确权等工作，保障农村土地产权，促进农村土地制度改革，确保十八亿亩耕地质量具有重要的理论意义和现实意义。

1.2 国内外研究综述

1.2.1 国内农地确权的相关研究

近年来，在土地承包经营权确权问题方面，我国的一些学者进行了初步研究，从确权登记的理论阐释、意义分析、原因探究等方面，分析了目前土地承包经营权确权颁证面临的困境。曾皓等（2015）认为农地确权颁证是在法律上使农民从“债务性权利”转变至“物权性权利”，赋予农民承包地物权，提高农民扩展土地生产经营效益的能力，防止农地撂荒，纠正并缓和农业生产经营性活动中的外部不经济性，从而促进土地利用效率的提高。袁达松等（2013）认为农村土地承包经营权颁证的关键是科学赋权、确认物权、落实效力、降低交易成本。何虹等（2013）认为要达到短期缓冲农业生产发展的融资压力，长期推动农业现代化生产的效果，可以通过土地承包经营权确权颁证来加快农地流转等方式实现。此外，也有学者持不同的观点，岳茂锐（2014）认为基层干部和群众由于受传统观念的影响，认为“增人不增地，减人不减地”，他们在思想认识上存在偏差。吴建瓴（2011）致力于跟踪调查确权，他认为农民现今调出的土地未来有调回的可能，但“长久不变”和产权改革会迫使农民调整土地，他质疑如果土地存在“长久不变”的现象，那么之后就可能会出现土地“准私有”的问题，怎样“固化”并解决失地农民的失业问题值得考虑。张玉荣（2014）认为农村土地问题是历史遗留问题，存在权属关系混乱、确权纠纷四起、确权登记工作开展不顺的现象，究其原因是由于“征地不符”以及确权登记人难以确定造成的。

1.2.2 国外土地产权的相关研究

Saint Macary et al.（2010）指出，生产率测度与农户对土地直接投入进行比较，生产率测度通常更易反映实际情况。此外，不同时期不同地域的一些研究表明，如果农户持有了土地权属证明，则农户对土地的投入大多会比无土地权属证明的农户高。Feder et al.（1998）通过研究证实对土地的确权登记与农地生产率存在显著的正相关。因而，为了维护农村社会稳定，提高农业的劳动生产率，确保农业可持续发展，促进农地确权至关重要（陈明，2014）。Deininger et al.（2011）和Chankrajang et al.（2015）以埃塞俄比亚为例，调查发现未确权的农户缺乏安全感，对土地的投入少于确权农户，农地确权在一定程度上能增强土地使用权的稳定性，这一结论与国内学者的研究一致。而且对于劳动力空间再分配，农地确权也会产生影响。Chernina et al.（2014）用双重差分法研究了土地确权政策对劳动力转移的问题，发现18%的参与农地确权的劳动力人口发生了转移现象。De Janvry et al.（2015）在研究墨西哥的例子时发现：家庭是否拥有土地许可证对向外移民的行为有影响，且拥有土地许可证的家庭向外移民的几率高一些。正因为如此，确权改革后墨西哥农村的人口减少了4%，移民人口的20%也正是因为此，20%的农民拥有了交易的凭据，减少了交易成本，这有利于缓解土地碎片化（高强、张琛，2015）。

1.2.3 国内农地流转的相关研究

1.2.3.1 中国农地流转的现状及主要问题

(1) 在农地流转初级阶段的中国有着农业经营主体多元化和农地流转形式多样化的特点。罗必良（2012）认为，中国农地流转的发展速度相较于大量的农业劳动力转移的规模严重滞后。1999 年，全国耕地流转比率只有 2.53%，到 2010 年也不过 12% 的水平。侯明利（2012）指出农村经济的发展助推了农村农地流转的多元化。近年的规模经营主体如农民专业合作组织、工商企业、专业大户、农业龙头企业作为农地流转的受让方，促进了农村农地流转多元化，早期的代耕、流转也逐渐变为转包、转让、出租、互换、土地股份合作制。陈成文（2012）认为农地流转形式应根据不同阶层的特点合理选择，以实现农地流转的多样性，如转让、转包、互换、出租、代耕、倒包、托管经营、股份合作制。黄延信等（2011）通过对浙江和黑龙江等地区的交叉研究发现农地流转的类型呈现多样化，农地流转速度加快。市场形成流转价格、流转主体日渐多元化、流转组织文化水平提高、主产区流转后仍然以种粮为主、农民权益得到保护。这说明了正规化和市场化农地流转正在中国发展。李雅莉（2011）发现河南农村的农地流转形式以转包、租赁、互换、转让、入股以及代耕代种、反租倒包为主，而赵丙奇（2011）发现浙江省和安徽省的农地流转形式以转让、出租、转包为主，这反映了发达地区的特点。转包是欠发达地区的农地流转的主要形式，其次是互换。王安春（2010）提出，农地流转的方式不需要强求一致，能符合自身的特点，符合地方相关法律法规，深受农民好评就可以积极倡导，注意因时制宜，因地制宜。姜太琼和袁惊柱（2011）认为可以学习四川地震重建，引入外来资本使农地使用股份化。石冬梅（2013）认为，中国的农地流转正在走向规范化，农地流转合同的规范化也在提高，流转形式开始走向多元化，农地流转的用途也逐渐由粮食种植转向经济作物的种植、农产品的深加工和生态农业，并且流转的对象也增加了规模农地流转，企业统一管理，合作社股份经营。

（2）中国农地流转中主要存在产权不清晰、农地流转程序不规范的问题。郭晓鸣（2011）认为，明晰的农村承包地产权关系有利于土地要素优化配置，可以有效预防强势势力随意损害农民利益。李雅莉（2011）认为，土地交易市场的服务机构存在不健全、交易成本高的问题，影响了农地流转的速度，而且农地流转程序不规范、操作过程随意，也使得农地流转缺乏相应的规范化。

1.2.3.2 中国农村农地流转问题的影响因素分析

（1）产权和制度因素论。郭晓鸣（2011）认为，土地产权不清的问题使得农地流转中政府过度介入的现象日趋严重，这是损害农民土地权益的重要原因。陈成文（2012）认为，农村农地流转存在制度缺失的问题。

（2）农户个体因素论。农户个体因素具体包括：农户的文化程度，农户家庭人口、非农人口。孔祥智（2010）认为，转出农地农户的禀赋和流转对象选择具有明确的相关性。户主受教育程度低、年龄小和缺乏非农工作的相关技能等，使得有亲缘关系或地缘关系的人更容易转入这些户主的农地。薛凤蕊（2011）等人认为，农户收入、人均纯收入以及务工收入和农户受教育年限、农业劳动力占家庭人数呈正相关，而被调查农户的家庭人数和务工收入呈正相关，补贴收入和租地收入则反之。

（3）农业生产结构因素论。付顺、崔永亮（2010）表示影响土地承包经营权流转的制约因素还有土地的气候、地形等自然条件；郭嘉、吕世辰（2010）等学者认为农地流转规范性对流转程度有抑制作用，现有耕地情况、农地流转方式与经济状况对农地流转程度有积极作用。郭晓丽（2010）认为耕地越细碎化，转入意愿越小。

（4）社会保障缺位因素论。楚德江（2011）认为，土地承包经营权退出机制缺乏与整个社会转型的承接联动，会受户籍制度、就业制度与社会保障机制等方面的制约。韩松（2012）认为，农村社会保障不完善是农民流转土地后的顾虑所在。

（5）非农产业水平因素论。罗必良等（2012）认为，有利于加快农地流转的方式还可以诱导具有非农生产比较优势的农户进行流转。

1.2.3.3 促进农村农地流转的政策选择

（1）深化土地产权改革，加强土地的法律制度建设，加强新型农业经营主体的培育与耕地资源的保护。黄宝莲（2012）认为要真正地实现“同地同权”还要从法律层面明确农村土地各项权利的内容和主体，也就是说要完善土地法规建立统一规范的土地市场，注重实践经验的创新，并归纳一般的规律和做法。

（2）完善农村社会保障体系。申云等（2012）认为，提高农民社会保障水平和弱化农地的社保功能才能有效提高农地规模化和建立农地所有权流转市场。薛凤蕊（2011）等认为使农民农地流转没有后顾之忧要进一步完善社会保障，加大对农民的补贴。

（3）建立和完善多样化的农地流转中介组织。陈成文（2012）认为，专业化独立的民间委托代理契合农地流转的要求。这种机构将闲置或者经营不善的土地转租给经营能力较强的农户，通过对闲置和经营不善的土地的代理流动，把土地集中起来加快流动，有利于农地流转的效率。

（4）健全农村农地流转市场。罗必良（2010）认为，将农村农地流转的有形市场和无形市场加以健全是土地规模经营的前提，是发展现代农业的基础。黄延信等（2011）认为，要强化对规模经营以及粮食生产的政策扶持，加强政府对农地流转的服务与管理，保证承包关系长久不变，使农地流转长期化、规范化。杨菊丽（2013）认为，国家应加强相关政策，促进农业规模化和农业现代化。对于承包商和流转农户可以分别给予一定的资金支持和资金补偿。

（5）加强宣传，提高农民认知水平和技能培训。薛凤蕊（2011）认为，不仅要鼓励文化水平高的有工作经验的农户进行农地流转，实现规模经济，也要通过技术培训来提高农民素质，增强农民活力。侯明利（2012）认为提高农民认知水平可以将农民农地流转的积极性激发出来。陈珏宇等（2012）认为，通过发展农村职业技术教育和农民职业技能培训，提高农民收入，降低土地的社保功能，进而达到促进农地流转的目的。

1.2.4 国外农地流转的相关研究

国外关于农地流转的研究较为丰富。不仅马克思、恩格斯曾系统、深入地研究了土地产权、地租以及农地使用制度改革，而且萨缪尔森、威廉（2006）等扩展了地租理论、土地产权交易理论。Coase（1937）主张建立土地信息系统，改革土地交易制度，认为政府过度干预土地市场会导致市场低效率。在《社会成本问题》一文中，Coase研究了农村土地制度，通过对养牛人与农场主纠纷的研究发现农地制度在农地交易费用为零的条件下对市场交易难以产生影响。Pende & Kerr（1999）通过对印度的调查发现，土地交易率与土地投资、耕种抉择以及农业贷款等因素呈负相关。Gorton（2001）通过对摩尔多瓦地区土地规模经营现状分析，得出结论认为农业联合经营有利于促进土地交易。Macmilian（2000）认为市场失灵情况可能会在土地交易过程中出现，为应对这一情况，他主张政府应对土地市场进行适当干预，以弥补市场缺陷。Brandi（2002）通过中国土地的调查发现，中国农村的土地租赁市场的发育与政府息息相关。农村土地产权模糊不清是阻碍农村农地流转的重要因素。Elizabeth & Smith（2002）认为影响土地利用方式以及经营规模的重要因素是农地流转，农地分割细碎则会影响农业规模化生产和效率。Alchian & Demset（1973）研究土地产权发现，产权的稳定性会影响土地所有者进行长期投资，这些权利受到的制约在一定程度上会阻碍土地投资，越多越不利于土地投资。

1.2.5 国内外农村土地产权稳定性对农地流转影响的研究

近年来，关于土地制度对农地流转的实证分析比较少，且研究结论不太一致。多数研究者认为稳定农地承包关系对促进农地经营权流转有积极影响。农村土地产权安排制度的影响覆盖着方方面面，在农业生产绩效、农地流转及农地规模经营方面影响显著（Maetal，2012；钟文晶、罗必良，2013；宋辉、钟涨宝，2013）。Holden et al.（2007）和罗必良、李尚蒲（2010）指出，农地流转成本的增加有着农地产权控制和农业土地政策不确定性的原因。钱忠好（2002）、黎霆等人（2009）认为促进农地流转应赋予农民长期稳定的农地产权。Kimura et al.（2011）指出，中等收入国家的农村人口向城市的转移非常活跃。因此，促进农业发展还可以通过建设完整的土地租赁市场。不安全的农地产权也阻碍了农民进入农地租赁市场（Feng，2006；de la pupelle et al.，2010）。在叶剑平等（2006）的研究中，影响全国大部分地区农地市场发展的因素是多种多样的，农地产权状况就是其重要影响因素，这是在全国17个省份的农村土地利用情况调查数据的研究中发现的，而农地流转合同和土地经营权的证书的规范对于农地市场的发展是有利的。田传浩和贾生华（2004）对2000年江苏、浙江、山东的1083个农户进行了调查，发现农户租入农地的可能性随着农户地权稳定性的增大而增大，同理，他们租入的面积也会随之增大。Feng（2006）指出农地确权对农地租赁市场中农民参与度的影响是通过促进农户参与农地市场和非农就业市场的联合决策模型进行讨论的，讨论的结果发现不安全的农地产权对农户进入农地市场具有抑制作用。钱文荣（2003），Phentermine、刘克春、苏华（2006）通过相关研究，发现农地流转的交易费用也是农户是否转入土地和转入土地面积的影响因素。因此，在促进农地流转的进程中，提升土地产权的安全性和降低交易费用也是必需的。Deininger et al.（2011）以埃塞尔比亚 840 户农户 4501 块地块为例进行研究，结果表明，对土地转出行为与规模，土地登记具有显著的正向作用。Zhou 和 Chand（2013）通过调查四川省 140 个农户，发现农地确权颁证对农户农地流转（特别是租出土地），在 1%的显著性水平上具有显著的正向影响。Holden et al. 通过调查埃塞俄比亚北部地区提格雷州 400 个农户，发现土地登记所产生的地权安全效应存在性别差异，女性户主相较于男性户主参与农地租赁市场的可能性更高，并且这种现象表明女性更愿意租出土地。一些研究者对促进农地经营权流转的现象进行解释并认为，农地确权可以带来以下好处：提高地权稳定，消除不确定性；明晰土地边界，减少土地纠纷；保障地权完整性，提高农户对承包经营权的认知以及增强其对地权稳定性的信心等，从而多方面降低交易费用。

一些研究人员得出了相反的结论，认为稳定农地承包关系在一定程度上抑制了农地经营权流转。农户获得更多的农地是通过提升农地产权安全性来得到的，它降低农地征收风险和农地流转规模（Mullan et al.，2011）；安全的农地产权最终的效果是使得农户农地投资的积极性和农地价值提高，首先它强化了农地的“财产禀赋效应”（Thaler，1980），进一步使得农地流转降低（Lang et al.，2014）。Jin and Deininger（2009）指出村级农地调整规则对农户参与农地流转市场有不利的效果，这个结论是在中国 9 个主要农业省份 8000 户农户调查中发现的，但是土地承包经营权证书的影响对农户参与农地流转市场来说并不明显。Jacoby 和 Minten 通过调查马达加斯加发现，没有进行登记的土地更容易转出。Holden 和 Ghebru（2011）的研究表明，尽管在统计上呈现无显著性，但是土地登记对土地转出存在负向影响。罗必良和胡新艳（2015）对东莞和佛山 638 家农户调查发现其中 60%的农户认为转入土地的难度随着确权颁证的进行而增大。通过禀赋效应的分析，不难得出农地确权对农地经营权流转有着抑制作用，并发现农地对农民来说是一种人格化财产。而农地确权从立法角度对土地财产人格化的强化无疑也强化了产权强度，增强了土地的禀赋效应，对农地经营权的流转有抑制效果。

除此之外，还有部分研究者认为，稳定农地承包关系对农地经营权流转不重要。Jin 和 Deininger（2009）通过调查中国 9 个主要农业省份的 8000 农户，研究发现土地承包经营权对农地流转的影响没有直接证据。Pinckney（1994）、Place（1998）在对坦桑尼亚以及肯尼亚的调查和研究中，发现土地租赁几乎不受土地登记的影响。Do 和 Lyer（2008）研究了 1993 年和 1998 年越南的农地租赁市场，他们发现没有足够的证据证实土地市场活动受土地确权的影响。张兰等（2014）以 21 世纪初江苏省 13 个市的研究说明：农地流转的比例和土地承包经营权证书颁发率没有明显的联系。研究者进一步指出，农地确权对农地经营权流转没有显著影响，主要是因为土地登记过时、交易双方相互信任以及原有地权明晰程度较高等原因。

1.2.6 研究总评述

（1）近几年来，国内外一些学者对土地承包经营权确权问题进行了初步研究，主要从确权登记的理论阐释、意义分析、原因探究等方面分析了目前土地承包经营权确权颁证面临的困境。但主要停留在表层研究和定性研究，对于内在机制和定量实证测度研究很少。

（2）在国内外对农地流转的研究中，专家学者进行了大量有益的学术研究，但鉴于农村农地流转的复杂性，依然存在一些遗憾和不足：第一，研究视角不够宽。目前，大多数专家学者的研究主要基于经济学、管理学、政治学、社会学，而鲜有在心理学、法学层面的深入研究，并且这些研究很少触及产权立法的基础研究。第二，研究的内容有待进一步丰富，借鉴国外土地管理经验的论文较少，尤其是借鉴国外土地管理的研究不多。第三，研究结论的可操作性有待进一步加强。国内专家学者提出的对策停留在研究表面，可操作性不强。

（3）国内外学者对稳定农地承包关系和农地经营权流转之间的关系问题，研究结论不一致，需要进一步探讨。研究不足主要集中在以下几方面：第一，稳定土地承包关系与农地确权虽然有相关性，但是两个概念。农地确权是新兴事物，是农村土地“三权分置”的产物，2014 年才开始试点，目前的研究多是稳定土地承包关系，对农地确权的研究不是很多。第二，实证分析中对稳定农地承包关系是否对农地经营权流转产生影响的作用机理并未作出深入的解释和剖析。第三，稳定农地承包关系影响农地经营权流转的理论观点，局限于定性判断而缺少深入的理论分析。第四，基于宏观数据的关于农地确权影响中国农地经营权流转的实证研究比较少。鉴于此，笔者分析农地确权对农地经营权流转的影响机制，并采用湖北省 6 个试点地区的数据进行实证测度。

1.3 研究内容与研究意义

1.3.1 研究内容

本书基于湖北省 6 个县（市、区）的实地调研数据，从农户角度考察了农地确权对农地流转的影响机制及其效应。本书主要从意愿和行为两个维度、是否确权和确权满意度两个层次分析农地确权对农地流转的影响，并分析农地确权后农户农地流转意愿与流转行为差异性及原因。并在此基础上，深层次分析农地确权前后农户农地流转意愿和行为差异性及原因。结合本书的研究目标，本研究的主要内容如下：

内容一：从宏观层面理论探讨农地确权对农地流转的影响。系统梳理国内外农地确权和农地流转发展历程。

内容二：农地确权对农户农地流转意愿影响实证研究。从是否确权和确权的满意度两个方面检验湖北省农地确权对农户农地流转意愿的影响。

内容三：农地确权对农户农地流转行为影响实证研究。从是否确权和确权的满意度两个方面检验湖北省农地确权对农户农地流转行为的影响。

内容四：农地确权后农户农地流转意愿与流转行为差异性及原因分析。具体分析农地确权后，农户有流转意愿而没有流转、没有流转意愿而进行流转以及有意愿转出而转入和有意愿转入而转出的原因。

内容五：对农地确权前后农户农地流转意愿与流转行为影响的差异性及原因进行深层次分析。具体对比农地确权前后农户农地流转意愿与流转行为影响的差异性，并分析深层次的原因。

1.3.2 研究意义

农地流转是实现农业规模化经营、转移农村剩余劳动力、增加农民收入、实现城乡统筹发展的必然要求。农地确权颁证作为一项即将在全国范围内实施、成本巨大的产权保护行动，还有很多未知。研究农地确权颁证对农地流转的影响具有重要的理论和现实意义。

第一，理论意义。通过研究农地确权、流转背景下农地“集体所有、农户承包、新型主体经营”的实践形态，洞悉这一新地权结构内部处置权、财产权和收益权的组合对农地流转的约束与激励，将丰富和拓展农地产权理论。

第二，现实意义。本研究以农地确权为研究对象，以农地流转为载体，从湖北省农地确权对农户的农地流转意愿和行为两个方面，理论探讨并实证测度农地确权对农地流转的影响，为政府农地确权及农地流转的宏观经济决策提供相应的实践参考。

1.4 研究思路和结构

1.4.1 研究思路

本书首先梳理了相关理论，并结合各个理论中关于农地确权和农户农地流转之间关系的论述，确立了土地确权影响农户农地流转的作用机理，为整个研究提供了理论支撑。随后综述了国内外有关农地确权、农地流转以及农地确权对农户农地流转影响的文献，提出了一些研究中仍存在的问题。在文献分析的基础上，系统回顾了我国农地确权和农地流转发展历程，并从中初步探讨农地确权和农户农地流转之间的内在联系。其次，对本研究的数据来源和样本特征进行了介绍，并重点分析了样本农户的农地确权特征和农地流转特征。在这个基础上，根据对农户的调查数据，分两步实证检验农地确权对农户农地流转的影响，先检验农地确权对农户农地流转意愿的影响，再检验农地确权对农户农地流转行为的影响。其中，第一步实证分为两个层面，分别从是否确权和确权的满意度测度农地确权对农户农地流转意愿的影响；第二步实证同样也分为两个层面，分别从是否确权和确权的满意度测度农地确权对农户农地流转行为的影响。随后，在两步实证过程中，分析农地确权后农户农地流转意愿与流转行为差异性及原因，具体分析农户有流转意愿而没有流转、没有流转意愿而进行流转以及想转入而转出和想转出而转入的原因。然后，深层次地对比分析农地确权前后农户农地流转意愿与流转行为的差异性及原因。最后，提出加强和改进农地确权和农地流转的对策建议。

1.4.2 路线图

基于本书研究目标与上述研究思路，本研究的技术路线如图 1-1 所示。

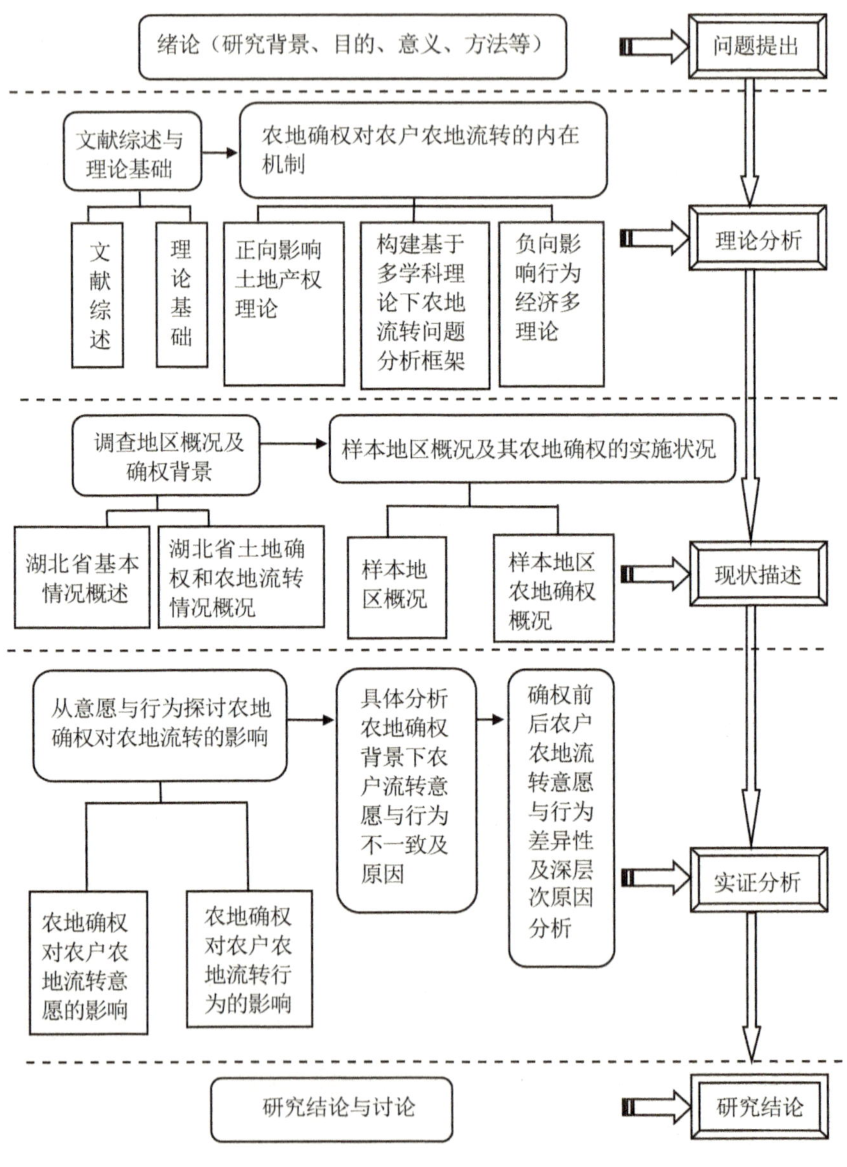

图 1-1 技术路线图

1.5 研究方法

1.5.1 资料收集方法

（1）文献法。即文献研究，通过搜集和分析研究各种现存的有关文献资料，从中选取信息，来探讨和分析各种社会行为、社会关系和其他社会现象的研究方式。本书的文献研究工作主要从以下几个方面展开：第一，通过查找和分析国内外农地流转和农地确权的相关研究文献，为本研究提供理论支撑和研究思路的借鉴；第二，通过收集国家相关部门及地区的人口普查资料、统计报表、统计年鉴等为研究提供数据资料方面的支撑；第三，通过收集历年政府发布的文件及相关材料，探讨农地确权和农地流转在农村发展的脉络。

（2）问卷法。问卷法是一种采用结构化调查问卷直接面向被调查对象收集数据资料的研究方法。问卷法的收集数据资料遵循一套系统的、特定的程序要求，需要采用调查问卷，是目前社会科学领域中广泛使用的、强有力的研究方法。

本书的研究对象是农地，所以问卷调查的对象为农户。本研究的研究范围为湖北省。研究选取以县市为单位，根据经济状况、距离县城远近，随机选择 5 个乡镇，每个乡镇随机抽取 3 个村，在每个样本村随机调查 3 户农户、2 名村干部，通过 450 多个样本的调查来代表湖北省的状况。

（3）个案访谈法。通过结构式个案访谈法，收集农村干部、典型农户户主在农地确权、农地流转中的典型案例，通过深层次分析补充问卷不能反映的问题，增加研究的深度。

1.5.2 资料分析方法

资料分析方法一般是根据研究主题和研究数据资料而定。根据本书的研究主题和研究数据，选择以下分析方法：

（1）比较法。对确权前后农户农地流转的意愿和行为变化进行比较，衡量农地确权对农户农地流转的影响。

（2）频次分析与交互分析。主要通过频次分析，对通过问卷调查收集的数据进行基础性分析，描述湖北省农地确权后农户农地流转意愿与流转行为差异性及原因分析。

（3）回归模型分析。采用多元线性回归模型和有序 Logistic 回归模型，检验湖北省农地确权对农户的农地流转意愿和行为影响研究。

（4）Probit 模型分析。通过 Probit 模型检验湖北省农地确权对农户农地流转行为影响。

1.6 研究的创新与研究的不足

1.6.1 研究的创新之处

（1）研究内容的创新。目前农村地区的农地确权政策作为一种新的经济社会政策，有其特殊性，其嵌入的环境也有特殊性，对农村农地流转的影响进行研究本身就是一种新的探索，更何况目前相关的研究成果本身就很少。

（2）研究视角的创新。本研究从意愿和行为两个视角，从是否确权和确权满意度两个维度考察农地确权对农地流转的影响，而不是仅仅从积极影响和消极影响、是否确权对农地流转单维度进行分析，这有助于审视农地确权政策对农地流转可持续性的潜在影响。

（3）研究思路的创新。本研究对比分析农地确权前后农户农地流转意愿与行为的差异性及原因，以此反映农地确权对农户农地流转的影响，也是一种全新的思路。

1.6.2 研究的不足之处

（1）湖北省农地确权颁证正在进行中，本研究集中在湖北的6个试点区域，随着政策的深入，亟待扩大范围进行后续跟踪调查。

（2）本研究是对农地确权政策的初步评估，由于政策实施时间较短，其长期效果还需要实践检验。

（3）本研究的普适性还需要进一步研究，尽管本研究是建立在对湖北省具有代表性的区域调查数据的基础之上，但由于湖北省与我国其他省份之间无论是区位优势还是资源禀赋都存在一定程度的差异，因而，本研究的结论在其他地区是否适用，还有待进一步研究。

第2章 相关概念界定和理论基础

2.1 相关概念界定

何谓农地确权？何谓农地流转？两者之间的关系是什么？它们的理论基础又是什么？把握这几个主要问题是进行农地确权与农地流转研究的基础。本章主要对本研究中涉及的核心概念进行科学界定，梳理农地确权与农地流转的相关理论，为整个研究奠定基础。

2.1.1 农地

“农地”一词是一个广义的范畴，主要包括耕地、水面、林地。耕地又分为水地和旱地。本研究特指耕地。

2.1.2 农村土地承包经营权确权

农村土地承包经营权确权是指在农村土地所有权登记发证的前提下，以现有的土地承包合同、权属证书和土地所有权登记成果为依据，并利用先进的科技手段，进一步查清农民承包地块、面积和空间位置，建立健全土地承包经营权的登记簿，依法赋予农民充分有保障的土地承包经营权。

农村土地承包经营权确权就是以确权颁证的形式，对农民承包面积不准确、四至不清等问题进行文本明确和合理解决，这种颁证过程实质上就是物权登记的过程。要加快土地经营权的自由流转，有偿退出土地承包权，推动生产要素的流动，其中一个前提条件就是必须实现土地承包经营权和经营权的分离，只有如此才能最终使农民土地承包权、经营权实现财产化。

本研究特指农地承包经营权确权。

2.1.3 农地流转

农地流转是一个广义的范畴。考虑到目前家庭联产承包责任制的稳定性和农地流转的经济含义，本书将从经济学和法学两个角度对这一问题进行界定。从经济学角度看，农地流转是通过一定的方式对土地资源进行优化配置从而达到充分利用稀缺土地资源的目的。从法律的角度看，农地流转指土地使用权流转，具体来说是指拥有土地承包经营权的农户通过转包、转让、入股、合作、租赁、互换等方式将土地经营权（使用权）让渡给其他农户或经济组织，即保留承包权，转让使用权，鼓励农民将承包地向专业大户、合作社等流转，发展农业规模经营。

根据农业部的统计，截至 2015 年，家庭承包经营耕地总面积的1/3进行了农地流转，达到了 4.47 亿亩，流转合同签订率达到了 67.8%，初步建立了农户承包地规范有序的流转机制。

2.2 理 论 基 础

2.2.1 地租理论①

土地所有者凭借土地的所有权获得的收入称为地租，而社会生产关系也会随着地租的性质内容根据社会形态产生变化。亚当·斯密、大

① 参见马克思．《资本论》第三卷（下）［M］．北京：人民出版社，1975：209.

卫·李嘉图、威廉·配第等是古典经济学中有关地租理论的代表人物。其中亚当·斯密在《国富论》中认为土地使用者要使用土地，需要付给地主阶级地租，其无偿劳动持续地供应了地租，并且地租的高低程度与土地使用者所选择土地的肥力高低、位置好坏相关。大卫·李嘉图在他的著作《政治经济学及赋税原理》中，认为绝对地租是不存在的，这可以从劳动价值论分析得到，并且他还创立了一个新的学说——差额地租学说，该学说指出差额量是由不同等级土地劳动生产率的差别所决定，地租来源于农地使用者劳动剩余的一部分，由于不同农地使用者的劳动能力、所使用的生产工具、土地规模的大小和质量的好坏等不同，使得不同等级土地的产出率不同，劳动生产率的差别决定了地租的差额量。威廉·配第在《赋税与捐赠论》中提出了新的观点，即极差地租和计价，指出地租差异是耕作技术、土地肥力和产地与市区距离的差异造成的。

在马克思的地租、地价理论中就体现了资本主义地租的重要手段，将古典经济学地租论作为条件，将劳动价值论作为研究起点，从生产关系这一层面出发，表明资本主义地租的本质要求。并且依据马克思理论中提到的，存在土地所有权才能形成地租的前提条件，土地拥有者与土地所有人所获得的土地利益就是地租的内容，地租可分为三种形式：绝对地租、差别地租和垄断地租，其中土地价格表现为以资本为形式的地租。

2.2.2 土地产权理论

产权经济学始于西方，以科斯、诺思等经济学家为代表人物，且作为经济学学科分支，它具有体系完整、相对独立的特点。现代产权理论基于科斯定理。科斯定理则由科斯于 20 世纪初形成，它提出了要保证资源配置充分有效，应该以清晰的产权界定为依据，实现产权的自由转让。除此之外，其他经济学家们也形成了产权的有关理论。阿尔钦表示，产权是强制性的，由社会实行，是一种用于选择某种商品的权利。德姆塞茨则明确，产权作为社会工具的一种，对人们实现合理的交易预期有所帮助。马克思产权理论着重于生产力与生产关系，它觉得产权表现为一种社会生产力与生产关系相适合的法律关系。其土地产权理论包含下面几点：一是土地产权有占有权、使用权、处分权、收益权、出租权、转让权以及抵押权等。被归纳为最终所有权与所有权派生的权利的加总。第二，各种土地产权权能既有结合性，又有独立存在性。第三，土地产权的特征表现为能够进行商品化交易和市场化配置。第四，地租形成的先决条件是土地产权。根据以上各学者的定论，可以看出相异之处，但其理论也有共识，分为以下几点：其一，产权存在决定产权可交易性的排他性。其二，产权具有能给人们行为提供合适语境的社会基础规则性。其三，产权将所有权作为权利集合的关键，这种权利集合包括占有权、使用权、收益权、处分权多种权利。

产权经济学作为经济学科，基于产权产生。而产权关键表现为所有权，也包括从占有到处分的全部权利束。农村土地产权将农村土地所有权作为体现土地经济关系的权利核心。研究农地流转问题时应该将产权经济学理论加入整体体系中。这对明确农地权力属性问题，了解农地流转双方的权利和义务，保证农地运行的规范化有积极作用。

2.2.3　制度变迁理论

制度变迁理论源于 20 世纪 70 年代左右，把制度因素纳入解释经济增长中来，着眼于厘清研究长期经济史对经济增长的强力推进作用。从经济学的历程来看，诸多相关研究人员从不同角度进行研究，对制度变迁理论有了进一步的了解，而在这些理论中，诺斯和马克思的制度变迁理论最有代表性。

诺斯的制度变迁理论基于假设存在有限理性的经济人，以成本-收益分析法为主要方法，主要包括产权理论、国家理论和意识形态理论三大理论，以渐进式为主，革命式为辅的制度变迁方式。在个人、组织和政府都是三级制度变迁的视角下，主体是企业家的利益，制度变迁的客观条件是制度非平衡造成的由对体制进行革新带到表面潜在净利润，这种制度改革的原因主观上是由于国家和意识形态的作用，而直接动力是制度变化所带来的净收益，其间接动力则是产权结构中使个人利益与社会收益相互靠近的有利之处。

马克思制度变迁理论的构成方法是唯物主义的系统分析法、矛盾分析法和历史分析法，其基于假定研究人群为社会人，研究的内容是两对矛盾运动关系即生产力与生产关系、经济基础与上层建筑的关系，阐明了人类社会制度变迁的规律，产生了资本主义制度必然灭亡的结论。马克思明确利益集团和阶级制度代表先进生产力发展方向才是社会变迁的主体，而制度变迁的根本动力是社会生产力的发展，直接动力是生产力与生产关系的矛盾，影响因素是上层建筑如国家和意识形态。暴力革命是制度变迁的方式，这种方式中如果是非根本制度的调整则采取和平改良的方式。

2.2.4 交易成本理论

交易成本理论是 1937 年由科斯提出的，他在经济解释中加入交易费用的概念，认为交易费用就是“利用价格机制的成本”，并且认为要采用交易成本的思想进行经济分析。威廉姆森运用交易成本可视作运用“经济系统运行所要付出的价钱或费用”的理论进行分析。

交易成本经济学基于交易，着重阐述了在交易过程中对成本的限制，对交易的最终结果会产生相应作用，更侧重分析在契约形成和实施过程中就当事人利益关系等进行的协商调整，即得到有效的结果才能完成交易过程的治理机制，在治理机制中交易的当事人处于决定性地位，其中交易及权益保障风险也存在，而且大部分交易都有风险。农地交易价格相对较高，究其原因是农地市场交易机制不够完备，农地交易价格客观性不强等，导致农民在农村农地流转过程中处于弱势地位，损害农民的土地权益，因此，在农村土地承包经营权流转过程中，交易的风险性更大。所以，调整交易价格，形成公平、合理的价格评估机制，是农村农地流转发展的关键。

2.3 农地确权影响农地流转的内在机理

2.3.1 正向影响：以科斯定律为代表的土地产权理论

根据《社会成本问题》一书中所提出的，从外部性看，科斯论证了在经济交易中界定和安排产权有着极其关键的作用。科斯指出，首先，在没有交易成本的假定条件下，产权的初始界定对资源配置无作用；但在有交易成本的假设条件下，存在明确的产权界定会带来新合约的安排，新合约的安排会让订立合约、交易双方损失的利益最小。他在论述中举例，在养牛者有无必要对谷物损害进行赔偿这一问题上，他认为要先给可能的责任双方进行赔偿义务界定，再根据实际情况进行赔偿，若不提前界定，那么市场交易无须进行权利转让和重新组合。可是若存在零运行成本的定价制度，法律状况也会对最终产生的结果（产值最大化）产生零影响。其次，科斯运用“成本—收益”的方法表明了有无必要转让土地使用权这一问题。他认为当耕种收益比耕种成本小，要优化配置资源的话可以放弃土地使用权，将土地另作他用。再次，科斯认为土地产权能将土地的所有权与使用权分开，实际上也是合成权力约束的一种。科斯指出：“土地产值的最大化是人们追求的最终结果，因为不论是养牛者给农夫钱让他转让土地，还是养牛者给土地所有者稍高于给农夫的钱实现自己种地，这两种方式都是为利益而选。”

通过科斯产权理论，可以找到中国农地流转发生率不高的原因，学术界普遍认为农地产权模糊是最大的阻碍因素。以农地产权模糊为问题主因，由此推动了中国农地产权制度改革。从上可知，依据产权理论逻辑，从理论上可以预期，确权有利于建构起“秩序观念”的约束规则体系，降低农地流转交易成本，助推农地流转市场的发展（胡新艳等，2016），农地确权对农户农地流转起正向影响。

2.3.2 负向影响：以控制权偏好和禀赋效应为代表的行为经济学理论

行为经济学是以心理学和经济学为基础，对投资、储蓄、价格变化等的决策过程进行探讨，查找标准经济学模型中的贻误，修正目前主流经济学中的短处，赋予现代经济学现实性以及解释力的科学。决策行为需要通过对人们的心理活动状态进行调查来解释，是经济过程的终期表达形式。行为经济学理论基于对现实的探讨，它认为人的行为存在不完全理性的特征，在经济活动中，社会公平、期望风险以及社会地位等因素会影响人们的行为。这样的假设不同于传统经济学认为“人的行为是理性的、无限控制力和无限自私”的假设。人们的决策在实际生活产生于决策的过程，拥有不固定决策偏好，且偏好逆转由经济变量产生，受到时间、心理和思维等的影响，当出现无效的结果时，创新的经济政策将被提上日程。所以，心理因素在对人或群体的经济行为进行分析时显得尤为重要，研究人员要运用心理学在“行为决策”方面，要将人们处在一个非理性且非常复杂的市场当中这一条件纳入考虑范围。因此研究农地确权对农户农地流转的影响时，分析农民的行为决策，我们有必要考虑行为经济学。

在现实世界中，农地流转即是一个综合权衡预期收益和成本的经济问题，也是一个反映农民心态的社会心理问题（罗必良，2013）。从行为经济学的视角，不同的资产承载不同的主观含义。中国农地流转市场是一个特殊的经济和社会交易的网络，不等于科斯意义层面的一般要素或商品的经济交易，其特殊性主要体现在农地对于农民的意义和农户对农地的主观认知心理所决定。因此，基于农地市场的特殊性，可以引入控制权偏好和禀赋效应等分析性概念来阐释农地流转交易背后的行为经济学作用逻辑，指出确权不一定促进甚或抑制农地流转，农地确权对农户农地流转起负面影响（胡新艳等，2016）。

2.3.2.1 控制权偏好与农地流转

所谓控制权偏好是指由于契约具有不完备性特点，专用性资产的所有者为避免机会主义的损害，会设计出事后“控制权”来保护其专用性资产（Alchian et al.，1987）。现实世界中契约条款注定是不完全的，主要是因为个人存在有限理性、外在环境存在不确定性、信息存在不对称性和不完全性的原因（徐美银，2012），农地流转市场的契约不完全性反映比较突出。众所周知，农地一旦流转，不能保证转入方会像原承包地农户那样小心使用农地，而是可能采取施用大量农药损害土质以及过度利用等短期掠夺性经营行为来获取收益（俞海等，2003）。即转出户面临着转入方“隐藏行为”的机会主义行为问题。农地流转契约的不完全状态会导致机会主义行为动机，引发信任危机。因此，农户为了防范对方机会主义行为，一般会采取在农地流转过程保留对农地一定程度的控制权。同时，农户对农地控制权的偏好程度是由农户对农地的依赖程度决定的。如果对农地存在生存依赖的农户会将农地视为自己的生存保障，非常关注农地在流转后能否完好无损地被收回。从上可知，农户作出农地是否流转的决策，关注的重点并不是农地流转价格的最大化，而是流转后控制权问题，因此会选择将农地流转给相对可靠的人，以此作为“退出之后”农地如何被使用的质量保障手段，并保留随时收回农地的权利（刘芬华，2011）。

这种事后控制权偏好会人为设置“关系”条件的准入条件，形成特殊的混合价格，将农地交易限制在特定的关系群体中，并非有效的市场价格，从而不利于农地流转市场的发育。此外，农户对农地的生存依赖还会受到非农就业机会的可持续性预期不确定以及社会保障体系不健全的影响。若农户对农地的“生存依赖”很大，农户会权衡对流转行为所造成的损失后果和不进行流转而招致的后果，对农地的控制会从流转后的“事后控制”演变为完全的“在位控制”，农户会放弃流转，出现“宁愿抛荒，也不流转”的情形。总之，在农户非农就业机会的可持续性预期不确定以及社会保障体系不健全的情况下，农地控制权动机会得到强化，因为未来越不可预期，他们越需要通过维护和掌控农地控制权，为自己预留下就业生存的底线保障空间。

如果控制权偏好在很大程度上由目前农地承担的养老保障、失业保险等多重客观功能所决定，与社会保障缺乏、就业制度的转型承接联动关系密切，因此，产权经济学主导下的“确权可以促进流转”的理论逻辑，会因农户的控制权偏好而难以有效地发挥作用，因为不能成为促进农地流转的支持因素。

2.3.2.2 禀赋效应与农地流转

一个人一旦拥有某项物品时，那么他对该物品价值的评价要比没有拥有之前大大增加的效应被称为禀赋效应（Thaler，1980）。禀赋效应是一种相对稳定的个体偏好和一种极其普遍的行为经济学现象。禀赋效应广泛地存在于人们的日常生活之中。出现禀赋效应的原因通常被解释为：人们规避损失的心理，也就是说损失带来的心理感受总是强于得到等量价值的物品，卖者会提高卖价来减少损失可能带来的痛苦，而买家就倾向于降低买价来平衡心理。禀赋效应的强弱通常通过意愿卖价和意愿买价的比值来衡量。同一交易个体对不同类型商品所表现出的禀赋效应的敏感度不尽相同（Van Dijk，1998），物品的可替代性程度越高，禀赋效应就越低（Hanemann，1991）。替代性低意味着人与物之间的关系难以分离。从这个意义上看，禀赋效应阐释的是“人与物”之间的关系对于交易的反应。如果将财产区分为替代性财产和人格化财产，那么，由于人格化财产与人格紧密相连，这就使得丧失人格化财产的痛苦难以通过替代物来弥补。因而，人们对于人格化财产给予更高的情感和价值评价，禀赋效应会更高。

农地对于农民来说意义特殊，是一种不可替代的人格化财产，农地往往被当成一种身份的象征或精神的寄托（康来云，2009），并随着身份的赋权（成员权）、法律的确权（承包合同）、长久的持有（长久承包权）而不断增强（罗必良，2014）。根据禀赋效应理论，我们可以得知：农户对农地存在较强的禀赋效应，农地流转交易中的转出方一般出价高，远远高出转入方的接受价格，进而导致交易双方难以达成一致，从而抑制了农地流转。

2.3.3 构建多学科理论下农地流转问题分析框架

从上可知，控制权偏好和禀赋效应都是从行为经济学角度解释产权制度之外“其他因素”对农户农地流转交易行为的影响。但两者的侧重点有所不同。控制权偏好理论是从“人和人”和“人和物”两个视角进行阐释，而禀赋效应强调的是“人和物”的关系。这里要注意的是，将这两个理论概念引入农地流转问题的解释也存在一定的局限性。因为随着时间的推移，农户对农地的情感会随着农民主体的代际转变而发生改变。目前，我们在调研中发现，农村 50～60 岁以上的农民对农地的依赖较强，但新一代农民工对农地的情感正在减弱，他们大多希望融入相对发达的城市社会，缺乏农业生产的经验和技能。因此，禀赋效应和控制权偏好理论的解释力是否依然有效，有待于进一步验证分析。

农地确权对农户农地流转的影响机理存在两个维度。一方面，在产权理论范式下，确权规范农地流转的制度环境，降低农地交易的不确定性，促进农地流转，可以得出确权促进农地流转的观点。另一方面，在行为经济学理论逻辑下，确权无法改变农户的控制权偏好；确权强化农民对农地的禀赋效应，进而得出确权不会促进反而会抑制农地流转的观点。这两派观点的理论依据不同，但各有道理，根本分歧是是否考虑农地流转市场的特殊性。

事实上，产权经济学的主流理论“科斯定理”的成立是以两个隐含假定为基础的。第一，产权主体对其拥有的产权客体是没有情感的；第二，产权主体与产权客体具有可分性。然而，这些假定在中国农地流转市场上是不合理的（罗必良，2014）。因为农地对于农户来说，是一种特殊商品，是一种人格化的财产，这就决定了产权主体和客体不能分离，进而导致农地流转的不易，同时确权会强化农户对农地的禀赋效应，进一步阻碍农地流转。因此，从这个视角，“确权”对农地流转的作用其实是不确定的，更可能是一把“双刃剑”。科斯定理对农地产权市场是一个特殊的市场欠考虑，忽视了农地交易机制与标准化的商品市场交易并不等同，过分信奉市场在解决经济问题中的作用。控制权偏好和禀赋效应理论则对交易行为中所嵌入的心理、社会、文化因素有深刻的认识，解释了产权制度之外“其他因素”对农户农地流转交易行为的影响。可见，两派观点将农地的商品属性和情感属性割裂，在一定程度上限制了研究。

因此，我们在研究中要认识到农地兼具认知情感和财产商品的双重属性。农地流转并不仅仅是单纯的经济交易，而是兼顾身份、情感及其权益认知等多重交易性质的活动，承载着多重的社会、经济意义，因而需要构建基于多学科理论下农地流转问题分析框架（见图 2-1），从而可以阐释农地流转问题本身的复杂性（胡新艳等，2016）。

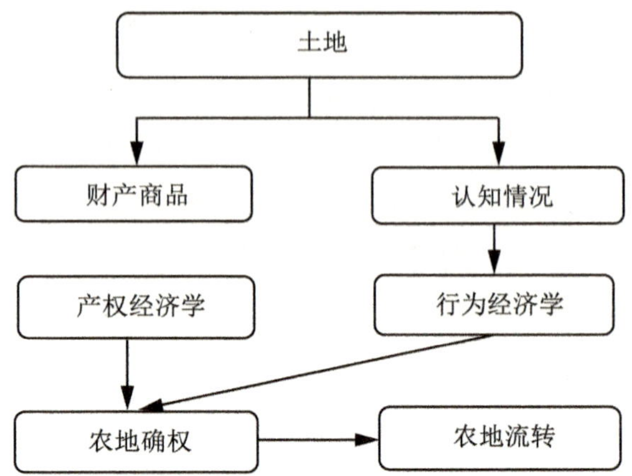

图 2-1　多学科整合视角的农地流转问题理论分析框架

第3章 国内外农地确权和农地流转发展分析

3.1 我国农地确权政策演变历程

回顾我国农地确权工作的开展历程，大致可以分为五个阶段。

第一阶段是明确产权主体。中华人民共和国成立后，于1949年11月由中央人民政府内务部正式成立地政司，主要负责农村土地改革、土地登记和土地证的发放。于1950年颁布《中华人民共和国土地改革法》，正式实行农民土地所有制，若农民拥有耕地、宅基地等，县人民政府将颁发土地房屋所有权证书，这体现了政府通过颁证的方式来保护农民土地及房屋等权益。农村土地在从初级社到高级社再到人民公社的发展过程中，也改变了原来生产队的小部分所有制，发展成为集体所有，以土地等为代表的生产资料也跟随所有制的变化重新登记造册（邹玉川，1998；刘海藩、白占群，2004）。

第二阶段的标志是土地登记发证的初步建立。据不完全统计，中共中央、国务院1986年颁布的《关于加强土地管理、制止乱占耕地的通知》，突出全面清查非法占地的理念，要求各地登记和颁发证书给所有非农用地，建立和完善地籍管理制度。这是第一次土地登记发证。随后，原国家土地管理局于1989年以颁布《土地登记规则》为标志开始了我国土地总登记（包括农村土地），土地登记申请者按规定的登记发证程序和要求申请土地颁证，申请审核则由县级以上人民政府土地管理部门审核、公告，根据地籍调查结果，市、县人民政府颁发土地证书，但就政策执行效果而言，实际土地颁证与预计相差甚远，不够彻底（于建嵘、石凤友，2012）。

第三阶段是土地登记制度的完善阶段。国务院于1993年颁布《关于1993年经济体制改革要点》，政策中指明要“完善土地登记制度”。原国家土地管理局又于1995年补充和修改了《土地登记规则》，这一规则于1996年正式实行，标志着我国开始了对于农村宅基地的登记颁证工作。第九届全国人民代表大会常务委员会第四次会议规定“土地承包经营期限为三十年”。1996年，我国土地登记代理制度开始试点。1997年中办、国办出台《关于进一步稳定和完善农村土地承包关系的通知》，规定乡镇一级政府对农民延长承包期后30年的土地使用权要明晰，并向农户颁发土地承包经营权证书。我国于1998年修订了《土地管理法》，国土资源部于2000年在提出建立健全土地登记可查询制度的基础上，开展土地登记公开查询试点工作，又于2001年11月发出了《关于依法加快土地所有权登记发证工作的通知》，提出用3年的时间基本完成土地所有权登记发证工作。2002年8月，《农村土地承包法》明确要求“村集体向农民发放正式的权利文件，土地承包合同和土地承包经营权证书”。2004年市、县国土资源管理部门要加快农村宅基地登记发证工作的措施在《国务院关于深化改革严格土地管理的决定》上提出，同年10月31日，根据统计数据，国家初始宅基地登记发证率达到71.0%（韩俊，2009）。2007年通过了《物权法》，接着，国土资源部在2008年发行《土地登记办法》，在法律法规上促进了土地登记类别多样化趋势发展，同时规定了土地权利人享有土地权利的凭证是土地权利证书，这也使登记程序的变更、登记效力的明确等产生了一定效果。农地确权登记制取得了显著进步，发证率也有所提高，但从客观上来说，农民的土地权益仍需进一步提升与保护。

第四阶段落实确权登记颁证阶段。在第十届全国人大第五次会议上通过的《物权法》明确规定了不动产登记制度。2008年中央一号文件明确要求加强农村土地承包规范管理和土地承包经营权制度的落实。2010年中央一号文件中指出要全面做好承包地块、面积、合同、证书“四到户”，全面扩大土地承包经营权登记的试点范围。

第五阶段是农地确权的重要发展阶段。在2013年中央一号文件中，明确提出5年内农村土地承包经营权确权登记颁证工作基本完成、农户承包地面积四至不清等问题得到改善。2014年11月中共中央、国务院《关于引导农村土地经营权有序流转发展农业适度规模经营的意见》中提出“要保证土地承包经营权确权登记颁证工作切实推进”的要求，并且提出加大土地承包经营权确权颁证工作的试点范围，5 年内要使确权登记颁证工作基本完成，农户承包地的四至不清和面积不准的问题要得到逐步改善和解决。因此全国 1988 个县（市、区）到 2014 年年底全面开展了此项试点，试点面积覆盖了 0.22 亿公顷。为了进一步试点调研，全国又于 2015 年新增 9 个整省试点，并考虑衔接确权登记颁证工作与不动产统一登记，促进确权登记颁证信息应用平台建设的加快（丁琳琳、孟庆国，2015）。本研究所说的确权主要是指本次确权。

由上可知，我国的农地确权政策发展平稳，且倾向于稳定农民的土地承包经营权。前两次土地承包都没有解决土地权能的问题，主要着眼于解决体制问题，即由集体经营体制变为家庭经营体制，二轮延包也是完善以家庭承包为主的统分结合的双层经营体制。所以，新一轮农地确权有以下特点：第一，权利更加稳定。新一轮确权以《物权法》为依据，强化了对农户土地承包经营权的物权保护，统一确权颁证，具有普遍法律认同性。新一轮承包地确权登记颁产权保护与农户农地流转合约选择证在二调成果基础上重测地块面积，完善承包合同、健全登记簿、颁发权属证书。第二，权能更加丰富。伴随新一轮确权，相关配套政策陆续出台，赋予农民对承包地占有、使用等更多土地权能，为土地在更大范围内优化配置和发挥作用拓展了空间。第三，权属更加清晰。新一轮农村土地制度改革纠正了承包权和经营权在法律上被模糊地视作一项权利、结构不清，界限模糊的问题，进一步清晰了土块实际面积与四至范围，重新确认土地空间信息，权属分置更加清晰化。综上，新一轮农地确权在集体所有制不变的前提下，更清晰地界定土地权能和强化农户权利，延长农户承包期限，明确空间位置，强化法律保护，丰富农地权能，并将更多的权能由集体过渡给个人（付江涛等，2016）。

3.2 国外农地产权概况

日本的农地产权体系实行地租自由化准则。纵观，日本地少人多，是实行土地私有制的岛国，在土地管理上，土地的确认、购买和转让都由日本政府作为管理单位进行。1950年颁布的《土地法》也明确了农村土地永久所有权归自耕农，放宽了对农地占有和流动的种种限制，特别是，土地经营权的自由流动是一种创新的方式，因此，日本逐渐形成了土地租赁自由化的局面。然而，这种土地租赁自由化是相对的，随后日本政府颁布了一系列法律，依法划定了农业振兴区域范围，规定该区域范围农村土地不准任意转用，在此区域内须经过政府的许可方能进行农村土地所有权、佃耕权或租赁的转让、重新设置等行为（刘燕平，2006）。不过，日本土地的所有权、经营权和收益权界线分明、互相独立，所以农民可以通过转让、自由租赁和低价购买政府手中土地等方式来获得农地确权。总之，日本实行的是土地私有化、服务社会化、管理法制化和规范化的农村土地产权制度。

俄罗斯的产权改革以农村土地私有产权为实现方向。在20世纪90年代初，俄罗斯面临经济转型时期，农业改革着重私有化。在制度层面，实行农村土地私有化制度，强令解散国有农场和集体农庄，农用土地市场交易制在全国范围内实行，使农村掌握了土地所有权。就法律角度而言，1993年的《俄罗斯联邦宪法》、2001年的《俄罗斯联邦土地法典》和2003年出台的《农用土地流通法》让俄罗斯明确了合理的土地私有产权制、土地私有化方向以及程序化的土地自由买卖，加快了俄罗斯农村土地产权发展（王志远，2012）。在俄罗斯的土地权利体系中，私人土地所有权制度占据着核心地位。也就是说在不损害他人正当权益的条件下，农村土地所有者被允许自由并永久占有、使用和处分土地，并从中获得收益。

美国的农村土地产权政策旨在维护家庭农场产权。关于土地产权保障，美国农场主掌握了大部分农村的土地经营权、使用权、处置权，不享有土地的绝对所有权，但享有产权保障的土地使用权。政府拥有土地的大部分权利，控制管理农村土地。

关于美国保护农地确权方面的制度，可以从两方面来看，其一实施强制性措施，如规划和管控土地利用，其二采取如自愿保护等激励性措施。总而言之，美国实行的是一种家庭农场组织的，私有产权制度完善化的，农村土地管控和监督模式法制化、规范化的现代土地制度（Z. 莱尔曼、N. 沙盖达，2006）。

英国的农地产权制度以农场使用权为核心。英国的土地权利主要是不同形式的土地保有权。表面上，英王是国家唯一的土地所有者，英王授予英国贵族和国民土地权利，但事实上，当前英国是以产权登记制度为主要土地登记制度。1862 年，英国政府成立土地登记局。登记局通过实地勘测边界线，查看农村土地保有人产权证明，收集农村土地信息等工作来实现农地确权登记。最后由政府相关部门根据登记簿的信息制作不可随意更改、具有法律效益的权利证书（肖晋，2005），并交付给权利人。总之，英国通过土地登记来实现农地确权，保障土地的高效配置，对于在农地确权改革中过度强调追求所有权的国家具有较强的参考价值（滕卫双，2014）。

总体而言，虽然中国的自然环境、历史背景、土地制度与以上国家有本质不同，但中国可以借鉴上述代表性国家在农地产权管理政策、原则和法律法规等方面的成功经验，可以借鉴它们的宏观管理制度来使我国的土地宏观管理制度走向法制化和管理科学化；借鉴英国设立农村土地发展权制度；在确保所有权人权益的同时，也可以借鉴英美等国对土地使用权采取侧重保障的方法，给农民农地使用权长期保障；借鉴英日等国的做法，建立健全农地产权成果的社会化服务体系，启动中国目前的农地确权改革。

3.3　我国农村农地流转政策演变历程

第一阶段（1984—1987）：“允许转包”，流转的开始。

1982 年 1 月，中共中央第一次发布了关于农业、农村和农民问题的一号文件。明确规定：成员对土地承包，不得出售、出租、转让或淘汰，或有土地承包经营权；在社员无法组织承包地经营生产，或者将农用生产的承包地转为非农产业时，集体应当将承包地收回。1982 年宪法中规定了“任何组织或个人不得侵占、买卖、出租或以其他方式非法转让土地”，也就是说在 20 世纪 80 年代，自己耕种或者归还集体是法律规定的农民处置自己土地唯一的方式。但是在现实生活中，少数农民私下突破政策的边界和置国家法律于不顾，自发地、非正规和短期性地进行农地转包，农业用地流转的雏形也就不知不觉地在这种自发的转包行为中形成了。1984 年的一号文件规定了农民不准买卖和出租承包地，后来“社员可以在承包期内，将无力耕种或专营其他业而要求的不包或少包土地交由集体统一安排，也可以自行协商转包”体现了这一政策的松动。社员除了可以自己耕种承包地，还可以将这些承包地交还集体，也能在取得集体同意后将承包地转包给他人，这既认可了农民群众自发转包行为，也是首个党的正式文件关于农村土地转让问题的明确规定。20 世纪 80 年代中期以后，出现了农村劳动力“离土不离乡”的现象，这主要是由于乡镇企业在发达农业地区和大城市郊区兴起而产生的，一部分农户不想好好经营土地又不想放弃土地，另一部分农户想多种地却又没有足够多的土地来耕种，这样的矛盾促使关于农地流转的政策被再次提上议事日程。1987 年中央通过了有关深化农村改革的五号文件，推行“允许转包”政策，该政策被正式写入党的文件中。政策规定，承包户若长期为非农产业，原则上应该把承包地交还集体，并且解除承包合同，或者在保留与集体的承包关系的前提下，得到集体允许后转包给其他人。同时决议中也出台了下面一些规定，例如凡是在承包期内对土地作出贡献的原承包户在转包时有权向转包方获得相应的价值补偿；但是承包户破坏农村土地耕种秩序，出现自己不耕种又不让别人耕种等恶劣行为，将受到相应的处分，集体有权将其行为视作擅自弃耕抛荒，甚至有权解除与他们的承包关系，并强制收回其承包地。这些对承包地奖惩的规定，是党中央鼓励土地转包的信号。

可知，在这段时间内，农村土地政策虽然没有明文规定，但是通过决议的形式实现了由禁止转包到“允许转包”的重要转变。

第二阶段（1988—2000）：“依法转让”，流转的探索。

为了规范农地流转的程序，及时解决土地转包过程中发生的问题，切实保障农民农地流转的权益，国家在宪法中正式载入了“依法转让”条款。

七届全国人大一次会议在1988年4月12日的《宪法》修正案中规定，“侵占、买卖或者以其他形式非法转让土地的行为不能发生在任何组织或者个人中。土地的使用权转让必须依法”。1988年年底的七届全国人大常委会议也首次对《土地管理法》进行了修改，明确提出了国家所有和集体所有的土地使用权可以依法转让，同时废除“禁止出租土地”的规定。《宪法》和《土地管理法》的相继修改，消除了土地转包的法律障碍，也为农地流转从理论转向实践奠定了法律基础。

社会主义市场经济体制的今天，社会主义市场经济体制开始影响农村农地流转，社会也逐渐认可农地依法有偿转让。1993年11月5日，党中央、国务院的一号文件指出，按照“三个前提”的规定（经发包方的统一、不改变土地的农业用途、不改变集体土地所有制），“依法有偿转让”土地成为可能。并且党的十四届三中全会也明确了“依法有偿转让”条款，其中也有转包和入股等发展规模经营的形式。可见，随着“允许转包”“解禁出租”“承认入股”这些措施的实现，土地运用方式将会多样化，资源优化配置、农地流转的形式将会更多样。

1994年年末，有关土地承包关系的具体意见提出，建立农地承包经营流转的制度刻不容缓，随后，意见得到国务院的正式批转，这是深化农村经济体制改革的雏形。但我们要注意一些问题：其一，重申了农地流转的前提，而且特别规定保护实际耕地者的权益，严禁擅自转变耕地的用途，切实保护耕地，关注粮食安全；其二，承认之前的转包和入股，还增加了转让和互换的农地流转的具体形式；其三，赋予流转双方自由协商流转形式和经济补偿等权利，又提出了流转合同备案等限制；其四，呼吁各地对农地流转费用的最高额进行限制，遏制哄抬流转价格的恶性竞争行为。这个通知在内涵与形式上确定了农地流转，是首份正式明确使用“农地流转”用词的文件。

1998年1月24日，党中央和国务院发现一些地方出现了地方与农民意愿相悖、强推土地规模经营等情况，一些地方并没有很好地维护农民的相关权益，如有的地方没有做好后续工作，在完成第一轮农地承包工作之后，没有及时履行农地承包期延长的责任；有的地方不重视稳定农地承包关系，任意变更使得关系不稳定甚至混乱。为了能让农民在农地流转中发挥主动性、积极性，并且守护农民的土地权益，中央发布了关于农业和农村工作的年度意见，强调实施适度规模的土地管理必须坚持农户自愿和有条件的原则。同年，被修订《土地管理法》在总则中提出了“土地使用权可以依法转让”，同时加上了一些关于农地转让行为的保护和惩罚措施。但是，由于非农村集体组织成员没有权利承包组织的农地，这在一定程度上限制了农地承包经营权的流转，从而使得农村农地流转被封闭起来。

党的十五届三中全会通过决议明确了土地使用权的流转必须坚持自愿、有偿，不能强制转让，要依法流转。1999年国务院办公厅发出公告，申明必须阻止集体非法交易土地和非法转让土地使用权的行为。

第三阶段（2001年至今）：“规范流转”，流转的成熟。

2001年，中央颁布了《关于做好农户承包地使用权流转工作的通知》，这是第一份专门关于农地流转工作的通知，标志着我国农地流转政策开始进入规范化发展轨道。

2002 年，《农村土地承包法》的颁布承认农地流转的权利由承包方拥有，并在第 34 条进一步明确了农地流转的主体是承包方，其拥有决定农村承包地流转及流转方式的权利。第 37 条规定了流转合同应当包括的款项。但该法律也有一些局限性，比如严格限制农地流转的方式，没有对农地承包经营权的物权属性进行明确的认识。2005 年，《农村土地承包经营权流转管理办法》的颁布标志着农村土地承包经营权流转走上了制度化和法律化的道路。

农地承包经营权属不属于物权的范围呢？在 2007 年颁布的《物权法》中，明确规定了农地承包经营权属于物权的范围，并且关于农地承包经营权的性质也被从法律的角度来定义与解释。虽然《物权法》关于农地承包经营权的一些规定完善了我国的关于农地的规章制度，但也暴露出了一些问题，如流转登记规则前后矛盾、不顺畅，流转方式单一、多样化不明显，流转范围较小、覆盖面不广。这些问题使得农地承包经营权流转不能很好地物权化。2008 年，党的十七届三中全会通过了关于推进农村改革发展的决议，对土地集体所有性质、土地用途、农民土地承包权分别划定了“不能改变”“不得改变”“不得损害”的“三个不得”的底线。

2008 年以来的一号文件反复强调农地流转相关的管理和服务工作的重要性，妥善处理好其中产生的矛盾问题。例如，2008 年的一号文件指出要进一步提升农地流转中介服务的水平，健全农地流转合同制度。2009 年的一号文件则指出建立健全专业化农地流转组织服务，逐步完善就业、法规询问、价格评估、合同订立和矛盾化解的服务工作。2010 年和 2012 年的一号文件明确了政府要引导、管理农地流转，为农地流转做好服务工作，不断地健全矛盾纠纷协调仲裁机制，降低集体性事件的隐患，努力建设人地协调的和谐新农村（陈盼、朱水成，2014）。

总体而言，我国顺应市场经济发展的要求，逐渐完善了农地流转的法律法规与实施细则。微观层面的行政干预要减少，并要加强宏观管理服务，建立健康的农村农地流转环境。要进一步完善涉及农村农地流转的自相矛盾的相关法律法规。

3.4 国外农村农地流转概况

在法律体系上，日本与中国在农业生产组织结构上有很多相似之处，但中国的农业发展水平显然低于日本，这与日本的农地流转配套法律制度的完善是分不开的。日本政府为应对工业化和城市化进程加快带来的经济飞速发展等现象，出台了一系列鼓励农地流转和小农经济转变为规模经营的法律法规（韩鹏、许惠渊，2002；汪秀莲、王静，2004），比如日本于 1993 年颁布《农业经营基盘强化法》，旨在使农地流转的主体范围扩大，放宽土地生产法人资格的条件，允许与农业相关或支持农业事业的股份企业获得土地生产法人资格（龚继红、钟涨宝，2005）；2003 年日本政府加大力度放宽成为农业生产法人的条件，一般企业也能从市镇村借入土地（赵维清，2010）。

在土地产权清晰方面，英国新制度经济学家罗纳德（1960）指出，要想进行农村农地流转首要是明晰农村土地产权，土地产权成为制约土地市场运行的重要因素之一。美国是以家庭农场为主体的农地流转模式，将土地私有作为基础，购买或政府的无偿赠送都是土地的所有权获得的主要方式，并且明确规定土地私有受法律保护，土地产权边界明晰，土地买卖自由度大，农地流转可依靠市场进行调节（熊红芳、邓小红，2004）。Gorton（2001）进行分析后确定，土地所有权属的明确化和正式土地证书的颁发都是促进 Moldova 地区小规模土地经营的方式，这样不仅可以使土地市场的功能得到有效发挥，而且在发达国家中明晰的土地产权提升了土地市场自由度，强化了土地市场功能，从而加快农地流转速度。在土地产权清晰方面，英国经济学家罗纳德指出，土地所有权已成为制约运作的土地市场的重要的因素。比如，小规模农业运作状态的摩尔多瓦地区，戈顿分析所有正式授权发行的确定性矿山都明确土地权属和取得土地证，以充分发挥土地市场的功能。因此，发达国家明确土地产权，并加强土地市场的功能和给予其更高的自由度，从而促进土地的快速流转。

在中介服务机构方面，中介服务机构承担着重要的桥梁和媒介的作用，微观层面上促成农民合作，宏观层面上加快了农地流转速度，促成了农地流转的成功和农业规模化生产（李刘艳，2012）。1970 年日本在连续两次修订《土地法》后，允许土地转租，取消政府对土地使用的限制，这一规定无形中增加了农地流转对中介服务的需求量。此外，政府积极支持培育了一系列中介组织，如区域农业集团、农业委员会、农业合作组合等，并给予了政策倾斜（陈利冬，2009）。

在土地金融服务方面，20 世纪初，由于市场固有的盲目性和不完全竞争性，美国农业生产出现问题，并导致了经济危机，随后，美国共成立了 12 家合作社性质的土地银行来增加中长期贷款，通过合作社等中介组织为有需要的家庭农场提供贷款来缓解危机，调节农业生产（李刘艳，2013）。

总体而言，国外农村土地产权制度在明晰土地产权边界、市场调节农地流转、农地自由交易、农地流转方式多样化、政府促进家庭农场适度扩大经营规模等方面成效显著。而我国农地流转则由于土地产权制度、土地法律法规、社会保障等诸多方面的原因，农地流转的比例和有效配置还有待进一步提升。因此，学习国外农地流转的做法，对正处于创新时期的中国土地制度有重要的借鉴意义。

3.5 本章小结

通过分析，我们发现：

（1）我国的农地确权政策发展平稳，且都是倾向于稳定农民的土地承包经营权。但是前两次土地承包都没有解决土地权能问题，主要着眼于解决体制问题，所以新一轮农地确权要以《物权法》为依据，重新确认土地空间信息，清晰地块实际面积与四至范围，以法律形式赋予农民更多土地的物权属性和财产权能。

（2）虽然中国的自然环境、历史背景、土地制度与其他国家有本质不同，但这些成功经验能够启发中国目前的农地确权改革。中国可以借鉴上述代表性国家在农地确权管理政策、原则和法律法规等方面的成功经验，学习他们的宏观管理制度来使我国的土地宏观管理制度走向法制化和管理科学化；借鉴英国设立农村土地发展权制度；在确保所有权人权益的同时，也可以借鉴英美等国对土地使用权采取侧重保障的方法，给农民农地使用权长期保障；借鉴英日等国做法，建立健全农地确权成果的社会化服务体系。

（3）我国顺应市场经济发展的要求，逐渐完善了农地流转的法律法规与实施细则，加强了政府的宏观调控和管理，努力营造农村农地流转的健康环境。但是还需进一步修订完善涉及农村农地流转相关法律法规。

（4）国外农村土地产权制度在明晰土地产权边界、市场调节农地流转、农地自由交易、农地流转方式多样化、政府促进家庭农场适度扩大经营规模等方面成效显著。而我国农地流转的比例和有效配置还有待提升。因此，学习国外农地流转的做法，对正处于创新时期的中国土地制度有重要的借鉴意义。

由此，我们可以得到的初步结论是，从宏观上看，伴随着城镇化进程的加快，我国农村农地流转和农地确权都有了较快的发展，但发展过程存在一些问题，需要在后面的实践中注意。

第4章 农地确权和农地流转实施概况与样本特征

本章从农户层面确定农地确权与农地流转的关系，使用农户调查数据进行实证测度。

4.1 样本区域选择与概述

本研究选取湖北省作为研究对象。湖北省不仅是农业大省，更是全国农地确权登记颁证试点省。据初步统计，截至 2014 年 12 月 31 日，全省共有耕地 4667hm^2，农户 1062 万户，且 29%的耕地实行了不同形式的流转，完成了试点地区的农村土地承包经营权确权。根据《省委办公厅 省政府办公厅关于印发〈湖北省农村土地承包经营权确权登记颁证工作方案的通知〉》文件精神，2016 年年底，要求基本完成湖北省的农村土地承包经营权确权；2017 年进行查漏补缺，规范完善。因此，湖北省农地确权和流转的基础良好，具有一定的代表性。

4.1.1 湖北省的概况

作为我国 13 个粮食主产省份之一，湖北省粮食生产资源丰富，交通便利，经济社会发展基础良好，农村劳动力外出务工或非农就业机会颇多。因此，本研究将湖北省作为此次调查的对象，并对湖北省自然资源、粮食生产和农村社会、经济情况等方面的基本情况进行简单介绍。

从自然资源方面来看，湖北省处于我国的中部地区，在地势上，东西北三面环山，中部有“鱼米之乡”之称的江汉平原。在面积分布上，湖北地形以山地丘陵为主，全省总面积达 18.59 万平方公里，占全国总面积的 1.94%。在气候上，降水充沛，四季分明，以亚热带季风性湿润气候为主，少部分地区为高原山地气候。在气温上，全省年平均气温一般在 15~17℃，平均日照充足，无霜期较长。值得一提的是，在河流方面，湖北除了长江和汉江的干流之外，还有数千条河流，它们的总长度达6万公里。在粮食生产方面，湖北省耕地面积在2013年年底已经达到340万公顷，粮食播种总面积占全国粮食播种总面积的3.8%，水稻播种总面积达到210万公顷，占全国水稻播种总面积的6.9%。在粮食生产方面，湖北省在2013年年末达到2501万吨，占全国的4.15%；水稻占8.23%，达1676万吨。其中，水稻产量居全国第5位，因此湖北省是全国水稻主产区。在农村居民收入方面，农村人口占湖北省总人口的45%，达2637万。在农村从业人员中，农村劳动力从事非农经营活动的达到了61%。从收入角度看，2013年年末，湖北农村家庭纯收入达到了8866元，几乎与全国平均水平持平。非农收入占农民人均纯收入的41%，达到了3648元，在2003年27%的基础上又提高了14%，但是在2013年年末，全国人均非农收入又降低了4%（杨志海，2014）。

4.1.1.1 湖北省农地确权概况

（1）湖北省农地确权的基本做法。

湖北省计划从2015年至2017年用3年时间在所有涉农地区全面完成并规范农地承包经营权确权登记颁证工作。目前农地确权工作是要划定承包地归属及地块面积，找准四至以及空间位置，记录登记簿，在现有承包台账、合同、证书的基础上完善农地确权登机颁证工作，并全部落实到位承包地块、面积、合同以及权属证书，依法保障农民拥有、利用承包地以及获益于承包地等权利，进一步解决影响土地经营权流转的相关问题，促进农村改革。

湖北省农地确权颁证主要涉及以下几个方面：一是查整土地承包档案。依据台账和合同、发证材料、土地承包方案、承包经营权证书等相关权属档案资料，清查整理这些土地承包档案，并按类别组卷，依据要求补建、修复和保全，为查明现状提供了依据。这样一来能确定承包地块的具体情况；了解农户家庭承包情况，收集并整理承包方信息。实施土地承包的数字化管理，将土地承包原始档案整理，并结合其清查土地承包信息，落实农地确权颁证。二是调查土地承包经营权。查清和明确农村集体耕地地区土地承包经营权情况，查清承包地权利的归属问题。发包方、承包方及承包地块注重调查，用公示表和权属归户表的方式公示结果是十分必要的。同时，根据农地确权登记结果、第二次土地调查结果以及现有的图像影音等数据绘制工作底图、调查草图。制作合乎农户需求的承包地块分布图、地块面积、四至、空间位置等信息。如果存在有关于公示内容的异议，那么要对调查结果进行再次的补测核实。三是要健全土地承包合同制度。作为承包农户获取土地承包经营权的法律凭证，需要依靠调查结果进行补充完善，土地承包合同的记载期限从二轮延包开始直到 2028 年。期满后确权颁证按届时的法律执行。四是健全登记簿。建立规范统一的登记簿，登记对象按照一户一簿的原则以承包户为基本单位，并以确权登记颁证完善后的承包合同为准则，明确地块范围、面积及权利归属。对于未建立登记簿的农户，政府要督促登记簿的建立，补充相关登记信息。如承包农户在登记簿建立后期提出变更、注销登记申请的情况，管理单位核准后要注明变更或注销其登记情况。五是颁发土地承包经营权证书。完善土地合同和登记簿后，应按程序依农业部土地承包经营权证书样本，统一制作准确无误、责任权利明确的证书，并颁发给承包方，回收销毁原证。在承包经营权证书上，依性别平等的原则明确户主和共有人，同时保护妇女、入赘婿及其他特殊群体土地权益，遵循“不变不换”原则，可以自愿申请在颁证结束后免费换证。六是建设信息管理平台。要建立健全信息数据库以及管理信息系统，对全省的农村土地承包进行信息化管理，促进土地承包合同管理、权属登记、经营权流转以及矛盾化解等工作数据化，并建立动态管理制度。七是促进档案管理制度完善。按照《省农业厅、省档案局关于贯彻落实〈农村土地承包经营权确权登记颁证档案管理办法〉的通知》（鄂农发［2015］5 号）规定，收集、整理、鉴定、保管、编研和利用承包地确权档案。在统一领导、按级实施、分类管理、集中保管的要求下，同步部署、实施、检查和验收档案管理工作，并确保土地承包经营权确权登记颁证工作组织规范、经费齐备、种类多样、保管安全。

另外，开展确权登记颁证工作要遵循下列要求。一是坚持稳定土地承包关系。主要是解决承包地在二轮延包后四至不清、面积不准等问题，进一步解决现有土地承包关系中存在的不能打乱重分，不能借机调整或无法收回农户承包地等问题。依法解决个别村部分群众要求调地的问题，依法和依程序对确因自然灾害需个别调整的进行调整再予以农地确权。二是坚持把确权确地作为主要工作，坚持把确权确地放在主要位置。原则上要确权确地到户，并且要和承包方、发包方共同协调已经承包到户的，对于个别特殊情况，可以集中民意、民主决策，提出措施，允许确权确股不确地的现象存在。各地应在合理范围内进行确权确股，减少行政命令，尊重农民选择，不得以少数服从多数来强制要求农民确股。在实施程序上，也要在明确操作程序的前提下确保农地承包权利。三是坚持按规定进行有序操作。开展土地承包经营权清查工作，完成登记簿和承包合同，并颁发权属证书，按照《物权法》《农村土地承包法》等有关规定，依据农业部和省制发的相关规范和标准，加强登记成果的完整性、真实性、准确性。四是坚持农民在颁证中的主体地位。发挥农民群众积极作用是颁证的关键。处理实施过程中的矛盾和问题时也要本着尊重农民群众主体地位的原则，坚持民主协商，以群众的智慧解决群众的问题。同时也要充分发挥党员干部、村民代表、基层组织的调动力，激发群众和村组织的自发性和积极性，进而履行村民代表大会的作用。五是坚持进度服从质量。在进行确权登记颁证工作时，要建立良好的心理防线，在这项长久大计面前，要在确保工作质量的前提下循序渐进，细致到位，落到实处。要科学把握确权登记颁证工作进度，及时总结前期试点经验和做法，逐步扩大范围，不搞“齐步走”，不搞“一刀切”。要确保整个工作质量，抓好关键环节，把握质量关口。

（2）湖北省农地确权态势。

湖北省于 2015 年在所有涉农县（市、区）开展全面试点工作，在省及辖县的市州等14个县（市、区）整县推进，其余县（市、区）各选择3个村试点，在省直辖市和神农架区选择了4个乡镇整体推进。到2015年6月，地区试点工作除了恩施市和建始县因为航拍图没有完成之外，其他已经顺利结束。湖北省59个县（市、区）完成了土地承包经营权颁证工作，确权249.5万户，实测面积达到3013.4万亩。

据统计，各地完善了123.1万份承包合同，建立了122.8万份登记簿，颁发了122.7万本经营权证。承包合同的签订率达到了99.9%，登记簿的建立率达到了99.7%，经营权证的发放率达到了99.5%。确权实际测得承包耕地的面积达到了817.5万亩，同口径增加了28.5%。全省农村家庭承包地流转面积增长231.5%，面积更是达到1633万亩；国土、测绘部门统一提供1∶2000数字正射影图像，进行统一的坐标系转换，下发统一的管理软件，开展统一的专业培训，提供统一的技术服务，以便提高登记结果的准确率，降低登记结果错误率甚至是达到无误。16051件纠纷在试点中得到有效处理，15862件得到协调仲裁，调处率为98.8%，全省内没有发生因农地确权造成的群体事件和严重事件，很好地保持了农村和谐稳定。

（3）农村土地承包经营权确权颁证存在的困境。

随着湖北试点地区农村土地承包经营权确权颁证工作的不断推进和全面铺开，工作中存在一些困境也逐步出现。

确权颁证认识不到位。调查发现，现今确权颁证工作面临的最大问题是具体落实者对确权颁证工作的认识不到位，积极性不足。探究背后的原因，主要是这三个“认为”：一是认为土地承包经营权确权颁证实际意义不大，成效不显著。二是认为土地所有权确权到村还未发挥从根本上解决土地产权虚置的问题。三是认为会引起农村矛盾纠纷激化，影响农村稳定。因此，地方政府在评估这项工作时认为实施难度大，实际效力差，对农村稳定有影响，影响工作积极性。

确权颁证过程问题多。主要体现在：一是承包土地家底不明确。通过确权，登记承包地块和实测面积与二轮延包有出入。二是承包土地权属不明晰。解决四至不清、空间位置不明、面积不准；签订土地承包合同、建立登记簿、发放经营权证书不明；农户签字率、合同签订率、权证发放率较低。三是承包关系不明顺。情况复杂，土地纠纷、历史遗留问题多，协调处理难度大。

确权颁证涉及的矛盾突出。主要集中在：一是弃耕抛荒问题。在农村税费改革之前，负担过重的部分农户会弃地举家外出务工，出现直接转让土地承包经营权或者少数农户无地可种的情况。二是人地矛盾问题。30 多年来实行家庭承包方式一直按照“增人不增地、减人不减地”“大稳定小调整”的政策要求，使得以家庭为单位承包的农村土地因家庭人口变化出现“人少地多”“人多地少”的情况。三是差异问题。标准不一带来二轮延包和依法完善延包时出现了以产量定面积、以计税面积为准，按地力和等级折算的情况，这也使得实测面积和承包面积之间存在差异，农户对以哪个面积确权登记产生争议。因此，必须在法律、政策的框架下解决这些问题，依法保障农民合法土地权益。

确权颁证的后续政策调整未到位。目前，就本书所调查的市县而言，尚未颁发农村土地承包经营权证的地区，主要是由于土地颁证和农地流转中部分政策还未完全明确。比如，部分额外的土地面积如何登记以及补贴是否发放尚未明确。对已转出的土地，要求大户在承转土地时要给予额外的面积承包费，还要妥善解决是否调整承包合同等重要问题。二是农地确权后的相关政策适应和相对的新型合作组织尚未成型。如是否尝试成立土地股份制合作社、集体社区合作社。三是土地承包权确权颁证对承包权的物权功能进行了强化，但是，目前土地财产性功能未得到全面体现。

（4）农村土地承包经营权确权颁证存在的难点。

相较于一轮承包、二轮延包和税费改革，此次农村土地承包经营权确权颁证工作的难度和情况复杂程度更大，也是深化改革的一块“硬骨头”。

工作量大。湖北省 7000 万亩耕地，每一块耕地都要明确四至，湖北省农户 1062 万户，家家户户都不能落下。随州市成立了 3000 人的专班来开展确权登记颁证工作。这 3 个数字充分说明了工作量大。大量的农地确权、纠纷调处、地籍调查等工作需要在发证后完成。

矛盾纠纷多。土地承包权确权颁证工作事关农民的切身利益，农民重视，寸土必争。据调查，土地纠纷的历史遗留问题较多，存在较大的处理难度。在湖北省涉农信访中，11.7%的问题是土地纠纷，而且比例还在上升。如试点县随县在确权中遇到了 122 个问题，共性的问题有 20 多个。

花费高。农村土地承包经营权确权登记需要经过调查摸底、影像解释、制作宗地图、信息录入等 14 步工作流程。流程过程中需要宣传费、培训费、印刷费、航拍彩图和正影像图聘请技术公司、软件费和人力现场勘测劳务费等费用，开支较大。如试点县随县一亩地花费 20 元钱，按这个标准，湖北省共需要 14 亿元，中央补贴一半，省市县补贴一半，分年度落实，花费高。

4.1.1.2 湖北省农地流转概况

(1) 湖北省农地流转发展态势。

到 2012 年，全省 25991 个村委会 1085 万户农户中，承包农户 961 万户，农村人口 4089 万人，农村耕地面积 339 万公顷，承包农户户均 0.31 公顷。截至 2016 年 1 月，相较于“十一五”末，全省农村家庭承包耕地流转面积已达 1633 万亩，增长了 231.5%。

(2) 湖北省农地流转存在的问题。

一是监管未落实到位，流转方式不规范。主要体现在：第一，没有依法严格确定流转主体。农村土地承包经营权流转主体是农户，但在实际情况中，许多乡镇政府、村集体组织代签农地流转合同的情况屡见不鲜，甚至在个别地方以行政理由强制流转或以流转代征地。第二，流转合同不规范。主要表现在通过口头约定代替签订合同，流转合同签订不规范，合同条款不完善等方面。第三，流转程序不规范。这主要表现在以口头约定或电话委托简单进行情感型农地流转最多，这使得农村农地流转纠纷隐患更大，特别是在经济发展迅速、地价波动较大的地区表现尤为突出。

二是农村农地流转市场化程度不高。目前，农户农地流转仍以农户之间自发为主，大多数依赖亲缘关系进行情感型流转，以纯粹收益考量的经济型流转比例不高。

三是内部机制失衡，农民利益受损。农民农地流转的积极性受到农地流转收益的直接影响，目前农村土地有效的制衡机制还没出现在流转内部，在农地流转收益分配中，农民为竞争的弱势方。

4.1.2 样本区域概况及其农地确权的实施状况

为研究农地确权对农户农地流转的影响，本书选取了湖北省 6 个县（市、区）作为样本地，这 6 个县（市、区）不仅具有较高的农地流转水平，而且农户农地确权开展较好，具有较好的代表性。这 6 个县（市、区）分别为对湖北省随县、云梦县、武汉汉南区、孝感、黄冈、咸宁。

4.1.2.1 随县概况及其农地确权的实施状况

随县，隶属随州市辖区，地处湖北省北部，位于大洪山东北，桐柏山南，大别山西，东接随州市曾都区、广水市、河南信阳市；西接枣阳、宜城；南接安陆、京山、钟祥；北接河南桐柏。地理位置十分重要，被称为“汉襄咽喉”和“鄂北重镇”。该县有 98.1 万人口，其中 77.75 万为农村人口，拥有 5673 平方千米的土地面积，其中 132.8 万亩耕地。下辖 19 个镇（场），394 个村（居委会）。随县是全国农业大县，生产优质大米、小麦、棉、商品禽畜和重要的食用菌，形成了优质粮、食用菌、干鲜果、畜禽、蔬菜、药材、茶叶、速生丰产林 8 大特色农业生产体系。2008 年，随县达到了 57.59 亿元的农业总产值，农民人均纯收入达到 5175 元。2013 年，随县达到 93.22 万吨的粮食总产量，发展了 4.2 万亩油茶基地和 1.2 万亩核桃基地和 5000 亩蓝莓基地，并且发展了 14 家家庭农场和 183 家农民专业合作社。①

随县是农业部确定的整县推进试点县，也是省政府确定的 14 个试点县之一。随县在 2014 年的试点工作过程中总结出的一套规范、有效的工作方法及相关配套机制，举全县之力扎实推进工作，被称为“九步工作法”，将农地确权的复杂工作流程，分成 9 个环节，即加强领导、宣传培训、摸底调查、指界测绘、调处纠纷、公示审核、建立登记簿、颁发权证、建库归档等，按照统一标准分步实施，目前取得了初步成效。

目前，随县试点村确权工作全部结束，全部发放到户有 720 户经营权证；全县 19 个镇（场）入户调查和信息数据输入工作已经全部完成，具体表现为：98%以上农户签字，测绘公司集体进驻，所有工作底图均完成，80%以上田块指认，50%以上抠图面积经过实测。在工作中不收农民一分钱，做到无一例农民上访。

4.1.2.2 云梦县概况及其农地确权的实施状况

云梦县是孝感市的辖区，地处湖北省中部偏东，江汉平原的东北部。截至 2010 年，云梦县有 9 个镇和 3 个乡，土地面积 604 平方公里，人口约 52.48 万，是湖北省人口密度最大的县。云梦县经济发展速度较快且呈持续增长态势，2013 年，总产值达到了 173 亿元。2012 年粮食总产量 21.59 万吨，比上年增长了 2.1%；棉花总产量 3541 吨，比上年增加了 7.4%；油料总产量 1.89 万吨，比上年增加了 6.8%；蔬菜总产量 76.05 万吨，比上年增加了 8.5%。②

云梦县是全省整县推进的试点县，以“试点先行、压茬推进”的

---

① 资料来源：《湖北年鉴（2015）》，湖北年鉴社，第 553 页。

② 资料来源：《湖北年鉴（2015）》，湖北年鉴社，第 502 页。

试点准则，切实完成试点工作。目前，整个试点工作有序进行，其中，完成了确权登记即将颁证的有 2 个村，进入审核公示阶段的达 12 个村，完成调查摸底的达 95 个村。

4.1.2.3 武汉汉南区概况及其农地确权的实施状况

汉南区是武汉市的辖区，位于武汉西南，三面环水。汉南区东临长江，对岸是江夏区和嘉鱼县；北靠通顺河，接壤蔡甸区；西南以东荆河为界，与仙桃市、洪湖市相连。截至 2010 年，全区土地面积 287 平方千米，人口 11.5 万。2012 年，全区农业总产值达到 195650 万元，比上年提高 6%。全区有 144892 亩粮食播种面积，比上年减少了 4267 亩。①

汉南区在 2014 年，逐步促进农地承包经营权确权登记颁证试点工作在整区展开，其他区各试点 3 个村。截至 2015 年 1 月，全面完成了试点任务，效果显著，承包合同签字率、登记簿签字率、承包经营权证颁发率均达到 100%。

4.1.2.4 孝感概况及其农地确权的实施状况

孝感地处湖北东北部，在长江以北和汉江以东。辖区有孝南区、云梦、大悟、孝昌 4 个区县，并管辖应城、安陆 2 个县级市和 1 个国家级高新区和 7 个省级开发区，代管汉川市。孝感市拥有土地 8910 平方千米，常住人口 486.13 万。孝感以龙头企业联市场、带基地、牵农户的方式发展农业，展现了农业发展的新格局。截至 2012 年，全市发展了 193 家市级以上农业产业化龙头企业，其中包括 4 个国家级企业和 41 个省级企业。孝感市农产品加工产值达 290 亿元，位列全省第 4。2014 年农林牧渔业增值 252.17 亿元，比上年提高 5.1%。粮食种植的总面积

---

① 资料来源：《湖北年鉴（2015）》，湖北年鉴社，第 428 页。

达到 5500.46 万亩，粮食产量连增，达 227.41 万吨。①

2015 年，孝感按全省统一部署的指导和要求，保证安陆市、大悟县在 2015 年年底基本完成农地确权；其他县（市、区）在 2015 年要使 50%以上的村完成农地确权工作，2016 年年底至 2017 年全面完成和实现农村土地承包管理数据消息及时畅通，管理工作落实到日常工作中，即信息化、常态化。

4.1.2.5 黄冈概况及其农地确权的实施状况

黄冈市，湖北省地级市之一，地处湖北省东部，位于大别山南，处于长江中游北，南临鄂州黄石九江，东接安徽，北靠河南，京九铁路中段，武汉城市圈的成员城市之一。截至 2012 年年底，辖区包括七县两市一区，乡镇街 127 个，4290 个行政村，面积 17453 平方千米，人口 750 万。截至 2014 年，黄冈拥有耕地面积 539.22 千公顷，粮食总产量达到 325.75 万吨。2014 年，22 个现代计划农业示范区和 3 个国家级农业标准化示范在黄冈市建成。黄冈市同时拥有良好的农村土地经营权流转氛围和规范管理，农地流转耕地面积达到 118.2 万亩，占总面积的 26%。②

2016 年年底，黄冈预计可全面完成农地确权工作。截至 6 月 30 日，全市（含武穴市）已有 4105 个村完成室外测绘工作，占全市 4270 个村的 96.1%，覆盖全市 134 万个农户，占全市 144 万个农户的 93.4%，并且完成 620.88 万亩实测面积（含村集体非承包地面积），这比在二轮延包时的面积增加了 156.88 万亩；全市共受理 5846 件各类土地承包纠纷，协调解决或仲裁 5644 件，调处率达 96.5%；全市共签订 24 万份承包合同，颁发 13.2 万份经营权证书，完成 23.4 万份登记簿。

4.1.2.6 咸宁概况及其农地确权的实施状况

咸宁是湖北省地级市之一，地处长江中游南岸，南接湖南，东南靠

---

① 资料来源：《湖北年鉴（2015）》，湖北年鉴社，第 499 页。
② 资料来源：《湖北年鉴（2015）》，湖北年鉴社，第 522 页。

江西，被称为“湖北南大门”，属于武汉城市圈的成员城市之一。咸宁市拥有 264. 70 亿元的农林牧渔及服务业总产值，其农作物播种面积达到了 626. 77 万亩，拥有 104. 67 万吨的粮食产量。①

2014 年，全市以通城县为整县进行试点，在其他县市区对 3 个村进行试点工作。按照省委省政府部署安排，结合实际，2015 年全市全面推开农村农地确权工作，力争“两年任务一年完成”，到 2015 年年底基本完成全市农地确权任务。2016 年将着重巩固、完善、提高，开展归档建库工作。

4. 2　数 据 来 源

所用数据均来自笔者 2015 年 12 月—2016 年 2 月对湖北省随县、云梦县、武汉汉南、孝感、黄冈、咸宁等 6 个地区的实地调查。这 6 个县（市、区）不仅具有较高的农地流转水平，而且农户农地确权开展较好，因此具有代表性。本研究以问卷调查为主，座谈为辅，采用分层随机抽样的方法。具体为：以县市为单位，根据经济状况和距离县城远近，随机选择 5 个乡镇，再以乡镇为单位，随机抽取 3 个村，然后以村为单位，在每个样本村抽取 3 户农户和 2 名村干部，并进行一对一访谈式问卷调查。本研究采用结构式问卷、随机抽样方式，共发放 450 份问卷。于 2014 年 2 月完成调查问卷，本次调查收回有效问卷 405 份，有效回收率为 90%，其中确权问卷总计 306 份，未确权问卷总计 99 份。座谈主要针对 6 个试点地区的农户和村干部代表（见表 4-1）。

① 资料来源：《湖北年鉴（2015）》，湖北年鉴社，第 466 页。

表 4-1　调查样本点分布状况

县（市、区）	频率	百分比（%）
随县	93	22.96
云梦	46	11.36
武汉汉南	42	10.37
孝感	87	21.48
黄冈	94	23.21
咸宁	43	10.62
合计	405	100.00

4.3 样本农户的基本特征

表 4-2 报告了样本农户家庭的基本特征。

表 4-2　样本农户家庭基本特征

变量维度	项目	类别细化	频数	百分比（%）
社会经济特征	调查村的交通便利情况	很不便利	10	2.47
		比较不便利	56	13.83
		一般便利	110	27.16
		比较便利	181	44.69
		非常便利	48	11.85
	调查村所处地形条件	平原	177	43.70
		丘陵	228	56.30

续表

变量维度	项目	类别细化	频数	百分比（%）
家庭特征	耕地总面积（亩）	5 亩以下	258	63.70
		5~10 亩	94	23.21
		10~20 亩	35	8.64
		20~30 亩	4	0.99
		30 亩以上	14	3.46
	居住的村民小组离集镇的距离	5 公里以下	176	43.46
		5~10 公里	91	22.47
		10~15 公里	59	14.57
		15~20 公里	6	1.48
		20 公里以上	73	18.02
个人特征	家庭规模	1~3 人	155	38.27
		4~6 人	203	50.12
		7~9 人	38	9.38
		10~12 人	6	1.48
		13 人及以上	3	0.74
	文化程度	文盲	12	2.96
		小学	110	27.16
		初中	191	47.16
		高中或大专	80	19.75
		大专以上	12	2.96
	健康状况	良好	273	67.40
		一般	115	28.40
		较差	17	4.20
	主要工作	务农	189	46.67
		务农兼打零工	100	24.69
		在外地短期务工或经商	29	7.16
		在外地长期务工或经商	87	21.48

续表

变量维度	项目	类别细化	频数	百分比（%）
个人特征	是否为中共党员	否	318	78.50
		是	87	21.50
	特殊技术	木匠	10	2.47
		泥瓦匠	40	9.88
		汽车驾驶	55	13.58
		其他	300	74.07

从调查村所处地形条件看，样本农户所处地形为平原的有 177 户，占比 43.70%；所处地形为丘陵的有 228 户，占比 56.30%。从比例来看，所处地形为丘陵的农户较多。

从居住的村民小组离集镇的距离看，样本农户距离集镇 5 公里以下的农户最多，为 176 户，占比 43.46%；其次为距离集镇 5～10 公里的农户，共有 91 户，占比 22.47%；距离集镇 10～15 公里的农户有 59 户，占比 14.57%；距离集镇 15～20 公里的农户有 6 户，占比 1.48%；距离集镇 20 公里以上的农户有 73 户，占比 18.02%。从数据来看，在 0～20 公里范围内，以集镇为中心向外辐射，农户数逐渐下降；20 公里之外，农户数开始增加。

从调查村的交通条件看，样本农户中认为比较便利的户数最多，达 181 户，占比 44.69%；认为一般便利的农户有 110 户，占比 27.16%；认为非常便利的农户有 48 户，占比 11.85%；认为比较不便利的农户有 56 户，占比 13.83%；认为很不便利的农户只有 10 户，占比 2.47%。从整体来看，农户认为所处村庄的交通条件为一般便利、比较便利和非常便利的一共占比 83.70%，说明农户对交通的便利情况满意度较高。

从家庭规模来看，样本农户中家庭人口数为 4～6 人的最多，达 203 户，占比 50.12%；其次为 1～3 人的农户，有 155 户，占比 38.27%；7～9 人的农户有 38 户，占比 9.38%；10～12 人的农户有 6 户，占比

1. 48%；13 人及以上的农户有 3 户，占比 0. 74%。说明样本农户多为一代或二代同堂。

从文化程度来看，样本农户中学历为初中的最多，有 191 户，占比 47. 16%；其次为小学学历，有 110 户，占比 27. 16%；学历为高中或大专的农户有 80 户，占比 19. 75%；学历为大专以上的农户不多，为 12 户，占比 2. 96%；农户为文盲的户数也不多，为 12 户，占比 2. 96%。综上，样本农户学历集中于小学和初中。

从健康状况来看，样本农户健康状况良好的为 273 户，占比 67. 40%；身体健康状况一般的农户有 115 户，占比 28. 40%；身体健康状况较差的农户有 17 户，户数较少，占比 4. 20%。说明大多数样本农户的健康状况总体上是比较良好的。

从主要工作看，样本农户务农的户数有 189 户，占比最大，为 46. 67%；工作性质为务农兼打零工的有 100 户，占比 24. 69%；工作性质为在外地短期务工或经商的有 29 户，占比 7. 16%；工作性质为在外地长期务工或经商的有 87 户，占比 21. 48%。综上，被调查农户主要从事农业工作，而在外务工或经商长期的比短期的要多。

从党员身份来看，样本农户为中共党员的有 87 户，占比 21. 50%；不是中共党员的有 318 户，占比 78. 50%。

从特殊技术来看，样本农户会木匠技艺的有 10 户，占比 2. 47%；会泥瓦匠技艺的有 40 户，占比 9. 88%；会汽车驾驶的有 55 户，占比 13. 58%；大多数农户拥有其他特殊技术，共有 300 户，占比 74. 07%。

从耕地总面积（亩）来看，样本农户大多数拥有 5 亩以下的耕地，共有 258 户，占比 63. 70%；其次是 5 ~ 10 亩地，有农户 94 户，占比 23. 21%；拥有 10 ~ 20 亩地的农户有 35 户，占比 8. 64%；拥有 20 ~ 30 亩地的农户较少，仅 4 户，占比 0. 99%；而拥有 30 亩地以上的农户有 14 户，占比 3. 46%。说明大多数农户拥有的是较小的耕地。

4.4 样本农户农地确权的基本特征

表 4-3 描述了确权和未确权地区农地流转户比例的差异。在 405 份样本中，确权农户为 306 份，占样本比重的 75.56%。据分析，没有完全确权的原因可能是湖北省目前有部分地区还没有完成农地确权，比如，咸宁地区，通城是整县试点，其他县市选择 3 个村试点，除此以外是没有进行农地确权的。我们发现有少数试点区域的农户完全不知道农地确权政策，说明政策宣传存在盲区。

表 4-3　　确权和未确权地区描述性统计状况

变量	样本数	转出		转入		无流转	
		样本数	比例(%)	样本数	比例(%)	样本数	比例(%)
确权	306	57	18.63	51	16.67	198	64.71
未确权	99	9	9.09	3	3.03	87	87.88
合计	405	66	16.3	54	13.33	285	70.37

4.5 样本农户农地流转的基本特征

4.5.1 基本情况

表 4-4 描述的流转样本有 120 份，占了 29.63%。其中，有 13.33% 的农户发生了土地转入，16.30%的农户发生了土地转出。从土地转出

和转入样本反映的情况来看，根据表 4-3 可得出确权地区转出户比例比未确权地区转出户比例高出 9.54 个百分点，确权地区转入户比例明显比未确权地区转出户比例高出 13.64 个百分点，这初步说明农地确权颁证能够显著增强农户农地流转意愿，有利于土地转出和转入。

表 4-4 农地流转情况描述性统计状况

流转行为	样本数	百分比（%）
转出	66	16.30
转入	54	13.33
无流转	285	70.37
合计	405	100.00

由表 4-5 可知，大多数农户转出土地的面积较小，主要集中在 2～4 亩，其次是 2 亩以下，前者占样本总量的 50.00%，后者占 24.24%，这两部分总共占 74.24%。转出面积达 10 亩以上的户数较少，仅占样本总量的 1.52%。

表 4-5 农户转出土地的面积描述性统计状况

	样本量	比例（%）
2 亩以下	16	24.24
2～4 亩	33	50.00
4～6 亩	3	4.55
6～8 亩	7	10.61
8～10 亩	6	9.09
10 亩以上	1	1.52
合计	66	100.00

由表 4-6 可知，大部分农户转入土地的面积也较小，集中在 4 亩以

下，占样本总量的50.00%。相对于转出土地的农户，转入土地的农户转入面积较大且分布较广，有的甚至达到36亩以上。

表4-6 农户转入土地的面积描述性统计状况

	样本量	比例（%）
4亩以下	27	50.00
4~8亩	8	14.81
8~12亩	6	11.11
12~16亩	5	9.26
16~20亩	1	1.85
20~24亩	4	7.41
24~28亩	0	0.00
28~32亩	1	1.85
32~36亩	1	1.85
36亩以上	1	1.85
合计	54	100.00

鉴于第5章和第6章将重点分析流转的情况，这里简要分析农地无流转的情况。

4.5.2 农地无流转情况分析

4.5.2.1 农户农地无流转中曾经农地流转情况分析

据调查，在285户无流转的情况中，大多数农户家庭没有进行过农地流转，共有267户，占样本总量的93.68%；而家庭曾经有过农地流转情况的有18户，占比6.32%。对18户农户家庭曾经有过农地流转之后结束农地流转的原因进行分析，以“合同期限结束”从而结束农地流转的农户最多，占样本总量的 61. 11%；其次是由于“合同未到期，但转入的土地没有经济效益或其他问题，自行商讨解除合同”，占比 27. 78%；原因是“其他”的农户数占比为 11. 11%；而无农户是因为“合同未到期，家中有多余劳动力或其他原因，需要将流转出去的土地收回，自行商讨解除合同”而结束农地流转。

4. 5. 2. 2 农户农地无流转中未来农地流转情况分析

由表 4-7 可知，没有进行过农地流转的农户对于考虑将来进行农地流转的有 118 户，占比 41. 40%；但不考虑将来进行农地流转的农户数较多，共有 167 户，占比 58. 60%。考虑将来进行农地流转的农户考虑土地转出较少，共有 49 户，占比 41. 53%；考虑土地转入的农户较多，共有 69 户，占比 58. 47%。

表 4-7 农户农地无流转中未来农地流转情况分析

是否考虑将来进行农地流转		样本数	百分比（%）
是	转出	49	17. 19
	转入	69	24. 21
否		167	58. 60
合 计		285	100. 00

4. 5. 2. 3 农地无流转的原因分析

由表 4-8 可知，家庭曾经没有流转情况的农户一直没有进行农地流转主要是因为“自己想流转，但没有合适的流转对象”，共有 63 户，占比 23. 6%；其次是因为“现有土地数量刚刚好，没必要流转”，共有 55 户，占比 20. 60%；由于“村里没有流转的大环境”共有 38 户，占比 14. 23%；由于“没听说过农地流转”共有 34 户，占比 12. 73%；由于“没有法律保障，不敢流转”共有 31 户，占比 11. 61%；由于“缺乏资金”共有30户，占比11.24%；由于“家里劳动力数量缺乏”共有16户，占比5.99%。

表4-8 **农地无流转的原因分析**

一直没有进行农地流转的原因	样本数	百分比（%）
自己想流转，但没有合适的流转对象	63	23.60
没有法律保障，不敢流转	31	11.61
家里劳动力缺乏	16	5.99
缺乏资金	30	11.24
现有土地数量刚刚好，没必要流转	55	20.60
村里没有流转的大环境	38	14.23
没听说过农地流转	34	12.73
合　计	267	100.00

4.5.2.4 土地撂荒情况分析

由表4-9可知，无流转农户家庭目前没有撂荒的土地占大多数，共有248户，占比87.00%；有撂荒土地的农家较少，有37户，占比13.00%。

表4-9 **土地撂荒情况描述性统计状况**

家庭目前是否有撂荒的土地	样本数	百分比（%）
是	37	13.00
否	248	87.00
合　计	285	100.00

由表4-10可知，家里有撂荒土地的农户撂荒的原因主要是“家中缺乏有效劳动力”，占比21.62%；其次是因为“打算流转但还没有找

到合适的机会流转出去”和“其他”，这两项原因占比都是 18.92%；由于“完全经营其他产业”和“有子女打工赚钱，家中老人不需要耕种”而撂荒的户数都为 6 户，占比同为 16.22%；最后是由于“自然原因导致收成不好”，仅 3 户，占比 8.11%。

表 4-10 土地撂荒的原因分析

撂荒的原因	样本数	百分比（%）
打算流转但还没有找到合适的机会流转出去	7	18.92
家中缺乏有效劳动力	8	21.62
完全经营其他产业	6	16.22
有子女打工赚钱，家中老人不需要耕种	6	16.22
自然原因导致收成不好	3	8.11
其他	7	18.92
合　计	37	100.00

4.6 本章小结

本章首先系统地梳理了湖北省农地确权的基本做法、发展态势、存在的困境和难点，分析了湖北省农地流转态势和存在的问题。其次，对本研究所使用数据的样本区域选择与概况，以及获取方法进行了简要说明。分析了湖北省农地确权试点区域——随县、云梦县、武汉汉南、孝感市、黄冈、咸宁等 6 个地区的农地确权具体做法和发展态势。随后，对调查的样本农户进行描述性统计分析，分析样本农户的家庭基本特征、农地确权特征以及农地流转特征，我们发现：

（1）湖北省农地确权工作进展快、效果好，已位列全国前列。湖北省于 2016 年年底基本完成农地确权登记颁证。但在实际操作过程中，仍然存在确权颁证认识不到位、确权颁证过程问题多、确权颁证的后续政策调整未到位的困境以及工作量大、矛盾纠纷多、花费高的难点。湖北省农地流转整体发展态势良好，但仍存在农村农地流转市场化程度较低，监管不到位，流转不规范，内部机制失衡，农民利益受损等问题。

（2）随县、云梦县、武汉汉南、孝感市、黄冈、咸宁 6 个县（市、区）不仅具有较高的农地流转水平，而且农户农地确权开展较好，因此具有代表性。其中的随县作为农业部和湖北省确定的整县推进试点县，农地确权工作十分复杂，难点多。随县在澴潭镇涢阳村先行试点，完成 4338 亩耕地的确权，并且探索出“九步工作法”的确权新思路。

（3）从样本农户的家庭基本特征看，所处地形为丘陵的农户较多，占比 56.30%；样本农户中家庭人口数为 4~6 人的最多，占比 50.12%；样本农户学历集中于小学和初中，占比 74.32%；被调查农户主要从事农业工作，占比 46.67%；而在外务工或经商长期的比短期的要多，占比 21.48%。大多数农户拥有其他特殊技术，占比 74.07%；从耕地总面积（亩）来看，样本农户大多数拥有 5 亩以下的耕地，占比 63.70%。

（4）从样本农户农地确权的基本特征看，在 405 份样本中，确权农户为 306 份，占样本比重的 75.56%。据调查，湖北省目前有部分地区还没有完成农地确权，但是我们发现有少数农户完全不知道农地确权政策，说明政策宣传存在盲区。

（5）从样本农户农地流转的基本特征看，确权地区转出户比例比未确权地区转出户比例高出 9.54 个百分点，确权地区转入户比例明显比未确权地区转入户比例高出 13.64 个百分点，这初步说明农地确权颁证能够显著增强农户农地流转意愿，有利于土地转出和转入。在农地无流转的情况里，大多数农户家庭没有进行过农地流转，占样本总量的 93.68%；而家庭曾经有过农地流转情况的占比 6.32%。结束农地流转的原因以“合同期限结束”从而结束农地流转的农户最多，占样本总量的 61.11%；没有进行过农地流转的农户对于考虑将来进行农地流转的有 118 户，占比 41.40%；考虑土地转入的农户较多，占比 58.47%。家庭曾经没有流转情况的农户一直没有进行农地流转主要是因为“自己想流转，但没有合适的流转对象”，共有 63 户，占比 23.6%；无流转农户家庭目前没有撂荒的土地占大多数，占比 87.00%；有撂荒土地的农户较少，占比 13.00%，家里有撂荒土地的农户撂荒的原因主要是“家中缺乏有效劳动力”，占比 21.62%。

第5章 农地确权对农户农地流转意愿影响的研究

农户参与农地流转的行为不仅是一种经济行为，也是一种社会行为。农户是否参与农地流转以及如何实现流转，都是特定情境下所作出的主观选择，即农户农地流转行为不仅受经济环境、农地市场等客观环境的影响，还受特定社会文化下农户所形成的心理与主观认知的影响，这就是农户的农地流转意愿。

本章的主要结构是：从是否确权和确权满意度两个维度检验农地确权对农户农地流转转出和转入意愿的影响。

上述结构安排的原因在于：从认知心理学理论来看，信念会对偏好进而对决策和行为产生作用。因此，农户意愿会对地区经营权流转产生重要影响，作为农地流转主要的土地供给者、需求者以及经济主体的农户会遵从天然本性追求经济效益最大化。在这种背景下，农地效用的评价一般也是农地能否满足农户需求的主观心理评价。根据这种认知评价，农户也会作出自己认知范围内理性的农地流转决策。所以，研究农户的认知状况对研究农村农地流转市场的发展具有重要的指导作用。本书试图从农户认知的角度来分析农地确权对农户的农地流转意愿影响因素，为检验农地确权对农户农地流转行为的影响奠定基础。

本章是对农地确权对农户农地流转意愿的实证分析，主要分为两个层次。第一层次是检验是否确权对农户农地流转意愿的影响；第二层次是确权满意度对农户农地流转意愿的影响。

5.1 理论分析与模型设定

5.1.1 研究假设

5.1.1.1 总体假设

本研究从是否确权和确权满意度两个方面分析土地承包经营权确权

对农地流转意愿的影响。

（1）产权机制：产权稳定与农地流转意愿影响，即是否确权影响农地流转意愿决策。如前所述，农地确权能够保障产权完整性，消除农户对产权归属的顾虑；完整安全的农地产权通过农地价格的交易影响对农地市场交易价格的预期，从而使农地交易价格升高；完整安全的农地产权会极大地降低农地流转的交易成本，从而有利于农地流转。可见，是否农地确权会对农地流转意愿产生积极影响，产权越稳定往往越会激励农户农地流转行为的产生。

（2）收益机制：确权满意度与农地流转意愿影响，即确权满意度影响农地流转意愿。在农地确权过程中，农地确权满意度越高，农户对土地的预期更长远，期待土地价值的预期收益更高，因此会偏向于将农地转入或转出，以期能使土地收益达到最大化。

5.1.1.2　影响因素假设

本研究假设农村土地承包经营权确权对农地流转意愿的影响的控制变量受到个人特征、家庭特征和社会经济特征三方面的影响。

（1）个人特征主要包括年龄、性别、文化程度、健康状况、主要工作、在外务工经商的时间、是否为中共党员、有何特殊技能。农民的年龄、性别和受教育程度对新事物的认知有一定的影响。健康状况、主要工作、在外务工经商的时间和有特殊技能对是否农地流转意愿有直接影响，健康状态不佳一般会倾向于土地转出。主要工作从事非农生产、在外务工经商时间长和有特殊技能倾向于土地转出。是否为中共党员直接决定了农户的政治觉悟，客观上推动了农户参与农地确权、农地流转等国家重大战略的积极性。

（2）家庭特征主要包括承包耕地面积、村民居住地离集镇的距离。承包耕地面积对农地流转的意愿可能有直接影响，耕地面积过大可能倾向于土地转出。村民居住地离集镇的距离直接决定了农户市民化的进程，距离近更倾向于土地转出。

(3) 社会经济特征主要包括所在地区调查村的交通便利情况、调查村所处地形条件。调查村的交通越便利，农户接受新鲜事物和信息的渠道越便利，更方便农户农地流转，从事非农生产。调查村所处地形条件是平原还是丘陵直接决定了土地转出是否有其他农户需要，是影响土地规模经营实现的重要因素。

5.1.2 模型选择

农户是否农地确权对农地流转具有不同的偏好，从以上理论分析，我们可以看出，如果农户进行了农地确权，赋予农民长期稳定的农地产权能够稳定农户的社会保障权益，增强农民农地流转的意愿。实践表明：进行了农地确权的农户的对农地流转意愿相对较强，没有确权的农户的农地流转的意愿比较弱。为了更加准确地判断农地确权对农地流转意愿的影响效应，引入了计量模型进行研究。由于因变量只有两种取值（愿意和不愿意），因此本研究采用了二分类因变量的问题分析方法。其中，因变量取“0”和“1”分别表示农民不愿意进行农地流转和愿意进行农地流转，并建立 logistics 回归模型晶型研究。具体模型为：

$$Y = \ln\left(\frac{N_1}{N_2}\right) = \sum_{i=1}^{15} \alpha_i X_i + \varepsilon_i$$

上式中，Y 为因变量，表示农民的农地流转意愿，而 N_1 表示愿意的概率，N_2 表示不愿意的概率，影响农民农地流转意愿的因素用自变量 X_i 表示，包括微观个人特征如年龄、性别、文化程度、健康状况、主要工作、在外务工经商时间、是否为中共党员、有何特殊技能；家庭特征主要包括承包耕地面积、村民居住地离集镇的距离；社会经济特征主要包括所在地区调查村的交通便利情况、调查村所处地形条件。ε_i 表示随机扰动项。

5.2 变量选择

在已有文献的基础上选取解释变量，结合研究的目的与假设，我们认为农户的农地流转及类型受到个人特征、家庭特征和社会经济特征三方面影响（详见表 5-1）。

表 5-1　　变量赋值及统计描述

变量维度	变量名称	变量定义	平均值	标准差	最小值	最大值
	是否愿意转出	1：是；0：否	0.230	0.421	0	1
	是否愿意转入	1：是；0：否	0.160	0.368	0	1
	是否确权	1：是；0：否	0.756	0.430	0	1
	对确权是否满意	1：满意；2：不满意	0.721	0.449	0	1
社会经济特征	调查村的交通便利情况	1:很不便利;2:比较不便利;3:一般便利;4:比较便利;5:非常便利	3.469	0.948	1	5
	调查村所处的地形条件	1:平原；2:丘陵	1.514	0.500	1	2
家庭特征	承包耕地面积(hm^2)		5.419	6.279	0	62.84
	村民居住地离集镇的距离(km)		8.769	7.849	0	50

续表

变量维度	变量名称	变量定义	平均值	标准差	最小值	最大值
个人特征	性别	1:男;2:女	1.262	0.440	1	2
	文化程度	1:文盲;2:小学;3:初中;4:高中或中专;5:大专及以上	2.916	0.788	1	5
	健康状况	1:良好;2:一般;3:较差	1.370	0.555	1	3
	主要工作	1:务农;2:务农兼打零工;3:在外地短期务工或经商;4:在外地长期务工或经商	2.047	1.167	1	4
	在外务工或经商时间	月	3.109	4.582	0	12
	是否为中共党员	1:是;0:否	0.220	0.415	0	1
	有何特殊技术	1:木匠;2:泥瓦匠;3:司机;4:其他	3.506	0.895	1	4

5.3 农地确权对农户农地流转意愿的影响

5.3.1 农地确权对农户转出农地流转意愿的实证分析

从模型结果来看,模型运行结果总体而言检验显著,从表 5-2 可以得出以下结论:

表 5-2 基于 Logistic 模型农地确权与农地流转意愿分析

变量维度	变量	是否愿意转出		边际效应		是否愿意转入		边际效应	
		系数	Z 值	系数	Z 值	系数	Z 值	系数	Z 值
	是否确权	1.237***	3.240	0.224***	2.650	1.028**	2.070	0.071**	2.430
社会经济特征	调查村的交通便利情况	0.044	0.260	0.007	4.690	1.000***	3.970	0.084***	4.240
	调查村所处地形条件	-0.414	-1.320	-0.063	2.250	0.887**	2.260	0.0746**	2.400
家庭特征	承包耕地面积	0.148***	5.360	0.022***	-2.090	-0.081*	-1.820	-0.007*	-1.870
	村民居住地离集镇的距离	0.057***	3.260	0.009***	0.800	0.014	0.570	0.001	0.570
个人特征	性别	-0.460	-1.400	-0.070	0.150	0.028	0.080	0.002	0.080
	文化程度	-0.238	-1.280	-0.036	-0.350	-0.041	-0.180	-0.003	-0.180
	健康状况	-0.589**	-2.340	-0.090**	-0.040	0.091	0.280	0.008	0.280
	主要工作	-0.629***	-3.910	-0.096***	-4.440	0.825***	4.550	0.069***	4.450
	在外务工或经商时间	-0.113***	-2.630	-0.017***	-1.220	-0.071	-1.510	-0.006	-1.520
	是否为中共党员	0.401	1.190	0.065	0.850	0.247	0.590	0.022	0.560
	有何特殊技术	-0.415***	-2.940	-0.063	-3.320	-0.608***	-3.730	-0.051***	-3.580
	cons	-0.456	-0.370	—	—	-6.736***	-4.080	—	—
LR chi2(12)		78.32				90.29			
p 值		0				0			
观测值		405				405			

注：*、**、***分别表示 10%、5%、1%的显著性水平。

Logistic 模型结果显示，在控制变量不变的情况下，变量是否确权通过了 1%的显著性检验但符号为正，是否确权与农户是否愿意转出为显著正相关关系，说明土地是否确权与是否愿意转出有显著相关性，从边际效应来看，农地确权增加农户有转出意愿的概率为22.4 %。主要是由于土地明确了农户对土地的所有权，消除了农民担心丧失土地权益的后顾之忧，所以农民愿意转出土地。

家庭特征变量中，变量承包耕地面积通过了1%的显著性检验且符号为正，承包耕地面积与农户是否愿意转出为显著正相关关系，说明经营耕地面积的大小会对农户的转出意愿产生积极影响。从边际效应来看，经营耕地面积促进农户产生转出意愿的概率为2.2%。可能是家庭经营的土地规模是影响纯农户农地流转意愿的又一显著因素，土地规模大的农户比规模小的农户更愿意转出土地。我国农户多数处于小规模的经营状态，对于少数大规模农户，土地一般比较零碎，很多农户希望将中低产田或是离家较远的山地转出。村民居住地离集镇的距离通过了1%的显著性检验且符号为正，村民居住地离集镇的距离与农户是否愿意转出为显著正相关，说明居住地离集镇的距离越近，农户产生转出意愿的可能性就越大。从边际效应来看，居住地离集镇的距离促进农户产生转出意愿的概率为0.9%。

个人特征变量中，变量健康状况通过了5%的显著性检验且符号为负，健康状况与农户是否愿意转出存在显著的负相关关系，说明健康状况越好，农户越不愿意转出土地，减少的概率可以达到9.0%。主要是因为健康状况越好，农户的劳动能力越强，越愿意经营耕地。相反，健康状况越不好，越愿意转出土地。在调查中我们发现，不少农户由于常年劳累而患病，劳动能力较弱，如果能给予合理的补偿，他们非常愿意转出土地。主要工作通过了1%的显著性检验且符号为负，主要工作与农户是否愿意转出存在显著负相关关系，说明是否从事非农产业对意愿转出的影响较大，从事非农业生产的农户转出意愿增加的概率可以增加9.6%，农民所从事的职业很大程度上决定了其土地的利用程度，调研发现，在外务工或是有稳定工作的群体对于土地的依恋程度不高，相反，长期从事农业的农民对于农地流转更敏感。在外务工或经商通过了1%的显著性检验但符号为负，在外务工或经商时间与农户是否愿意转出存在显著负相关关系，说明在外务工时间越长或经商时间越长的农户越不会产生转出意愿，可能是由于农村社会保障不完备，从事非农产业收入不稳定，风险很大，但耕种土地能保障全家人的基本生活，所以这部分农民不愿意流转土地。特殊技术通过了 1%的显著性检验但符号为负，特殊技术与农户是否愿意转出存在显著负相关关系，说明即使有特殊技能，农户也不一定会产生较高的转出意愿，可能是因为特殊技能的收入来源不稳定，土地的社会保障功能在农民心中根深蒂固。大部分农村劳动力在不同的行业和城乡各个地区流动就业，职业稳定性较差，收益不稳定，社会保障缺乏，因此农户往往会选择留住土地，将其作为农户外出就业的最后“保障”。

5.3.2　农地确权对农户转入农地流转意愿的实证分析

从模型结果看，模型运行结果总体而言检验显著，从表 5-2 可以得出以下结论：

Logistic 模型结果显示，在控制变量不变的情况下，变量是否确权通过了 5%的显著性检验且符号为正，是否确权与农户是否愿意转入为显著正相关关系，说明土地是否确权与是否愿意转入有显著相关性，农地确权对农户的转入愿意具有积极影响。从边际效应来看，农地确权增加农户有转入意愿的概率为 7. 1%。主要是由于资源禀赋效应，农户非常在意土地的财产性收入，并期待未来增值，但有一些农民仍然保持对土地的怀旧之情。农民对地权稳定性的预期显著地影响其转入农地的行为，农民对地权稳定性的预期越高，转入农地的可能性就越大。

社会经济特征中，变量交通便利情况通过了 1%的显著性检验且符号为正，交通便利情况与农户是否愿意转入为显著正相关关系，说明农户所在地区的交通越便利，农户产生转入意愿的可能性越大。从边际效应来看，交通便利情况促进农户产生转入意愿的概率为 8. 4%。这说明在家庭经营土地的禀赋方面越是具有比较优势的农户，越是倾向于转入更多的土地。

家庭特征变量中，变量承包耕地面积通过了10%的显著性检验但符号为负，承包耕地面积与农户是否愿意转入为显著负相关关系，说明经营耕地面积大不一定会对农户的转入意愿产生积极影响。从边际效应来看，经营耕地面积促进农户产生转入意愿的概率为-0.7%。原因可能是大量农户外出打工，农村实际劳动力有限，难以负荷过大的耕地面积。

个人特征变量中，变量主要工作通过了1%的显著性检验且符号为正，说明从事农业生产对农户产生转入意愿有较大的积极影响，转入意愿可以增加6.9%。特殊技术通过了1%的显著性检验但符号为负，说明农户具有特殊技能也不一定会产生较高的转入意愿，特殊技能提高农户产生转入意愿的概率为-5.1%，究其原因可能是特殊技能使农户有更多的精力、更多的可能进行非农生产，从而减少了转入土地，投入更多生产要素进行农业生产。目前，农村社会保障制度还未健全，平均主义农地制度还存在于农村地区，这种制度以均分土地为特征，实质上是从有效替代出发的一种现金型社会保障制度。农地对于农民而言，其作用不仅具有解决就业、生计的经济保障功能，更多的是农户养老的“定心丸”。

5.4 农地确权满意度对农户农地流转意愿的影响

5.4.1 农地确权满意度与是否愿意转出影响分析

从模型结果看，Logistic 模型运行结果总体而言检验显著，从表5-3可以得出以下结论：

表 5-3　基于 Logistic 模型农地确权满意度与农地流转意愿分析

变量维度	变量	是否愿意转出		边际效应		是否愿意转入		边际效应	
		系数	Z 值	系数	Z 值	系数	Z 值	系数	Z 值
	土地承包经营权登记颁证的满意度	0.730**	2.120	0.101**	2.410	1.202***	2.910	0.077***	3.410
社会经济特征	调查村的交通便利情况	-0.089	-0.56	-0.014	-0.560	1.389***	4.930	0.108***	5.570
	调查村所处地形条件	0.007	0.020	0.001	0.020	0.711**	2.000	0.055*	1.950
家庭特征	承包耕地面积	0.136**	5.220	0.021***	5.150	-0.075*	-1.730	-0.006*	-1.770
	村民居住地离集镇的距离	0.055**	3.180	0.008***	3.170	0.004	0.170	0.000	0.170
个人特征	性别	-0.258	-0.80	-0.040	-0.800	0.078	0.210	0.006	0.210
	文化程度	0.393**	2.120	0.060**	2.130	-0.088	-0.370	-0.007	-0.370
	健康状况	0.50**	2.030	0.077**	2.050	-0.069	-0.210	-0.005	-0.210
	主要工作	-0.583***	-3.700	-0.089***	-3.810	0.905***	4.830	0.070***	4.540
	在外务工或经商时间	-0.082*	-1.950	-0.012**	-1.970	-0.068	-1.390	-0.005	-1.380
	是否为中共党员	0.524	1.540	0.088	1.430	0.324	0.760	0.027	0.700
	有何特殊技术	-0.402***	-2.850	-0.062***	-2.880	-0.592***	-3.530	-0.046	-3.340
	cons	-1.760	-1.400	—	—	-8.155***	-4.530	—	—
LR chi2(12)		72.50				95.34			
p 值		0				0			
观测值		405				405			

注：*、**、***分别表示 10%、5%、1%的显著性水平。

Logistic 模型结果显示，在控制变量不变的情况下，变量土地承包经营权登记颁证的满意度通过了 5%的显著性检验且符号为正，土地承包经营权登记颁证的满意度与农户是否愿意转出为显著正相关关系，说明农户对土地承包经营权登记颁证的满意度高，那么产生转出意愿的概率就会高。从边际效应看，增加概率为 10.1%。主要是因为只有满意度提高，确权执行效率和公平程度提高，确权才可能越彻底和完善。农户才能确认确权证可以保障自己的合法权益，从而更加放心地转出土地。

家庭特征变量中，变量承包耕地面积通过了5%的显著性检验且符号为正，承包耕地面积与农户是否愿意转出为显著正相关关系，说明经营耕地面积越大，农户的转出意愿会越高。从边际效应来看，提高的概率为 2.1%。分析原因可能是土地资源丰富的农户相对于土地资源较为稀缺的农户，土地转出的意愿要大些。变量村民居住地离集镇的距离通过了5%的显著性检验且符号为正，村民居住地离集镇的距离与农户是否愿意转出为显著正相关关系，说明居住地离集镇的距离越近，农户产生转出意愿的可能性就越大。从边际效应来看，促进农户产生转出意愿的概率为 0.8%。

个人特征变量中，变量文化程度通过 5%的显著性检验但符号为正，说明文化程度较高的农户对转出土地的意愿较大。从边际效应看，提升转出意愿的概率为 6.0%。分析原因主要是文化程度越高，从事非农生产的意愿和能力越强，更倾向于土地转出。变量健康状况通过了5%的显著性检验且符号为正，说明健康状况良好的农户产生转出意愿的可能性较大，转出意愿增加的概率可以增加 7.7%。变量主要工作通过了1%的显著性检验且符号为负，说明农户从事农业生产对有转出意愿的影响较大，转出意愿的概率可以减少 8.9%。在外务工或经商时间通过了 10%的显著性检验但符号为负，说明在外务工时间越长或经商时间越长不利于农户产生转出意愿，转出意愿的概率会降低 1.2%。特殊技术通过了 1%的显著性检验但符号为负，说明有特殊技能不一定会使农户产生较高的转出意愿，降低转出意愿的概率为 6.2%。

5.4.2 农地确权满意度与是否愿意转入的影响分析

从模型结果看，Logistic 模型运行结果总体而言检验显著，从表 5-3 可以得出以下结论：

Logistic 模型结果显示，在控制变量不变的情况下，变量土地承包经营权登记颁证的满意度通过了 1%的显著性检验且符号为正，农地确权满意度与农户是否愿意转入为显著正相关关系，说明土地是否确权与是否愿意转入有显著相关性，农地确权对农户的转入愿意具有积极影响。从边际效应来看，农地确权增加农户有转入意愿的概率为 7.7%。分析原因主要是由于农地确权满意度提升，农户对土地政策的信任度提升，更加愿意转入土地。

社会经济特征中，变量调查村所处地形条件通过了 5%的显著性检验且符号为正，说明地形条件越好的地方越能促进农户产生转出意愿，转出意愿提高的概率为 5.5%。变量交通便利情况通过了 1%的显著性检验且符号为正，说明农户所在地区的交通越便利，农户产生转入意愿的可能性就越大，增加的概率为 10.8%。

家庭特征变量中，变量承包耕地面积通过了 10%的显著性检验但符号为负，说明经营耕地面积越大不一定有利于农户产生转入意愿。从边际效应来看，经营耕地面积促进农户产生转入意愿的概率为 -0.6%。

个人特征变量中，变量主要工作通过了 1%的显著性检验且符号为正，说明从事农业生产有利于农户产生转入意愿，转入意愿增加的概率为 7.0%。变量特殊技术通过了 1%的显著性检验但符号为负，说明即使有特殊技能，对农户产生转入意愿的影响也不大，其降低农户产生转入意愿的概率为 4.6%。

5.5 本章小结

本章首先利用 Logistic 模型，对农户农地流转意愿进行了回归分析，从是否确权和确权满意度两个维度测度农地确权对农户农地流转意愿的影响。主要研究结论如下：

（1）农村承包农地确权登记颁证对农户承包地转出意愿有显著促进作用。变量是否确权通过了 1%的显著性检验但符号为正，是否确权与农户是否愿意转出为显著正相关关系，说明土地是否确权与是否愿意转出有显著相关性。从边际效应来看，农地确权增加农户转出意愿的概率为 22.4 %。

（2）农村承包农地确权登记颁证对农户承包地转入意愿有显著促进作用。变量是否确权通过了 5%的显著性检验且符号为正，是否确权与农户是否愿意转入为显著正相关关系，说明土地是否确权与是否愿意转入有显著相关性，农地确权对农户的转入愿意具有积极影响。从边际效应来看，农地确权增加农户有转入意愿的概率为 7. 13%。

（3）农村承包地确权登记颁证满意度对促进农户承包地转出意愿有积极作用。变量土地承包经营权登记颁证的满意度通过了 5%的显著性检验且符号为正，土地承包经营权登记颁证的满意度与农户是否愿意转出为显著正相关关系，说明农户对土地承包经营权登记颁证的满意度越高，那么产生转出意愿的概率就越高。从边际效应看，增加概率为 10. 1%。

（4）农村承包地确权登记颁证满意度对促进农户承包地转入意愿有积极作用。变量土地承包经营权登记颁证的满意度通过了 5%的显著性检验且符号为正，农地确权满意度与农户是否愿意转入为显著正相关关系，说明土地是否确权与是否愿意转入有显著相关性，农地确权对农户的转入意愿具有积极影响。从边际效应来看，农地确权增加农户有转入意愿的概率为7.7%。

（5）社会经济特征中变量调查村所处地形条件、调查村的交通便利情况，家庭特征变量中变量承包耕地面积，个人特征变量中健康状况、主要工作、有何特殊技术、在外务工或经商时间对农户农地流转意愿具有显著影响，但对农户转入转出的影响存在差异。

第6章 农地确权对农户农地流转行为影响的研究

本章是检验农地确权对农户农地流转影响实证中的第二步，在上一章分析农地确权对农户农地流转意愿影响的基础上，从行为的角度，测度农地确权对农户农地流转行为的影响。

6.1 理论分析与模型设定

6.1.1 研究假设

6.1.1.1 总体假设

本研究从是否确权和确权满意度两个方面分析土地承包经营权确权对农地流转行为的影响。

（1）产权机制：产权稳定与农地流转行为，即是否确权影响农地流转行为。如前所述，农地确权能够保障产权完整性，消除农户对产权归属的顾虑；完整安全的农地产权通过农地价格的交易影响对农地市场交易价格的预期，从而使农地交易价格升高；完整安全的农地产权会极大地降低农地流转的交易成本，从而有利于农地流转。可见，是否农地确权将会对农地流转产生积极影响，产权越稳定往往越会激励农户农地流转行为的产生。

（2）收益机制：确权满意度与农地流转行为，即确权满意度影响农地流转行为。在农地确权过程中，农地确权满意度越高，农户往往对土地的预期更长远，期待土地价值的预期收益更高，因此往往会偏向于将农地转入或转出，以期能使土地收益达到最大化（钟怀宇，2012）。

6.1.1.2　影响因素假设

本研究假设农村土地承包经营权确权对农地流转的影响的控制变量受到个人特征、家庭特征和社会经济特征三方面的影响。

（1）个人特征主要包括年龄、性别、文化程度、健康状况、主要工作、在外务工经商的时间、是否为中共党员、有何特殊技能。农民的年龄、性别和受教育程度对新事物的认知有一定的影响。健康状况、主要工作、在外务工经商的时间和有特殊技能对是否参与农地流转有直接影响。健康状态不佳一般会倾向于土地转出。主要工作从事非农生产、在外务工经商时间长和有特殊技能倾向于土地转出。是否为中共党员直接决定了农户的政治觉悟，客观上推动了农户参与农地确权、农地流转等国家重大战略的积极性。

（2）家庭特征主要包括承包耕地面积、村民居住地离集镇的距离。承包耕地面积对农地流转的行为可能有直接影响，耕地面积过大可能倾向于土地转出。村民居住地离集镇的距离直接决定了农户市民化的进程，距离近可能更倾向于土地转出。

（3）社会经济特征主要包括所在地区调查村的交通便利情况、调查村所处地形条件。调查村的交通越便利，农户接受新鲜事物和信息的渠道越便利，更方便农户农地流转，从事非农生产。调查村所处地形条件是平原还是丘陵直接决定了土地转出后是否有其他农户需要，是影响土地规模经营实现的重要因素。

6.1.2　模型选择

本书将利用计量模型实证测度农地确权对农地流转行为的影响，主要分为是否确权和确权满意度两个维度，土地转出和转入两个方面。

$$\begin{cases} y^* = \alpha_0 + \alpha_1 D + \alpha_2 X + \varepsilon_1,\ y > 0 & (1) \\ y = 1[y^* > 0] & (2) \end{cases}$$

$$P_i = E(Y = 1 \mid Y_i) = \frac{1}{1 + e^{-Y_i}} \quad (3)$$

（1）式、（2）式：用 Probit 模型研究是否确权对是否流转的影响，鉴于在本次问卷样本中，大量农户没有发生流转行为，我们以流转和未流转从整体上将农户的流转行为分为两类，用 Probit 模型来考察农户是否流转、是否转入和是否转出的决策，y^* 为潜变量，观测变量为 y。村层面确权虚拟变量(未确权 = 0，确权 = 1) 为两个模型的解释变量 D。控制变量为 X，主要包括个人特征（年龄、性别、文化程度、健康状况、主要工作、在外务工经商的时间、是否为中共党员、有何特殊技能)、家庭特征（承包耕地面积、村民居住地离集镇的距离)、社会经济特征（所在地区调查村的交通便利情况、调查村所处地形条件)。

（3）式：用 Logistic 模型研究确权满意度对农户是否进行农地流转的影响。个体发生农地流转赋值为“1”，个体未发生农地流转赋值为“0”。由于模型因变量的取值范围只有“0”和“1”，已流转和未流转将农户的流转行为分为两类，考察农户是否流转、是否转入和是否转出的问题通过 logistic 模型的方法，以 Pi 和 H 分别表示个体和发生农地流转的概率，以 $E(Y = 1 \mid Yi)$ 表示给定一个 Yi 值，农民发生农地流转的概率。

6.2 变量选取

在已有文献的基础上选取解释变量，结合研究的目的与研究假设，我们认为农户的农地流转及类型受到个人特征、家庭特征和社会经济特征三方面的影响（详见表 6-1)。

表 6-1　　　　　　　　**变量赋值及统计描述**

变量维度	变量名称	变量定义	平均值	标准差	最小值	最大值
	是否流转	1:是;0:否	0.296	0.457	0	1
	是否转出	1:是;0:否	0.163	0.370	0	1
	是否转入	1:是;0:否	0.133	0.340	0	1
	是否确权	1:是;0:否	0.756	0.430	0	1
	对确权是否满意	1:满意;2:不满意	0.721	0.449	0	1
社会经济特征	调查村的交通便利情况	1:很不便利;2:比较不便利;3:一般便利;4:比较便利;5:非常便利	3.469	0.948	1	5
	调查村所处地形条件	1:平原;2:丘陵	1.514	0.500	1	2
家庭特征	承包耕地面积(hm^2)		5.419	6.279	0	62.84
	村民居住地离集镇的距离(km)		8.769	7.849	0	50
个人特征	性别	1:男;2:女	1.262	0.440	1	2
	文化程度	1:文盲;2:小学;3:初中;4:高中或中专;5:大专及以上	2.916	0.788	1	5
	健康状况	1:良好;2:一般;3:较差	1.370	0.555	1	3
	主要工作	1:务农;2:务农兼打零工;3:在外地短期务工或经商;4:在外地长期务工或经商	2.047	1.167	1	4
	在外务工或经商时间	月	3.109	4.582	0	12
	是否为中共党员	1:是;0:否	0.220	0.415	0	1
	有何特殊技术	1:木匠;2:泥瓦匠;3:司机;4:其他	3.506	0.895	1	4

6.3 农地确权对农地流转行为的影响分析

运用 STATA12.0 软件对模型进行回归，模型估计及检验结果见表 6-2 至表 6-5。

从模型结果看，Probit 模型的 Prob>chi2=0.0000，意味着模型运行结果总体而言在统计检验显著。通过分析表 6-2 可知：

表 6-2　基于 Probit 模型农地确权对农地流转行为的影响分析

变量维度	变量	是否流转		边际效应	
		系数	z 值	系数	z 值
	是否确权	0.505**	2.070	0.140**	2.360
社会经济特征	调查村的交通便利情况	0.471***	4.410	0.145***	4.580
	调查村所处地形条件	-0.039	-0.230	-0.012	-0.230
家庭特征	承包耕地面积	0.056***	3.730	0.017***	3.670
	村民居住地离集镇的距离	0.017	1.530	0.005	1.530
个人特征	性别	-0.128	-0.700	-0.039	-0.70
	文化程度	-0.0448	-0.410	-0.014	-0.410
	健康状况	0.035	0.230	0.011	0.230
	主要工作	0.546***	5.920	0.168***	5.850
	在外务工或经商时间	-0.078***	-3.110	-0.024***	-3.110
	是否为中共党员	0.392**	2.050	0.129	1.940
	有何特殊技术	-0.519***	-6.010	-0.159***	-6.010
	cons	-2.030	-2.780	—	—
LR chi2(12)		134.07			
p 值		0.0000			
观测值		405			

注：*、**、***分别表示 10%、5%、1%的显著性水平。

Probit 模型的估计结果显示，在控制变量不变的情况下，变量是否确权通过了5%的显著性检验且符号为正，说明农村承包农地确权颁证对农村农地流转有显著促进作用。从边际效应来看，农地确权使农户参与农地流转的概率提高了14.0%。原因可能是新一轮农地承包农地确权登记颁证，从制度层面有效地化解了土地产权不稳定带来的流转顾虑，从而提升了农户农地流转的意愿。

社会经济特征中，Probit 模型中调查村的交通便利变量通过了1%的显著性检验且符号为正，这说明调查村的交通便利程度越高，农地流转的概率越大。农地流转的概率可以增加14.5%，可能的解释是村落交通便利，农民能够利用交通优势选择土地经营形式，更倾向于将流转土地；交通便利也有利于要素流动，即劳动力转移，外出务工的劳动力更倾向于将土地转租出去。

家庭特征变量中，Probit 模型结果显示，在控制变量不变的情况下，承包耕地面积这一变量通过了1%的显著性检验且符号为正，说明承包耕地面积对农户是否流转有积极作用，实际耕地面积越大会促进农户农地流转，可能的解释是随着农业比较效益的不断降低，在适度经营规模未达到的情况下，耕地规模越大意味着投入的要素（劳动力）越多，相应的机会成本也越高。所以，基于理性人假设的农户会倾向于以土地租用达到适度规模或转出土地等方式进行非农就业。

个人特征变量中，主要工作、是否为中共党员、在外务工或经商时间和有何特殊技能仍是影响农地流转的重要因素。Probit 模型中主要工作这一变量通过了1%的显著性检验且符号为正，是否为中共党员这一变量通过了5%的显著性检验且符号为正，在外务工或经商时间和有何特殊技能等变量通过了1%的显著性检验且符号为负。这充分说明了是否务农对农地流转有较大影响，农地流转的概率增加16.8%，可能的原因是随着家庭成员总收入中非农收入比重和非农就业水平均有提高，增加了劳动力机会成本，因此相当比例的农户更倾向于农地流转。是否为中共党员这一变量对农地流转产生影响的可能原因是中共党员要带头响应国家农地确权政策，因为自身政治素养，会倾向于农地流转；在外务工或经商时间越长，反而越不愿意农地流转，可能的解释是尽管农村剩余劳动力进行转移了，但是非农就业的不稳定性以及工资水平、社会保障水平普遍偏低，会使农户认为土地提供养老和失业保险更为可靠而不倾向于农地流转；有何特殊技能变量对土流转的影响呈负相关，即越是有特殊技能，越是不愿意流转，可能的原因是农村土地由其他家庭成员在耕种，依赖土地的社会保障功能。

6.3.1 农地确权对土地转出行为的影响分析

从模型结果来看，Probit 模型的 Prob>chi2 = 0.0000<0.01，意味着模型运行结果总体而言在统计检验显著，分析表 6-3 可以得出以下结论：

Probit 模型结果显示，在控制变量不变的情况下，变量是否确权通过了 5%的显著性检验且符号为正，说明农村承包农地确权颁证对促进农村土地转出有显著作用。从边际效应来看，农地确权促进农户参与土地转出的概率提高 8.60 %。主要是由于农村承包农地确权颁证明确了土地的物权，一定程度化解了农民流转的顾虑，给农民土地转出打了一剂“强心针”。

社会经济特征中，Probit 模型中调查村所处地形条件变量通过了 5%的显著性检验且符号为正，可能的解释是地形条件和村庄的发达程度是有一定关系的；平原地区的土地相对丘陵更容易转出。Probit 模型中调查村的交通便利情况变量通过了 1%的显著性检验且符号为正，这充分说明调查村的交通便利程度提高会加大土地转出的概率，农地流转的概率可以增加 10.4%，可能的解释是在交通便利的村，农户能够利用交通优势改变传统的土地经营方式，从而倾向于土地转出。

家庭特征变量中，Probit 模型的结果显示，在控制变量不变的情况下，承包耕地面积这一变量通过了 5%的显著性检验且符号为负，说明承包耕地面积越大，流转的可能性越小，可能的原因是由于家庭有足够的耕地发展生产，获取家庭收入，无需通过流转来维持生计。

表 6-3 **基于 Probit 模型农地确权与农地流转行为分析**

变量维度	变量	是否转出		边际效应		是否转入		边际效应	
		系数	Z 值	系数	Z 值	系数	Z 值	系数	Z 值
	是否确权	0.598**	2.220	0.086***	2.650	-0.006	-0.020	-0.001	-0.020
社会经济特征	调查村的交通便利情况	0.597***	4.330	0.104***	4.690	0.129	0.950	0.014	0.960
	调查村所处地形条件	0.455**	2.300	0.079**	2.250	-0.667***	-2.860	-0.072**	-2.570
家庭特征	承包耕地面积	-0.047**	-2.020	-0.008**	-2.090	0.101***	5.380	0.011***	3.830
	村民居住地离集镇的距离	0.010	0.790	0.002	0.800	0.016	1.310	0.002	1.250
个人特征	性别	0.032	0.150	0.006	0.150	-0.629**	-2.220	-0.068**	-2.240
	文化程度	-0.044	-0.350	-0.008	-0.350	0.022	0.150	0.002	0.150
	健康状况	0.006	0.040	0.001	0.040	-0.049	-0.230	-0.005	-0.230
	主要工作	-0.461***	-4.580	-0.080***	-4.440	0.311***	2.770	0.033**	2.540
	在外务工或经商时间	-0.033	-1.220	-0.006	-1.220	-0.151***	-3.500	-0.016***	-3.770
	是否为中共党员	0.207	0.910	0.039	0.850	0.351	1.520	0.044	1.270
	有何特殊技术	-0.318***	-3.410	-0.056***	-3.320	-0.438***	-4.020	-0.047***	-3.610
	cons	-4.023	-4.510	—	—	0.343	0.360	—	—
	LRchi2(12)	91.53				115.45			
	p 值	0				0			
	观测值	405				405			

注：*、**、***分别表示 10%、5%、1%的显著性水平。

个人特征变量中，Probit 模型中主要工作变量通过了 1%的显著性检验且符号为负，变量有何特殊技能通过了1%的显著性检验且符号为负。这充分表明是否从事农产业对土地转出的影响较大，土地转出的概率可以减少8.0%。有何特殊技能变量对土地转出的影响呈负相关，即越是有特殊技能，土地转出的可能性越小，可能的原因是大量农民对土地提供生活保障的依赖性有余，而对土地实现收益增量的期望性不足。

6.3.2 农地确权对土地转入行为的影响分析

通过表6-3可知，关于确权登记颁证对土地转入行为的影响，Probit模型的结果显示，政策变量是否确权未通过显著性检验，且符号为负，这表明是否确权对农户转入土地的规模没有显著影响，这也从侧面说明，目前新一轮农地确权登记颁证工作的推进，并未有效提升农民的土地转入，可能的解释是耕地更多地被转给了外来人口，或者是合作社与企业等非农户组织，而我们的农户调查样本并没有包含其在内。

社会经济特征中，Probit模型中调查村所处地形条件变量通过了1%的显著性检验且符号为负，这表明调查村所处地形条件是平原还是丘陵与土地转入存在显著的负相关关系，可能的解释是农民抵触因土地地形条件不同带来的收益差异。

家庭特征变量中，Probit模型中承包耕地面积变量通过了1%的显著性检验且符号为正，说明承包耕地面积越大，转入土地的可能越大，可能的解释是发展农业适度规模经营的缘故。

个人特征变量中，Probit模型中主要工作变量通过了1%的显著性检验且符号为正，这充分说明是否从事农业生产对土地转入的影响较大，农地流转的概率可以增加3.3%，其中的解释是农业比重越大，为了发展农业适度规模经营，越倾向于土地转入。性别与土地转入存在显著的负相关关系，这说明性别不利于土地转入，通过数据统计可知，调查者绝大多数为男性，可能是由于男性是外出打工的主力，不倾向于土地转入。在外务工或经商时间和有何特殊技能变量通过了1%的显著性检验且符号为负。在外务工或经商时间越长，越反对土地转入，可能的解释是耕种土地的劳动力有限。有何特殊技能变量对土地转入的影响呈负相关，即越有特殊技能，越不倾向于土地转入，可能是因为有特殊技能，有能力并且主要从事非农产业，认为没必要进行更多的农业生产。

6.4 农地确权满意度对农地流转行为的影响分析

采用农地确权满意度替换农地确权进入模型回归。这是由于满意度是农户效用函数的直观体现，是对农地确权效果的初步评估。只有满意度提高，确权执行效率和公平程度提高，确权才可能越彻底和越完善。如果不满意，则表示农户对确权持怀疑甚至抵抗态度，即他们认为不能确认是否在进行农地流转后，确权证可以保障他们的合法权益。所以满意度一方面可以从农民角度考察确权的直观效果，相对于确权的被动，满意度是基于农户自身的效用函数，对农地流转的影响可能更重要。另一方面，满意度也可以作为农地确权的替代变量，对上述模型进行稳健性检验。

从模型结果来看，Logistic 模型的 Prob>chi2 = 0.0000<0.01，意味着模型运行结果总体而言在统计检验显著，从表 6-4 中可以得出以下结论：

通过 Logistic 模型分析可知，对确权是否满意与农地是否流转为显著正相关，在控制变量不变的情况下，农地确权的满意度越高越能显著促进农村农地流转。从边际效应来看，对农地确权的满意度高使农户参与农地流转的概率提高 16.4%。从侧面印证了提升农地确权满意度的意义所在。

表 6-4 **基于 Logistic 模型农地确权满意度对农地流转的影响分析**

变量维度	变量	是否流转		边际效应	
		系数	z 值	系数	z 值
	对确权是否满意	1.103***	3.260	0.164***	3.850
社会经济特征	调查村的交通便利情况	1.037***	5.030	0.177***	5.470
	调查村所处地形条件	-0.248	-0.880	-0.042	-0.880
家庭特征	承包耕地面积	0.109***	3.950	0.019***	3.870
	村民居住地离集镇的距离	0.022	1.200	0.004	1.210
个人特征	性别	-0.195	-0.610	-0.033	-0.610
	文化程度	-0.097	-0.500	-0.017	-0.500
	健康状况	0.122	0.470	0.021	0.470
	主要工作	1.023***	6.110	0.175***	6.130
	在外务工或经商时间	-0.133***	-3.080	-0.023***	-3.070
	是否为中共党员	0.739**	2.140	0.140**	1.960
	有何特殊技术	-0.893***	-5.930	-0.153***	-6.010
	cons	-4.425	-3.300	—	—
LR chi2 (12)		141.42			
p 值		0			
观测值		405			

注：*、**、***分别表示 10%、5%、1%的显著性水平。

这一部分的结果不用一一解释，模型结果基本与前文模型吻合，说明本书论证模型具有较好的稳健性。社会经济特征中，调查村的交通便利情况与农地是否流转呈显著正相关。家庭特征变量中，承包耕地面积与农地是否流转呈显著正相关，说明承包耕地面积越大，流转可能性越大。个人特征变量中，农户的主要工作与农地是否流转呈显著正相关，而农户的主要工作有务农、务农兼打零工、在外地短期务工或经商和在外地长期务工或经商，说明农户主要工作多样化会加大农地流转的可能性。在外务工或经商时间与农地是否流转呈显著负相关，说明在外务工或经商时间越长，农户越不倾向于农地流转。我们掌握的情况是户主的家人长期在农村以种地为生，不愿意进行流转。是否为中共党员与农地是否流转呈显著正相关，说明农户成为中共党员更易参与到农地流转中来。有特殊技术与农地是否流转呈显著负相关，农户的特殊技术有木匠、泥瓦匠、汽车驾驶和其他，说明当地农户的特殊技能并不能很好地促进农地流转。

6.4.1 农地确权满意度对土地转出行为的影响分析

从模型结果看，Logistic 模型的 Prob>chi2 = 0.0000<0.01，意味着模型运行结果总体而言在统计检验显著，从表 6-5 中可以得出以下结论：

模型的估计结果显示，对确权是否满意与农地是否转出呈显著正相关。Logistic 模型的结果显示，在控制变量不变的情况下，变量对确权是否满意通过了1%的显著性检验且符号为正，说明对农地确权的满意度的提高有利于促进农村土地转出。从边际效应来看，农地确权满意度的提高使农户参与土地转出的概率提高 8.10%。

解释变量中，模型结果基本与前文的模型吻合，说明本书论证模型具有较好的稳健性。社会经济特征中，调查村的所处地形条件与农地是否转出呈显著正相关。调查村的交通便利情况与农地是否转出呈显著正相关。家庭特征变量中，承包耕地面积与农地是否转出呈显著负相关，说明承包耕地面积越小，农户越不倾向于农地转出。可能的原因是当前随着农业机械化水平的提高和农业劳动力市场的发育，农地禀赋较大的农户并不必然选择转出农地。个人特征变量中，农户的主要工作与农地是否转出呈显著负相关。有特殊技术与农地是否转出呈显著负相关，农户的特殊技术有木匠、泥瓦匠、汽车驾驶等，说明农户的这些特殊技术不能很好地促进农地转出。

表 6-5 **基于 Logistic 模型农地确权满意度与农地流转行为分析**

变量维度	变量	是否转出		边际效应		是否转入		边际效应	
		系数	Z 值	系数	Z 值	系数	Z 值	系数	Z 值
	对确权是否满意	1.297***	3.090	0.081***	3.630	0.838*	1.750	0.031*	1.920
社会经济特征	调查村的交通便利情况	1.493***	5.180	0.114***	5.900	0.228	0.920	0.010	0.910
	调查村所处地形条件	0.647*	1.830	0.050*	1.780	-1.473***	-3.400	-0.063***	-2.960
家庭特征	承包耕地面积	-0.079*	-1.800	-0.006*	-1.840	0.195***	5.360	0.008***	3.540
	村民居住地离集镇的距离	0.014	0.570	0.001	0.570	0.028	1.310	0.001	1.250
个人特征	性别	0.186	0.500	0.014	0.490	-1.167**	-2.100	-0.050**	-2.070
	文化程度	-0.145	-0.610	-0.011	-0.620	-0.052	-0.20	-0.002	-0.200
	健康状况	0.040	0.120	0.003	0.120	-0.037	-0.090	-0.002	-0.090
	主要工作	-0.940***	-4.960	-0.072***	-4.610	0.615***	2.970	0.026**	2.570
	在外务工或经商时间	-0.055	-1.120	-0.004	-1.110	-0.284***	-3.300	-0.012***	-3.450
	是否为中共党员	0.359	0.830	0.030	0.770	0.664	1.540	0.034	1.250
	有何特殊技术	-0.552***	-3.260	-0.042***	-3.090	-0.882***	-4.250	-0.038***	-3.420
	cons	-8.948	-4.860	—	—	0.711	0.410	—	—
LR chi2(12)		98.91				120.50			
p 值		0				0			
观测值		405				405			

注：*、**、***分别表示 10%、5%、1%的显著性水平。

6.4.2 农地确权满意度对土地转入行为的影响分析

从模型结果看，Logistic 模型的 $Prob>chi2=0.0000<0.01$，意味着模型运行结果总体而言在统计检验显著，从表 6-5 中可以得出以下结论：

Logistic 模型的估计结果显示，对确权是否满意与农地是否转入为显著正相关关系，在控制变量不变的情况下，变量对确权是否满意通过了10%的显著性检验且符号为正，说明对农地确权的满意度越高越能显著促进农村土地转入。从边际效应来看，对农地确权的满意度高使农户参与土地转入的概率提高3.10%。

解释变量中，模型结果基本与前文的模型吻合，说明本书论证模型具有较好的稳健性。社会经济特征中，调查村的所处地形条件与农地是否转入呈显著负相关，地形分为平原和丘陵，说明地形条件存在差异，不会促进农地转入。家庭特征变量中，承包耕地面积与农地是否转入呈显著正相关。个人特征变量中，变量农户性别通过了5%的显著性检验且符号为负，农户的主要工作与农地是否转入呈显著正相关。在外务工或经商时间与农地是否流转呈显著负相关，说明农户在外务工或经商时间越长，农地转入的可能性越小。有特殊技术这一变量与农地是否转入呈显著负相关，有消极影响。

6.5 本章小结

本章首先用 Probit 模型测度是否确权对农户土地是否流转的影响；其次，用 Logistic 模型研究确权满意度对农户土地是否流转的影响，从而研究农地确权对农户农地流转行为的影响。主要研究结论如下：

（1）农村承包农地确权登记颁证对农户承包地流转有显著促进作用。变量是否确权通过了5%的显著性检验且符号为正，说明农村承包农地确权颁证对农村农地流转有显著促进作用。从边际效应来看，农地确权使农户参与农地流转的概率提高14.0%。

（2）农村承包地确权登记颁证能够显著促进农户承包地转出。变量是否确权通过了5%的显著性检验且符号为正，说明农村承包农地确权颁证对促进农村土地转出有显著作用。从边际效应来看，农地确权使农户参与土地转出的概率提高 8.60%。

（3）农村承包地确权登记颁证对农户承包地转入没有显著影响。Probit 模型的结果显示，政策变量是否确权未通过显著性检验且符号为负，这表明是否确权对农户转入土地的规模没有显著影响。

（4）农村承包地确权登记颁证满意度对促进农户承包地流转有积极影响。对确权是否满意与农地是否流转呈显著正相关。在控制变量不变的情况下，农地确权的满意度越高越能显著促进农村农地流转。从边际效应来看，对农地确权满意度高使农户参与农地流转的概率提高 16.40%。从侧面印证了提升农地确权满意度的意义所在。

（5）农村承包地确权登记颁证满意度对促进农户承包地转出有积极作用。Logistic 模型的结果显示，在控制变量不变的情况下，变量对确权是否满意通过了 1%的显著性检验且符号为正，说明对农地确权满意度的提高有利于促进农村土地转出。从边际效应来看，农地确权满意度的提高使农户参与土地转出的概率提高 8.10%。

（6）农村承包地确权登记颁证满意度对促进农户承包地转入有积极作用。Logistic 模型的估计结果显示，在控制变量不变的情况下，变量对确权是否满意通过了 10%的显著性检验且符号为正，说明对农地确权的满意度越高越能显著促进农村土地转入。从边际效应来看，对农地确权的满意度高使农户参与土地转入的概率提高 3.10%。

（7）社会经济特征中变量调查村所处地形条件、调查村的交通便利情况，家庭特征变量中变量承包耕地面积，个人特征变量中主要工作、有何特殊技术、在外务工或经商时间对农户农地流转行为具有显著影响，但对农户转入和转出的影响存在差异。

第7章

农地确权背景下农户农地流转意愿与流转行为差异性及原因分析

农户的农地流转意愿是流转行为的先导，往往会对农户的实际流转行为选择起重要作用。因受多种因素的影响，农民在产生流转意愿到实际发生流转行为的过程中常常会产生农户最终的行为和农户最初的真实意愿不一致，或是存在一定的差异的情况。存在流转意愿的农户信息不对称或者价格不符合预期，就有可能结束农地流转的行为，没有农地流转意愿的农户因为土地确权或者行政干预引导的原因最终发生了农地流转。所以，探讨土地确权背景下农户流转意愿与流转行为之间的内在联系并分析原因，对反映农地确权对农地流转的影响，引导正确开展土地确权，科学地进行农地流转有积极的影响。

7.1 农地确权背景下农户农地流转意愿与流转行为的差异

由表 7-1 可知，77.12%有意愿流转的农户还是参与了流转，而 99.21%没有流转意愿的农户还是没有参与农地流转。经过卡方检验，$R=0.810$，这表明农地流转意愿和农地流转行为呈显著相关。这也表明

表 7-1　　**农地流转意愿与行为描述性分析**

<table>
<tr><td rowspan="2"></td><td rowspan="2"></td><td colspan="2">流转行为</td><td rowspan="2">合计</td></tr>
<tr><td>流转</td><td>无流转</td></tr>
<tr><td rowspan="2">流转意愿</td><td>愿意</td><td>77.12%</td><td>22.88%</td><td>100.00%</td></tr>
<tr><td>不愿意</td><td>0.79%</td><td>99.21%</td><td>100.00%</td></tr>
<tr><td>合计</td><td></td><td>29.63%</td><td>70.37%</td><td>100.00%</td></tr>
<tr><td>独立性检验</td><td colspan="4">$\chi^2 = 266.022$，$df = 1$，$Asymp. sig. (2-sided) = 0.000$，
$R_{Kendal'ls\ tau-b} = 0.810$</td></tr>
</table>

农户农地流转的意愿越强烈，这些农户农地流转的行为发生的可能性越大，他们的农地流转意愿对实际的农地流转行为具有较强的导向性和影响力，也印证了“意愿指引行动的实际发生”这一社会行为理论。

然而，仍然存在 22.88%的农户有流转意愿并没有付诸行动，还有约 0.79%的农户没有流转意愿却发生了流转的行为，导致农户的行为和他们的意愿不一致。这也表明，在农地流转的过程中，要重视外部因素的影响，农户因为自身的偏好、认知、动机等内在因素产生了农地流转的意愿之后，像市场环境、政策制度的外界因素依然会作用于最终行为的发生，导致农户的行为与他的意愿相背，见表 7-2。

表 7-2 **流转意愿与流转行为交互式分析**

			流转行为		合计
			不流转	流转	
流转意愿	不愿意	计数	250	2	252
		期望的计数	177.3	74.7	252.0
		流转意愿中的 %	99.2%	0.8%	100.0%
		流转行为中的 %	87.7%	1.7%	62.2%
		总数的 %	61.7%	0.5%	62.2%
		残差	72.7	-72.7	
		标准残差	5.5	-8.4	
	愿意	计数	35	118	153
		期望的计数	107.7	45.3	153.0
		流转意愿中的 %	22.9%	77.1%	100.0%
		流转行为中的 %	12.3%	98.3%	37.8%
		总数的 %	8.6%	29.1%	37.8%
		残差	-72.7	72.7	
		标准残差	-7.0	10.8	

续表

		流转行为		合计
		不流转	流转	
合计	计数	285	120	405
	期望的计数	285.0	120.0	405.0
	流转意愿中的 %	70.4%	29.6%	100.0%
	流转行为中的 %	100.0%	100.0%	100.0%
	总数的 %	70.4%	29.6%	100.0%

由表 7-3 可知，流转意愿与行为一致有三种情况，分别是意愿转出实际也转出、意愿转入实际转入和无意愿流转实际也没有流转。这三种情况的户数分布分别是 5 户、0 户和 250 户，总计 255 户。流转意愿与行为不一致的情况有 6 种，共有 150 户，第一种是意愿转出实际转入，共有 54 户；第二种是意愿转出实际无流转，共有 34 户；第三种是意愿转入实际转出，有 59 户；第四种是意愿转入实际无流转，有 1 户；第五种是无意愿流转实际转出，有 2 户；第六种是无意愿流转实际转入，但户数为 0。

表 7-3　　**农地流转中转入与转出的描述性分析**

流转意愿	流转行为			合计
	转出	转入	无流转	
转出	5	54	34	93
转入	59	0	1	60
无流转	2	0	250	252
合计	66	54	285	405

对比可发现，意愿转出与意愿转入相差的户数较大，意愿转出的户数多于意愿转入的户数；而在实际行为中，转出与转入相差的户数较

小，行为为转出的户数仍是大于转入户数。

针对流转意愿与行为不一致情况中的第一种和第三种，由表 7-4 可知，想转出而实际转入的户数有 54 户，想转入而实际转出的户数有 59 户。

表 7-4　　农地流转中转入与转出不一致的情况分析

	样本数	比例（%）
意愿转出实际转入	54	47.79
意愿转入实际转出	59	52.21
合计	113	100.00

7.2　农地确权背景下农户农地流转意愿与流转行为差异的原因分析

（1）农户有流转意愿而没有流转的原因。

第一，外部环境是导致农户农地流转意愿与行为差异的主要影响因素，结合访谈，我们分析，农户有流转意愿但实际没有流转农地的主要原因是“自己想流转，但没有合适的流转对象”，共有 63 户，占比 23.6%；由于“村里没有流转的大环境”共有 38 户，占比 14.23%；由于“没有法律保障，不敢流转”共有 31 户，占比 11.61%；农户有流转意愿但实际没有转入农地的主要原因是由于“家里劳动力数量缺乏”，共有 16 户，占比 5.99%。在调查农户有转出意愿但实际却没有转出农地的主要原因时，由于“缺乏资金”共有 30 户，占比 11.24%。可见，尽管国家在惠农、扶农方面政策不断增加，农地确权全面开展，但是大部分农户仍然存在这样的矛盾心态，他们认为农业收入高于以往，有意愿通过发生转入农地的行为来实现农地规模经营。但与此同时，没有发现更有利润可图的农业项目，政策引导农业生产不到位以及农业信息渠道不畅通又变成了这些有规模经营意愿的农户最终没有土地转入行为的主要原因。第二，过少的农地人均耕地面积、缺乏农地流转信息等原因，也使转入土地价格过高，转出市场供给受到制约，转入意愿很难产生。第三，担心流转后收益得不到长期保障、流转纠纷难以处理等原因导致了农地流转的积极性不高。第四，需求不足，流转交易价格高；而且比较看重目前的农地补贴收益，所以最终使农户选择不发生流转。

（2）农户没有流转意愿而进行流转的原因。

调查样本中还有 0.79%的农户开始并不愿意参与农地流转，但情感因素或政府的行政干预或引导，仍然进行了流转。究其原因，在农地确权背景下，农民有了土地的"身份证"，可以证明农民与土地的长期稳定产权关系，农民获得有保障的土地承包经营权，就成为土地承包权的物权权利人，成了土地真正的主人，有助于激发农民发展农业经济、保护耕地、节约集约用地的动力，有助于在农业现代化进程中切实维护农民权益；使得部分不愿转入农地的农户实际上也转入了农地。与此同时，部分农户不愿意转出土地，最终发生了农地流转。

（3）农户想转入而转出的原因。

据访谈，我们发现 52.21%的农户在流转过程中想转入而转出的原因是：从农户本身出发，其自身职业选择、经济承受能力和家庭收入水平不足，农户无法承担转入风险，且从事耕种，实际耕地通过转入无法短时间内创造巨大受益，相反通过转出部分以至于全部耕地面积，马上可以获得流转收益。从农村农地流转的大环境出发，当地农户选择转入的人少，流转的氛围不足，转入土地的风险保障机制不到位等都会影响其流转行为与意愿。

（4）农户想转出而转入的原因。

据访谈，我们发现 47.79%的农户在流转过程中想转出而转入的原因是：从农户自身出发，其自身知识水平和传统农耕观念等会影响其行为，他们在流转意愿上更倾向于转出，但实际在接收到外界农耕科普知识以及家庭传统耕种观念影响之后，他们选择了转入，扩大耕地面积，继续耕种。从国家扶农政策出发，国家帮助农业种植发展的优惠政策可能会吸引农民作出与意愿不一致的转入行为。

7.3 本章小结

意愿对行为有较强的导向性和影响力，同理，农户流转意愿对流转行为也有直接的影响，意愿越强烈，行为越容易发生，但仍存在流转意愿与行为不一致的行为：

（1）22.88%的农户存在流转意愿却不存在农地流转行为。究其原因，一是合理的政策指引过少，农业信息渠道不通，让大多数农户虽然有规模经营意愿，但同时又觉得找到较好的生产项目很难。另外，从供给角度看，转出农地的市场由于农村普遍人均耕地面积偏少以及过少的流转信息，也使转入土地价格过高，转入意愿很难产生。二是农地生产经营存在低效益的状况，容易使农户产生转出意愿。然而农户在意愿转出时，又害怕流转后没有长期保障、流转纠纷困难、需求不足、流转价高等问题，最终放弃流转。

（2）0.79%的农户无流转意愿却发生了农地流转行为。究其原因，在农地确权背景下，农民有了土地的“身份证”，可以证明农民与土地长期稳定的产权关系，农民获得有保障的土地承包经营权，就成为土地承包权的物权权利人，使得部分不愿转入农地的农户实际也转入了农地。与此同时，部分农户不愿意转出土地，最终发生了农地流转。

（3）52.21%的农户在流转过程中想转入而转出。究其原因，从农户本身出发，实际耕地通过转入无法短时间内创造较大收益，转出土地则可以马上获得流转收益。从农村农地流转大环境出发，当地农户选择转入的人少，流转的氛围不足，转入土地的风险保障机制不到位等都会影响其流转行为与意愿。

（4）47.79%的农户在流转过程中想转出而转入。究其原因，从农户自身出发，其自身知识水平和传统农耕观念等会影响其行为，他们在流转意愿上更倾向于转出，但家庭传统耕种观念影响根深蒂固，最终他们选择了转入土地，扩大耕地面积，继续耕种。

第8章 农地确权前后农户农地流转意愿和行为差异及原因的深层次分析

伴随农地确权政策的逐步深入，确权前后农户农地流转意愿和行为是否一致？其原因何在？确权后，农户农地流转意愿和行为的差异是变大还是变小？原因又是什么？本章将围绕这些问题作进一步深层次分析。

由表 8-1 可知，在 405 份样本中，确权 306 户，进行农地流转的农户有 108 户，占比 90%。未确权 99 户，进行农地流转的农户有 12 户，占比 10.00%。

表 8-1　　**农地流转统计分析**

	农地流转户数	百分比（%）
未确权	12	10.00
确权	108	90.00
合计	120	100.00

由表 8-2 可知，在 108 户确权的农户中，确权前发生农地流转有 20 户，占样本总数的 18.5%；确权后发生农地流转有 88 户，占样本总数的 81.5%。这在一定程度上印证了土地确权颁证对农民进行农地流转有极大的促进作用。

表 8-2　　**确权前后农地流转统计分析**

	农地流转户数	百分比（%）
确权前	20	18.5
确权后	88	81.5
合计	108	100.00

8.1　农地确权前农户农地流转意愿和行为差异及原因分析

8.1.1　农地确权前农户农地流转意愿和行为差异

由表 8-3 可知，确权前意愿与行为一致的情况较少，占该样本数的 15%；意愿与行为不一致的情况占大多数，占比 85%，其中意愿转出实际转入的情况占比 45%，多于占比 40%的意愿转入实际转出情况。确权前实际发生土地转出行为的占比 50%，与转入行为占比 50%的比例相同。

表 8-3　　确权前流转意愿与流转行为差异分析

		样本数	百分比（%）
一致	意愿转出实际转出	2	10.00
	意愿转入实际转入	1	5.00
不一致	意愿转出实际转入	9	45.00
	意愿转入实际转出	8	40.00
	无意愿实际转出	0	0.00
	无意愿实际转入	0	0.00
合计		20	100.00

8.1.2　农地确权前农户农地流转意愿和行为差异形成的原因

（1）农地确权前农户意愿转出而实际转入的原因。

个案 1（男，51 岁）职业种地者

张某自述："现在家里拥有的农地面积在村里算中等偏上吧，家里只剩我们老两口，孩子们都在外边打工，年纪大了，也不想再多种地了，够自己吃就行，种太多太累了，转一小部分也是可以的。前年年底，隔壁的老李来说马上要到广州给女儿带小孩，老李平时跟我家交情不错，经常互相帮忙，就说要把他家地给我先种着。再者，他担心到时地不好收回，觉得我比较可靠。这样我就把他家 3 亩地都一起种了。其实，多种几亩地也多挣不了多少钱，就权当帮他家暂时照顾一下土地吧，乡里乡亲的，关系一直不错。"

通过以上个案，我们可以看出，影响农户农地流转意愿和行为的重要因素必须考虑农村中固有的人情规则、情感移速、控制权偏好等。第一，在现存传统农业的前提下，农业生产经营的收入与从事其他非农行业就业的收入水平相比而言相对较低，这也是影响农户是否转入土地的原因。第二，固有的人情法则和相关情感因素使得部分原本没有转入意愿的农户实际上转入了土地。以上现象表明农户对流转的意愿不只是受经济因素的影响，实际上是一个受经济、社会、文化和情感因素综合影响的决策过程，也是一个社会经济行为。

（2）农地确权前农户意愿转入而实际转出的原因。

根据表 8-2，我们发现农地确权前农户农地流转意愿和行为差异主要集中在意愿转入而实际转出，占总数的 66.67%。

个案 2（男，42 岁）个体户

李某自述："现在农村支农惠农政策多，有一份土地相当于有一份收益。种地比起以前划算多了，所以我愿意转入更多的土地。但是家中实在没有更多的劳动力从事生产，小年轻都到外地打工了。同时一时也没有较好的农业生产项目供转入土地用。再说，大家的地都不多，谁可以转给你呢。苦于家里没人种地，暂时还是转出算了，还可以多一分受益。"

通过以上典型个案不难得出，我国不断加大对农村、农业发展的扶持力度，多数农户觉得种地比之前划算。这些农民也就对通过转入农地来扩大农地生产经营规模有着积极的意愿。然而从供给角度看，因较少的人均耕地面积，转出市场的容积也会受到限制，这样一来，农户生产方式会受到经营规模的影响而难以向现代化发展。而且，现今缺少必要的政策引导、农业信息渠道不通畅也会让农户觉得农业生产转向规模化经营有难度，尽管有这种规模经营意愿的农户也认为要找到能够扩大经营的项目很难，这些原因都是限制农户将转入农地意愿转化为实际转入农地行为的重要因素；同时，由于劳动力缺乏，选择土地转出可以立即获取利益。

8.2　农地确权后农户农地流转意愿和行为差异

从表 8-4 可知，确权后意愿与行为一致的比例低，仅占该样本数的 4.55%，不一致的比例极大，占比 95.45%，其中意愿转出实际转入的情况占比 46.59%，意愿转入实际转出情况同样占比 46.59%，还包括无意愿实际转出的情况占比 2.27%。确权后，实际进行土地转出的占该样本数的 53.41%，实际进行土地转入的占比 46.59%，土地转出多于转入。

表 8-4　　确权后流转意愿与流转行为差异

		样本数	百分比（%）
一致	意愿转出实际转出	4	4.55
	意愿转入实际转入	0	0.00
不一致	意愿转出实际转入	41	46.59
	意愿转入实际转出	41	46.59
	无意愿实际转出	2	2.27
	无意愿实际转入	0	0.00
合计		88	100.00

8.3 农地确权前后农户农地流转意愿和行为差异及原因分析

通过表8-3和表8-4我们可以看出，农地确权前意愿与行为一致的情况占样本总数的15%；意愿与行为不一致的情况占大多数，占比85%。确权后，意愿与行为一致的比例低，仅占该样本数的4.55%，不一致的比例占95.45%。对比可知，确权前后，意愿与行为一致的比例减少了10.45%，意愿与行为不一致的比例增加了10.45%，确权后加大了农户农地流转意愿与行为之间的差异。

（1）宏观因素的影响。

个案3（男45岁）职业种地者

李某自述："现在觉得干农活划不来，看看村里出去打工的，一两个月的收入顶我们干一年农活的收入，所以，我不想要土地，太辛苦，收入不高。我也很想把我家的农地转出去，加上原来担心万一将来出现纠纷，也说不清楚，特别是将来自己想种了，能不能收回还是一个问题。确权颁证后，感觉安全多了，所以内心还是愿意转的，但是现在转出农地转让费比较低，划不来，大多是我们私下协商就算定了，也没有什么法律有具体的指导和说明，反正转不转就那回事，我还是不转，守着自己的土地，我才安心啊！"

个案4（男50岁）职业种地者

许某自述："我本人年纪不小，不想流转土地，作为保障，但是村干部天天做工作，三天两头到家里，不敢得罪公家人，所以只有听他们的流转土地了。"

从案例3和案例4中我们可以发现，在农地确权颁证的背景下，一部分农户会因为农业生产收益相比其他行业偏低，希望转出土地。但转出土地获得的收益也不是太理想，这增加了农户在经济上和心理上不愿意转出土地的可能，最终选择将土地留在农户自己手中。

（2）中观因素的影响。

个案5（男38岁）村干部、中共党员

赵某自述："我是村干部，又是中共党员，无论是确权还是流转都要带头，我自己都不搞，农民更不搞了，所以我要把个人想法放在一边，服从村的整体安排。"

个案6（女38岁）职业种地者

季某自述："我是女同志，也没什么文化，男人去外地打工了，只留下我照顾老人和孩子，家里的农活太重，实在是干不了，想转出去，但是怕吃亏，我看村里的大多数人怎么弄，我就怎么弄。"

从案例5和案例6中我们可以发现，在农地确权颁证的背景下，部分农户有强烈的农地流转意愿，但出于本人身份顾虑、从众等心理因素的影响，从而作出与本人意愿不同的行为选择。

（3）微观因素的影响。

个案7（男42岁）外出打工者

章某自述："相比外出打工，种地收入不行，又累，对我家来说是可有可无的。虽然国家现在可以发补贴，种地比原来强很多，但我还是觉得不挣钱，尤其是农地确权后，我愿意转出土地。但是担心未来像我们这样的农民，既没有文化又没有特殊技能，万一在城里丢了工作，该怎么办呢，还是保留土地比较好，至少是个保障。"

个案8（男35岁）外出打工者

杨某自述："我本人在外面有点盖房子的技术，活累，但收入还行，家里的地没人种，荒着可惜，确权后想把地转出去，但是怕转出去后别人不爱惜土地，乱施肥，万一以后想回来种，地不行了，怎么办，所以还是荒着吧。"

从上边案例我们可以发现，部分农户在确权颁证后有强烈的农地流转意愿，但出于农村社会保障缺失、控制权偏好、资源禀赋等客观因素的影响，从而选择保留农地而不转出农地的行为选择。这也在一定程度上印证了前面的理论基础，在行为经济学理论的逻辑下，确权无法改变农户的控制权偏好；确权强化农民对农地的禀赋效应，进而确权不一定会促进甚至会抑制农地流转的观点。

8.4 本章小结

（1）在405份样本中，确权的有306户，进行农地流转的农户有108户，占比90%。未确权的有99户，进行农地流转的农户有12户，占比10%。在108户确权的农户中，确权前发生农地流转的有20户，占样本总数的18.5%，确权后发生农地流转的有88户，占样本总数的81.5%。这在一定程度上印证了土地确权颁证对农民进行农地流转有极大的促进作用。

（2）对比确权前后对农户农地流转意愿与行为的差异可知，农地确权前，意愿与行为一致的情况占样本总数的15%；意愿与行为不一致的情况占比85%。确权后，意愿与行为一致的比例仅占该样本数的4.55%，不一致的比例占95.45%。确权前后，意愿与行为一致的比例减少了10.45%，意愿与行为不一致的比例增加了10.45%，确权后加大了农户农地流转意愿与行为之间的差异。

（3）深层次地分析农地确权前后农户农地流转意愿和行为差异的原因，可以从宏观因素、中观因素和微观因素三个方面进行考虑。宏观因素主要是目前整个农地流转市场的转出农地的收益偏低、政府的强制干预等原因，造成农户在土地确权前后流转意愿与行为的差异。中观因素主要是村集体中村干部身份顾虑以及农村从众等心理因素的影响。微观因素为农户出于农村社会保障缺失、控制权偏好、资源禀赋等客观因素的影响，从而使自己的流转意愿与行为相悖。

总体而言，农地确权对农地流转有积极影响，但是，在研究中，我们注意到农地确权会影响农地流转的实现。由于农民自身限制等因素的影响，农地确权强化了农地产权的安全性，安全的农地产权能够激发农户农地投资的积极性，提高农地价值，强化农户的“控制权偏好”和农地的“财产禀赋效应”，这可能会在实际过程中加大农地流转的难度，影响农地流转的实现。因此，我们在农地确权的实际过程中，应掌握度的问题，积极地采取措施，创新方法，规避风险，充分发挥农地确权对农村经济发展的积极作用。

第9章 主要结论与对策建议

9.1 主要结论

第一，农村承包农地确权登记颁证对农户承包地转出意愿和转入意愿均有显著促进作用。表现在：农村承包农地确权登记颁证对农户承包地转出意愿有显著促进作用。变量是否确权通过了1%的显著性检验且符号为正，是否确权与农户是否愿意转出呈显著正相关关系，说明土地是否确权与是否愿意转出有显著相关性。从边际效应来看，农地确权增加农户产生转出意愿的概率为22.4 %。农村承包农地确权登记颁证对农户承包地转入意愿有显著促进作用。变量是否确权通过了5%的显著性检验且符号为正，是否确权与农户是否愿意转入呈显著正相关关系，说明土地是否确权与是否愿意转入有显著相关性，农地确权对农户的转入意愿具有积极影响。从边际效应来看，农地确权增加农户产生转入意愿的概率为7.13%。

第二，农村承包农地确权登记颁证满意度对农户承包地转出意愿和转入意愿均有显著促进作用。表现在：农村承包地确权登记颁证满意度对促进农户承包地转出意愿有积极作用。变量土地承包经营权登记颁证的满意度通过了5%的显著性检验且符号为正，土地承包经营权登记颁证的满意度与农户是否愿意转出呈显著正相关关系，说明农户对土地承包经营权登记颁证的满意度高，那么转出意愿的概率就会高，从边际效应看，增加概率为10.1%。农村承包地确权登记颁证满意度对促进农户承包地转入意愿有积极作用。变量土地承包经营权登记颁证的满意度通过了5%的显著性检验且符号为正，农地确权满意度与农户是否愿意转入呈显著正相关关系，说明土地是否确权与是否愿意转入有显著相关性，农地确权对农户的转入意愿具有积极影响。从边际效应来看，农地确权增加农户有转入意愿的概率为7.7%。

第三，农村承包农地确权登记颁证对农户承包地流转行为有显著促进作用。变量是否确权通过了5%的显著性检验且符号为正，说明农村承包农地确权颁证对农村农地流转有显著促进作用。从边际效应来看，农地确权使农户参与农地流转的概率提高14.0%。其中，农村承包地确权登记颁证能够显著促进农户承包地转出。变量是否确权通过了5%的显著性检验且符号为正，说明农村承包农地确权颁证对促进农村土地转出有显著作用。从边际效应来看，农地确权促进农户参与土地转出的概率提高8.60 %。农村承包地确权登记颁证对农户承包地转入没有显著影响。Probit模型的结果显示，政策变量是否确权未通过显著性检验，且符号为负，这表明，是否确权对农户转入土地的规模没有显著影响。

第四，农村承包地确权登记颁证满意度对促进农户承包地流转行为有积极影响。确权是否满意和农地是否流转呈显著正相关。在控制变量不变的条件下，农地确权的满意度越高，促进农地流转的效果越显著。从边际效应来看，农地确权的满意度越高使农地流转的概率提高16.4%，从侧面印证了提升农地确权满意度的意义所在。其中，农村承包地确权颁证的满意度对促进农户承包地转出有重要的积极作用。Logistics模型的结果中，在控制变量不变的条件下，确权是否满意这一变量通过了1%的显著性检验，且符号为正，这说明对农地确权满意度的提高有利于促进农村土地的转出。从边际效应来看，农地确权满意度的提高使农户参与农地流转的概率提高8.1%。农村承包地确权对促进农户承包地转入也有积极作用。Logistic模型的估计结果显示，在控制变量的情况下，变量对确权是否满意通过了10%的显著性检验且符号为正，这说明了其也能促进农村土地转入。从边际效应来看，对农地确权的满意度高使得农户参与农地流转的概率提高3.1%。

第五，农户的农地流转意愿对实际的流转行为产生较强的导向性和影响力。随着农户农地流转意愿的提高，流转行为发生的几率也随之提高。但仍存在流转意愿与行为不一致的行为：22.88%的农户存在流转意愿却不存在农地流转行为。究其原因，一是合理的政策指引过少，农业信息渠道不通，使大多数农户特别是有规模经营意愿的农户在从事农业生产时会产生没有较好的农业生产项目的意识。而且，农村普遍人均耕地面积少，流转信息缺乏，也会让转出农地的市场供给受限，转入形成高价，难以达成转入意愿。二是农地生产经营存在低效益的状况，容易使农户产生转出意愿。同时，农户在意愿转出时又害怕流转后的收益缺少长期保障，流转纠纷困难，需求不足，流转价高等问题，最终放弃流转。0.79%的农户无流转意愿却发生了农地流转行为，原因可能是，农业生产经营存在相对而言的比较效益，这使得农户转入农地的意愿受到制约，与此同时，传统人情法则和综合情感因素也会带来流转行为的改变。另外，少数无转入意愿的农户实际上也发生了转入行为。我们发现农户在流转过程中想转入而转出的原因是：根据农户自身利益的考虑，实际耕地通过转入短时间内较难获得巨额增益，反之转出土地则能快速获益。再考虑到农村农地流转大环境这一背景，农村普遍流转环境差也会使当地转入土地农户数量少，转入土地的风险保障机制不到位等都对流转行为与意愿有影响。我们发现，农户在流转过程中想转出而转入的原因是：从农户自身出发，其自身知识水平和传统农耕观念等影响其行为，他们在流转意愿上更加倾向于转出，但家庭传统耕种观念根深蒂固，最终他们选择了转入土地，扩大耕地面积，继续耕种。

第六，对比确权前后，意愿与行为一致的比例减少了10.45%，意愿与行为不一致的比例增加了10.45%，确权后加大了农户农地流转意愿与行为之间的差异。深层次分析农地确权前后农户农地流转意愿和行为差异的原因，可以从宏观因素、中观因素和微观因素三个方面进行考虑。宏观因素主要是目前整个农地流转市场转出农地的收益偏低等原因，造成农户在土地确权前后流转意愿与行为的差异。中观因素主要是村集体中村干部身份顾虑以及农村从众等心理因素的影响。微观因素是农户出于农村社会保障缺失、控制权偏好、资源禀赋等客观因素的影响，从而使自己的流转意愿与行为相悖。

9.2 政策建议

提升土地承包经营权确权的满意度，更好地促进农村土地的有序流转，根据本研究的分析结论并结合调查中发现的问题，提出以下建议：

（1）尊重农户意愿，维护农户主体地位。

政府在农地确权和农户流转过程中，要引导和监督有度，而不能过度干预。农民农地流转的主体地位应得到政府的承认，农民的合法权益和意愿选择也应得到政府的尊重。政府不能用行政命令的强制手段推行农地流转，而要本着农村生产要素合理流动与资源优化配置的目的，保证在平等协商、依法、自愿、有偿的前提下，健全农地流转的可操作性制度，使农地流转在积极的引导下进行。

（2）加强宣传培训，加强农地确权颁证的舆论引导。

农村土地承包经营权确权颁证的工作离不开农民的积极参与和支持。通过会议宣传、资料宣传、现场宣传等广泛宣传，市、县、乡、村四级召开动员会或培训会，工作专班深入村组，现场解读政策、传授方法等各种途径加大对确权颁证工作的舆论宣传和引导力度。宣传引导还应该使干部、群众的思想认识到位，并清楚工作程序和相关政策，为试点工作奠定良好的群众基础和思想基础。与此同时，还应当多层次、加大力度地开展培训工作，建立具有专业素质的组织领导队伍、政策指导队伍、技术操作队伍来满足确权颁证工作的需要。

（3）直面矛盾，妥善调处，提升农地确权颁证的满意度。

要充分尊重农民意愿，通过多样性的纠纷协调机制，加强经费支持，合理地化解矛盾，适时解决纠纷，完善技术保障，提升确权的服务等方面提升农地确权颁证的满意度。需要立足“三化”。“一化”是协商化解。农民协商可以解决的问题由农民协商解决农民之间的矛盾。

“二化”是调处化解。对于农民协商不能解决的问题，交由村、镇的干部进行调解解决。“三化”是司法化解。对于农民之间的矛盾纠纷，个人协商和村、镇干部也无法调解的，由当事人诉诸法院进行裁决。

（4）完善社会保障机制，推行层次化的农村社会保障体系。

解决农民对农地流转的后顾之忧的重要手段还有建立和完善农村的社会保障机制，因为这可以从根本上增强农民离土的安全感和适应市场风险的能力。因此，必须健全和完善农村的社会保障体系，如建立多层次的农村社会保险、社会福利、社会救济、社会互助、优抚安置体系，并实现农村社保和城镇社保的对接，以避免进城务工人员“二次返乡”与农民争地，推进农村住房制度的改革以提升农民的住房质量，并建立对农村弱势群体住房的补贴，加大对农村社保的投入。

（5）优化农地流转环境，加强地方政府土地管理与服务职能。

农村应加快建立县、乡（镇）两级承包地流转信息收集、发布平台，从而克服因农地流转供需双方信息不对称对农地流转制约的问题，如农地流转信息的提供、法律政策咨询服务的开展、签订合同的指导等，以保证农地流转的顺利进行。要建立合同签订与鉴证、政策咨询、纠纷调解机构，并发挥农地流转中政府的服务和引导作用。为切实保障农民的权益，政府要完善以实施流转合同制和备案制为重点的流转管理工作制度和规程以及承包地流转市场定价机制，并引导双方对土地承包经营权进行合理定价。优良的农地流转市场和管理机构中介组织的建立，土地市场的各个环节之间联系的加强，有利于创造更好的农地流转环境。

（6）加强农民的技能培训，加大新型农业经营主体培育力度。

通过引入有经验有技术的种田能手或种植专业大户来加强农民技能培训，带动地方经济的发展，使从事种植业的农民老龄化、低水平的状态得到转变。政府应给予资金和技术支持，提供优惠政策，建立新型的农业经营体系，培养专业的农机服务机构，并扶持本地种植养殖大户和土地合作社，以实现土地的规模化经营。

（7）完善农村基础设施建设，改善农村农地流转环境。

通过分析结果可知，被调查地的交通便利程度越高，农地流转的概率越大。交通便利，农民能够利用交通优势选择土地经营形式，也更倾向于流转土地；交通便利也有利于要素流动，即劳动力转移，外出务工的劳动力更倾向于把手中的农地流转出去。因此，农村基础设施的完善一方面能改善农民生产经营条件，提高农民生产积极性，增加土地流入；另一方面，它能促进劳动力转移，推动土地转出，从而实现土地的合理流转。

（8）建立惩罚机制，加强对撂荒土地问题的管理。

撂荒造成农业土地经济收益较低，与之而来的还有弃农机会成本。如果撂荒的行为被政府惩罚，农地流转也会在一定程度上得以促进，主要原因是一方面它带来的直接经济收益，另一方面还避免了受到政府的惩罚。

附录：湖北省农村土地承包经营权确权对农地流转影响的调查问卷

您好，我是华中农业大学的调查员，现在正在进行关于农地确权对农业适度规模影响的研究，希望通过我们的调查对全国农地确权工作有所帮助，促进农村经济的发展。您回答的问题我们将严格保密。感谢您的积极配合！

A. 村庄基本情况调查

A1. 调查地址：湖北省 ______ 市/县__________乡/镇________村________组

A2. 调查村所处地形条件：____________ 1. 平原；2. 丘陵

A3. 您居住的村民小组离集镇的距离为________公里

A4. 调查村离集镇的交通是否便利：1. 很不便利；2. 比较不便利；3. 一般便利；4. 比较便利；5. 非常便利

B. 家庭基本情况调查

B1. 您的姓名：____________；您的联系电话：__________；您家里一共有____口人

B2. 家庭劳动力调查表

序号	与户主关系（如父子、母子、夫妻、儿媳等）	年龄	性别：1. 男 2. 女	文化程度：1. 文盲 2. 小学 3. 初中 4. 高中或大专 5. 大专以上	健康状况：1. 良好 2. 一般 3. 较差	主要工作：1. 务农 2. 务农兼打零工 3. 在外地短期务工或经商 4. 在外地长期务工或经商	在外务工或经商时间（月）	在外务工或经商年收入(元)	是否为中共党员：1. 是 2. 否	有何特殊技术：1. 木匠 2. 泥瓦匠 3. 汽车驾驶 4. 其他
	户主									

（注：仅调查从事农业劳动者或外出务工者，未成年人或在外地落户的家庭成员不予调查。）

B3. 您承包耕地面积______亩，其中，自己家承包______亩，租种他人____亩，租种费用为__________元/亩

B4. 您家里拥有的生产、生活资料主要有以下哪些？（可多选）________

1. 小轿车；2. 电脑（联网）；3. 手扶拖拉机；4. 插秧机；5. 收割机；6. 耕牛；7. 大型拖拉机；8. 摩托车或电动车；9. 空调；10. 粮仓；11. 其他______

B5. 您家家庭成员平均收入水平同当地平均水平相比________

1. 高一半以上；2. 高一些；3. 差不多；4. 低一些

C. 农地确权绩效调查

C1. 您所在区是否完成农地确权？1. 是；2. 否

C2. 您对土地承包权经营权确权登记颁证的看法：1. 满意；2. 不满意。原因：________

C3. 确权后，您的土地是否愿意转出？1. 是；2. 否。如是，您愿意流转给谁？________

C4. 确权后您是否愿意转入他人的土地？1. 是；2. 否

C5. 您是否了解农地确权政策？1. 是；2. 否

C6. 确权后，您的收入是否发生变化？1. 是；2. 否

C7. 确权后，您的耕地是否愿意被征用？1. 是；2. 否

C8. 确权后，您是否会用土地抵押贷款？1. 是；2. 否。如是，您贷款用于什么？________

C9. 土地承包权经营权确权后，您是：1. 继续耕种；2. 出租土地，外出务工；3. 扩大承包土地面积；4. 成立合作社，联合生产；5. 把土地转让给他人；6. 其他（请注明）。原因是：________

C10. 确权后，您家农地流转发生在确权前还是确权后？1. 确权前；2. 确权后

C11. 您认为农地确权存在什么问题？如何改进？______________

____

D. 农地流转情况调查

D1. 您家有农地流转吗？1. 是；0. 否（若选 1，跳至 D2；若选 0，

跳至 D40）

D2. 您家农地流转发生时是否确权？1. 是；2. 否（选“否”请跳过 D3）

D3. 您家农地流转若是在农地确权前，确权后有何变化？1. 面积增加；2. 面积不变；3. 面积减少

D4. 您家农地流转类型是什么？1. 转出；0. 转入（若选 1，填 D5～D17；若选 0，填 D18～D39）

D5. 您家农地流转意愿与行为是否一致？1. 是；2. 否（选 1 请跳至 D5. 1，选 2 请跳至 D5. 2）

D5. 1 如果意愿与行为一致，则是以下哪种情况？

1. 想转入而转入；2. 想转出而转出

D5. 2 如果意愿与行为不一致，则是以下哪种情况？

1. 想转入而转出；2. 想转出而转入

土地转出情况：

D6. 您家流转土地的面积为________亩

D7. 您家农地流转方式为________ 1. 转让；2. 出租；3. 转包；4. 互换；5. 反租倒包；6. 土地信托；7. 土地入股；8. 撂荒；9. 无偿给亲戚种

D8. 您期望的农地流转方式为________ 1. 转让；2. 出租；3. 转包；4. 互换；5. 反租倒包；6. 土地信托；7. 土地入股；8. 撂荒；9. 无偿给亲戚种

D9. 流转的价格是__________元/亩

D10. 您对农地流转价格满意吗？ 1. 很不满意；2. 不太满意；3. 一般；4. 满意；5. 很满意

D11. 您家农地流转对象是________ 1. 其他村民个人；2. 种植大户；3. 养殖大户；4. 合作社；5. 非本村的外来人员；6. 企业；7. 政府

D12. 您家农地流转的原因是________ 1. 缺乏劳动力；2. 自己耕

种收益低，转出收益高；3. 种地太辛苦；4. 土地贫瘠，不好耕种；5. 准备移居到其他地方（城镇）；6. 受亲戚朋友影响；7. 受村里政策影响；8. 其他因素（请具体说明）

D13. 农地流转后您家总收入的变化为________ 1. 增加；2. 不变；3. 减少

D14. 土地转出后，节省的劳动力去向是________

1. 去村或镇上打工；2. 去县里打工；3. 去城里打工；4. 去外省打工；5. 就地创业（本县以内）；6. 外出创业（本县以外）；7. 赋闲在家；8. 务农

D15. 农地流转后您家粮食种植面积变化如何？1. 增加；2. 不变；3. 减少

D16. 农地流转后生活保障主要依靠________ 1. 继续从事农业生产；2. 外出务工；3. 投奔子女或其他亲属；4. 自主创业；5. 养老金；6. 租金；7. 其他

D17. 目前还有继续转出土地的打算吗？1. 有；2. 没有

D18. D17 若选 1，打算转出__________亩

土地转入情况：

D19. 您转入土地的数量为________亩

D20. 您转入土地的价格为________元/亩

D21. 您对转入的土地价格满意吗？ 1. 很不满意；2. 不太满意；3. 一般；4. 满意；5. 很满意

D22. 您转入土地的原因是什么？

1. 家里有富足的劳动力；2. 实行规模经营；3. 靠种地赚钱；4. 养殖需要土地；5. 自主创业，建立厂房需要土地；6. 受别人委托；7. 其他用途

D23. 您转入的土地来自________ 1. 普通村民；2. 合作社；3. 亲戚朋友；4. 村集体；5. 其他

D24. 您转入土地的形式是________ 1. 承租；2. 托管；3. 承包；4. 代耕；5. 互换；6. 其他

D25. 您转入土地后，土地的使用情况为________

1. 种植粮食作物；2. 种植经济作物；3. 林地；4. 畜牧养殖基地；5. 渔业养殖基地；6. 建筑用地；7. 撂荒；8. 再转租给他人

D26. 农地流转后您家总收入的变化为________ 1. 增加；2. 不变；3. 减少

D27. 农地流转后您家劳动力结构的变化为________ 1. 务农人数增加；2. 务农人数不变；3. 务农人数减少

D28. D27 若选 1，增加的劳动力原来的就业情况是________

1. 在村或镇上打工；2. 在县里打工；3. 在城里打工；4. 在外省打工；5. 就地创业（本县以内）；6. 外出创业（本县以外）；7. 赋闲在家；8. 上学或当兵

D29. 农地流转后您家粮食种植面积变化如何？1. 增加；2. 不变；3. 减少

D30. 您目前还有继续转入土地的计划吗？1. 是；0. 否

D31. D30 若选 1，计划转入________亩

D32. 您对转入土地的要求为________

1. 与自家土地相邻；2. 灌溉条件好；3. 交通方便，距离市区近；4. 地形平整；5. 土壤肥力较好；6. 租金比较低；7. 可以进行机械化耕作；8. 年限较长；9. 没要求

D33. 您对转入土地的质量满意吗？1. 很不满意；2. 不太满意；3. 一般；4. 满意；5. 很满意

D34. 转入土地时，其灌溉条件如何？1. 很不好；2. 不太好；3. 一般；4. 好；5. 很好

D35. 转入的土地有没有进行项目投资？1. 是；0. 否

D36. D35 若选 1，由谁投资？1. 小组；2. 村；3. 乡镇；4. 县及以上；5. 个人；6. 其他

D37. 投资金额是________元

D38. 投资项目是________ 1. 修水渠；2. 挖塘；3. 打井；4. 修梯田；5. 平整土地；6. 改变用途；7. 其他

D39. 投资是否有补贴？1. 是；0. 否

D40. D39 若选 0，您是否愿意进行投资？1. 是；0. 否

无农地流转情况：

D41. 您家曾经有过农地流转吗？1. 是；0. 否

D42. D41 若选 1，结束农地流转的原因是________ 1. 合同期限到期；2. 合同未到期，但转入的土地没有经济效益或存在其他问题，自行商讨解除合同；3. 合同未到期，家中有多余劳动力或其他原因，需要将流转出去的土地收回，自行商讨解除合同；4. 其他

D43. 您考虑过将来进行农地流转吗？1. 是；0. 否

D44. D43 若选 1，考虑转出还是转入？1. 转出；0. 转入

D45. 若一直没有进行过农地流转，原因是________ 1. 自己想流转，但没有合适的流转对象；2. 没有法律保障，不敢流转；3. 家中劳动力缺乏；4. 缺乏资金；5. 现有土地数量刚好，没必要流转；6. 村里没有流转的大环境；7. 没听说过农地流转

D46. 您家目前有撂荒的土地吗？1. 有；2. 没有

D47. D46 若选 1 ，撂荒的原因是________ 1. 打算流转但还没有找到合适的机会流转出去；2. 家中缺乏有效劳动力；3. 完全经营其他产业；4. 有子女打工赚钱，家中老人不需要耕种；5. 自然原因，收成不好；6. 其他

D48. 撂荒的面积为________亩

参考文献

[1] 包宗顺，徐志明，高珊，等. 农村土地流转的区域差异与影响因素——以江苏省为例 [J]. 中国农村经济，2009 (4)：23-30，47.

[2] 曾皓，张征华，宋丹. 对农村土地承包经营权确权登记颁证的思考——基于江西省的实践 [J]. 农村经济与科技，2015 (1)：41-43，59.

[3] 陈成文. 论促进农村土地流转的政策选择 [J]. 湖南社会科学，2012 (2)：92-99.

[4] 陈珏宇，姚东旻，洪嘉聪. 政府主导下的土地流转路径模型——一个动态博弈的视角 [J]. 经济评论，2012 (2)：5-15.

[5] 陈利冬. 发达国家或地区的农地流转制度及其启示与借鉴 [J]. 土地问题，2009 (2)：42-45.

[6] 陈美球，彭云飞，周丙娟. 不同社会经济发展水平下农户耕地流转意愿的对比分析——基于江西省 21 个村 952 户农户的调查 [J]. 资源科学，2008，30 (10)：1491-1496.

[7] 陈明，武小龙，刘祖云. 权属意识、地方性知识与农地确权实践——贵州省丘陵山区农村土地承包经营权确权的实证研究 [J]. 农业经济问题，2014 (2)：65-74.

[8] 陈盼，朱水成. 新中国农村土地流转政策的演进及建议 [J]. 改革与开放，2014 (2)：15-17.

[9] 陈锡斌. 困境与出路：我国农村土地流转问题探讨 [J]. 湖北社会科学，2010 (3)：53-56.

[10] 陈映芳. 农民工：制度安排与身份认同 [J]. 社会学研究，2005 (3)：119-134.

[11] 楚德江. 我国农地承包权退出机制的困境与政策选择 [J]. 中国农村经济，2011 (2)：38-42.

[12] 褚荣伟，肖志国，张晓冬. 农民工城市融合概念及对城市感知关系的影响——基于上海农民工的调查研究 [J]. 公共管理学报，2012，9 (1)：44-51.

［13］崔晓梅，刘延刚，陈军，等. 临沂市农村土地承包经营权登记试点工作现状及对策［J］. 现代农业科技，2013（24）：339-340.

［14］邓大才. 农地使用权流转价格体系的决定因素研究［J］. 中州学刊，2007（3）：44-48.

［15］丁琳琳，孟庆国. 农地确权羁绊及对策：赣省调查［J］. 改革，2015（3）：56-64.

［16］董国强，马小勇. 陕西省农村土地流转迟缓的供求影响因素与机制探析［J］. 人文地理，2010，25（4）：101-103.

［17］杜凌坤. 中国社会保障制度的城乡差异及统筹改革［D］. 厦门：厦门大学，2009.

［18］杜培华，欧名豪. 农户土地流转行为影响因素的实证研究——以江苏省为例［J］. 国土资源科技管理，2008（1）：53-56.

［19］杜强，贾丽艳. SPSS 统计分析从入门到精通［M］. 北京：人民邮电出版社，2011.

［20］段玉洁. 农户土地承包经营权流转意愿的影响因素分析［D］. 成都：四川师范大学，2011.

［21］樊荣，秦燕. 不完全市场条件下农地流转的困境——基于山西 D 镇的调研［J］. 社会科学家，2013（11）：47-50，54.

［22］范增红. 当前农地确权登记颁证工作存在的问题及建议［J］. 吉林农业，2014（23）：2.

［23］冯玲玲，邱道持，赵亚萍，等. 重庆市璧山县农户农地流转意愿研究［J］. 广西农业科学，2008，39（4）：551-556.

［24］冯艳芬，董玉祥，刘毅华，等. 基于农户调查的大城市郊区农地流转特征及影响因素研究——以广州市番禺区 467 户调查为例［J］. 资源科学，2010，32（7）：1379-1386.

［25］付江涛，纪月清，胡浩. 新一轮承包地确权颁证是否促进了农户的土地流转——来自江苏省 3 县（市、区）的经验证据［J］. 南京农业大学学报，2016，16（1）：105-113.

[26] 龚继红，钟涨宝. 近现代中日农地流转政策比较及启示 [J]. 农业经济，2005 (11)：19-20.

[27] 顾幸伟. 新型城镇化背景下广东农村土地承包经营权确权探析 [J]. 南方农村，2014 (9)：9-11.

[28] 郭洁. 现行土地所有权确权程序的变革 [J]. 法学，2008 (10)：81-88.

[29] 郭晓鸣. 中国农村土地制度改革：需求、困境与发展态势 [J]. 中国农村经济，2011 (4)：4-8，17.

[30] 国务院发展研究中心课题组. 农民工市民化：制度创新与顶层政策设计 [M]. 北京：中国发展出版社，2011.

[31] 韩俊，张云华，王宾，等. 破解三农难题：30 年农村改革与发展 [M]. 北京：中国发展出版社，2008.

[32] 韩俊. 中国农村土地问题调查 [M]. 上海：上海远东出版社，2009：305.

[33] 韩鹏，许惠渊. 日本农地制度的变迁及其启示 [J]. 世界农业，2002 (12)：14-15.

[34] 韩松. 新农村建设中土地流转的现实问题及其对策 [J]. 中国法学，2012 (2)：19-32.

[35] 韩长赋. 明确总体要求确保工作质量积极稳妥开展农村土地承包经营权确权登记颁证工作 [J]. 农村经营管理，2015 (3)：7-9.

[36] 韩长赋. 全国农村土地承包经营权确权登记颁证工作视频会议上的讲话 [OL]. 新华网. 2015-02-11. http：//news. xinhuanet. com/fortune/2015-02/11/c_127485079. htm.

[37] 何虹，王克稳，许玲. 农村土地承包经营权确权登记的困境及制度完善——以金坛市为例 [J]. 唯实，2013 (5)：45-48.

[38] 何虹，许玲. 农村土地承包经营权确权登记制度的法律完善——基于苏南农村视角 [J]. 农村经济，2013 (6)：44-49.

[39] 何国俊，徐冲. 城郊农户土地流转意愿分析——基于北京郊区 6 村

的实证研究［J］. 经济科学，2007（5）：111-124.

［40］何京蓉，李炯光. 农村土地流转状况调查与分析——基于三峡库区 7 个乡镇 23 个村的调查［J］. 经济问题探索，2010（3）：163-167.

［41］何军. 代际差异视角下农民工城市融入的影响因素分析［J］. 中国农村经济，2011（6）：15-25.

［42］何乐为. 经济发达地区农户土地流转意愿影响因素研究——基于浙江省的调查分析［J］. 绍兴文理学院学报，2009（7）：80-84.

［43］贺书霞. 土地保障功能及其转移路径［J］. 农村经济，2011（4）：36-39.

［44］侯明利. 河南农地流转现状、制约因素及对策分析［J］. 商业研究，2012（8）：171-174.

［45］胡晓涛. 农村土地承包经营权确权登记面临的困境与对策［J］. 南都学坛（人文社会科学学报），2014，34（6）：86-88.

［46］胡新艳，杨晓莹，罗锦涛. 确权与农地流转：理论分歧与研究启示［J］. 财贸研究，2016，2：67-74.

［47］华彦玲，施国庆，刘爱文. 国外农地流转理论与实践研究综述［J］. 世界农业，2006（9）：10-12.

［48］黄宝连，黄祖辉，顾益康，等. 产权视角下中国当前农村土地制度创新的路径研究——以成都为例［J］. 经济学家，2012（3）：66-73.

［49］黄季焜，冀县卿. 农地使用权确权与农户对农地的长期投资［J］. 管理世界，2012（9）：76-81.

［50］黄延信，张海阳，李伟毅，等. 农村土地流转状况调查与思考［J］. 农业经济问题，2011（5）：4-9.

［51］黄意，黄贤金. 农地流转中的妇女决策行为影响因素分析——以江苏省泰州市农村调查为例［J］. 中国土地科学，2005，19（6）：12-15.

[52] 黄祖辉，黄宝连，顾益康. 成都市城乡统筹发展中的农村土地产权流转制度创新研究 [J]. 中国土地科学，2012，26（1）：21-26.

[53] 黄祖辉，刘雅萍. 农民工就业代际差异研究——基于杭州市浙江籍农民工就业状况调查 [J]. 农业经济问题，2008（10）：51-59.

[54] 黄祖辉，王朋. 农村土地流转：现状、问题及对策——兼论土地流转对现代农业发展的影响 [J]. 浙江大学学报（人文社科版），2008（3）：38-47.

[55] 健全农村土地承包经营权登记制度　引导农村土地承包经营权有序流转——农业部农村经济体制与经营管理司解读中央一号文件 [J]. 中国合作经济，2013（2）：19-23.

[56] 焦玉良. 鲁中传统农业区农户土地流转意愿的实证研究 [J]. 山东农业大学学报（社会科学版），2005（1）：82-86.

[57] 柯刚，朱道林. 试析"习惯亩"在农村税费改革中的不合理性——以贵州六盘水市为例 [J]. 农村经济，2004（2）：17-19.

[58] 孔祥智，徐珍源. 转出土地农户选择流转对象的影响因素分析——基于综合视角的实证分析 [J]. 中国农村经济，2010（12）：17-25，67.

[59] 孔岩. 农地承包经营权确权登记研究综述 [J]. 安徽农业科学，2015，43（23）：283-285.

[60] 乐章. 农民土地流转意愿及解释——基于十省份千户农民调查数据的实证分析 [J]. 农业经济问题（月刊），2010（2）：64-70.

[61] 黎桂先. 农村土地承包经营权确权登记颁证探讨 [J]. 现代农业科技，2015（10）：340-342.

[62] 黎霆，赵阳，辛贤. 当前农地流转的基本特征及影响因素分析 [J]. 中国农村经济，2009（10）：4-11.

[63] 李连祺. 俄罗斯土地使用制度的新变化及启示——兼与我国土地使用立法比较 [J]. 学术交流，2008（11）：83-85.

[64] 李刘艳. 发达国家农地流转市场建设成效及借鉴 [J]. 江苏农业科

学，2012，40（2）：343-344.

［65］李刘艳. 美日农地流转市场建设及对中国的启示——基于制度层面的分析［J］. 河南师范大学学报（哲学社会科学版），2013，39（2）：127-129.

［66］联合调研组. 农地确权试点调查［J］. 政策，2015（1）：44-46.

［67］林善浪，张丽华. 农村土地转入意愿和转出意愿的影响因素分析——基于福建农村的调查［J］. 财贸研究，2009（4）：35-41.

［68］林文声，杨超飞，王志刚. 农地确权对中国农地经营权流转的效应分析——基于H省2009—2014年数据的实证分析［J］. 湖南农业大学学报（社会科学版），2016，17（1）：15-21.

［69］刘国超. 农村土地承包经营权流转问题研究［J］. 理论月刊，2006（1）：135-138.

［70］刘海藩，白占群. 历史的丰碑：中华人民共和国国史全鉴——四经济卷［M］. 北京：中央文献出版社，2004.

［71］刘卫柏. 基于Logistic模型的中部地区农村土地流转意愿分析——来自湖南百村千户调查的实证研究［J］. 求索，2011（9）：81-83.

［72］刘燕平. 俄罗斯的土地审批制度［J］. 国土资源情报，2006（8）：36-43.

［73］楼惠新，张建新. 论经济发达地区农村土地流转问题［J］. 农业现代化研究，2002（5）：215-218.

［74］罗必良，何应龙，汪沙，等. 土地承包经营权：农户退出意愿及其影响因素分析——基于广东省的农户问卷［J］. 中国农村经济，2012（6）：4-19.

［75］罗必良，胡新艳. 中国农业经营制度：挑战、转型与创新——长江学者、华南农业大学博士生导师罗必良教授访谈［J］. 社会科学家，2015，161（5）：3-7.

［76］罗必良，李尚蒲. 农地流转的交易费用：威廉姆森分析范式及广东的证据［J］. 农业经济问题，2010（12）：30-39.

[77] 罗必良，汪沙，李尚蒲. 交易费用、农户认知与农地流转——来自广东省的农户问卷调查 [J]. 农业技术经济，2012 (1)：11-21.

[78] 罗必良，郑燕丽. 农户的行为能力与农地流转——基于广东农户问卷的实证分析 [J]. 学术研究，2012 (7)：64-70.

[79] 罗浩，钟国平. 缓解发达地区省内区域经济差距的区域政策研究——以广东省为例 [J]. 人文地理，2007，2 (1)：77-81.

[80] 吕世辰，丁倩. 农村土地流转问题的调查与思考 [J]. 理论探讨，2010 (2)：75-76，93.

[81] 马贤磊，仇童伟，钱忠好. 农地产权安全性与农地流转市场的农户参与——基于江苏、湖北、广西、黑龙江四省 (区) 调查的实证分析 [J]. 中国农村经济，2015 (2)：22-37.

[82] 湄潭县农村改革试验试点工作领导小组. 改革　实践　探索——湄潭农村改革 25 年历程 (1987—2012)：6.

[83] 宁爱凤. 农村土地流转的制度障碍与对策研究——以农村劳动力转移为视角 [J]. 理论探讨，2010 (1)：92-95.

[84] 农业部课题组. 农村土地承包经营权流转调查分析 [J]. 农村工作通讯，2009 (5)：36-39.

[85] 钱文荣，张忠明. 农户土地意愿经营规模影响因素实证研究——基于长江中下游区域的调查分析 [J]. 农业经济问题，2007 (5)：28-34.

[86] 钱忠好. 农村土地承包经营权产权残缺与市场流转困境：理论与政策分析 [J]. 管理世界，2004 (11)：61-62.

[87] 钱忠好. 农地承包经营权市场流转：理论与实证分析——基于农户层面的经济分析 [J]. 经济研究，2003 (2)：83-94.

[88] 邵景安，魏朝富，谢德体. 家庭承包制下土地流转的农户解释：对重庆不同经济类型区七个村的调查分析 [J]. 地理研究，2007，26 (2)：275-286.

[89] 申栋. 农村劳动力转移对农业的影响研究——以陕西省为例 [D].

西安：西北大学，2008.

［90］申云，朱述斌，邓莹，等. 农地使用权流转价格的影响因素分析——来自于农户和区域水平的经验［J］. 中国农村观察，2012（3）：2-17，25.

［91］盛晓明. 地方性知识的构造［J］. 哲学研究，2000（12）：36-44.

［92］宋辉，钟涨宝. 基于农户行为的农地流转实证研究——以湖北省襄阳市312户农户为例［J］. 资源科学，2013，35（5）：943-949.

［93］谭淑豪，曲福田，黄贤金. 市场经济环境下不同类型农户土地利用行为差异及土地保护政策分析［J］. 南京农业大学学报，2001（2）：110-114.

［94］唐文金. 农户土地流转意愿与行为研究［M］. 北京：中国经济出版社，2008：2092.

［95］陶然，童菊儿，汪晖，等. 二轮承包后的中国农村土地行政性调整：典型事实、农民反应与政策含义［J］. 中国农村经济，2009（10）：12-20.

［96］滕卫双. 国外农地确权改革经验比较研究［J］. 世界农业，2014（5）：64-67.

［97］汪伟. 农民夫妻非农就业决策的微观基础分析——以山东省肥城市为例［J］. 中国农村经济，2010（3）：45-54.

［98］汪秀莲，王静. 日本韩国土地管理法律制度与土地利用规划制度及其借鉴［M］. 北京：中国大地出版社，2004.

［99］王东，秦伟. 农民工代际差异研究——成都市在城农民工分层比较［J］. 人口研究，2002，26（5）：49-54.

［100］王林学，李玲，李建平. 测土配方施肥技术在水稻上的应用与效果初探［J］. 中国农学通报，2009（6）：155-158.

［101］王天宇. 沿海发达地区农地流转中的农户意愿实证分析——以浙江省宁波市为例［J］. 宁波大学学报（人文科学版），2010，23（1）：85-89.

[102] 王雅鹏，马林静，杨志海. 新形势下农业与农村发展面临的三个问题 [J]. 南方农村，2013 (8)：13-19.

[103] 王跃梅，姚先国，周明海. 农村劳动力外流、区域差异与粮食生产 [J]. 管理世界，2013 (11)：67-76.

[104] 王志刚，李圣军，宋敏. 农业收入风险对农户生产经营的影响：来自西南地区的实证分析 [J]. 农业技术经济，2005 (4)：46-50.

[105] 王志远. 俄罗斯农村土地制度变迁二十年的回顾与反思 [J]. 俄罗斯学刊，2012 (3)：59-64.

[106] 王小映. “三权分置”产业结构下的土地登记 [J]. 农村经济，2016 (3)：20-25.

[107] 魏宁，苏群. 生育对农村已婚妇女非农就业的影响研究 [J]. 农业经济问题，2013 (7)：30-34.

[108] 魏众. 健康对非农就业及其工资决定的影响 [J]. 经济研究，2004 (2)：64-74.

[109] 吴建瓴. 成都农地确权和流转的实践与探索 [M]. 成都：成都时代出版社，2011.

[110] 吴连翠，柳同音. 粮食补贴政策与农户非农就业行为研究 [J]. 中国人口·资源与环境，2012 (2)：100-106.

[111] 西爱琴，陆文聪，梅燕. 农户种植业风险及其认知比较研究 [J]. 西北农林科技大学学报（社会科学版），2006 (4)：22-28.

[112] 西爱琴，张宁. 俄罗斯农地改革及其对我国的启示 [J]. 山东农业大学学报（哲学社会科学版），2005 (4)：54-60.

[113] 西奥多舒尔茨. 改造传统农业 [M]. 北京：商务印书馆，1999.

[114] 夏莉艳. 农村劳动力流失与农业基础稳固 [J]. 经济问题探索，2009 (5)：35-40.

[115] 向国成，韩绍凤. 农户兼业化：基于分工视角的分析 [J]. 中国农村经济，2005 (8)：4-9.

[116] 肖晋. 国家土地督察制度的初创与探索 [J]. 中国浦东干部学院学报, 2010 (5): 121-126.

[117] 谢小蓉, 傅晨. 2000—2007: 中国农村土地使用权流转研究综述 [J]. 财贸研究, 2008 (5): 23-28.

[118] 辛良杰, 李秀彬. 近年来我国南方双季稻区复种的变化及其政策启示 [J]. 自然资源学报, 2009 (1): 58-65.

[119] 辛岭, 蒋和平. 农村劳动力非农就业的影响因素分析——基于四川省 1006 个农村劳动力的调查 [J]. 农业技术经济, 2009 (6): 19-25.

[120] 熊成喜, 陈银蓉, 张舒. 水库移民安置区土地流转规模的影响因素分析——基于 Logit 模型的实证研究 [J]. 资源与产业, 2010, 12 (3): 77-80.

[121] 熊红芳, 邓小红. 美国日本农地流转制度对我国的启示 [J]. 农业经济, 2004 (11): 61-62.

[122] 徐美银. 农民阶层分化、产权偏好差异与土地流转意愿——基于江苏省泰州市 387 户农户的实证分析 [J]. 社会科学, 2013 (1): 56-66.

[123] 徐婷婷. 大力推进农村土地承包经营权确权登记颁证——以淄博市为例 [J]. 现代交际, 2014 (9): 139-140.

[124] 许恒周, 郭玉燕, 吴冠岑. 农民分化对耕地利用效率的影响——基于农户调查数据的实证分析 [J]. 中国农村经济, 2012 (6): 31-39.

[125] 许恒周, 郭忠兴. 农村土地流转影响因素的理论与实证研究——基于农民阶层分化与产权偏好的视角 [J]. 中国人口·资源与环境, 2011 (3): 94-98.

[126] 许恒周, 石淑芹. 农民分化对农户农地流转意愿的影响研究 [J]. 中国人口·资源与环境, 2012 (9): 90-96.

[127] 许庆, 田士超, 徐志刚, 等. 农地制度、土地细碎化与农民收入

不平等［J］. 经济研究，2008（2）：83-92.

［128］许庆，章元. 土地调整、地权稳定性与农民长期投资激励［J］. 经济研究，2005（10）：59-69.

［129］薛凤蕊，乔光华，苏日娜. 土地流转对农民收益的效果评价——基于 DID 模型分析［J］. 中国农村观察，2011（2）：36-42，86.

［130］闫小欢. 农民就业、农村社会保障和土地流转——基于河南省 479 个农户调查的分析［J］. 农业技术经济，2013（7）：34-44.

［131］严金泉，刘介模. 村、组土地所有权的产权共识——以福建省 10 个村为例［J］. 中国土地科学，1999（4）：13-17.

［132］杨斌. 民国时期川黔交界地区插花地清理拨正研究［J］. 地理研究，2011（10）：1921-1929.

［133］杨钢桥，靳艳艳，杨俊. 农地流转对不同类型农户农地投入行为的影响——基于江汉平原和太湖平原的实证分析［J］. 中国土地科学，2010，24（9）：18-23.

［134］杨金风，史江涛. 人力资本对非农就业收入的影响——基于村庄内外的视角［J］. 山西财经大学学报，2007（6）：35-42.

［135］杨金风. 农村劳动力的非农就业能力与外出动机之间的关系分析——以山西为例［J］. 中国农村观察，2009（3）：53-62.

［136］杨明杏，董慧丽，夏志强. 对农村土地承包经营权确权颁证的思考［J］. 政策，2013（10）：53-54.

［137］杨涛，朱博文，雷海章，等. 对农村耕地抛荒现象的透视［J］. 中国人口 · 资源与环境，2002（2）：135-136.

［138］杨万江，王绎. 我国双季稻区复种变化及影响因素分析——基于 10 个水稻主产省的实证研究［J］. 农村经济，2013（11）：24-28.

［139］杨晓军，陈浩. 农民工就业培训的投资决策模型及实证分析［J］. 中国人口科学，2008（6）：63-68.

［140］杨志海，麦尔旦 · 吐尔孙，王雅鹏. 农村劳动力老龄化对农业技术效率的影响——基于 CHARLS 2011 的实证分析［J］. 软科学，

2014 (10).

[141] 姚俊. 农民工参加不同社会养老保险意愿及其影响因素研究——基于江苏五地的调查 [J]. 中国人口科学, 2010 (1): 93-100.

[142] 姚洋. 土地、制度和农业发展 [M]. 北京: 北京大学出版社, 2004.

[143] 姚洋. 中国农地制度: 一个分析框架 [J]. 中国社会科学, 2000 (2): 54-65.

[144] 叶剑平, 丰雷, 蒋妍, 等. 2008 年中国农村土地使用权调查研究: 17 省份调查结果及政策建议 [J]. 管理世界, 2010 (1): 64-73.

[145] 叶剑平, 蒋妍, 丰雷. 中国农村土地流转市场的调查研究——基于 2005 年 17 省调查的分析和建议 [J]. 中国农村观察, 2006 (4): 48-53.

[146] 叶剑平, 蒋妍, 罗伊·普罗斯特曼, 等. 2005 年中国农村土地使用权调查研究——17 省调查结果及政策建议 [J]. 管理世界, 2006 (7): 77-84.

[147] 叶剑平, 罗伊·普罗斯特曼, 徐孝白, 等. 中国农村土地农 30 年使用权调查研究: 17 省调查结果及政策建议 [J]. 管理世界, 2000 (2): 163-172.

[148] 应瑞瑶, 郑旭媛. 资源禀赋、要素替代与农业生产经营方式转型——以苏、浙粮食生产为例 [J]. 农业经济问题, 2013 (12): 15-24.

[149] 于建嵘, 石凤友. 关于当前我国农地确权的几个重要问题 [J]. 东南学术, 2012 (4): 4-11.

[150] 宇传华. SPSS 与统计分析 [M]. 北京: 电子工业出版社, 2007: 2.

[151] 袁达松, 郑潮龙. 我国农村土地承包经营权确权登记制度的完善 [J]. 中州学刊, 2013 (2): 56-59.

[152] 苑会娜. 进城农民工的健康与收入——来自北京市农民工调查的

证据［J］. 管理世界，2009（5）：56-66.

［153］岳茂锐. 农地确权且行且思［J］. 农村经营管理，2014（10）：39.

［154］翟辉，杨庆媛，焦庆东，等. 农户土地流转行为影响因素分析——以重庆市为例［J］. 西南师范大学学报（自然科学版），2011（2）：175-181.

［155］张浩博，陈池波. 集体农地确权对农村土地流转效应的影响——基于A县的案例分析［J］. 江西农业大学学报（社会科学版），2013，12（2）：166-169.

［156］张锦华，沈亚芳. 家庭人力资本对农村家庭职业流动的影响——对苏中典型农村社区的考察［J］. 中国农村经济，2012（4）：26-35.

［157］张兰，冯淑怡，曲福田. 农地流转区域差异及其成因分析——以江苏省为例［J］. 中国土地科学，2014，28（5）：73-79.

［158］张林秀，霍艾米，罗斯高，等. 经济波动中农户劳动力供给行为研究［J］. 农业经济问题，2000（5）：7-15.

［159］张梦琳，陈利根. 农村集体建设用地流转的资源配置效应及政策含义［J］. 中国土地科学，2008，22（11）：72-75.

［160］张三峰，王非. 基于Logit模型的农民土地调整意愿分析——来自2006年中国综合社会调查的证据［J］. 经济评论，2010，（2）：35-41.

［161］张文彤，董伟. SPSS统计分析高级教程［M］. 北京：高等教育出版社，2004.

［162］张文秀，李冬梅，邢姝媛，等. 农户土地流转行为的影响因素分析［J］. 重庆大学学报（社会科学版），2005，11（1）：14-17

［163］张务伟，张福明，杨学成. 农村劳动力非农化程度微观影响因素的实证研究［J］. 统计研究，2012，29（1）：106-109.

［164］张永丽，王宝文. 农村劳动力流动对农业发展的影响——基于超越对数生产函数［J］. 经济与管理，2012（4）：42-45.

[165] 张玉蓉. 农地确权登记过程中遇到的问题和解决办法 [J]. 北京农业, 2014 (15): 330-331.

[166] 张照新. 中国农村土地流转市场发展及其方式 [J]. 中国农村经济, 2002 (2): 19-24, 32.

[167] 张忠明, 钱文荣. 不同兼业程度下的农户土地流转意愿研究——基于浙江的调查与实证 [J]. 农业经济问题, 2014 (3): 19-24.

[168] 章元, 陆铭. 社会网络是否有助于提高农民工的工资水平 [J]. 管理世界, 2009 (3): 45-54.

[169] 赵光, 李放. 非农就业、社会保障与农户土地转出——基于30镇49村476个农民的实证分析 [J]. 中国人口资源与环境, 2012 (10): 102-110.

[170] 赵海. 供求视角下的农村劳动力非农就业分析 [J]. 财贸研究, 2010 (4): 47-52.

[171] 赵海. 教育和培训哪个更重要——对我国农民工人力资本回报率的实证分析 [J]. 农业技术经济, 2013 (1): 40-45.

[172] 赵华甫, 张凤荣, 姜广辉, 等. 基于农户调查的北京郊区耕地保护困境分析 [J]. 中国土地科学, 2008 (3): 28-33.

[173] 赵维清. 日本农地流转状况分析及启示 [J]. 农业经济问题, 2010 (10): 106-109.

[174] 赵忠. 我国农村人口的健康状况及影响因素 [J]. 管理世界, 2006 (3): 78-85.

[175] 钟甫宁, 纪月清. 土地产权、非农就业机会与农户农业生产投资 [J]. 经济研究, 2009 (12): 43-51.

[176] 钟怀宇. 论农地确权后农地流转的两条路线 [J]. 农村经济, 2012 (1): 31-36.

[177] 钟太洋, 黄贤金, 王柏源. 非农业就业对农户施用有机肥的影响 [J]. 中国土地科学, 2011 (11): 67-73.

[178] 钟文晶, 罗必良. 禀赋效应、产权强度与农地流转抑制——基于

广东省的实证分析 [J]. 农业经济问题，2013 (3)：6-16，110.

[179] 钟晓兰，李江涛，冯艳芬，等. 农户认知视角下广东省农村土地流转意愿与流转行为研究 [J]. 资源科学，2013，35 (10)：2082-2093.

[180] 钟涨宝，狄金华. 农村土地流转与农村社会保障体系的完善 [J]. 江苏社会科学，2008 (1)：147-151.

[181] 钟涨宝，狄金华. 中介组织在土地流转中的地位与作用 [J]. 农村经济，2005 (3)：35-37.

[182] 钟涨宝，汪萍. 农地流转过程中的农户行为分析——湖北、浙江等地的农户问卷调查 [J]. 中国农村观察，2003 (6)：55-65.

[183] 周波，陈昭玖. 农内因素对农户非农就业的影响研究 [J]. 农业技术经济，2011 (4)：19-24.

[184] 周其仁. 土地制度改革应还权赋能 [N]. 经济观察报. 2009-06-28.

[185] 周晓舟，唐创业. 免耕抛栽水稻测土配方施肥效果分析 [J]. 作物杂志，2008 (4)：46-49.

[186] 朱慧，张新焕，焦广辉，等. 三工河流域油料作物的农户种植意愿影响因素分析——基于 Logistic 模型和 240 户农户微观调查数据 [J]. 自然资源学报，2012，27 (3)：372-381.

[187] 朱民，尉安宁，刘守英. 家庭责任制下的土地制度和土地投资 [J]. 经济研究，1997 (10)：62-69.

[188] 朱明芬. 农民工家庭人口迁移模式及影响因素分析 [J]. 中国农村经济，2009 (2)：67-76.

[189] 朱农，钟水映. 农村家庭参与非农业活动的“推力”与“拉力”分析——湖北省西部山区的一项个案研究 [J]. 中国人口科学，2007 (3)：11-21.

[190] 朱小丹. 做好当前广东农村土地承包经营权确权登记颁证试点工作的几点意见 [J]. 南方农村，2014 (12)：4-8.

[191] 邹玉川. 当代中国土地管理（下）[M]. 北京：当代中国出版社，1998：629.

[192] Z. 莱尔曼，N. 沙盖达. 俄罗斯土地改革及农地市场发育状况 [J]. 国外社会科学，2006（1）：97-99.

[193] 2014 年政府工作报告 [R/OL]. 中国随县网，2015-01-15. http：//www. zgsuixian. gov. cn/a/zhengwugongkai/zhengfugongzuobaogao/2015/0715/22247. html.

[194] Ronald HC. The Problem of Social Coast [J]. Journal of Law and Economics，1960，3（10）：1-44.

[195] Gorton M. Agricultural Land Reform in Moldova [J]. Land Use Policy，2001（8）：269-279.

[196] Feder，G. and A. Nishio. The Benefit of Land Registration and Titling：Economic and Social Perspectives，Land Use Policy，1998（15）：25-43.

[197] Saint-Macary C，Keil A，Zeller M，et al. Land Titling Policy and Soil Conservation in the Northern Uplands of Vietnam [J]. Land Use Policy，2010，27：617-627.

[198] Chankrajang T. Partial Land Rights and Agricultural Outcomes：Evidence from Thailand [J]. Land Economics，2015，91（1）.

[199] Chernina E ，Dower P C，Markevich A. Property Rights，Land Liquidity，and Internal Migration [J]. The Journal of Development Economics，2014（110）.

[200] Janvry A D，Emerick K，Navarro M G，et al. Delinking Land Rights from Land Use：Certification and Migration in Mexico [J]. American Economic Review，2015，105（10）.

[201] Zhou Y，Chand S. Regression and Matching Estimates of the Effects of the Land Certification Program on Rural Household Income in China [J]. Academic Journal of Interdisciplinary Studies，2013，2

(8): 350-359.

[202] Holden S T, Deininger K, Ghebru H. Tenure Insecurity, Gender, Low-Cost Land Certification and Land Rental Market Participation in Ethiopia [J]. The Journal of Development Studies, 2011, 47 (1): 31-47.

[203] Holden S, Deininger K, Ghebru H H. Impact of Land Certification on Land Rental Market Participation in Tigray Region, Northern Ethiopia [J]. Ssrn Electronic Journal, 2007 (5211).

[204] Jin S, Deininger K. Land Rental Markets in the Process of Rural Structural Transformation: Productivity and Equityimpacts from China [J]. Journal of Comparative Economics, 2009, 37 (4): 629-646.

[205] Denzau A T, North D C. Shared Mental Models: Ideologies and Institutions [J]. Economy, 1993, 47 (1): 151-162.

[206] Geertz C. The Integrative Revolution: Primordial Sentiments and Civil Politics in the New States [J]. Family Process, 1963, 50 (12): 806-807.

[207] Deininger K, Ali D A , Alemu T. Impacts of Land Certification on Tenure Security, Investment, and Land Market Participation: Evidence from Ethiopia [J]. Land Economics, 2011, 87 (2): 312-334.

[208] Alston L J, Libecap G D, Schneider R. The Determinants and Impact of Property Rights: Land Titles on the Brazilian Frontier [R]. National Bureau of Economic Research, 1996.

[209] Deininger K, Feder G. Land Registration, Governance and Development: Evidence and Implications for Policy [J]. The World Bank Research Observer, 2009, 24 (2): 233-266.

[210] Jacoby H, Minten B. Land Titles, Investment, and Agricultural

Productivity in Madagascar: A poverty and Social Impact Analysis [R]. The World Bank, 2006.

[211] Holden S T, Ghebru H. Household Welfare Effects of Low-Cost Land Certification in Ethiopia [R]. Centre for Land Tenure Studies, Norwegian University of Life Sciences, 2011.

[212] Pinckney T C, Kimuyu P K. Land Tenure Reform in East Africa: Good, Bad or Unimportant [J]. Journal of African Economies, 1994, 3 (1): 1-28.

[213] Place F, Migot-Adholla S E. The Economic Effects of Land Registration on Smallholder Farms in Kenya: Evidence from Nyeri and Kakamega districts [J]. Land Economics, 1998, 74 (3): 360-373.

[214] Do Q T, Iyer L. Land Titling and Rural TransitioninVietnam [J]. Economic Development and Cultural Change, 2008, 56 (3): 531-579.

后记

本书是在我博士学位论文的基础上修改而成的。感谢师友的支持，让作为一名高校管理干部的我历经层层考验、失败痛苦和内心煎熬，最终坚持了下来。

师恩如海。在华中农业大学攻读博士学位最大的幸事莫过于师从恩师钟涨宝教授。钟老师正直的品行、渊博的知识、活跃的思维、严谨求实的治学品范、锐意创新的科研精神、追求真理的执著态度和爱生如子的师德风范，让我在硕博六年多时光里勇往直前，自由徜徉于农业经济研究的学术殿堂。我很庆幸自己能成为他的学生。在此我要对导师钟涨宝教授致以最为诚挚的感谢和敬意。恩师给我印象最深的是他的平易近人与大师风范，这让我与恩师讨论学术问题时敢于畅所欲言，与恩师进行思想上的碰撞与交流，而恩师三言两语的点拨总能让我茅塞顿开，受益匪浅。当然，恩师在学术研究上不允许有丝毫马虎与含糊，从字句的斟酌到学术观点的凝练，恩师总是言传身教，严格要求我们。博士毕业论文从文题构思、篇章结构、字词运用、行文规范到最后定稿，都凝聚了钟老师的智慧和付出，博士学业的顺利完成更离不开恩师的悉心教诲。

在华中农业大学经济管理学院求学期间得到了很多老师的帮助，对各位老师的关怀与教导表示衷心感谢。他们是李崇光教授、青平教授、张俊飚教授、刘颖教授、祁春节教授、冯中朝教授、田北海教授、郑炎成教授、吴春梅教授、罗小锋教授、陶建平教授、周德翼教授、李艳军教授、夏春萍教授、朱再清教授、凌远云副教授、何坪华副教授等。特别感谢狄金华副教授不厌其烦地为我答疑解惑，指点迷津，让我不断明晰研究思路。感谢我的大学同学李谷成教授给予我的各种帮助。正是这些老师在课堂内外的悉心指导，我的博士学业才得以顺利完成。感谢校领导李崇光副校长，学院领导张越书记、青平院长、镇志勇副书记、张俊飚副院长、申沛副院长，研究生辅导员陈曙老师，教学秘书李晶老师，前教学秘书严丹老师对我的关心与帮助，感谢各位领导与老师为我们创造了良好的学习环境。

还要特别感谢我的两任领导统战部部长周琼、宣传部部长程华东、宣传部副部长冯楠对我博士学习的大力支持，工作是忙碌的，但这三位领导对我学习的关心和体谅让我很感激。还要感谢期刊社杨锦莲副社长对我读博士决定的点拨。曾经的一次聊天，杨社长的一句话，“我 40 岁能读下来，你 30 岁为什么不可以?”让我坚定了读博士的信心和决心。我的大姐姐兼朋友祝志慧老师曾经告诉我，“选择读博士一定要读下来，否则就是心中永远的遗憾”。这句话一直鞭策着我一鼓作气，不敢懈怠。

同窗情深。感谢同门师弟聂建亮给予的帮助，感谢所有同窗好友在求学路上的陪伴。他们是江松颖、周晓时、高群、吴雪莲、何红英、韩成英、冷博峰、李邦熹、麦尔丹、齐立美、朱萌、陶艳红、谭明交、魏金义、颜小挺、何可、李剑、齐皓天等，与你们的交流与切磋让我受益匪浅；感谢我的大学同学李莨莨、我的朋友宋隽在整个博士调研阶段给予的帮助，有你们的协助，我才可以顺利完成博士学业。

家人是岸。感谢我的家人对我的支持和鼓励，你们是我心里最宁静的港湾；感谢我的婆婆一直帮助我照顾孩子，这是对我最大的支持。特别感谢我的爱人雷俊锋先生对我实现理想的理解和大力支持，感谢我的儿子雷丁，一直很懂事，博士最后一年妈妈忙于学业很少陪伴孩子，每每想起内心都很酸楚。3 年来，你们一直很支持我的学业，是你们无私的包容和支持，才让我能全身心投入到学习和科研中，是你们的爱让我坚持、进步与成长，唯愿未来我们会更幸福。

理想是灯。最后，我也想感谢自己，感谢自己一直很勤奋，一直很努力，从来没有懈怠过。从考博到读博期间，繁忙的工作之余，每天坚持学习到深夜，但我想未来的我一定会欣赏现在努力的自己，现在，青春就是用来奋斗的，将来，青春是用来回忆的。

还有许多帮助过我的老师、同学以及各级领导们未能一一提及，在此一并感谢！

谨以此拙作献给所有关心和支持我的人！

丁 玲

2016 年 8 月于武汉·南湖·狮子山畔